U0675360

一种谜语的几种简单的猜法

史铁生经典小说集合

史铁生 著

作家出版社

史铁生，1951 年 1 月生于北京，初中毕业后去延安插队，1972 年双腿瘫痪转回北京，在某街道工厂做工七年。之后居家以写作为生。先后有中短篇小说、散文、长篇小说等出版。1997 年底尿毒症加剧，开始靠透析生存。之后又有小说、随笔、散文、长篇小说出版。2010 年 12 月突发脑溢血去世。

主要作品有《我的遥远的清平湾》《奶奶的星星》《命若琴弦》《关于詹牧师的报告文学》《我与地坛》《务虚笔记》《病隙碎笔》《记忆与印象》《我的丁一之旅》等。

目录

我的遥远的清平湾

北方的黄牛一般分为蒙古牛和华北牛。华北牛中要数秦川牛和南阳牛最好，个儿大，肩峰很高，劲儿足。华北牛和蒙古牛杂交的牛更漂亮，犄角向前弯去，顶架也厉害，而且皮实、好养。对北方的黄牛，我多少懂一点。这么说吧：现在要是有谁想买牛，我担保能给他挑头好的。看体形，看牙口，看精神儿，这谁都知道。光凭这些也许能挑到一头不坏的，可未必能挑到一头真正的好牛。关键是得看脾气。拿根鞭子，一甩，“嗖”的一声，好牛就会瞪圆了眼睛，左蹦右跳。这样的牛干起活儿来下死劲，走得欢。疲牛呢？听见鞭子响准是把腰往下一塌，闭一下眼睛，忍了。这样的牛，别要。

我插队的时候喂过两年牛，那是在陕北的一个小山村儿——清平湾。

我们那个地方虽然也还算是黄土高原，却只有黄土，见不到真正的平坦的塬地了。由于洪水年年吞噬，塬地总在塌方，顺着沟、渠、小河，流进了黄河。从洛川再往北，全是一座座黄的山峁或一道道黄的山梁，绵延不断。树很少，少到哪座山上有几棵什么树，老乡们都记得清清楚楚；只有打新窑或是做棺木的时候，才放倒一两棵。碗口粗的柏树就稀罕得不得了。要是谁能做上一口薄柏木板的棺材，大伙儿就都佩服，方圆几十里内都会传开。

在山上拦牛的时候，我常想，要是那一座座黄土山都是谷堆、麦垛，山坡上的胡蒿和沟壑里的狼牙刺都是柏树林，就好了。和我一起拦牛的老汉总是“吸溜吸溜”地抽着旱烟，笑笑，说：“那可就一股劲儿吃白馍馍了。老汉儿家、老婆儿家都睡一口好材。”

和我一起拦牛的老汉姓白。陕北话里，“白”发“破”的音，我们都管他叫“破老汉”。也许还因为他穷吧，英语中的“poor”就是“穷”的意思。或者还因为别的：那几颗零零碎碎的牙，那几根稀稀拉拉的胡子，尤其是他的嗓子——他爱唱，可嗓子像破锣。傍晚赶着牛回村的时候，最后一缕阳光照在崖畔上，红的。破老汉用镢把挑起一捆柴，扛着，一路走一路唱：“崖畔上开花崖畔上红；受苦人[①]过得好光景……”声音拉得很长，虽不洪亮，但颤巍巍的，悠扬。碰巧了，崖顶上探出两个小脑瓜，竖着耳朵听一阵，跑了；可能是狐狸，也可能是野羊。不过，要想靠打猎为生可不行，野兽很少。我们那地方突出的特点是穷，穷山穷水，“好光景”永远是“受苦人”的一种盼望。天快黑的时候，进山寻野菜的孩子们也都回村了，大的拉着小的，小的扯着更小的，每人的臂弯里都挖着个小篮儿，装的苦菜、苋菜，或者小蒜、蘑菇……孩子们跟在牛群后面，“叽叽嘎嘎”地吵，争抢着把牛粪撮回窑里[②]去。

越是穷地方，农活也越重。春天播种；夏天收麦；秋天玉米、高粱、谷子都熟了，更忙；冬天打坝、修梯田，总不得闲。单说春种吧，往山上送粪全靠人挑。一担粪六七十斤，一早上就得送四五趟；挣两个工分，合六分钱。在北京，才够买两根冰棍儿的。

---

① 受苦人：庄稼人。
② 窑里：家里。

那地方当然没有冰棍儿，在山上干活儿渴急了，什么水都喝。天不亮，耕地的人们就扛着木犁、赶着牛上山了。太阳出来，已经耕完了几垧地。火红的太阳把牛和人的影子长长地印在山坡上，扶犁的后面跟着撒粪的，撒粪的后头跟着点籽的，点籽的后头是打土坷垃的，一行人慢慢地、有节奏地向前移动，随着那悠长的吆牛声。吆牛声有时疲惫、凄婉；有时又欢快、诙谐，引动一片笑声。那情景几乎使我忘记自己是生活在哪个世纪，默默地想着人类遥远而漫长的历史。人类好像就是这么走过来的。

清明节的时候我病倒了，腰腿疼得厉害。那时只以为是坐骨神经疼，或是腰肌劳损，没想到会发展到现在这么严重。陕北的清明前后爱刮风，天都是黄的。太阳白蒙蒙的。窑洞的窗纸被风沙打得“刷啦啦”响。我一个人躺在土炕上……

那天，队长端来了一碗白馍……

陕北的风俗，清明节家家都蒸白馍，再穷也要蒸几个。白馍被染得红红绿绿的，老乡管那叫“zi chui”。开始我们不知道是哪两个字，也不知道什么意思，跟着叫“紫锤”。后来才知道，是叫“子推”，是为了纪念春秋时期一个叫介子推的人的。破老汉说，那是个刚强的人，宁可被人烧死在山里，也不出去做官。我没有考证过，也不知史学家们对此做何评价。反正吃一顿白馍，清平湾的老老少少都很高兴。尤其是孩子们，头好几天就喊着要吃子推馍馍了。春秋距今两千多年了，陕北的文化很古老，就像黄河。譬如，陕北话中有好些很文的字眼：“喊”不说“喊”，要说“呐喊”；香菜，叫芫荽；“骗人”也不说“骗人”，叫作“玄谎”……连最没文化的老婆儿也会用“酝酿”这词儿。开社员会时，黑压压坐了一窑人，小油灯冒着黑烟，四下里闪着烟袋锅的红光。支书念完了文件，喊一声：“不敢睡！大家讨论个一下！”人群中于是息了鼾声，不紧不慢地应着："酝酿酝酿了再……" 这 "酝酿" 二字使人想到那儿确是革命圣地，老乡们还记得当年的好作风。可在我们插队的那些年里，"酝酿" 不过是一种习惯了的口头语罢了。乡亲们说"酝酿" 的时候，心里也明白：尿事不顶！可支书让发言，大伙儿总得有个说的；支书也是难，其实那些政策条文早已经定了。最后，支书再喊一声："同意啊不？" 大伙儿回答 "同意——" 然后回窑睡觉。

那天，队长把一碗 "子推" 放在炕沿上，让我吃。他也坐在炕沿上，"吧嗒吧嗒" 地抽烟。"子推" 浮头用的是头两茬面，很白；里头都是黑面，麸子全磨了进去。队长看着我吃，不言语。临走时，他吹吹烟锅儿，说："唉！心儿家不容易，离家远。""心儿" 就是孩子的意思。

队里再开会时，队长提议让我喂牛。社员们都赞成。"年轻后生家，不敢让腰腿坐下病，好好价把咱的牛喂上！" 老老小小见了我都这么说。在那个地方，担粪、砍柴、挑水、清明磨豆腐、端午做凉粉、出麻油、打窑洞……全靠自己动手。腰腿可是劳动的本钱；惟一能够代替人力的牛简直是宝贝。老乡们把喂牛这样的机要工作交给我，我心里很感动，嘴上却说不出什么。农民们不看嘴，看手。

我喂十头，破老汉喂十头，在同一个饲养场上。饲养场建在村子的最高处，一片平地，两排牛棚，三眼堆放草料的破石窑。清平河水整日价 "哗哗啦啦" 的，水很浅，在村前拐了一个弯，形成了一个水潭。河湾的一边是石崖，另一边是一片开阔的河滩。夏天，村里的孩子们光着屁股在河滩上折腾，往水潭里 "扑通扑通" 地跳，有时候捉到一只鳖，又笑又嚷，闹翻了天。破老汉坐在饲养场前面的窑顶上看着，一袋接一袋地抽烟。"心儿家不晓得愁，”他说，然后就哑着个嗓子唱起来，“提起那家来，家有名，家住在绥德三十里铺村……”破老汉是绥德人，年轻时打短工来到清平湾，就住下了。绥德出打短工的，出石匠，出说书的，那地方更穷。

绥德还出吹手。农历年夕前后，坐在饲养场上，常能听到那欢乐的唢呐声。那些吹手也有从米脂、佳县来的，但多数是从绥德。他们到处串，随便站在谁家窑前就吹上一阵。如果碰巧哪家要娶媳妇，他们就被请去，“呜里哇啦”地吹一天，吃一天好饭。要是运气不好，吹完了，就只能向人家要一点吃的或钱。或多或少，家家都给，破老汉尤其给得多。他说：“谁也有难下的时候。”原先，他也干过那营生，吃是能吃饱，可是常要受冻，要是没人请，夜里就得住寒窑。“揽工人儿难，哎哟，揽工人儿难；正月里上工十月里满，受的牛马苦，吃的猪狗饭……”他唱着，给牛添草。破老汉一肚子歌。

小时候就知道陕北民歌。到清平湾不久，干活儿歇下的时候我们就请老乡唱，大伙儿都说破老汉爱唱，也唱得好。“老汉的日子熬煎咧，人愁了才唱得好山歌。”确实，陕北的民歌多半都有一种忧伤的调子。但是，一唱起来，人就快活了。有时候赶着牛出村，破老汉憋细了嗓子唱《走西口》：“哥哥你走西口，小妹妹也难留，手拉着哥哥的手，送哥到大门口。走路你走大路，再不要走小路，大路上人马多，来回解忧愁……”场院上的婆姨、女子们嘻嘻哈哈地冲我嚷：“让老汉儿唱个《光棍儿哭妻》嘛，老汉儿唱得可美！”破老汉只作没听见，调子一转，唱起了《女儿嫁》：“一更里叮当响，小哥哥进了我的绣房，娘问女孩儿什么响，西北风刮得门闩响嘛哎哟……”往下的歌词就不宜言传了。我和老汉赶着牛走出很远了，还听见婆姨、女子们在场院上骂。老汉冲我眨眨眼，撅一根柳条，赶着牛，唱一路。

破老汉只带着个七八岁的小孙女过。那孩子小名儿叫"留小儿"。两口人的饭常是她做。

把牛赶到山里，正是晌午。太阳把黄土烤得发红，要冒火似的。草丛里不知名的小虫子"嗞——嗞——"地叫。群山也显得疲乏，无精打采地互相挨靠着。方圆十几里内只有我和破老汉，只有我们的吆牛声。哪儿有泉水，破老汉都知道；几镢头挖成一个小土坑，一会儿坑里就积起了水。细珠子似的小气泡一串串地往上冒，水很小，又凉又甜。"你看下我来，我也看下你……"老汉喝口水，抹抹嘴，扯着嗓子又唱一句。不知他又想起了什么。

夏天拦牛可不轻闲，好草都长在田边，离庄稼很近。我们东奔西跑地吆喝着，骂着。破老汉骂牛就像骂人，爹、娘、八辈儿祖宗，骂得那么亲热。稍不留神，哪个狡猾的家伙就会偷吃了田苗。最讨厌的是破老汉喂的那头老黑牛，称得上是"老谋深算"。它能把野草和田苗分得一清二楚。它假装吃着田边的草，慢慢接近田苗，低着头，眼睛却溜着我。我看着它的时候，田苗离它再近它也不吃，一副廉洁奉公的样儿；等我刚一回头，它就趁机啃倒一棵玉米或高粱，调头便走。我识破了它的诡计，它再接近田苗时，假装不看它，等它确信无虞把舌头伸向禁区之际，我才大吼一声。老家伙趔趔趄趄地后退，既惊慌又愧悔，那样子倒是有点可怜。

陕北的牛也是苦，有时候看着它们累得草也不想吃，"呼哧呼哧"喘粗气，身子都跟着晃，我真害怕它们趴架。尤其是当那些牛争抢着去舔地上渗出的盐碱的时候，真觉得造物主太不公平。我几次想给它们买些盐，但自己嘴又馋，家里寄来的钱都买鸡蛋吃了。

每天晚上，我和破老汉都要在饲养场上待到十一二点，一遍遍给牛添草。草添得要勤，每次不能太多。留小儿跟在老汉身边，寸步不离。她的小手绢里总包两块红薯或一把玉米粒。破老汉用牛吃剩下的草疙结打起一堆火，干的“噼噼啪啪”响，湿的“嗞嗞”冒烟。火光照亮了饲养场，照着吃草的牛，四周的山显得更高，黑魆魆的。留小儿把红薯或者玉米埋在烧尽的草灰里，如果是玉米，就得用树枝拨来拨去，“啪”地一响，爆出了一个玉米花。那是山里娃最好的零嘴儿了。

留小儿没完没了地问我北京的事。“真个是在窑里看电影？”“不是窑，是电影院。”“前回你说是窑里。”“噢，那是电视。一个方匣匣，和电影一样。”她歪着头想，大约想象不出，又问起别的。“啥时想吃肉，就吃？”“嗯。”“玄谎！”“真的。”“成天价想吃呢？”“那就成天价吃。”这些话她问过好多次了，也知道我怎么回答，但还是问。“你说北京人都不爱吃白肉？”她觉得北京人不爱吃肥肉，很奇怪。她仰着小脸儿，望着天上的星星；北京的神秘，对她来说，不亚于那道银河。

“山里的娃娃什么也解[①]不开。”破老汉说。破老汉是见过世面的，他三七年就入了党，跟队伍一直打到广州。他常常讲起广州：霓虹灯成宿地点着，广州人连蛇也吃，到处是高楼，楼里有电梯……留小儿听得觉也不睡。我说：“城里人也不懂得农村的事呢。”“城里人解开个狗吗？”留小儿问，“咯咯”地笑。她指的是我们刚到清平湾的时候，被狗追得满村跑。“学生价连犍牛和生牛也解不开。”留小儿说着去摸摸正在吃草的牛，一边数叨：“红犍牛、猴[②]犍牛、花生牛……爷！老黑牛怕是难活[③]下了，不肯吃！”“它老了，熬[④]了。”老汉说。山里的夜晚静极了，只听得见牛吃草的“沙沙”声，蛐蛐儿叫，有时远处还传来狼嗥。破

① 解（音 hài）不开：不懂。
② 猴：小。
③ 难活：病。
④ 熬：累。

老汉有把破胡琴，“嗞嗞嘎嘎”地拉起来，唱：“一九头上才立冬，闯王领兵下河东，幽州困住杨文广，年太平，金花小姐领大兵……”把历史唱了个颠三倒四。

留小儿最常问的还是天安门。“你常去天安门？”“常去。”“常能照着[①]毛主席？”“哪的来，我从来没见过。”“咦？！他就盛[②]在天安门上，你去了会照不着？”她大概以为毛主席总站在天安门上，像画上画的那样。有一回她趴在我耳边说：“你冬里回北京把我引上行不？”我说：“就怕你爷爷不让。”“你跟他说说嘛，他可相信你说的了。盘缠我有。”“你哪儿来的钱？”“卖鸡蛋的钱，我爷爷不要，都给了我，让我买褂褂儿的。”“多少？”“五块！”“不够。”“嘻，我哄你，看，八块半！”她掏出个小布包，打开，有两张一块的，其余全是一毛、两毛的。那些钱大半是我买了鸡蛋给破老汉的。平时实在是饿得够呛，想解解馋，也就是买几个鸡蛋。我怎么跟留小儿说呢？我真想冬天回家时把她带上。可就在那年冬天，我病厉害了。

其实，喂牛没什么难的，用破老汉的话说，只要勤谨，肯操心就行。喂牛，苦不重[③]，就是熬人，夜里得起来好几趟，一年到头睡不成个囫囵觉。冬天，半夜从热被窝里爬出来的滋味可不是好受的。尤其五更天给牛拌料，牛埋下头吃得香，我坐在牛槽边的青石板上能睡好几觉。破老汉在我耳边叨唠：黑市的粮价又涨了，合作社来了花条绒，留小儿的袄烂得露了花……我“哼哼哈哈”地应着，刚梦见全聚德的烤鸭，又忽然掉进了什刹海的冰窟窿，打个冷颤醒了，破老汉还没唠叨完。“要不回窑睡去吧，二

---

① 照着：望见。
② 盛：住。
③ 苦不重：活儿不重。

次料我给你拌上了。”老汉说。天上划过一道亮光，是流星。月亮也躲进了山谷。星星和山峦，不知是谁望着谁，或者谁忘了谁。“这营生不是后生家做的，后生家正是好睡觉的时候。”破老汉说，然后“唉，唉——”地发着感慨。我又迷迷糊糊地入了梦乡。

碰上下雨下雪，我们俩就躲进牛棚。牛棚里净是粪尿，连打个盹的地方也没有。那时候我的腿和腰就总酸疼。“倒运的天！”破老汉骂，然后对我说：“北京够咋美，偏来这山沟沟里做什么嘛！”“您那时候怎么没留在广州？”我随便问。他抓抓那几根黄胡子，用烟锅儿在烟荷包里不停地剜，瞪着眼睛愣半天，说：“咋！让你把我问着了，我也不晓尿咋价日鬼的。”然后又愣半天，似乎回忆着到底是什么原因。“唉，尿毛擀不成个毡，山里人当不成个官。”他说，“我那辰儿要是不回来，这辰儿也住上洋楼了，也把警卫员带上了。山里人憨着咧，只想打罢了仗就回家，哪搭儿也不胜窑里好！尿！要不，我的留小儿这辰儿还愁穿不上个条绒袄儿？”

每回家里给我寄钱来，破老汉总嚷着让我请他抽纸烟。“行！”我说，“‘牡丹’的怎么样？”“嘻——‘黄金叶’的就拔尖了！”“可有个条件，”我凑到他耳边，“得给后沟里的送几根去。”“憨娃娃！”他骂。“后沟里的”指的是住在后沟里的一个寡妇，比破老汉小十几岁，村里人都知道那寡妇对破老汉不错。老汉抽着纸烟，望着远处。我也唱一句：“你看下我来，我也看下你……”递给他几根纸烟，向后沟的方向示意。他不言传，笑眯眯地不知想着什么。末了，他把几根纸烟装进烟荷包，说：“留小儿大了嫁到北京去呀！”说罢笑笑，知道那是不沾边儿的事。

在后山上拦牛的时候，远远地望着后沟里的那眼土窑洞，我问破老汉：“那婆姨怎么样？”“亮亮妈，人可好。”他说。我问：“那你干吗不跟她过？”“嘻——老了老了还……”他打岔。“算了吧！”我说，“那你夜里常往她窑里跑？”我其实是开玩笑。“咦！不敢瞎说！”他装得一本正经。我诈他：“我都看见了，你还不承认！”他不言传了，尴尬地笑着。其实我什么也没看见。

破老汉望着山脚下的那眼窑洞。窑前，亮亮妈正费力地劈着一疙瘩树根；一个男孩子帮着她劈，是亮亮。“我看你就把她娶了吧，她一个人也够难的。再说，也就有人给你缝衣裳了。”“唉，丢下留小儿谁管？”“一搭里过嘛！”“她的亮亮也娇惯得危险[1]，留小儿要受气呢。后妈总不顶亲的。”“什么后妈，留小儿得管她叫奶奶了。”“还不一样？”山里没人，我们敞开了说。亮亮家的窑顶上冒起了炊烟。老汉呆呆地望着，一缕蓝色的青烟在山沟里飘绕。小学校放学的钟声“当当”地敲响了。太阳下山了，收工的人们扛着锄头在暮霭中走。拦羊的也吆喝着羊群回村了，大羊喊，小羊叫，“咩咩”地响成一片。老汉还是呆呆地坐着，闷闷地抽烟。他分明是心动了，可又怕对不起留小儿。留小儿的大[2]死得惨，平时谁也不敢向破老汉问起这事。据说，老汉一想起就哭，自己打自己的嘴巴。听说，都是因为破老汉舍不得给大夫多送些礼，把儿子的病给耽误了；其实，送十来斤米或者面就行。那些年月啊！

秋天，在山里拦牛简直是一种享受。庄稼都收完了，地里光秃秃的，山洼、沟掌里的荒草却长得茂盛。把牛往沟里一轰，可以躺在沟门上睡觉；或是把牛赶上山，在下山的路口上坐下，看书。秋天的色彩也不再那么单调：半崖上小灌木的叶子红了，杜梨树的叶子黄了，酸枣棵子缀满了珊瑚珠似的小酸枣……尤其是山坡上绽开了一丛丛野花，淡蓝色的，一丛挨着一丛，雾蒙蒙的。

---

① 危险：严重、厉害。
② 大：爹。

灰色的小田鼠从黄土坷垃后面探头探脑；野鸽子从悬崖上的洞里钻出来，“扑棱棱”飞上天；野鸡“咕咕嘎嘎”地叫，时而出现在崖顶上，时而又钻进了草丛……我很奇怪，生活那么苦，竟然没人捕食这些小动物。也许是因为没有枪，也许是因为这些鸟太小也太少，不过多半还是因为别的。譬如：春天燕子飞来时，家家都把窗户打开，希望燕子到窑里来做窝；很多家窑里都住着一窝燕儿，没人伤害它们。谁要是说燕子的肉也能吃，老乡们就会露出惊讶的神色，瞪你一眼：“咦！燕儿嘛！”仿佛那无异于亵渎了神灵。

种完了麦子，牛就都闲下了，我和破老汉整天在山里拦牛。老汉不闲着，把牛赶到地方，跟我交代几句就不见了。有时忽然见他出现在半崖上，奋力地劈砍着一棵小灌木。吃的难，烧的也难，为了一把柴，常要爬上很高很陡的悬崖。老汉说，过去不是这样，过去人少，山里的好柴砍也砍不完，密密匝匝的，人也钻不进去。老人们最怀恋的是红军刚到陕北的时候，打倒了地主，分了地，单干。“才红了[①]那辰儿，吃也有的吃，烧也有的烧，这咋会儿，做过啦！”老乡们都这么说。真是，“这咋会儿”迷信活动倒死灰复燃。有一回，传说从黄河东来了神神，有些老乡到十几里外的一个破庙去祷告，许愿。破老汉不去。我问他为什么，他皱着眉头不说，又哼哼起《山丹丹开花红艳艳》。那是才红了那辰儿的歌。过了半天，使劲磕磕烟袋锅，叹了口气：“都是那号婆姨闹的！”“哪号儿？”我有点明知故问。他用烟袋指指天，摇摇头，撇撇嘴：“那号婆姨，我一照就晓得……”如此算来，破老汉反“四人帮”要比“四五”运动早好几年呢！

在山里，有那些牛做伴，即便剩我一个人也并不寂寞。我半

---

① 才红了：指红军刚到陕北。

天半天地看着那些牛，它们的一举一动都意味着什么，我全懂。平时，牛不爱叫，只有奶着犊子的生牛才爱叫。太阳一偏西，奶着犊儿的生牛就急着要回村了，你要是不让它回，它就“哞——哞——”地叫个不停，急得团团转，无心再吃草。有一回，我在山洼洼里，睡着了，醒来太阳已经挨近了山顶。我和破老汉吆起牛回村，忽然发现少了一头。山里常有被雨水冲成的暗洞，牛踩上就会掉下去摔坏。破老汉先也一惊，但马上看明白了，说：“没麻搭，它想儿，回去了。”我才发现，少了的是一头奶犊儿的生牛。离村老远，就听见饲养场上一声声牛叫了，儿一声，娘一声，似乎一天不见，母子间有说不完的贴心话。牛不老[①]在母亲肚子底下一下一下地撞，吃奶。母牛的目光充满了温柔、慈爱，神态那么满足、平静。我喜欢那头母牛，喜欢那只牛不老。我最喜欢的是一头红犍牛，高高的肩峰，腰长腿壮，单套也能拉得动大步犁。红犍牛的犄角长得好，又粗又长，向前弯去；几次碰上邻村的牛群，它都把对方的首领顶得败阵而逃。我总是多给它拌些料，犒劳它。但它不是首领。最讨厌的还是那头老黑牛，不仅老奸巨猾，而且专横跋扈，双套它也会气喘吁吁，却占着首领的位置。遇到外“部落”的首领，它倒也勇敢，但不下两个回合，便跑得比平时都快了。那头老生牛就好，虽然比老黑牛还老，却和蔼得很，再小的牛冲它伸伸脖子，它也会耐心地为之舔毛。和牛在一起，也可谓其乐无穷了，不然怎么办呢？方圆十几里内看不见一个人，全是山。偶尔有拦羊的从山梁上走过，冲我呐喊两声。黑色的山羊在陡峭的岩壁上走，如走平地，远远看去像是悬挂着的棋盘；白色的绵羊走在下边，是白棋子。山沟里有泉水，渴了就喝，热了就脱个精光，洗一通。那生活倒是自由自在，就是常常

① 牛不老：牛犊。

饿肚子。

破老汉有个弟弟，我就是顶替了他喂牛的。据说那人奸猾，偷牛料；头几年还因为投机倒把坐过县大狱。我倒不觉得那人有多坏，他不过是蒸了白馍跑到几十里外的车站上去卖高价，从中赚出几升玉米、高粱米，白面自家舍不得吃。还说他捉了乌鸦，做熟了当鸡卖，而且白馍里也掺了假。破老汉看不上他弟弟，破老汉佩服的是老老实实的受苦人。

一阵山歌，破老汉担着两捆柴回来了。“饿了吧？”他问我。“我把你的干粮吃了。”我说。“吃得下那号干粮？”他似乎感到快慰。他“哼哼唉唉”地唱着，带我到山背洼里的一棵大杜梨树下。“咋吃！”他说着爬上树去。他那年已经五十六岁了，看上去还要老，可爬起树来却比我强。他站在树上，把一杈杈结满了杜梨的树枝撅下来，扔给我。那果实是古铜色的，小指甲盖儿大小，上面有黄色的碎斑点，酸极了，倒牙。老汉坐在树杈上吃，又唱起来：“对面价沟里流河水，横山里下来些游击队……”那是《信天游》。老汉大约又想起了当年。他说他给刘志丹抬过棺材，守过灵。别人说他是吹牛。破老汉有时是好吹吹牛。“牵牛牛开花羊跑青，二月里见罢到如今……”还是《信天游》。我冲他喊：“不是夜来黑喽[①]才见罢吗？”“憨娃娃，你还不赶紧寻个婆姨？操心把‘心儿’耽误下！”他反唇相讥。“后沟里的可会迷男人？”“咦！亮亮妈，人可好！”“这两捆柴，敢是给亮亮妈砍的吧？”“谁情愿要，谁扛去。”这话是真的，老汉穷，可不小气。

有一回我半夜起来去喂牛，借着一缕淡淡的月光，摸进草窑。刚要揽草，忽然从草堆里站起两个人来，吓得我头皮发麻，不禁

---

① 夜来黑喽：昨天晚上。

喊了一声，把那两个人也吓得够呛。一个岁数大些的连忙说："别怕，我们是好人。"破老汉提着个马灯跑了来，以为是有了狼。那两个人是瞎子说书的，从绥德来。天黑了，就摸进草窑，睡了。破老汉把他们引回自家窑里，端出剩干粮让他们吃。陕北有句民谣："老乡见老乡，两眼泪汪汪。"老汉和两个瞎子长吁短叹，唠了一宿。

第二天晚上，破老汉操持着，全村人出钱请两个瞎子说了一回书。书说得乱七八糟，李玉和也有，姜太公也有，一会儿是伍子胥一夜白了头，一会儿又是主席语录。窑顶上，院墙上，磨盘上，坐得全是人，都听得入神。可说的是什么，谁也含糊。人们听的是那么个调调儿。陕北的说书实际是唱，弹着三弦儿，哀哀怨怨地唱，如泣如诉，像是村前汩汩而流的清平河水。河水上跳动着月光。满山的高粱、谷子被晚风吹得"沙沙"响。时不时传来一阵响亮的驴叫。破老汉搂着留小儿坐在人堆里，小声跟着唱。亮亮妈带着亮亮坐在窑顶上，穿得齐齐整整。留小儿在老汉怀里睡着了，她本想是听完了书再去饲养场上爆玉米花的，手里攥着那个小手绢包儿。山村里难得热闹那么一回。

我倒宁愿去看牛顶架，那实在也是一项有益的娱乐，给人一种力量的感受，一种拼搏的激励。我对牛打架颇有研究。二十头牛（主要是那十几头犍牛、公牛）都排了座次，当然不是以姓氏笔画为序，但究竟根据什么，我一开始也糊涂。我喂的那头最壮的红犍牛却敬畏破老汉喂的那头老黑牛。红犍牛正是年轻力壮的时候，肩峰上的肌肉像一座小山，走起路来步履生风；而老黑牛却已显出龙钟老态，也瘦，只剩了一副高大的骨架。然而，老黑牛却是首领。遇上有哪头母牛发了情，老黑牛便几乎不吃不喝地看定在那母牛身旁，绝不允许其他同性接近。我几次怂恿红犍牛向它挑战，然而只要老黑牛晃晃犄角，红犍牛便慌忙躲开。我实在憎恨老黑牛的狂妄、专横，又为红犍牛的怯懦而生气。后来我才知道，牛的排座次是根据每年一度的角斗，谁夺了魁，便在这一年中被尊崇为首领，享有“三宫六院”的特权，即便它在这一年中变得病弱或衰老，其他的牛也仍为它当年的威风所震慑，不敢贸然不恭。习惯势力到处在起作用。可是，一开春就不同了，闲了一冬，十几头犍牛、公牛都积攒了气力，是重新较量、争魁的时候了。“男子汉”们各自权衡了对手和自己的实力，自然地推举出一头（有时是两头）体魄最大，实力最强的新秀，与前冠军进行决赛。那年春天，我的红犍牛正处在新秀的位置上，开始对老黑牛有所怠慢了。我悄悄促成它们的决斗，把它们引到开阔的河滩上去（否则会有危险）。这事不能让破老汉发觉，否则他会骂。一开始，红犍牛仍有些胆怯，老黑牛尚有余威。但也许是春天的母牛们都显得越发俊俏吧，红犍牛终于受不住异性的吸引或是轻蔑，“哞——哞——”地叫着向老黑牛挑战了。它们拉开了架势，对峙着，用蹄子刨土，瞪红了眼睛，慢慢地接近，接近……猛地扭打到一起。这时候需要的是力量，是勇气。犄角的形状起很大作用，倘是两只粗长而向前弯去的角，便极有利，左右一晃就会顶到对方的虚弱处。然而，红犍牛和老黑牛都长了这样两只角。这就要比机智了。前冠军毕竟老朽了，过于相信自己的势力和威风，新秀却认真、敏捷。红犍牛占据了有利地形（站在高一些的地方比较有利），逼得老黑牛步步退却，只剩招架之功。红犍牛毫不松懈，瞧准机会把头一低，一晃一冲，顶到了对方的脖子。老黑牛转身败走，红犍牛追上去再给老首领的屁股上加一道失败的标记。第一回合就此结束。这样的较量通常是五局三胜制或九局五胜制。新秀连胜几局，元老便自愿到一旁回忆自己当年的矫勇去了。

为了这事，破老汉阴沉着脸给我看。我笑嘻嘻地递过一根纸烟去。他抽着烟，望着老黑牛屁股上的伤痕，说："它老了呀！它救过人的命……"

据说，有一年除夕夜里，家家都在窑里喝米酒，吃油馍，破老汉忽然听见牛叫、狼嗥。他想起了一只出生不久的牛不老，赶紧跑到牛棚。好家伙，就见这黑牛把一只狼顶在墙旮旯里。黑牛的脸被狼抓得流着血，但它一动不动，把犄角牢牢地插进了狼的肚子。老汉打死了那只狼，卖了狼皮，全村人抽了一回纸烟。

"不，不是这。"破老汉说，"那一年村里的牛死的死，杀的杀（他没说是哪年），快光了。全凭好歹留下来的这头黑牛和那头老生牛，村里的牛才又多起来。全靠了它，要不全村人倒运吧！"破老汉摸摸老黑牛的犄角。他对它分外敬重。"这牛死了，可不敢吃它的肉，得埋了它。"破老汉说。

可是，老黑牛最终还是被人拖到河滩上杀了。那年冬天，老黑牛不小心踩上了山坡上的暗洞，摔断了腿。牛被杀的时候要流泪，是真的。只有破老汉和我没有吃它的肉。那天村里处处飘着肉香。老汉呆坐在老黑牛空荡荡的槽前，只是一个劲儿抽烟。

我至今还记得这么件事：有天夜里，我几次起来给牛添草，都发现老黑牛站着，不卧下。别的牛都累得早早地卧下睡了，只有它喘着粗气，站着。我以为它病了，走进牛棚，摸摸它的耳朵，这才发现，在它肚皮底下卧着一只牛不老。小牛犊正睡得香，响着均匀的鼾声。牛棚很窄，各有各的"床位"，如果老黑牛卧下，就会把小牛犊压坏。我把小牛犊赶开（它睡的是"自由床位"），老黑牛"扑通"一声卧倒了。它看着我，我看着它。它一定是感激我了，它不知道谁应该感激它。

那年冬天，我的腿忽然用不上劲儿了，回到北京不久，两条腿都开始萎缩。

住在医院里的时候，一个从陕北回京探亲的同学来看我，带来了乡亲们捎给我的东西：小米、绿豆、红枣、芝麻……我认出了一个小手绢包儿，我知道那里头准是玉米花。

那个同学最后从兜里摸出一张十斤的粮票，说是破老汉让他捎给我的。粮票很破，渍透了油污，背面中间用一条白纸相连。

“我对他说这是陕西省通用的，在北京不能用。破老汉不信，说：‘咦！你们北京就那么高级？我卖了十斤好小米换来的，咋啦不能用？！’我只好带给你。破老汉说你治病时会用得上。”

唔，我记得他儿子的病是怎么耽误了的，他以为北京也和那儿一样。

十年过去了。前年留小儿来了趟北京，她真的自个儿攒够了盘缠！她说这两年农村的生活好多了，能吃饱，一年还能吃好多回肉。她说，黑肉[1]真的还是比白肉[2]好吃些。

“清平河水还流吗？”我糊里巴涂地这样问。

“流哩嘛！”留小儿“咯咯”地笑。

“我那头红犍牛还活着吗？”

“在哩！老下了。”

我想象不出我那头浑身是劲儿的红犍牛老了会是什么样，大概跟老黑牛差不多吧，既专横又慈爱……

留小儿给他爷爷买了把新二胡。自己想买台缝纫机，可是没买到。

“你爷爷还爱唱吗？”

“整天价瞎唱。”

“还唱《走西口》吗？”

---

① 黑肉：瘦肉或精肉。
② 白肉：肥肉。

“唱。”

“《揽工调》呢？”

“什么都唱。”

“不是愁了才唱吗？”

“咦？！谁说？”

关于民歌产生的原因，还是请音乐家和美学家们去研究吧。我只是常常记起牛群在土地上舔食那些渗出的盐的情景，于是就又想起破老汉那悠悠的山歌：“崖畔上开花崖畔上红，受苦人过得好光景……”如今，“好光景”已不仅仅是“受苦人”的一种盼望了。老汉唱的本也不是崖畔上那一缕残阳的红光，而是长在崖畔上的一种野花，叫山丹丹，红的，年年开。

哦，我的白老汉，我的牛群，我的遥远的清平湾……

1982 年

奶奶的星星

世界给我的第一个记忆是：我躺在奶奶怀里，拼命地哭，打着挺儿，也不知道是为了什么，哭得好伤心。窗外的山墙上剥落了一块灰皮，形状像个难看的老头儿。奶奶搂着我，拍着我，“噢——噢——”地哼着。我倒更觉得委屈起来。“你听！”奶奶忽然说，“你快听，听见了吗……”我愣愣地听，不哭了，听见了一种美妙的声音，飘飘的、缓缓的……是鸽哨儿？是秋风？是落叶滑过屋檐？或者，只是奶奶在轻轻地哼唱？直到现在我还是说不清。“噢噢——睡觉吧，麻猴儿来了我打它……”那是奶奶的催眠曲。屋顶上有一片晃动的光影，是水盆里的水反射的阳光。光影也那么飘飘的、缓缓的，变幻成和平的梦境，我在奶奶怀里安稳地睡熟……

我是奶奶带大的。不知有多少人当着我的面对奶奶说过：“奶奶带起来的，长大了也忘不了奶奶。”那时候我懂些事了，趴在奶奶膝头，用小眼睛瞪那些说话的人，心想：瞧你那讨厌样儿吧！翻译成孩子还不能掌握的语言就是：这话用你说吗？

奶奶愈紧地把我搂在怀里，笑笑：“等不到那会儿哟！”仿佛已经满足了的样子。

“等不到哪会儿呀？”我问。

“等不到你孝敬奶奶一把铁蚕豆。”

我笑个没完。我知道她不是真那么想。不过我总想不好，等我挣了钱给她买什么。爸爸、大伯、叔叔给她买什么，她都是说：“用不着花那么多钱买这个。”奶奶最喜欢的是我给她踩腰、踩背。一到晚上，她常常腰疼、背疼，就叫我站到她身上去，来来回回地踩。她趴在床上“哎哟哎哟”的，还一个劲儿夸我：“小脚丫踩上去，软软乎乎的，真好受。”我可是最不耐烦干这个，她的腰和背可真是够漫长的。“行了吧？”我问。“再踩两趟。”我大跨步地打了个来回：“行了吧？”“唉，行了。”我赶快下地，穿鞋，逃跑……

于是我说：“长大了我还给您踩腰。”

“哟，那还不把我踩死？”

过了一会儿我又问：“您干吗等不到那会儿呀？”

“老了，还不死？”

“死了就怎么了？”

“那你就再也找不着奶奶了。”

我不嚷了，也不问了，老老实实依偎在奶奶怀里。那又是世界给我的第一个可怕的印象。

一个冬天的下午，一觉醒来，不见了奶奶。我扒着窗台喊她，窗外是风和雪。“奶奶出门儿了，去看姨奶奶。”我不信，奶奶去姨奶奶家总是带着我的。我整整哭喊了一个下午，妈妈、爸爸、邻居们谁也哄不住，直到晚上奶奶出我意料地回来。这事大概没人记得住了，也没人知道我那时想到了什么。小时候，奶奶吓唬我的最好办法，就是说：“再不听话，奶奶就死了！”

夏夜，满天星斗。奶奶讲的故事与众不同，她不是说地上死一个人，天上就熄灭了一颗星星，而是说，地上死一个人，天上就又多了一个星星。

“怎么呢？”

“人死了，就变成一个星星。”

“干吗变成星星呀？”

“给走夜道儿的人照个亮儿……”

我们坐在庭院里，草茉莉都开了，各种颜色的小喇叭，掐一朵放在嘴上吹，有时候能吹响。奶奶用大芭蕉扇给我轰蚊子。凉凉的风，蓝蓝的天，闪闪的星星，永远留在我的记忆里。

那时候我还不懂得问，是不是每个人死了都可以变成星星，都能给活着的人把路照亮。

奶奶已经死了好多年。她带大的孙子忘不了她。尽管我现在想起她讲的故事，知道那是神话，但到夏天的晚上，我却时常还像孩子那样，仰着脸，揣摸哪一颗星星是奶奶的……我慢慢去想奶奶讲的那个神话，我慢慢相信，每一个活过的人，都能给后人的路途上添些光亮，也许是一颗巨星，也许是一把火炬，也许只是一支含泪的烛光……

奶奶是小脚儿。奶奶洗脚的时候总避开人。她避不开我，我是“奶奶的影儿”。

“这有什么可看的！快着，先跟你妈玩儿去。”

我蹲在奶奶的脚盆前不走。那双脚真是难看，好像只有一个大脚趾和一个脚后跟。

“您疼吗？”

“疼的时候早过去啦。”

“这会儿还疼吗？”

“一碰着，就疼。”

我本来想摸摸她的脚，这下不敢了。我伸一个指头，拨弄拨弄盆里的水。

“你看受罪不！”

我心疼地点点头。

“赶明儿奶奶一喊你，你就回来，奶奶追不上你。嗯？”

我一个劲儿点头，看着她那两只脚，心里真害怕。我又看看奶奶的脸，她倒没有疼的样子。

“等我妈老了，脚也这样儿了吧？”

一句话把奶奶问得哭笑不得。妈妈在外屋也忍不住地笑，过来把我拉开了。奶奶还在里屋念叨：“唉，你妈赶上了好时候，你们都赶上了好时候……”

晚上睡在奶奶身旁，我还想着这件事，想象着一个老妖婆（就像《白雪公主》里的那个老妖婆，鼻子有钩，脸是蓝的），用一条又长又结实的布使劲勒奶奶的脚。

“您妈是个老妖婆！”我把头扎在奶奶的脖子下，说。

“这孩子，胡说什么哪？”奶奶一愣，摸摸我的头，怀疑我是在说梦话。“

那她干吗把您的脚弄成那样儿呀？”

奶奶笑了，叹口气：“我妈那还是为我好呢。”

“好屁！”我说。平时我要是这么说话，奶奶准得生气，这回没有。

“要不能到了你们老史家来？”奶奶又叹气。

“我不姓屎！我姓方！”我喊起来。“方”是奶奶的姓。

奶奶也笑，里屋的妈妈和爸爸也笑。但不知为什么，他们都不像往常那样笑得开心。

“到你们老史家来，跟着背黑锅。我妈还当是到了你们老史家，能享多大福呢……”奶奶总是把“福”读成“斧”的音。

老史家是怎么回事呢？奶奶干吗总是那么讨厌老史家呢？反

正我不姓屎，我想。

月光照在窗纸上，一个个长方格，还有海棠树的影子。街上传来吆喝声，听不清是卖什么的，总拖着长长的尾音。我看见奶奶一眨不眨地睁着眼睛想事。

“奶奶。”

“嗯？睡吧。”奶奶把手伸给我。

奶奶想什么呢？她说过，她小时候也有一双能蹦能跳的脚。拉着奶奶的手睡觉，总能睡得香甜。我梦见奶奶也梳着两个小“抓鬏儿”，踢踢踏踏地跳皮筋儿，就像我们院里的惠芬三姐，两个“抓鬏儿”，两只大脚片子……

惠芬三姐长得特别好看。我还只是个小孩子的时候，就觉得她好看了。她跳皮筋的时候我总蹲在一边看，奶奶叫我也叫不动。但惠芬三姐不怎么爱理我。她不太爱理人。只有她们缺一个人抻皮筋的时候，她才想起我。我总盼着她们缺一个人。她也不爱笑，刚跳得有点高兴了，她妈就又喊她去洗菜，去和面，去把她那群弟弟妹妹的衣裳洗洗。她一声不吭地收起皮筋，一声不吭地去干那些活儿。奶奶总是夸她，夸她的时候，她也还是一声不吭。

惠芬三姐最小的弟弟叫八子，和我同岁。他们家有八个孩子，差不多一个比一个小一岁。他们家住南屋，我们家住西屋。

院子中间，十字砖路隔开四块土地，种了一棵梨树和三棵海棠树。春天，满院子都是白花；花落了，满地都是花瓣。树下也都种的花：西番莲、草茉莉、珍珠梅、美人蕉、夜来香……全院的人都种，也不分你我。也许因为我那时还很小，总记得那些花都很高。我和八子常在花丛里钻来钻去。晚上，那更是捉迷藏的好地方，往茂密的花丛中一蹲，学猫叫。奶奶总愿意把我们拢到一块儿，听她说谜语：“青石板，板石青，青石板上……”“咳，是星星！”奶奶就会那么几个谜语。八子不耐烦了，又去找纸叠“子弹”；我们又钻进花丛。“别崩着眼睛！唉……”奶奶坐在门前喊。“没有，我们崩猫呢！”八子说。有一只外头来的大黑猫，是我们的假想敌。“猫也别崩，好好的猫，你们别害巴它！”奶奶还在喊。我们什么都听不见了，从前院追到后院，又嚷又叫，黑猫蹿上房，逃跑了。

八子特别会玩。弹球儿他总能赢，一赢就是大半兜，好的不多，净是大麻壳、水泡子。他还会织逮蜻蜓的网，一逮就是一大把，每个手指缝夹两只。他还敢一个人到城墙根儿去逮蛐蛐儿，或者爬到房顶上去摘海棠。奶奶就又喊：“八子，八子！什么时候见你老实会儿！看别摔了腰！”八子爱到我们家来，悄悄地，不让他妈知道。奶奶总把好吃的分给我们俩——糖，一人两块，或者是饼干，一人两三块。八子家生活困难，平时吃不到这些东西。八子妈总是抱怨，“有多少东西，也不够我们家那几个‘小饿狼儿’吃的。”我和八子趴在奶奶的床上，把糖嘬得“咂咂”地响，用红的、蓝的玻璃纸看太阳，看树，看在院里晾衣服的惠芬三姐。我们俩得意地嘻嘻哈哈笑。“八子！别又在那儿闹！”惠芬三姐说话总绷着脸，像个大人。八子嘴里含着糖，不敢搭茬儿。“没闹，”奶奶说，“八子难得不在房上。”其实奶奶最喜欢八子，说他忠厚。

上小学的时候，我和八子一班。记得我们入队的时候，八子家还给他做不上一件白衬衫，奶奶就把我的两件白衬衫分一件给八子穿。八子高兴得脸都发红，他长那么大一直是捡哥哥姐姐的旧衣服穿。临去参加入队仪式的早晨，奶奶又把八子叫来，给我们俩每人一块蛋糕和两个鸡蛋。八子妈又给了我们每人一块补花的新手绢，是她自己做的。八子妈没日没夜地做补花，挣点钱贴补家用。

奶奶后来也做补花，是八子妈给介绍的。一开始，八子妈不信奶奶真要做，总拖着，奶奶就总问她。

“八子妈，您给我说了吗？”

“您真要做是怎么的？”八子妈肩上挂着一绺绺各种颜色的丝线。

“真做。”

“行，等我给您去说。”

过了好些日子，八子妈还是没去说。奶奶就又催她。

“您抽空儿给我说说去呀？”

“您还真要做呀？”

“真做。”

“您可真是的，儿子儿媳妇都工作，一月一百好几十块，总共四口人，受这份儿累干吗？”

“我不是缺钱用……”奶奶说。

奶奶确实不是为挣那几个钱。奶奶有奶奶的考虑，那时我还不懂。

小时候，我一天到晚都是跟着奶奶。妈妈工作的地方很远，尤其是冬天，她要到天挺黑挺黑的时候才能回来。爸爸在里屋看书、看报，把报纸弄得窸窸窣窣地响。奶奶坐在火炉边给妈妈包馄饨。我在一旁跟着添乱，捏一个小面饼贴在炉壁上，什么时候掉下来就熟了。我把面粉弄得满身全是。

“让你别弄了，看把白面糟蹋的！”奶奶撢撢我身上的面粉，给我把袄袖挽上。

“那您给我包一个‘小耗子’！”

“这是馄饨，包饺子时候才能包‘小耗子’。”

可奶奶还是擀了一个饺子皮，包了一个“小耗子”。和饺子差不多，只是两边捏出了好多褶儿，不怎么像耗子。

“再包一只‘猫’！”

又包一只“猫”。有两只耳朵，还有点像。

“看到时候煮不到一块儿去，就说是你捣乱。”

“行，就说是我包的！”

奶奶气笑了：“你要会包了，你妈还美。”

“唉，你们都赶上了好时候。”我拉长声音学着往常奶奶的语调，“看你妈这会儿有多美！”

奶奶常那么说。奶奶最羡慕妈妈的是，有一双大脚，有文化，能出去工作。有时候，来了好几个妈妈的同事，她们“叽叽嘎嘎”地笑，说个没完，说单位里的事。我听不懂，靠在奶奶身上直想睡觉。奶奶也未必听得懂，可奶奶特别爱听，坐在一个不碍事的地方，支棱着耳朵，一声不响。妈妈她们大声笑起来。奶奶脸上也现出迷茫的笑容，并不太清楚她们笑的是什么。“妈，咱们包饺子吧。”妈妈对奶奶说。奶奶吓了一跳，忙出去看火，火差点就要灭了；奶奶听得把什么都忘了。客人们走后，奶奶的情绪一下子低落了，说：“你们刷碗、添火吧，我累了。”妈妈让奶奶躺会儿。奶奶不躺，坐在那儿发呆。好半天，奶奶又是那句话：“唉，你们都赶上了好时候。”爸爸、妈妈都悄悄的。只有我敢在这时候接奶奶的茬儿：“看你妈多美，大脚片子，又有文化，单位里一大伙子人，说说笑笑多痛快。”“可不是嘛。我就是没上过学。我有个表妹……”“知道，知道。”我又把话茬儿接过去：“你有个表妹，上过学，后来跑出去干了大事。”“可不真的？”奶奶倒像个孩子那样争辩。“您表妹也吃食堂？”我这一问把爸爸、妈妈全逗乐了。奶奶有些尴尬：“六七岁讨人嫌。”奶奶骂我只会这一句。不知为什么，奶奶特别羡慕别人吃食堂，说起她羡慕或崇拜的人来，最后总要说明一句：“人家也吃食堂。”

后来，1958 年，街道上也办了食堂。奶奶把家里的好多坛坛罐罐都贡献了出去。她愿意早早地到食堂门口去等着开饭。中午，爸爸、妈妈都不回来，她叫我放了学到食堂去找她。卖饭的窗口开了，她第一个递上饭票去："要一个西红柿，一个……嗯……"她把"一个"咬得特别清楚，但却不自然；她有些不好意思，但又很骄傲似的。现在回想起来，她大概是觉得自己和那些能出去工作的人相仿了，可她毕竟又没出去工作过。

是在我上小学二年级的时候，那些日子，奶奶晚上总去开会，总不让我跟着。"又不是去看戏！"奶奶说，脾气变得很急躁。

我跟着奶奶看过不少老戏。奶奶做补花挣了钱，就请别人看戏，请八子妈，请姨奶奶，也请院里的另一个老太太，自然每次都得请我——她的"影儿"也得占一个座位。奶奶不会看戏，每次看戏之前都得请教那"另一个老太太"。那个老太太懂戏，也并非真懂，用现在的话说也就是个"名人爱好者"。什么梅兰芳、姜妙香、袁世海、张君秋……奶奶和我都是从她那儿得到启蒙的。我坐在剧场的椅子上睡觉，我是为中间的十五分钟休息来的；休息的时候小卖部卖酸梅汤，我使劲说渴，至少可以喝两瓶。奶奶是说："我年轻时候什么戏也没看过。"她大约是为补上这一课来的。平时胡同里几个老头儿、老太太在一块儿聊天，谁都比奶奶懂戏。奶奶什么事都要强。不过只有一回，奶奶和那个老太太是都看懂了，不是戏，是电影《祝福》。看完了，奶奶直哭，那个老太太也直哭。"那时候可不就是那么样儿。"那个老太太说。"可不就那么样儿。"奶奶说。两个人的眼睛都红红的。我不声不响地跟在奶奶身后走。最惨的不是祥林嫂最后摔倒在雪地上，而是她捐了门槛，高高兴兴地回来的时候。奶奶后来总爱给别人讲《祝福》，还是把"福"念成"斧"的音。不过她再也不愿意看那个电影了。

一天晚上，奶奶又要去开会，早早地换上了出门的衣服，坐在桌边发愣。

妈妈把我叫过来，轻声对奶奶说："今天让他跟您去吧，回来道儿挺黑的。小孩儿，没关系。"

我高兴地喊起来："不就是去我们学校吗？我搀您去，那条路我特熟！"

"嘘——喊什么！"妈妈给了我一巴掌。妈妈的表情挺严肃。

我跑去找八子，我们俩早就想晚上去一回学校了。我们学校原来是一座大庙，八子说，晚上那儿的蛐蛐儿准少不了。

学校有好几层院子，有好几棵又粗又高的老柏树，院墙上长满了草，红色的灰皮脱落了很多。天还没黑，伏天儿在老柏树上"伏天儿——伏天儿——"地叫着。奶奶到紧后院去开会，嘱咐我们就在前院玩。这正合我们的心意，好玩的东西全在前院，白天被高年级同学占领的双杠、爬竿儿、沙坑，这会儿全空着。

"八子，真是跟你妈说了？"奶奶又问。

"真说了。"

八子冲我笑。他才不用跟他妈说呢，他常常在外面玩到半夜，他妈顾不上管他。我常常为此羡慕八子。

我们先玩爬竿儿，我爬不过八子。又玩双杠，一人占一头，喊一声"开始！"各自从双杠上蹿过去抓对方，几个来回之后，我总是上气不接下气地被八子抓住。八子身体好，也跑得快。跟八子出去玩，我不用担心挨欺负，八子打架也特别厉害。

八子的功课一般，不像惠芬三姐，惠芬三姐很用功，还是少先队大队委。我也是班里的学习尖子，但我至今记得，一有算术比赛，八子的成绩总比我好。他就是不用功，不按时完成作业，语文总考六十几分。小学毕业时，我考上了一所名牌中学，八子只考上了三流学校。现在想想，八子的天资其实比我强，我纯粹是靠了奶奶的督促，靠爸爸妈妈总能在课后帮我补习。谁管八子呢？他晚上不是帮家里干活儿，就是跑出去疯玩。惠芬三姐是个例外，她不声不响地干活儿，又不声不响地读书。八子妈嫌她晚上读书费电，她就每天早早地起来在院子里用功。1965年，惠芬三姐考上了大学。那时候她戴上了眼镜，更漂亮了，文质彬彬的，有学问的样子。我真羡慕八子有这样一个姐姐。八子却不放在心上，总拿她的“四眼儿”开玩笑。惠芬三姐不屑于理他。八子也不太爱理惠芬三姐。

太阳落了。

“嚁——嚁嚁——”天完全黑下来时，蛐蛐儿果然不少。“嚁嚁——嚁嚁嚁——”东边也叫，西边也叫。我们顺着声音找，找到了一处墙根儿下。八子对准砖缝滋了一泡尿，一会儿，蛐蛐儿就蹦出来，在月光底下看得很清楚。八子很快就把蛐蛐儿逮住，看看，又扔了。

“老迷嘴，不开牙。”他说。

我们又找，找到一块大石头旁边，蛐蛐儿不叫了。八子示意我别出声，我们蹲在石头边静静地等，大气不出。蛐蛐儿又叫起来，“嚁嚁嚁——”八子笑了。

“哟，我没尿了。”

“我有！”我说。

“嘘！——小点儿声。冲这儿撒，对准了。”

逮到了一只好的。八子从兜里掏出一张纸，卷成纸筒，把蛐蛐儿装进去。

月光真亮，透过老柏树浓黑的枝叶，洒在院子里，斑斑点点。那么大的院子里只有我们俩。教室都是原来大庙的殿堂，这会儿黑森森的，静悄悄的，有点瘆人。星星都出来了。我想起了奶奶。八子逮起蛐蛐儿来入迷，撅着屁股扎在草丛里，顺着墙根儿爬。

我对八子说：“我去看看后院儿有没有蛐蛐儿。”

尽后院的南房里亮着灯。我悄悄地爬上石阶，扒着窗台往里看。一排排的课桌前坐的全是老头儿、老太太。我看见奶奶坐在最后排，两只手放在膝盖上，样子就像个小学生。我冲她招招手。没看见，她听得可真用心。我直想笑。奶奶常说，她要是从小就上学，能知道好多事，说不定她早就参加了革命呢！“我说不定就从你们老史家跑出去了呢。我有个表妹，就是从婆家跑出去的，后来进了共产党……”奶奶老是讲她那个表妹，说她就是因为上过学，知道了好些事，早早地放了脚，跑出去干了大事。我又想笑了：奶奶跑起来是什么样呢？还是用脚后跟跑吗？……

讲台上有个人在讲话。讲台两边还坐着好几个人。有个女的老是给他们倒水喝。

我见过奶奶的那个表妹一回，只见过一回，在一个大楼里。奶奶紧拉着我的手，在又宽又长的楼道里走，东问西问。后来人家让我们在一间屋子里等着，屋子里有好多沙发，可奶奶不让我坐，她自己也站着。等了老半天，才来了一个女的，奶奶让我管她叫表奶奶……

讲台上的那个人讲个没完没了。

我还从来没有这么远远地望着过奶奶。她直了直腰，两只手也没敢离开膝头。这下您知道上学的滋味儿了吧？我又在心里笑。奶奶每天晚上都抱着那本扫盲课本念，有一课是《国歌》，她老是把“吼声”念成“孔声”。“又是孔声！”连我都能提醒她了。她挺难为情，声音变小，慢慢又大起来，念到“吼声”的时候声音又变小，停好一阵，大概是在心里重复……

就在这时候，我忽然听清了讲台上那个人讲的话：“你们过去都是地主、富农，都是靠剥削农民生活，过的都是好逸恶劳，光吃不做的剥削阶级生活……”

什么？再听。

“……地、富、反、坏、右，你们是占的前两位。今后呢？你们还是要认真改造自己……”

我赶紧离开窗台，站在台阶下不知该干什么，脑袋里“嗡嗡”的。地主？奶奶也是地主？

八子来了：“嘿！看，六个！”

我应了一声，赶紧往前院走。

“后院儿有吗？你怎么啦？”

“后院儿没有，咱们还上前院儿吧。”

“前院儿都没啦！”

“那，咱们玩儿爬竿儿去吧。”我拉着八子紧往前院走，我怕他也听见……

奶奶拿回来一个白色的卡片。爸爸、妈妈围在奶奶身边看，样子倒像是很高兴。奶奶直擦眼泪。

“这回就行了，您就甭难受了。”爸爸说。

“就是说，您跟大伙儿都一样了，也有选举权了。”妈妈说。

我趴在床上不说话。这是怎么回事呀？我又不敢问。

“跟了你们老史家，唉……”奶奶又是那句话，说话的声音也有些颤抖，“解放前我也没过过一天舒心日子呀，比老妈子能强多少……”

“您可不能这么想。”妈妈说，“您过的日子再不舒心，也是衣来伸手，饭来张口呀！工人、农民呢？人家过的什么日子？”

奶奶的脸腾地红了，慌忙点头：“我知道，我知道。我就那么一说。人家过得牛马不如，这我都知道。”

过了一会儿，奶奶又对爸爸说：“你还记得给老史家扛活的刘四吗？后来得肺病死了，剩下刘四媳妇带着仨孩子……那时候我也是自个儿带着你们仨。我就跟你大哥说过，真要是分了家，咱们这份儿由我做主，我就把那一亩多地给了刘四媳妇……”

“您可也别总说这事儿。”妈妈又说，“那是因为您有，不在乎那一亩多。”

奶奶愣了一会儿，说：“可不也是，让我都给，我准不干。还不是剥削思想？”

“行了，”爸爸弹弹那张白卡片说，“这回您就过舒心日子吧。”

奶奶把白卡片用一条新毛巾包起来，说，“打解了放，没什么人告诉我，我也是爱这新社会。我可不想再受你们老史家的气……哟，这孩子八成儿着凉了吧？我说不带他去……”奶奶才发现我蔫蔫地趴在床上，忙打住话头，哄我去睡觉。

奶奶摸摸我的头：“不烧。准是玩儿累了。”

奶奶给我打来洗脚水，又摸摸我的头：“明儿奶奶给你包饺子，扁豆馅儿的，爱吃吗？”奶奶也好像高兴起来了。

直到半夜我还没睡着。我听见奶奶总翻身，大概也没睡着。我不敢动，我怕奶奶知道我在想什么。窗外，海棠树的叶子轻轻地摇晃，露出几颗星星。奶奶怎么会是地主呢？我想起过去奶奶给我讲《半夜鸡叫》的时候……“周扒皮就靠剥削人过日子。”奶奶说。“什么叫剥削呀？”我问。“就是光吃饭不干活儿。”“那我是吗？”“你不是，你还小。”“那您是吗？”……真的，奶奶那时就不说话了，是爸爸把话接了过去：“奶奶不是做补花吗？奶奶老了，我们工作养活奶奶。”……唉，我心里乱七八糟的，一宿都没有睡安稳。海棠树的叶子不动了，仍然看得见那几颗星星……

有好几年，我心里总像藏着个偷来的赃物。听忆苦报告的时候，我又紧张又羞愧。看小说看到地主欺压农民的时候，我心里一阵阵发慌、发闷。我也不再敢唱那支歌——“汗水流在地主火热的田野里，妈妈却吃着野菜和谷糠……”过队日时，大家一起合唱，我的声音也小了。我不是不想唱，可我总想起奶奶，一想起奶奶，声音就不由得变小了。奶奶要不是地主多好啊！

我是解放后出生的，但还赶上了一些旧北京的“尾巴”。大人们都说我记事早。那时候，从早到晚，走街串巷做小买卖的和要手艺的不断。

一清早，就有挎着笸箩卖烧饼馃子的，挎着小一点的笸箩卖烂糊芸豆的，挑着挑儿卖老豆腐的。卖烂糊芸豆的还有一块布，你要是多花一分钱，他就把芸豆包在布里，给你捏成一个小芸豆饼。奶奶有时候给我买一小碗芸豆，但绝不让捏成饼，说他那块布“一点儿都不干净”。我就是想要一个芸豆饼，于是哭、闹。奶奶找来一块干净布，自己给我捏。我还是哭，还是闹，说那根本不是芸豆饼，跟卖的一点儿都不一样。奶奶就说：“再不听话，你长大了也去卖芸豆！那个卖芸豆的老头儿就是从小不听话，长大了没出息，去卖芸豆。”

那时候，我们家住在东直门北小街附近。北小街再往北就出了城，很荒凉，破城墙、护城河边长满了荒草，地坛附近全是乱坟岗子，再走就是农村了。总有些赶大车的、拉排子车的从城外来，从北小街走过。马蹄子踩在地上“咕唧咕唧”的。在我的印象里，北小街永远是满地泥泞、满地马粪。马的鼻子里喷着白气，赶车的人穿得很破、很脏，“哦——哦——”地喊着。我心里挺怕。奶奶拉着我的手站在路边，就又对我说：“看你听话不听话，那些赶大车的就是从小不听话，长大了就得去给人家赶大车。”

奶奶总这么说。中午，修理雨伞旱伞的在街上吆喝，我又闹着不睡午觉，我愿意看那个人用猪血把一条条的高丽纸粘到伞上去。一会儿，磨剪子磨刀的又在外面吹喇叭，“呜哇——”，我又想看那个喇叭。奶奶就又是那些话，要么是“不听话就得去磨刀”，要么是“那个修理雨伞的就是因为不听话，才那么没出息”……

自从知道了奶奶是地主(后来我又入了少先队),想起这些事,我心里就对自己说:奶奶可不是看不起劳动人民吗?

可是还有另外一些事,让我没法儿解释。也是我很小很小时候的事。门口来了一个买破烂的女人,敲着一个像瓶子盖似的小鼓儿,背着一个柳条筐,筐里还站着一个比我还小的女孩儿。奶奶拿了几件破衣服交给那个女的。“您要多少?”那女的问,翻来覆去地查看那几件破衣服。“这衣裳可还不算破。”奶奶说。“还不破?您瞧这袖子,这肩膀儿!顶多值……”那女的笑笑,说了个价儿。“那可不卖。”奶奶要收回那几件衣服。那女的抓着衣服不撒手:“那您说个价儿。”奶奶又说了个价儿。“唉,您指着它发财哪?行啦,算我亏本儿!”那女的把衣服扔到筐里,然后慢慢地掏钱。奶奶摸摸筐里那个小女孩儿的脸蛋儿,奶奶就喜欢女孩子。“多大啦?”奶奶问那女的。“两生儿。”“几个?”“仨,仨丫头!”“她爸做什么?”“没了。”那女的把钱递到奶奶手里。奶奶忽然不言声儿了,愣怔地看着那娘儿俩。她们穿的衣服一点不比筐里的衣服好。那女的背起筐来要走,奶奶又把她叫住。奶奶回屋里拿了两件我穿小了的衣服来,给那个女的:“这可不破,我们这孩子穿着小点儿了。”“您要多少?”“不是,”奶奶说,“您要不嫌,就给您这小闺女儿穿吧。”“哎哟,那敢情……”那女的把衣服在小女孩儿身上比比,笑着:“大妈您瞧,还真挺合适的……”我心里真高兴,又“呱嗒呱嗒”跑回屋去,把我的好几件衣服都抱来。奶奶的眼圈直发红。那女的已经走了。为这事,奶奶总对爸爸妈妈夸我,说:“这孩子大了心眼儿错不了。”

也许这又像妈妈说的,是因为我们有吧?可是我总觉得,奶奶的心肠绝不像个地主。周扒皮会那样吗?

不过,奶奶还是像个地主。住在北小街的时候,逢年过节,奶奶总把爷爷的旧照片摆在桌上,照片前摆两盘点心。我没有见过爷爷，妈妈说她也没见过。照片上的那个男人穿一身缎子衣服，还戴个瓜皮帽，真像黄世仁，也像穆仁智。我想吃块点心，奶奶不让，说那是给爷爷的。

“这个人长得真难看。”我说。

“咳，不许瞎说！”奶奶把我从照片前拉开。

我还是远远地望着那照片：“他怎么长得那样儿呀？”

“他是你爷爷。”

“他是我爸爸的爸爸？”

“嗯。”

“他是您的什么呀？”

奶奶又被逗笑了：“去问你妈，你爸爸是你妈的什么。”

我跑去问，回来告诉奶奶：“是爱人。”

奶奶不言语，像是想着别的事……

奶奶那会儿不是在思念“失去的天堂”吧？上四年级的时候，我开始懂得了“阶级敌人总是思念他们那已经失去的天堂”，就这么想。不过自从我上了小学以后，奶奶已经不再供爷爷的照片了。

唉，奶奶是地主，这个念头总折磨着我。睡觉的时候，我不再把头扎在奶奶脖子底下了。奶奶以为我是长大了，不好意思再那样了。只有我自己知道是为什么。而且我心里也明白：我还是跟奶奶好——这想法更折磨人。星星还是那些星星，在树叶间闪亮。奶奶会死吗？想到这儿，我还是害怕……

经常有个老头儿到我们家里来。奶奶让我管他叫表爷爷。一身农村人的打扮，说是从河北老家来。我很少叫他“表爷爷”，心里只管他叫“馋老头儿”。他一来就盘腿往床上一坐，喝茶、抽烟，满地上吐黏痰。奶奶就得去给他买肉、打酒。有一次爸爸小声对妈妈说话，让我听见了：“要说地主，他才真是地地道道的地主呢。”怪不得他这么讨厌呢，我想。

“馋老头儿”夹一块肉、喝一口酒，谁也不让，好像他就应该到这儿来吃，来喝。

奶奶坐在他对面，陪他说话。

依我看，这“馋老头儿”说的全是反动话。

“老嫂子，您猜怎么着？”他说，“现在难得喝这么口好酒了。有钱你也不敢这么买着喝。”

“是你劳动挣来的钱，你就甭怕。”奶奶说。

“那倒也是。您猜怎么着？村儿里对我还真不错，瞧我这岁数，让我喂牲口。活动活动，身子骨儿倒结实了。”

“你可得好好儿的。”

“那是。再者说了，你不好好给人家干也得行啊？”他喝得满脸发红，“嗞儿咋”地响。

“给人家干？”奶奶不满意地斜了他一眼，“你这是给自个儿干。过去人家才是给你干哪！”

“说得是，说得是。”那“馋老头儿”连连点头，低头光是吃，不言语了。

“你的帽子摘了吗？”半天，奶奶又问。

“摘了，头年就摘了。”

什么帽子？摘什么帽子？那时我还不懂。

“老嫂子，您猜怎么着？我还真是心服口服。可不是吗？一样爹妈生的，肉长的，凭什么你就光吃不干呢？……”他好像再找不出什么词儿来表白了，又说，“我可不像史五爷那么混横儿不说理。”

“史五爷怎么着？”

“还戴着呢。老话儿说了，得人心者得天下，共产党就是得了人心。你史五爷逞能，有你的好儿？”

我越听越糊涂，这家伙到底是不是地主？也许他是装的？可又不像。不过我还是讨厌他，老是满地吐黏痰。还有，一来就吃肉、喝酒，电影里的地主就那样。奶奶还老给他喝。唉，可不是吗？奶奶也是地主呀！……

有好几年，对这件事我心里总是惶惶的。我希望那是假的，但愿是那个晚上我听错了。我去想奶奶做过的事，说过的话，一会儿觉得奶奶真是有点像地主，一会儿又觉得一点也不像。我几次想问妈妈，又怕妈妈真说是。我真想找个人说说。我跟八子说了。八子听了一愣，然后直笑："你别瞎说了，奶奶要是地主我死了去！"八子也管我奶奶叫奶奶。"真的，我亲耳听见的。"我说。"准保是你听错了。""也许是。"我说，心里轻松了许多。八子又说："解放前才有地主呢，现在哪儿有哇？"我的心又一阵子紧："说的就是解放前。""反正我敢说，奶奶不是！"八子又拍拍自己的胸脯，"要是，我死去！"八子说得那么肯定，我觉得周围的空气都明澈了许多。那是个夏天的中午，院子里静悄悄的。海棠已经有红的了，梨还是青的，树荫下好凉快。八子揉着一团儿面筋。我们常用面筋去粘树上落的蜻蜓。把面筋放在竹竿的顶端，把竹竿慢慢升高，接近正在"做梦"的蜻蜓，"扑噜噜"，蜻蜓使劲扇动翅膀，但已经被粘住，跑不了啦……奶奶不会是地主，奶奶还总让我教她唱《社会主义好》呢。奶奶不会是地主，妈妈从单位里借来一张桌子，奶奶总是把热锅什么的放在我们家自己的桌子上，说"可别把公家的桌子烫坏了"，她怎么会是地主呢？……

1966 年，我快十六岁了，早已经过了入团的年龄。可我却总入不上。爸爸、妈妈才跟我讲了奶奶的事。

"你知道奶奶的成分是什么吗？"

我心里"轰"的一阵紧张，不吭声。

"你大概已经知道了吧？"

我说不出话来。

奶奶的娘家并不是地主，是个做小买卖的——开一个卖棉花兼弹棉花的小店，总共一间半门脸儿。奶奶从小长得漂亮，父母指望能靠她发财，立志要把她嫁到富贵人家去。那时代，在一个小县城，要想做成富贵人家的贤妻良母，需要长得漂亮，需要把脚裹得特别小，需要会做各种针线活儿，需要会看公婆和男人的眼色……惟独不需要念书识字，“女子无才便是德”。所以奶奶不能像她的弟弟、妹妹那样去上学，也注定了要有一双小脚儿，要学会恭谦、驯顺、忍气吞声。为什么呢？只是因为奶奶长得好，只是因为她的父母希望攀一门阔亲戚。

父母的愿望竟真实现了。十七岁，奶奶嫁到了老史家。史家是全县的首富，全县将近一半的土地都姓史。不过史家要的仅仅是一个漂亮而且贤惠的儿媳妇，奶奶的父母照样开着那一间半门脸儿的小棉花店。奶奶的父母惟有想到女儿是走了运，才觉得多年的希望没有全落空。

奶奶可真是“走了运”，上有公公、婆婆，下有一大群小叔子、小姑子；公婆之上还活着一对老公公、老婆婆。奶奶既是儿媳妇，又是孙子媳妇。伺候了这个伺候那个，给这个磕了头给那个鞠躬，听完了这个的申斥再去给那个赔不是，似乎老史家主要是缺一个老妈子，缺一个挨骂的，缺一个出气筒，才把奶奶娶过来的。只有奶奶的婆婆还算通些情理，因为她也是那么熬过来的，而且还没熬完。

“你看过《家》吗？”爸爸问我。

我点点头。

“就是那样。那种大家庭都是那样儿。奶奶的地位比使唤丫头也差不多。”

奶奶病了，但是在那个大家庭，专为孙子媳妇做些可口的饭菜，等于是造反。奶奶的父母给奶奶送来些点心，但是得交到老公公那儿去。老地主还稀罕几块点心？但这是规矩。

我听奶奶说起过这件事，奶奶根本没见到那几块点心，奶奶的婆婆说了一句："人家娘家送来的，她又病着……"于是也遭了一顿训斥。

"你还记得《家》里瑞珏是怎么死的吗？"

我又点点头。

"奶奶生第一个孩子的时候就是那样。老公公、老婆婆不让找大夫，更甭说去医院，他们舍不得花那份儿钱……"

在伯父前头，我还应该有个姑姑的。我记起来了，奶奶常念叨她那个闺女，"模样儿可俊了，要不是你们老史家，那孩子何至于死呀！"奶奶喜欢女孩子，就是因为她没个闺女。一看见别人的闺女，她就眼热，就想起自己那个死了的女孩子。所以奶奶对妈妈特别好，把妈妈当亲闺女看。

"不是因为别的，因为那是规矩。"爸爸说，"就像你老太爷，出门儿几十里，一泡屎也要憋回来拉到自家的地里。因为那是规矩。那个社会，可笑和可恨的规矩太多了。"

奶奶生了三个儿子：伯父、父亲、叔叔。叔叔还不到一岁，爷爷就死了。爷爷一死，奶奶在那个大家庭里就更没有地位了，没有权也没有钱。想给自己做件衣服，还得打着三个儿子的旗号去跟公公要。算计来算计去，要是能从给三个儿子做衣服的钱里省出一点来，自己才能做件汗衫。大概惟因奶奶生了三个儿子，都是史家之后，奶奶才仍然能在老史家吃饭吧。

奶奶还不如让老史家给轰出去呢，我想，那样奶奶现在也就不是地主了。

其实奶奶给他们干的活儿也足够换来一天三顿饭了。无论什么时候，奶奶总得伺候得公公、婆婆、小叔子、小姑子以及儿子们都吃了饭，她自己才能吃。老妈子也不过如此了，老妈子也是永远吃剩饭。

奶奶真想离开那个家。奶奶的表妹就是不堪忍受那种日子，跑出去参加了共产党。可是奶奶的表妹上过学，碰巧知道了有共产党，奶奶知道什么呢？她想跑也不知道往哪儿跑。再说她也不敢跑，连改嫁她都不愿意，她要守节，她受的就是那种教育。奶奶从二十几岁守寡到今天。

她只盼着儿子们都长大。伯父稍大一点，奶奶壮着胆子提出了分家的要求，但立刻遭到公公的痛骂。小姑子、小叔子也旁敲侧击："嫂子，您要是想改嫁也行，家不能分！"对奶奶来说，这话是最大的侮辱了。奶奶只有自己偷偷地掉眼泪。再说，离开老史家，三个儿子怎么上学呢？上不起。也许是受了她那个表妹的影响，奶奶执意要三个儿子都上学，而且都要上到大学。吝啬而且迂腐的老地主，连屎都要拉到自家地里，自然不忍心把钱送到学校去，奶奶豁出去了，吵、闹，骂他们欺负孤儿寡母。奶奶竟然变得那么勇敢！可不是，奶奶还怕什么呢？她全部的心愿就是她的三个儿子。她不愿意三个儿子将来跟自己似的，更不愿意三个儿子将来跟老史家的人似的。她只知道上学好，她的表妹好，她的表妹之所以好，就是因为上过学。她那时候不知道别的……

我的心一阵阵发疼。我想起奶奶夜里睁着眼睛想事的样子；想起她的叹气声；想起了她的脚；想起她捧着爸爸给她买的扫盲课本，在灯下一字一顿地念，总是把"吼声"念成"孔声"……

"她干吗算地主？"

"她吃了剥削饭。"

"她给老史家干的活儿就不算啦？"我那时真小。

"那是历史，历史造成的。"爸爸说。

唉，历史！"那现在呢？"

“早就不算地主了。奶奶改造得好，早就摘了地主帽子。再说，奶奶干吗不爱新社会呢？她这一辈子，真正有了自由，真正过了舒心的日子，倒是在解放后。现在奶奶和大伙儿都一样了……”

我松了一大口气，在心里骂了一句最难听的话，骂那个“老史家”。

奶奶知道爸爸、妈妈把她的事告诉了我，见了我还有些难为情，又说要给我包扁豆馅饺子，小心地注意着我的反应。

我心里又高兴又难过，不知道说什么好，只说：“包吧。”语气倒像是很勉强。

奶奶转悠过来转悠过去，不说话，偷偷地观察着我的表情。我一看她，她就又把目光躲开。我很想开句玩笑，打破这尴尬的气氛，又想不出逗乐的话。

直到晚上睡觉的时候，我又把头扎在奶奶的脖子底下。

“这么大了还……没臊！”奶奶说。

我觉出她也松了一口气。奶奶的观察力实在是末流的，她难道没有注意到，我有好几年没把头扎在她脖子下了吗？

奶奶活了七十三岁，真正舒心的日子只有那么几年，就是从摘了地主帽子到“文化大革命”开始之前的那七八年。那些年，她整天都很忙，整天都很高兴。她要给全家人做饭，做补花，还要负责全院的清洁卫生。奶奶是全院的卫生负责人。我还记得别人把写了她名字的小红纸条贴在院门上时，她是多么不好意思，又是多么掩饰不住地高兴。为这事她得罪了八子妈，八子家的卫生总是搞不好。

奶奶买了一把长把笤帚，扫起院子来不用弯腰。她的腰和背还是老酸疼。早晨，人们纷纷出门上班的时候，奶奶去扫院门前的街道，和所有过往的街坊们打招呼。她愿意被人们看见。说她爱虚荣也行，说她是显摆也对，她把门前扫得很干净。然后她就冲八子和我喊：“可别再糟蹋啦，啊？奶奶刚扫完！”确实是喊给别人听的，但那声音中也确实流露着舒心的骄傲。

奶奶坚持做补花。有时候活儿催得紧，她一直要做到半夜去，急得她就像小学生完不成作业那样。全家人谁也帮不上忙，跟着着急。有一次妈妈说：“我看您就辞了这活儿吧。”“敢情你们都有工作！”奶奶喊。奶奶从没有对妈妈喊过，吓得全家都不敢言语。奶奶盼望能进补花厂，但她知道没什么可能，她的岁数太大了，人家不会要。她总埋怨八子爸不让八子妈进补花厂。“趁她还年轻，你就让她去得了。要不赶明儿后悔一辈子！”奶奶对八子爸说。八子爸笑笑：“是我不让她去吗？”“去不了，”八子妈赶紧说，“这几个‘劳神精’谁管？”奶奶又说八子爸：“让你要这么多！”“是我生的吗？”八子爸抽着烟笑。“不要脸！”八子妈骂。

活儿不紧的时候，和八子妈，还有其他几个妇女一块儿做补花，是奶奶最高兴的时候。她们互相称“老刘”“老魏”“老林”。奶奶是“老方”。奶奶非常喜欢这种称呼，在家里也“老刘”“老魏”地念叨，是因为新奇，更透着自豪和满足。“我们老姐儿几个有说有笑的，也不觉着累。”奶奶说。“老了老了，没承想还赶上了好时候。”奶奶说。“唉，你们生的是时候呀！我还有几天儿？”奶奶也常流露出遗憾。

星星。星星。星星。星星……

哪一颗星星是奶奶的呢？

我知道，奶奶是真心爱这新社会的。

那些星星都是死去的人变的，是为了给活着的人把夜路照亮……

“文化大革命”一开始，奶奶又戴上了一顶“帽子”，不叫地主，叫“摘帽地主”。其实和地主一样，占“黑五类”之首。所不同的是，“摘帽地主”更狡猾些。一个地主，竟然能够“摘帽”，显见其伪装是何等的高明，其用心是何等的险恶，对社会主义的威胁是何等的不可低估。而且这也成了“刘邓路线”的罪行之一。

奶奶先是不能再做补花了。社会主义的工作怎么能给一个地主呢？后来，也不能再当院里的卫生负责人了。权力当然更重要。

奶奶倒没有哭，她吓傻了。爸爸、妈妈也吓傻了。好多人都吓傻了。好多吓傻了的人也都在做着傻事，做傻事时的样子也都足以把别人吓傻。

先是惠芬三姐从学校里回来，用了半天时间，把院子里的花全刨了。接着是北屋宋家几个闺女把自已家的硬木大立柜抬到院当中，用斧子给劈了。爸爸也偷偷地烧了几本书。奶奶整天躲在屋子里，掀开一角窗帘往外看；也不怎么做饭，顿顿下挂面。传说垃圾站发现了好几根金条。街道积极分子们怀疑是我们院里的人扔出去的，一是因为我们院离垃圾站近，二是因为我们院里除了八子家成分好，其余的都是“黑九类”。

惠芬三姐当了红卫兵，一身军装，扎一条武装带，长辫子剪了，剪成了短发。说实在的，我觉得她更漂亮了。

我在学校里也想参加红卫兵，可是我出身不是“红五类”，不行。我跟着几个“红五类”的同学去抄过一个老教授的家，只是把几个花瓶给摔碎，没别的可抄。后来有个同学提议给老教授把头发剪成“阴阳头”。剪没剪我就不知道了，来了几个高中同学，把非“红五类”出身的人全从抄家队伍中清除出去了。我和另几个被清除出来的同学在街上惶然地走着，走进食品店买了几颗话梅吃，然后各自回家。

院里很乱，惠芬三姐带了好几个大学的红卫兵，挨家挨户地搜查。像是全院大扫除，各家的东西都摆到了院子里。我们家里也都空了，爸爸、妈妈和奶奶坐在凳子上低声说着什么，很恐怖、很警觉的样子。

“真是没想到。”妈妈说。

“平时看着可是挺老实的人。”奶奶说。

“您可别再这么说了，老实人会藏这些东西？”

“谁呀？藏了什么？”我问。

原来是惠芬三姐带着人从那个最懂戏的老太太家抄出了两箱子绸缎、一盒子金银首饰，还有一本书，书上有蒋介石的像。

“在哪儿呢？”

“已经送走了，连东西带人都送走了。”

我隔着窗户往外看。又来了几个红卫兵，惠芬三姐正和一个挺高挺魁梧的男的说话，嗓门儿很大。她过去可从来不大声说话的。她还说了一句“× 他妈的”，从表情上看好像她并没有那么说。也许是我听错了？我们学校的那些女生也都那么说了。我觉得我们男生那么说说还可以……

妈妈让我回学校去住。我上中学的时候住校。妈妈说：“这一阵子先不要回家，有什么事我去找你。”妈妈给了我三十块钱、六十斤粮票，看来够两个月的伙食费了。

晚上，我蹬上我那辆破自行车回学校。我兜里第一次掖了那么多钱、那么多粮票。路上冷冷清清的。已经是秋天了。自行车轧在干黄的落叶上“嚓嚓”地响。路灯的光线很昏暗，影子从车轮下伸出来，变长，变长，又消失了。我好像一时忘记了奶奶，只想着回到学校里该怎么办。那条路很长，全是落叶……

一天，妈妈到学校来找我，对我说，要是想回家就到她的单位去，她在那儿找了一间房；奶奶已经回老家了。

“什么时候？”

“前天。”

“怎么啦？”

“没怎么。我们怕出事，和你爸爸商量，不如先让奶奶到老家去。”

我倒是松了一口气。那些天听说了好几起打死人的事了。不过坦白地说，我松了一口气的原因还有一个：奶奶不在了，别人也许就不会知道我是跟着奶奶长大的了。我生怕班里的红卫兵知道了这一点，算我是地主出身。

“过些时候，我就去看你奶奶，再给她送些东西去。”妈妈说，声音有些抖。

忘记是为了什么了，我又回了一趟家（可能是为了拿一件什么东西）。院里已经面目全非了。花没了；地上刨得乱七八糟的，没人管；每棵树上都钉上了一块语录牌；搬来了好几家新街坊。八子家也搬走了，听说搬到胡同东头的一个大院子里去了。那儿原来住着个资本家，被轰走了，空下来不少好房。

我走进屋里，才又想到，奶奶走了。屋里的东西归置得很整齐，只是落满了灰尘。奶奶不在了。奶奶在的时候从来没有灰尘。那个小线笸箩还在床上，里面是一绺绺彩色的丝线，是奶奶做补花用的。我一直默默地坐着。天黑了。是阴天，没有星星。奶奶这会儿在哪儿呢？干什么呢？屋里没有别人，我哭了。我想起小时候，别人对奶奶说：“奶奶带起来的，长大了也忘不了奶奶。”奶奶笑笑说：“等不到那会儿哟！”……海棠树的叶子落光了，没有星星。世界好像变了个样子。每个人的童年都有一个严肃的结尾，大约都是突然面对了一个严峻的事实，再不能睡一宿觉就把它忘掉，事后你发现，童年不复存在了。

接着是轰轰烈烈的两三年。我时常想起奶奶。但史无前例的事太多，听也听不过来，想也想不过来。不断地把人打倒，人倒不断地明白了许多事情。打人也是为革命，骂人也是为革命，光吃不干也是为革命，横行霸道、仗势欺人，乃至行凶放火也是为革命。只要说是为革命，干什么就都有理。理随即也就不值钱。

接着是上山下乡。抡镢头的为革命而抡镢头；养妾选美的为革命而养妾选美；饥寒交迫的为革命而饥寒交迫；挥霍无度的为革命而无度地挥霍。革命又是为了什么呢？

我在延安插队的时候，妈妈来信说奶奶回来了，奶奶岁数太大了，农村里没她干的活儿，公社给了证明，说奶奶改造得好，态度非常老实。奶奶又在北京落下了户口。

1972 年我也转回了北京。那年奶奶七十岁，头发全白了。爸爸、妈妈又都到云南干校去了，又剩了我跟奶奶。或者说是，奶奶跟着我。我已经二十出头了。我懂得了什么是历史。很多事情并非是因为人怎么坏，而是因为人类还没有弄明白那些事情为什么是坏。譬如说奶奶，她还不明白地主为什么坏，就注定是地主了。也可以说这是命运，但革命不正是为了把全人类都从那种厄运中解放出来吗？

但那还是 1972 年。

我回到北京的时候是半夜。在车站坐了半宿，到家的时候天还不亮。我推推院门，院门开了。我推推屋门，门上有锁。我一愣。院里的人还都没起，很静，谁家屋里传出响亮的鼾声。奶奶这么早上哪儿了呢？还是那四棵树，一棵梨树，三棵海棠，但树叶都被虫子咬得斑斑驳驳的。院里盖起了好几间小厨房，歪七扭八，灰压压的。

北屋门一响，宋家老头儿出来了："哟，你回来啦？你奶奶这几天净念叨你呢。”

“我奶奶这么早上哪儿了？”

“你没瞧见？就在外头扫街哪。”

我跑出院门。远远的晨雾中，有一个人影，用的是长把笤帚，是奶奶。后来我才知道，奶奶这么早来扫街，是为了躲过人多的时候，怕让人看见。她现在是以一个地主的身份在扫街，在改造，不像当年那样是卫生负责人。

奶奶见了我可是立刻就哭了。

我把奶奶搀进屋，劝她，安慰她。我才不说“这是群众运动，您应当理解”呢！她怎么会理解呢？多少大人物不是都不理解吗？只是当我说到“群众的眼睛是亮的”的时候，奶奶才不哭了，连连点头，说街坊邻居对她都不错，街道积极分子对她也不错，居委会主任还偷偷劝她别往心里去，扫起街来也得悠着点儿。奶奶扫街总是超额，甚至加倍。

“还记得八子吗？”奶奶问我。

“当然。”我早就听说八子这几年在街上很出名，外号叫“八爷”，一般的流氓小偷都服他。八子没有去插队。

“可不是吗，唉！可是他见了我，还是管我叫奶奶。”奶奶说。这似乎使她非常感动。

奶奶又说：“没人的时候我跟八子说，可得好好的，要不将来后悔一辈子。他倒是低头儿听着。别人说他，他连听都不听呢。”

“他进工厂了？”

“没有。先前他想进工厂，人家说他不去插队，不给他分配。这会儿人家给他分配了，他又嫌工作不好，不去，等着。他可倒也不缺钱花，又抽烟，又喝酒。他还老跟我说：像您这么老实管什么用！”

“惠芬三姐呢？”

“咳，还提惠芬呢！分配在外地，二十七八了，还没个对象。她那个对象武斗的时候死了，惠芬总还是想着那个人，时常说点子不着边儿的话，说不是那个人她就不结婚……可那个人都死了好几年啦。这都是八子跟我说的。头些日子，我扫街时候碰上了惠芬，她头也不抬。八子说，她不是光不理我，谁她都不理……”

我想起1966年查抄“四旧”的时候了，在院子里，惠芬三姐和一个男大学生说话，那男的又高又魁梧，他会不会就是惠芬三姐的对象呢？

唉！“奶奶，咱们包扁豆馅儿饺子吧！”我说。世上的事都想明白了好像也不符合辩证法。

“行啊！”奶奶高兴起来，“我给你钱，你去买肉馅儿吧。”

妈妈给我写信的时候就说，回了北京好好照顾奶奶，想办法给奶奶弄点好的吃。奶奶一个人老是熬粥、吃馒头、炒白菜什么的；她不愿意去买肉，怕让人看见说她没改造好。

“您管他那些呢！”我说，“肉铺里卖肉就是为让人吃的。革命就是为让所有的人都过好日子！”

“可还有好些人连馒头、炒白菜都吃不上呢。老家的人，好些贫下中农，吃也吃不饱。”奶奶一本正经的神气。

我真得承认：奶奶的觉悟比我高。我开了个玩笑：“您可不能这么说。您说贫下中农现在还吃不饱，那还行？”

奶奶吓坏了，说不出话来。可不？在那些年，这可不是玩笑。

最后这几年，奶奶依旧是很忙。天不亮就去扫街。吃了早饭就去参加街道上办的“专政学习班”。下午又去挖防空洞。

“您这么大岁数，挖什么呀？还不够添乱的呢！”我说。

奶奶听了不高兴：“我能帮着往外撮土。”

“要不我替您去吧。我挖一天够您挖十天的。我替您去干一天，您就歇十天。”

“那可不行。人家让我去是信任我。你可别外头瞎说去。好不容易人家这才让我去了。”

奶奶还是那么事事要强。

最让奶奶难受的是人家不让她去值班。那时候，无论春夏秋冬，不管刮风下雨，北京所有的小胡同里都有人值班。绝大多数是没有工作的老头儿、老太太，都是成分好的，站在胡同口，或拿个小板凳坐在墙角里，监视坏人，维护治安。每个人值两个小时，一班接一班。奶奶看人家值班，很眼热，但她的成分不好。

一天，街道积极分子来找奶奶，说是晚 10 点到 12 点这一班没人了，李老头儿病了，何大妈家里离不开，一时没处找人去，让奶奶值一班。奶奶可忙开了，又找棉袄，又找棉鞋。秋风刮得挺大。

“真要是有坏人，您能管得了什么？他会等着让您给他一拐棍儿？”

“人家这是信任我。”

“就算您用拐棍儿把他的腿钩住了，他也得把您拉个大马趴。”

“我不会喊？”

“我替您去吧。”

“那可不行！”奶奶穿好了棉衣，拿着拐棍儿，提着板凳，掖着手电筒，全副武装地出了门。

我出门去看了看。奶奶正和上一班的一个老头儿在聊天。还不到 10 点。两个人聊得挺热火。风挺大，街上没什么人。那老头儿在抱怨他孙子结婚没有房……

10 点刚过，奶奶回来了。

“怎么啦？”

奶奶说：“又有人接班了。”脸色挺难看。

"有人了更好。咱们睡觉。"

奶奶不言语，脱棉袄的时候，不小心把手电筒掉地上了，玻璃摔碎了。

"您累了吧？我给您按摩按摩？"

奶奶趴在床上。我给她按摩腰和背。她还是一到晚上就腰酸背疼。我想起小时候给奶奶踩腰，觉得她的腰背是那样漫长。如今她的腰和背却像是山谷和山峰，腰往下塌，背往上凸。

我看见奶奶在擦眼泪。

"算了，什么大不了的事儿！"我说。

"敢情你们都没事儿。我妈算是瞎了眼，让我到了你们老史家来……"

海棠树的叶子又落了，树枝在风中摇。星星真不少，在遥远的宇宙间痴痴地望着我们居住的这颗星球……

那是1975年，奶奶七十三岁。那夜奶奶没有再醒来。我发现的时候，她的身体已经变凉。估计是脑溢血。很可能是脑溢血。

给奶奶穿鞋的时候我哭了。那双小脚儿，似乎只有一个大拇指和一个脚后跟。这双脚走过了多少路啊。这双脚曾经也是能蹦能跳的。如今走到了头。也许她还在走，走进了天国，在宇宙中变成了一颗星星……

现在毕竟不是过去了。现在，在任何场合，我都敢于承认：我是奶奶带大的，我爱她，我忘不了她。而且她实在也是爱这新社会的。一个好的社会，是会被几乎所有的人爱的。奶奶比那些改造好了的国民党战犯更有理由爱这新社会。知道她这一生的人，都不怀疑这一点。

当然，最后这几年，她心里一定非常惶惑。我不能原谅自己的是这样一件事：那时每天晚上，奶奶都在灯下念报纸上的社论。在那个"专政学习班"里，奶奶是学得最好的一个。她一字一顿地念，像当年念扫盲课本时那样。我坐在桌子的另一边看书。显然是有些段落她看不大懂，不时看看我，想找机会让我给她讲一讲。我故意装得很忙，不给她这个机会，心想：您就是学得再好，再虔诚些，人家又能对您怎么样？那正是“反击右倾翻案风”的时候，净是些狗屁不通的社论。奶奶给我倒茶，终于找到了机会。

“你给我讲讲这一段行不？”

“咳，您不懂！”

“你不告诉我，我可不老是不懂。”

“您懂了又怎么样？啊？又怎么样？”

奶奶分明听出了我的话外之音。她默默地坐着，一声不响。第二天晚上，她还是一字一句地自己念报纸，不再问我。我一看她，她的声音就变小，挺难为情似的……

老海棠树还活着，枝叶间，星星在天上。我认定那是奶奶的星星。据说有一种蚂蚁，遇到火就大家抱成一个球，滚过去，总有一些被烧死，也总有一些活过来，继续往前爬。人类的路本来很艰难。前些时候碰上了惠芬三姐，听说因为她“文革”中做了些错事，弄得很苦恼，很多事都受到影响。我就又想起了奶奶的星星。历史，要用许多不幸和错误去铺路，人类才变得比那些蚂蚁更聪明。人类浩荡前行，在这条路上，不是靠的恨，而是靠的爱……

1983年11月11日

关于詹牧师的报告文学

序

想给詹牧师写一篇报告文学，已经有很久了。——仅此一句，明眼的读者就已看出，我是在套用伟人的路数。事已至此，承认下来是上策。我选择上策。

原来我甚至想题名为“詹牧师 × 传”的，可眼下不时兴作传了，无论是什么样的传。“正传”也不适宜。一来文体旧了，惟恐发散不出恰当的气息。二来有鲁迅先生，而且至今魅力犹存，只有常冒傻气的人才不懂：步伟人之后尘，只能愈显出自己的卑微和浅薄。由此也可见，我的套用绝非想也做一名伟人，实在倒是冒了“卑微和浅薄”的风险呢！不宜作传的第三个原因是：天有不测风云。明白说，你摸得清谁的底细？换言之，你敢担保谁的历史就完全清白？倘若你要为之作传的人当过三五天特务，或出卖过一两分钟灵魂呢？尤其是从那动乱年月中活过来的人，谁敢拍拍胸脯说自己一向襟怀坦荡、彻底问心无愧呢？为了给别人立传，竟至过早地为自己竖起了墓碑的人又不是没有过，所以得“悠着点”。这两年情况变了，但一般来说，“悠着点”总没亏吃。所以我还是决定不作传，而是给詹牧师写一篇报告文学。有说“为阶级敌人树碑立传”的，没有说“为阶级敌人树碑立报告文学”的。想来，“报告”二字妙用无穷，无论什么事，报告了，总归没错儿，就算遇见的是个特务，不是也得报告吗？

我要写报告文学，还因受了一个棋友的启发。那天我刚要吃掉他的老将儿，他忽然推说他还有些要紧的事得赶紧去办，这盘棋就先下到这儿，算我赢了。他说他预备写一篇报告文学，关于一位著名的女高音的，也可以是关于一位著名的老作家的，或者是关于一位著名的别的什么的。

我忽然想起了詹牧师。

“牧师？”棋友极力笑出几个高音，把输棋的尴尬完全替补了下去。

“那是他年轻的时候，做过一个基督教会的主讲牧师。后来他负责传呼电话。”

棋友的笑声更加响亮。等我把棋子码入棋盒，光从双方的表情判断，谁都会认为输棋的是我了。

“你还是自己去写那个传电话的牧师吧！”棋友说，“纸笔都现成，又不是生孩子，只有女人才会。”

我心里一动，觉得这话不无道理。

现今知道詹牧师做过主讲牧师的人不多了，知道他获得过神、史两项硕士学位的人就更少，多数人只记得，那个传电话的詹老头儿一向服务态度很好。这倒很像一篇报告文学的开头。一般报告文学都是从一个人的怀才不遇写起，写到其人终于蜚声某坛或成就了某项大事业止，顶不济也要写到被伯乐发现。可是，詹牧师末了还只是个传电话的。我相信这与他的面相有关：虽然天庭饱满，但下巴过于尖削，一直未能长到地阁方圆的程度。据说，年轻时，詹牧师为此曾很苦恼，查考过几本相书，也不使人乐观。

而立之年一过，他转而愤懑，在一篇论文里曾写道：“基督精神本是一种自强不息的精神！”接着他引申了马丁·路德的思想，认为人要得到上帝的拯救，既然不在于遵行教会的规条，当然也不在于听任命运的摆布。最后他写道：“耶稣是被侮辱与被损害者的救星，在他伟大精神的照耀下，苦难众生都有机会得救，惟逆来顺受的宿命论者除外。”于是招来了反动统治阶级的怒目，甚至怀疑他与共产党有牵连。不惑之年的詹牧师更加成熟，时值全国已经解放，国计民生蓬勃日上，他进而怀疑了有神论，并于无意中贬低了他的主。他说：“有神论者都是因为并没有弄懂基督教的真谛，马列主义才是苦难众生的大救星！”这又得罪了很多同事。一些人说他是“墙头草”（相当于后来所说的“风派”），甚至干脆说他是犹大。詹牧师处之泰然，说：“倘不是为了三十块银币，而是为了真理，主耶稣是会赞同的。”

棋友正一心一意地琢磨着，一篇报告文学的字数以多少为宜。

“五万两千七八百字，你看够不够？”棋友问。

“凑个整儿吧，十万字，够一台彩电。”

棋友频频点头。

就在那一刻，我决心写一篇报告文学了。

上　集

写法嘛——其实和写新闻报道相去不远（顺便提一句，我在一家不大不小的报社工作），大概也都是记述一些事业的成功之人及其成功之路。说一说该人是怎么落生的，怎么长大的，具有怎样出色的品质和智能，于是克服了什么和什么，就怎么样和怎么样了起来。所不同的是，常常兼而介绍一下海燕和雄鹰的生活习性。比方说，海燕喜欢划破阴沉的天空，雄鹰则更善于“击”——鹰击长空。还有联系一下松树风格的、黄金品质的、某一星座之光芒的等等。也有侧重于气象及地理环境记载的，譬如：电闪，雷鸣，暴风雨震撼着这个小山村，在一间低矮的茅草棚里，一个婴儿呱呱坠地，一个伟大的生命来到了人间。

相当不幸！上述诸条，詹牧师一条都不占。前面已经说过，詹牧师因为差一项“地阁方圆”，始终没能伟大得了；而且连出生时的史料也早已散失。他自己当时过于年幼，又没记住是否下过雨，是否有过电闪和雷鸣；父母早逝，连生辰八字也是一笔糊涂账。并不是我一味地要套用伟人的路数，实在是因为詹牧师当时只顾了哭，倒把顶重要的事给忘记了。那时的户籍制度又很松懈，非要写一写他的出生情况不可的话，我只能说，是在一个秋风萧瑟的日子里，南飞的雁阵正经过一座小城的上空，教堂（帝国主义列强的一种侵略方式）的钟声悠长而恓惶地敲响，路旁的落叶堆中传出一个婴儿微弱的哭声，一对贫苦却善良的老人经过这里，毫不犹豫地收养了这个奄奄一息的弃婴，以至后来的七十多年内，世上有了詹牧师其人。不过我至今拿不准，这会不会也是依据了想象和杜撰。詹牧师常把一些颇具传奇色彩的事物记得很牢，记得久了，便以为自己也不过如此。譬如就说这生日，他早年总是在各式的表格中填上 10 月 10 日（按他被善良的老人收养了的那天算）。“文化大革命”期间，有一个出生于 10 月 1 日的“红五类”人士，狠狠地嘲笑了他的 10 月 10 日，说是“这也不无阶级性”。詹牧师先是羡慕人家，继而慢慢回忆：自己在落叶堆中未必只是待了一天，而且生母在遗弃自己之前是不会不痛苦的，不会一生下来就拿去扔掉，想必是犹豫了一个多礼拜的，如此算来，自己的生日也应该是 10 月 1 日。为这事詹牧师跑了不少次派出所，申明了理由，要求把颠倒了的历史重新颠倒过来。他儿子问他，为什么不把生年也改成 1949 呢？“那样，我在学校里的日子也会好过一些。”他儿子说。詹牧师无言以对。詹夫人一向的任务就是在父子间和稀泥，此刻为丈夫解围道：“你爸爸不是那种……”哪种呢？没有下文。其时，詹夫人边洗菜边考虑应不应该告诉儿子，詹牧师小时候的名字叫“庆生”，虽然是为了庆贺于落叶堆中侥幸存活而起，而且是在辛亥革命之前，但与 10 月 10 日联在一起想，总不见得会有好处。詹夫人抬头望望丈夫那一脸花白的胡楂、那一脸愁苦的皱纹，心里一阵阵发酸。那个和她一起戏水、撑船的少年庆生到哪儿去了呢？那个教她糊风筝、放风筝的快乐的庆生到哪儿去了呢？岁月如梦如烟，倏忽即逝哟！她于是只对儿子说：“你也会老哇——”儿子不耐烦地走出去。詹牧师蹲过来，帮着夫人洗菜。

“你不要往心里去。”詹夫人说。

“我没有。”

“他还是个孩子。”

“我知道。”

“我看得出来，你心里不痛快。”

詹牧师一个劲儿洗菜，不言语。

“别总瞎想。”

“你是不是也嫌我老了？”詹牧师说，洗菜的手有些发抖。

詹夫人呆愣了片刻，故意笑笑：“谁嫌谁呀，咱们俩都老喽！”

“可我要做的事，还都没做。”

他们默默地洗菜。

再有，写报告文学势必得懂些音乐。人家问你，《命运交响曲》是谁作的？你得会说：贝多芬。要是进而再能知道那是第五交响曲，“嘀嘀嘀噔——”乃是命运之神在叩门，那么你日后会发现这有很广泛的用途，写小说、写诗歌也都离不了的。美术也要懂一点，在恰当的段落里提一提毕加索和《亚威农的少女们》，会使你的作品显出高雅的气质。至于文学，那是本行知识，别人不会在这方面对一个写报告文学的人有什么怀疑，有机会，说一句“海明威盖了”或“卡夫卡真他妈厉害”也就足够。等等这些吧，我都不行，重要的是怎么把这些知识联系到詹牧师身上去。詹牧师当年做牧师的时候会弹两下子管风琴，可等我认识了詹牧师的时节，这早已成了历史。教堂里的管风琴年久失修是一个原因，人家不再让他进教堂也是一个原因。惟一能把詹牧师和音乐联系起来的，是第九交响曲中的那支歌：“欢乐女神，圣洁美丽，灿烂阳光照大地……在你的光辉照耀之下，四海之内皆兄弟……”这歌詹夫人爱唱，她年轻时懂一些贝多芬，嗓子又好，中学时代就是校合唱队的主力，詹牧师也就会唱。其实詹牧师还会唱很多歌，但可惜都与我主耶稣有关，后来没有机会再唱了。小时候在故乡，不知怎么一个机缘，詹牧师（那时是詹庆生）被选进了小教堂的唱诗班。可以想见，那时他的嗓子还很清脆，眼睛还很明澈，望着窗外神秘莫测的蓝天，虔诚地唱：“我听主声欢迎，召我与主相亲，在主所流宝血里面，我心能够洗净……”门边站着个小姑娘，听得入迷，痴痴盯着少年庆生。那就是后来的詹夫人，姓白，名芷，听起来像一味中药。

爱情是个永恒的主题，照例不该不写。然而，詹牧师对自己的罗曼史从来是讳莫如深的。在他活着的时候，我也没有深问过他这方面的事，如今既然决定写一篇报告文学，便只好额外下了些功夫——向他的亲友们做了一些调查，片片段段汇总起来，所能写的也不过这么几条：

（一）詹牧师的老丈人是个开药铺的小老板，兼而也做做郎中，家里还有几亩好地，雇了人种。詹庆生十四岁上到这药铺做了学徒，起早恋晚地跟师父里里外外地忙，人很勤俭，懂得爱惜各种草药，脑子灵，算盘又打得好，很为小老板赏识。虽然出于某种规矩，学徒的生活照例清苦，但少女白芷对他明显的关照，小老板亦均认可。至于小老板膝下无儿，是否有意把少年庆生培养成继承人一节，现已无从考证。

（二）少年庆生绝非甘愿寄人篱下之辈，平生志愿也绝非仅一小老板耳。每晚侍候得师父洗了脚，师母也喝完了芦根水，他便到店堂里去读书。什么《医宗全鉴》《本草备要》《濒湖脉诀》《雷公药性赋》早已不在话下;《三国演义》《水浒传》《东周列国志》更是读到了烂熟的程度;连《玉匣记》《枕中书》《择偶论》，乃至《麻衣相法》《阴阳八卦》都读；甚至不知从哪儿淘换来一批孔、孟、老、庄的经典及诸子百家的宏著……小老板见他是读书，也就不吝惜灯油。那时白芷已经上了初中，时常悄悄溜进店堂，带来了各式各样的新书：天文、地理、生物……乃至一些新文学的代表作。据说也有鲁迅先生的《狂人日记》，也有胡适的文章。两小无猜，在灯下兼读、兼嚷、兼笑。老板娘虽看不上眼，小老板却开明而且羡慕。小老板逐渐明白，这徒弟是不会长久在此耽误前程了。

（三）青年庆生学识日深。凭着小老板的灯油，他自学了全部中学课程。靠了白芷的鼓励，他决定弃商就学。不料，机会却决定了人生。每逢礼拜日，他照例去小教堂唱诗，听讲，竟被“信主兄弟不分国族，同来携手欢欣，同为天父孝顺儿女，契合如在家庭”一类的骗局所惑，决心去学神学了。他对他的少女说：“这不和你唱的四海之内皆兄弟是一样的吗？”两人都很高兴，觉得比小老板的“回春堂”要妙多了。“那你还能结婚吗？”白芷问。“能，当了牧师也能。”庆生回答。白芷放心了。他们在故乡的小路上边走边想，边想边唱：“在主爱中真诚的心，到处相爱相亲，基督精神如环如带，契合万族万民。”故乡欢畅的小河载着阳光和花瓣，流过山脚，流过树林，流过“回春堂”，流过小石桥和小教堂。教堂的钟声飘得很远，小河流得很远，青年庆生也将走向很远的地方。他们不知道有什么骗局，远方有没有深渊。

（四）青年庆生考上了一所著名大学的神学院，课外帮助别人抄写文稿或出一些别的力气，工读自助。其间一直与他远方的姑娘通信。可惜这“两地书”均于“文化大革命”期间烧毁，欲知二人之间是从什么时候改变称呼的，有没有冠以“亲爱的”或者干脆是“dear”，都不可能了。单从那所著名大学的校志上查到，庆生已于大学期间改名“鸿鹄”了——詹鸿鹄。

（五）小老板不久去世（据推测是癌症），引起过一场风波：老板娘为生活计，愿意女儿嫁给一个大药铺的少掌柜的。女儿心里有着原来的小学徒，执意不肯，险些闹得出了人命。先是女儿要吞马钱子[①]，幸亏是错吞了车前子[②]，后是老板娘中风不语，好在“安宫牛黄丸”和“人参再造丸”都现成。最后还得感谢旧社会的黑暗与腐朽，故乡的生活日益艰难，不说哀鸿遍野吧，总也是民不聊生，小药铺终归倒闭，大药铺岌岌不可终日。正当詹鸿鹄翻译了几篇文稿，倾其所得寄予母女俩，老板娘方才涕泪俱下，深信小老板在世时的断言是不错的。

（六）詹鸿鹄拿下了神学硕士学位，在一所教堂里任职。经济情况稍有好转，他一定要未婚妻到大地方来进一步学习，于是白芷和母亲也就离开了故乡小城，到鸿鹄身边来。不久，詹鸿鹄与白芷在一所大教堂里举行了婚礼仪式。一位洋牧师（詹鸿鹄的老师）操着生硬的中国话问：“你愿意他做你的丈夫吗？”答曰：“愿意。”“你愿意她做你的妻子吗？”也说愿意。詹鸿鹄又开始攻读史学，白芷也考进了师范学校，老岳母精心料理家务，曾有一段

---

① 马钱子：亦称“番木鳖”，种子可入药，有毒。
② 车前子：种子和全草均可入药，无毒。

很富诗意的生活。对教堂里的信约，鸿鹄夫妇恪守终生，二人如影随形，没有发生过任何纠纷。后来虽然介入了第三者，但那是他们可爱的儿子。只是由洋牧师做了证婚人一节，倒惹得老夫妻于“文革”中参加了一回学习班，写过几份交代材料。这是后话。

（七）还有一个疑点有待查明，即詹鸿鹄是否也跟白芷热烈地亲吻过？有一次，詹牧师曾对“现今的年轻人在光天化日之下就搂搂抱抱”表示过不满，或可推断他绝没有过类似的过火行动，但由詹牧师也协助妻子生了一个儿子这一方面想，又觉得证据不足。

我料定，要给詹牧师写报告文学，在爱情这一永恒主题方面，无疑是要有所损失了，只能写到干巴巴、味同嚼蜡为止。没有诗意。可以有一点趣味的是风筝。詹牧师家住在一个厂办专科学校里面（校方曾多次想把他们迁移出去，可又拿不出房来），学校里有两个篮球场，可以放风筝。傍晚，学生们打完了球，都回家了，校园里宽阔又安静。那年，詹夫人已经病重，裹着线毯坐在门前的藤椅上，仰起头来看——詹牧师正认真地放风筝。糊得很好的一只沙燕儿，上面画了松枝和蝙蝠，晃悠悠升起，詹牧师撒出了一段线。飘悠，飘悠，风筝又急剧下栽，詹牧师又收回一段线。詹夫人喊:“留神电线，挂上！”忽忽，摇摇，风筝又升起来。“小心楼顶！”詹夫人说，攥紧拳头。詹牧师一下一下熟练地拽着线，风筝平稳地升高，飘向夕阳，飘向暮色浓重的天空。詹夫人松开了拳头。詹牧师把线轴揣在衣兜里，坐到夫人身边来。风筝在渐渐灰暗的天空中像一个彩色斑点，一动不动。两位老人也一动不动。四只眼睛也一动不动。

“有多少年不放了？”詹夫人说。

“十年还多了。”詹牧师说。

其时为 1977 年春。

“你放起来倒还没忘。”

"生疏多了。"

"我以为你放不了了呢。"

"不至于。"

"在老家时放的那种'双飞燕'我还是最喜欢。"

"一上一下，一下一上，那种确实好。"

"那是用绢做的。"

"最好是用绢做。"

詹夫人久久地看着篮球架后边那片开始发绿的草地，不再说话。

詹牧师给她倒了一杯水，让她把药吃了。

对面的楼房成了一座黑色的墙，风筝看不见了，只有从衣兜里抽出的那段白色的线，证明风筝还在天上。

天上朦朦胧胧地现出一个月亮。

詹牧师安慰老伴儿说："让我想一想，也许还能做成那种'双飞燕'。"

"还有那种鹰形的风筝，我们在家乡时也常放，像真的鹰在盘旋。"

"那叫纸鸢。"詹牧师纠正说。

"你不要总是怕人提到鹰。"

"我没有。那确实叫纸鸢。"

"你总是怕人提到鹰。"

"我没有。"

"做人不见得非得干成什么大事不可。"

"这我知道。"

可是，直到第二天把风筝收回来的时候，詹牧师的思绪还在天空中盘旋。

〔**注一**〕詹牧师的住房条件很差，说是两间小棚子，一点不过分。早在60年代初，詹牧师曾在自己小屋的门上挂过一块匾额：大鹏屋。取棚屋之谐音，抒远大之志向。几个朋友凑了一首打油诗，嘲笑他："鸿鹄误入棚，大鸟错居屋，呜呀呜呜呀，鸦乌鸦鸦乌！"詹牧师看罢一笑，奋笔回敬道："孔明居草庐，姜尚做渔翁，雄鹰一振翅，鸦雀寂无声。"

时间过去了十六七载，詹牧师依然住着"大鹏屋"，这倒没关系，问题是雄鹰何时能振翅高飞呢？詹牧师时常为此而烦恼。看见年老的白芷仍然撑着重病之身，在为他补衣服，悲酸之感油然而生。他看着那只风筝发愣。他想，他对不起白芷。他又想，他还是能够在很多事业上取得些成就的，以报答他的夫人。

我本来想说：詹牧师更是为了报答祖国和人民。但是，我又犹豫了：詹牧师至死都没能取得任何成就，有什么理由这样褒奖他呢？我甚至怀疑，我还应不应该给他写报告文学。虽然风风雨雨之中，不知他给别人传了多少电话，其中说不定也有一些伟大的信息，也有一些于祖国和人民非常有益的内容，但够格为文学所报告的人，都必须是自己先不同寻常。记者的胶卷有限，报刊的版面有限，电视台的时间有限，正好堪称为人物者也有限。对了，得是人物。既不可单单是人，又不能仅仅是物，得是人物！这很要紧。分开说，前者会遭漠然之面孔，谁不是人呢？后者则要吃耳光。合在一起说效果就好。"人物"——你这样说谁，凭良心，谁心里也保险不难过。

然而发现一个人物又谈何容易！尤其是当你想写报告文学的时候。平摆浮搁着的人物均已被报告完毕，再想报告，就得多搭进些工夫去了。我盘算，要是报告一位准人物（尚未成为人物的人物苗子），是有远见的，既避趋炎附势之嫌，又可望做一伯乐。还有一层，常言道：落难公子多情，登科状元寡义。倘一村姑，绝不该对着相府的高墙发痴，最好是注视着自家矮檐之下，看有没有一个落汤鸡在那儿一边避雨一边背外语单词。当然，根据需要，村姑可以替换成德貌齐备的现代化姑娘，落汤鸡随之就是德智体全面发展的水暖工或烙大饼的。我绝不是想影射詹夫人，因为詹牧师虽曾做过硕士，但最终毕竟只是传传电话，而水暖工和烙大饼的最后都考上了研究生。倒是詹夫人一直是位小学教师，凭了微薄的收入维持全家生活，而且对丈夫的感情始终不渝。我只是说，采访常与谈恋爱相似，多数历史经验教我这个末流记者识趣：还是到猪圈里去寻千里马。如果不知深浅地去采访某位已知人物，则难免横遭一张挂满了问号的脸。你报告了贱姓小名，又通禀了籍贯和属相，对方依旧一脸“你是谁？”的表情，那时你才会约略品出些“名不见经传”之苦呢。我很嘲笑我那位棋友，上来就想写一位著名的什么，真是“此物最相思”，单相思。不通世理到这般水准，也想写报告文学？！

我又坚定了写这一篇报告文学的信心。詹牧师就是一名准人物，我至今笃信不疑。这与生死无关，死人也有突然又成了人物的。这样的事，古今中外屡有发生，未必我就碰不上。

詹牧师被我发现的那年，一圈白发围着个亮闪闪的脑瓜顶，正是古稀之年。斗室之中，全是一摞摞发黄的笔记本和稿纸、一摞摞落满灰尘的书籍和一摞摞没有落满灰尘的书籍。临街的窗台上摆着一尊电话，为灰暗的小屋平添了许多气派。

他从摊开在桌上的书堆中抬起头来，摘掉一又二分之一镜片的老花镜。“办长途吗？本处代办国内长途电话。”他说。

“请问，詹小舟同志在吗？”

他稍事审度，慌忙起身，从一堆堆蔡伦的遗产中绕出来，满腹狐疑地伸给我一把骨头："我就是。詹天佑的詹，小舟嘛，就是小船的意思。"

〔**注二**〕詹牧师于五三年自动退出教会，之后在一所私立小学任教务副主任之职，五五年他又自动辞去了这一工作。从最近的调查和采访中得知，就是在那时，他又改了名字，改"鸿鹄"为"小舟"了。据说，当时他的书桌前挂过一张条幅，写的是苏东坡的一句词："小舟从此逝，江海寄余生。"其名大约取意于此。

据当年与詹牧师在小学校共过事的人讲，鸿鹄与教务正主任常常意见相左，可能是促其退职的一个原因。据那位现已退休的主任讲，詹鸿鹄一直惦记着考取博士学位，对自己仅仅是个硕士老大不甘心，所以对教小学兴趣不大，深恐耽误了他的前程。由此再联想到苏轼词中的另一句"长恨此身非我有，何时忘却营营"，或对詹牧师二改其名的缘由有一个初步的印象。

我又走访了当年那所私立小学的校长。据校长回忆，詹鸿鹄确有郁郁不得其志的情绪，虽然对工作一向还是认真的。詹牧师离开学校的那天晚上，校长为他饯行，酒至半酣，他忽然捉笔狂书，什么"忆呼鹰古垒，截虎平川"，什么"淋漓醉墨，看龙蛇飞落蛮笺"，最后是"君记取，封侯事在，功名不信由天"。其情其景，令老校长也感慨万千，想少年壮志，看白发频添，不觉潸然泪下，于是赞成詹鸿鹄趁年富力强之日，回家专门去做学问了。

"您是？"詹牧师问我。

我坦然地报了姓名，又报了我们那个不大不小的报社的名字。

他的手却忽然在我手里变软，慢慢地抽回去，他又直着眼睛接连地咽唾沫，像是有个药丸卡在嗓子里。他的脖子很细，喉结很大。

“您这地方不好找。”我说。

“噢，请坐，请坐。”他让笑容在脸上挣扎，脸色却发白。

我坐在一只小木箱上。

他继续咽唾沫，挓挲着双手，站着。

我又重申了一下我的身份。

他的微笑愈显得艰苦了，颤抖着嘴唇，说不出话来。

我明白我的公事已经办完，准确地说——已经用不着进行了。

这么回事：我在报社负责《表扬与批评》专栏，我经常于来稿中见到詹小舟这个名字，他总是写表扬稿，譬如某某中年人，十八年如一日地为大家扫厕所，不取分文；某某老头儿，常常留心邻居家是否中了煤气，果然救了三条人命；某某姑娘，坚持为邻居老太太取奶，倒垃圾；某某眼镜店的青年营业员，认真负责地为一个老学者配了眼镜，态度和蔼可亲……如是等等，两年多来总也有二十几篇，发表了一半左右。不料前两天发表的一则却惹来争议。公安局的同志来信认为，“这篇表扬稿很可能是伪造的”（原文如此），“因为文中所说的‘艾珂寺外街 100 号旁门的魏启明’现正在狱中服刑，根本不可能为邻居的高中生们义务辅导英语，请报社同志进一步核查，以正视听”。

詹牧师呆坐着，笑容残余在两个嘴角，其他部分的皱纹显得苍老、僵化。

门前火炉上的水壶，沙哑地喷出一缕缕白汽。

有那么一忽儿我很担心，希望生命还在与他为伴。

先后有几个打电话的人站在窗外打电话，然后放了四分钱在窗台上，走了。

太阳西斜了，几点黄光落在詹牧师弯曲的脊背上。四周的光线开始变暗。

真不知道他在盘算什么。注意到他的嘴并没有歪向一边，鼻翼还在翕动，我觉得不如趁早悄悄溜掉。

詹牧师忽然自语道："这么说，真有个艾珂寺外街。"

"真有。"我说。

"真有个叫魏启明的。"

"真有，在狱里。而且魏启明也不懂外语。"

"总没有杀人吧？"詹牧师急切地问，紧张地盯着我，双唇做好了发出"没"的形状，似乎深恐我不会发这个音，随时都愿意帮我一把。

"倒没杀人，"我说，"只是偷偷东西。"

"这就好。这就好。"他松了一口气，连连点头，"这样就好了……"

"这样怎么会就好了呢？"我说。

詹牧师又不断地咽起唾沫来。

几天之后，我收到了詹牧师退还的两元钱。我这个专栏的稿费一律是每篇两元。有人说，这老头儿很精明，如果胡编批评稿，稍有不慎，被批评者一定不会甘蒙不白之冤，闹得真相大白而致影响了两元收入是可能性极大的，表扬稿就很少这种危险性，这次实在是碰巧了。也有人说，这老人真可谓"千虑一失"，本不必写出姓名和地址的，做了好事而不留姓名地址，也于情于理十分顺通。我心里却别扭，觉得就这样削减了老人的一项经济收入，很缺德。他在风风雨雨中要传多少电话，才能挣到两元钱哪！成千上万元地拿稿费的人，也未必都不曾逢迎杜撰、见机胡编过。

随即又收到詹牧师的一封信。信中却对稿件的事只字不提。

信的大意是，他知道我是一位编辑后，心情久久难以平静；得以与我相识，实乃三生有幸；我能亲临其寒舍，更使他坚信了命运是公平的。信中引用了很多典故，什么“文王渭水访贤”“汉主三请诸葛”“萧何月下追韩信”等等，弄得我也踌躇满志起来。信的最后说：“老夫不才，如蒙不弃愿结永好。古今中外，忘年之交而助成大业者，不胜枚举。况你我志同道合，一见如故，本当携手共济，于国于民有所贡献才是。”

我决计再去看他一趟了。信的文体既如此风雅，字里行间又流露出崇高的志向，古稀老人而童心不泯，可料绝非等闲之辈。再说又是头一遭有人这么看得起我。虽然詹牧师前后言行略显怪异，但怪异常常是人物的特征。大凡能够印成铅字的人物，总都是与“疯疯癫癫”“木讷乖张”“不食人间烟火”一类的情趣有染。这情趣，在凡人是一种缺陷，在人物却是一项优点——大智若愚者也！

再去的时候是晚上。詹牧师正伏案挥毫。工整的楷书，颜筋柳骨，一丝不苟。写的是两首七律，备忘于下：

其一

销声匿迹三十年，隐姓埋名两地天。
闹市凭窗深似海，空庭倚门淡如烟。
良宵独盏书为伴，恶浪孤舟纸作帆。
未破禅机空自娱，报国无径枉陶然。

其二

几度沧桑春似梦，箫声吹断古城秋。
时光易逝人易老，壮志难酬意难休。
弱冠已读千卷破，古稀犹冀四化谋。

伏枥老骥安自弃？沥胆披肝为国忧。

“好诗好诗。”我说，“好一个‘古稀犹冀四化谋！’”

“哪里哪里，信口胡诌，聊以自慰罢了。”

詹牧师又把那把骨头伸给我，此一番却颇凛然，像列宁。大概是因为他刚写完“沥胆披肝为国忧”吧。列宁在说“忘记过去就意味着背叛”的时候，就是那样把手伸出去的。我们握了很久的手。我几次觉得应该松开了，但试了试，依然抽不出来，也就再次握紧，上下左右地摇。

电话铃响了。詹牧师抓起话筒，边问边记录。然后他对我说：“实在抱歉，我去去就来。”点头弯腰，倒退着走出门去。

门还未关严就又开了，詹牧师探进头来：“受民之托，不能不尽力而……请稍候，稍候。”

我把门轻轻关上，觉得又有人在外面推，詹牧师又侧身进来：“一定不要走，晚饭也就请在我这儿将就一下。不不不，一言为定！回头还有要事向老弟请教。”

他蹬上自行车，很快地消失在昏暗的小巷深处。我在窗玻璃上照了照自己的模样。老弟?！我想起父亲还不到六十岁，心里不由得惶然。

墙上挂了一幅没有托裱的水墨画。我仔细辨认了一会儿，还是没弄清画的是一只树懒，还是一头马来貘。后来詹牧师告诉我：“是一匹小马驹，画得不算好。”画上的题词却写得好：来日方长。

前面说过，屋子里书很多。我随手一翻，已经肃然，整整一书架的英文书！我只认得出几个作者的名字：Schopenhauer（叔本华）、Dante（但丁）、Byron（拜伦）、Spinoza（斯宾诺莎）、Dewey（杜威）、Shakespeare（莎士比亚），其余的全茫然。再看另一个书架上有译成中文的普列汉诺夫的《论艺术》，有罗丹的《艺术论》，有黑格尔的《小逻辑》，费尔巴哈的《基督教的本质》；有线装的《史记》和《离骚》；有精装的《资本论》《列宁选集》《毛泽东选集》；平装的《心理学》《美学》《精神分析学》《政治经济学》；影印的《东塾读书记》《西域番国志》《南疆逸史》《北词广正谱》；杂志有《哲学译丛》《音乐欣赏》《外国文学》《世界美术》和《足球》。幸而有《足球》，我抽得出来，也能读懂。

〔**注三**〕詹牧师一生做过的最有远见、最富胆略的事（詹牧师的儿子语）就是："文化革命"开始不久，他就把他的全部藏书都寄存在一位出身很好、既不识字又无亲无故的孤老头子家了。七八年，他把这些书搬回来的时候，既令夫人吃惊，又使儿子折服。

这时候进来一个人，年轻的。

我站起来，和他面对面站了约半分钟。然后我们同时问："您要办长途吗？"然后都笑了，互相介绍。他说他是詹牧师的儿子。我说我是詹牧师的朋友。

"学外语来了？"詹牧师的儿子问我，态度立刻变得很不友好。

〔**注四**〕后来詹牧师的儿子向我解释了这件事：七四年冬天，早晨，来了一个打电话的小伙子，一进门就冲詹牧师来了一句："Good morning！"詹牧师随口应道："Morning！"——就一个单词！发音之准确，表情之自然，都不在美国人之下。小伙子顿时被镇住，本来无意卖弄，不料却遇到了能人，尴尬万分。詹牧师赶紧改口："你早，你早。"小伙子却不依不饶了，偏要詹牧师做他的老师，并讲了一番不小的抱负。詹牧师一贯爱惜人才，想起自己当年自学之苦，不免感动；想到在这动乱的年月中仍有人如此好学，不免更感动。于是约好，每星期日早晨8点至10点小伙子来学口语。詹牧师为此写了教学方案，一连几天都很激动，总对詹夫人念叨："能够把他教好，也算为国家尽了一点力气。"詹夫人忙里忙外，顾不上多说，只是说："这样的事要不要向居委会请示一下？"詹牧师默然。很明白，这事一经请示，准得告吹。詹牧师沉思良久，横了一条心："尽忠报国，死而后已。"儿子又笑他胡发激昂慷慨之辞。詹夫人则又说："你爸爸绝不是那种……"至于哪种，还是没说。

星期日早晨，詹牧师5点钟就起了床，做早点，收拾屋子。这些事平时都是詹夫人的分内，詹牧师虽已沦落为一个传电话的，但在夫人面前（也只有在夫人面前）仍不失学者风度。他又特意铺了一条新床单，抹得很平整，只等学生到来。7点半，老人便耐不住了，到门口去瞭望。中午12点，老人无言地回到屋里，坐了一会儿，换下了那条新床单。幸亏儿子出去了。詹夫人悄悄地把饭菜端到他面前，说："那个小伙子可能今天有事。"詹牧师心里这才好过了一些，说："否则他不会不来。"然后，詹牧师病了一个多月。詹夫人劝他不要太伤心。他只承认是那天在大门口站得久了，受了风寒。詹夫人说："那样的人，你何必？"詹牧师说："别这样讲，那小伙子其实很好，很爱学习。"

后据詹牧师的儿子了解，那个小伙子确实是知道了詹牧师的身份，没敢来（那时詹牧师正因其历史问题而受监督）。

詹牧师的儿子以为我也是这样一个小伙子。

“不，”我说，“我是报社的记者。”

詹牧师的儿子疑惑地看了看我，便到书架旁翻腾那些书去了。他找到了一本书，立刻沉了进去。

许久，我问：“你是？——”

“他的儿子。”他对着书回答。

“我是说，你在哪儿工作？”

“陕西。”

“回来探亲的？”

“不。回来流窜，长期流窜。”

“户口还在陕西？”

“对。”

“应该想想办法，办回来。”

他抬头瞄了我一眼，说：“太费事，算了。”

“可这很重要。”

“你跟我爸爸的观点倒很一致。户口、文凭、证明、证件，一张张小纸片！”他忽然笑起来，把他正看着的那本书举到我眼前。是达尔文的《物种起源》。“是人起源于户口呢，还是户口起源于人？”他问我。

“当然。”我说。

“我们家老头儿要是也能来这么一句‘当然’就好了。他从来不明白，什么起源于什么。”

“可是他身边应该有个亲人。”

詹牧师的儿子不说话了，一连抽了两支烟。之后他看了看表，开始从书包里往桌上掏东西：麦乳精、蜂蜜、果汁、蛋糕和几瓶药。

“告诉我爹，这些药要坚持吃，对他的肾和血压都有好处。我还有事，得走了。”

“他大概就快回来了。”

“劳驾。再说我们老少二位一碰头，痛快的时候少。”

他又从书架上拿了两本书，忽然飘落出两张纸来。他捡起来，看了看，哧哧地笑个不停。“你看看这个。”他把那张纸放在我面前，走了。

好像是写给谁的一封信，一看便知是詹牧师的手笔。信的开头一两页大约已经丢失，现把残余部分备忘于下：

……论文的题目为《古代佛教思想的来源与发展》，1945年获史学硕士学位。以后两年又翻译和撰著了几本小册子，如《世界三大宗教》《宗教与哲学》《信仰论》等等。原计划还要写《中国思想史大纲》和《简明宗教史》等，均因题目较大，所需资料一时难以具备，又逢内战，生计艰难，此计划一直未能完成。

解放后，因加强了政治思想学习，遂改变原来计划，转向马列主义、毛泽东思想研究，大有收益。后又经农场劳动锻炼，搞通了思想，自动退出宗教团体，努力追求进步。不料，正当可以为社会主义祖国贡献力量之际，我患了风湿病，不得不回家疗养。一病多年。养病期间，我仍坚持学习、研究。研究范围：1. 马列主义、毛泽东思想；2. 革命史传；3. 心理学及教育学；4. 文学艺术（写过一些革命诗歌，手稿均于“文革”中烧毁）。

因我早年曾走过一段弯路（做过牧师，并与一些外国人有过交往），“文革”中被隔离审查过一年多。住过牛棚。后经内查外调，弄清了历史，确认我没有任何政治问题。之后又参加了“清理阶级队伍”学习班，从事人防建设。学习班毕业后，我决心做个真正的劳动人民，经街道居委会推荐，当了六年临时壮工。尽管工作繁忙，业余时间我仍发扬雷锋的钉子精神，读书看报、学习、钻研。“四人帮”被粉碎后，我和全国人民一样，感到欢欣鼓舞（我参加了庆祝游行，我背着一面大鼓，走了三十多里路）。我深深感到……

〔**注五**〕此处可能还有一页，已丢失。

……我的思想更为活跃，对“四化”问题，深入实际，调查研究，初步拟就了全面规划，成竹在胸，切实可行。然则报国无径，献策无门，诚恐古稀将近，时日不待，一旦逝去，遗恨无穷。无奈毛遂自荐，为国为民，甘作犬马，荣辱毁誉，置之度外。如蒙先生引路，得以有所作为，功成之日，死亦瞑目！

此颂

撰祺

詹小舟上

（年月日缺）

由“撰祺”二字推断，此信是写给某位操笔墨以为生涯者的，又由“先生”二字可见，还是一位大著作家呢！可是连我也被称为“老弟”“先生”云云，是否也盖出于谦逊，就又难说了。

信的空白处有许多稚拙的童体字，还有许多小小的油手印儿。我后来设想是这样：灯下，詹牧师哄着孙子，教孙子写字，写了歪歪扭扭的“风筝”，又写一行扭扭歪歪的“春天来了”。孙子不听话，闹，詹牧师给了他一些油炸的食品……那么就是说，此信是在七九年詹夫人去世之前写的。詹夫人死后，孙子就送到姥姥家去了。

信中存在两个问题。一是“住过牛棚”，现今，很多人都自称住过牛棚，仿佛是一件难能可贵的行为。这倒无妨。可是，人住了牛棚，牛住在哪儿呢？二是詹牧师是自动退职的呢（见〔注二〕），还是因患风湿病回家疗养的？

〔**注六**〕詹牧师的儿子最近对我说：“他是自动退职的，但也确实有一点风湿病。”

只是当没有公职便意味着有某种严重问题这一逻辑风行了之后，詹牧师才格外地强调了他的风湿病，坚持说自己是因为有病而回家疗养的。为了证明这一点，他常到人多的地方去晒太阳。见到他的人不免要问：“您这是干吗呢？”他便有机会回答：“我的风湿病很厉害，大夫建议我多晒太阳。”有一个夏天的中午，他又去晒太阳，天很热，太阳又很毒，人都躲到屋里去了。詹牧师晒了许久，不见一个人来问，又心疼失去的时间，就此回去很不甘心，于是再晒，结果晒过了头，中了暑。儿子又说怪话。詹夫人又说詹牧师不是那种……

〔**注七**〕詹牧师的风湿病，初发于五四年在小学任教期间。那一年秋天，他参加了挖河泥的劳动。天气已经很冷了，河泥上都结了冰碴，他挥舞着铁锹，站在刺骨的泥水里，拼命地干。有人让他上来歇一歇，他不。有人表扬他年过半百，亚赛黄忠，他干得更有兴趣，说自己改造得还不够。连续干了一个多星期，他开始感到周身的骨节全疼，并且有些低烧。他鼓励自己：轻伤不下火线，想想红军两万五，等等。又干了几天，才得了风湿病。

詹牧师回来的时候已经9点半钟了。他买了酒和肉，买了包子和好烟，从提兜里一一掏出，抱怨商店都关门太早，买不到更好的东西招待我。无论我说多少遍“我已经吃过晚饭了”，他还是说：“吃吧，不要客气。”我只好坐下来。

我们的友谊开始于这天晚上。时间是：1981年4月7日。

中　集

现在仔细回味，觉出，詹牧师之所以非常看重同我的友谊，也是有所图的。其实这无可厚非。有目的的功利主义总比莫名其妙的扯皮主义要好。贪嘴的人希望认识大师傅，好穿的人愿意结交老裁缝，有病的人巴望与大夫套近乎，将死的人乐于同看坟的论交情，都很正常。况且詹牧师的目的也并非不可告人，他只是估摸我或许在出版界有点儿路子，说不定能帮忙他发表一点儿作品。

詹牧师想创作一些“黑色幽默派”小说。他反复申明，他所以这样做，绝不是因为他多么称赞这一流派，更绝不是出于派性。

后一点是相当可信的。詹牧师历来有“信主兄弟不分国族，同来携手欢欣”的思想，这一思想固然愚昧而又缺乏阶级分析，但与派性却实在水火难容。解放初期，他甚至为这种思想找到过理论根据。根据有三：1. 工人阶级没有祖国（即不分国度）；2. 民族矛盾说到底是阶级矛盾（那么同是受苦受难的芸芸众生，显然是不该有民族之分的）；3. 全世界无产者联合起来，我们打碎的是脚镣手铐，得到的是整个世界（相当于“同来携手欢欣”）。这些言论在“文革”中都被列为他的罪证。这实在也是一桩冤案。其实詹牧师早于50年代中期，就已认识到了他上述思想的错误。他对基督教有过三点犀利的批判：1.主是伪善的。“信主兄弟……契合在主爱中……携手欢欣”，这是不是说，只有你信主，主才爱你，如果你不信主，主就不管你的死活？多么狭隘的派性！简直有“顺我者昌，逆我者亡”的味道。2.主是骗人的。主既然一向宣称，他上十字架去受苦受难只是为了救世救民，那又为什么要“普天之下，万族万民，俱当向主欢呼颂扬”呢？这不是一种讨价还价的行为吗？假如“万族万民”不去“向主欢呼颂扬”，主是即刻暴跳如雷呢，还是依然任劳任怨地去救世救民呢？ 3.主是愚昧的。主竟认为仅凭他自己的神通就可拯救万族万民，可是只一个犹大便把他出卖了，而且只卖了三十块银币。如果主能够依靠万族万民，一个犹大岂能得逞？综上三点，詹牧师才毅然决然地退出了教会。他认为，宗派帮会只能使人虚伪、狭隘、愚昧，如果你相信善良可以战胜邪恶，相信真理，同时相信你的理想符合真理，那又为什么非得加入教会不可呢？让真理去指引你，比让教规来约束你要好得多。于是詹牧师更加信仰马列主义了，原因也有三：1.马列主义是主张科学的，而不是主张迷信的；2.马列主义从来只讲为人民服务，而绝不要求人民“俱当”跪倒在其面前“欢呼颂扬”；3.马列主义是靠真理来团结人民的，而不是依靠结帮拉派来稳固自己的统治。“这就是马列主义伟大于任何宗教的原因！”詹牧师说。

所以读者可以相信，詹牧师只是想写几篇“黑色幽默派”小说，绝不是想拉帮结派乱我公安。其动机之纯粹，我愿以头作保。

“我有些作品要发。”詹牧师羞怯地低声说。

“哦？在哪家刊物上？”

“不不不，我是说……”他的脸红到了耳根。

当时我又在詹牧师家吃午饭，不过这次是我买的酒和菜。编辑愿意结交作者，正如作者愿意结交编辑一样，彼此彼此。

我明白了他的意思。让一个老知识分子照直开口求人，是“难于上青天”的。

“什么体裁？”

“小说！”他连忙说。

“能大概讲一讲吗？”

“嗯……你了解‘黑色幽默派’吗？”

我一时只想起了海勒的《第二十二条军规》，和一个叫小伏尼格的人。

“不——”詹牧师宽厚地笑了，“‘黑色幽默派’绝不是外国人的发明。不要长他人志气，灭自家威风嘛。你以为《儒林外史》中没有‘黑色幽默’吗？你不觉得鲁迅也是一位‘黑色幽默派’大师吗？阿Q的处境怎么样？不正是又可怕又可笑又无可奈何吗？”

〔**注八**〕“黑色幽默”是20世纪60年代美国重要的文学流派……作为一种美学形式，它属于喜剧范畴，但又是一种带有悲剧色彩的变态的喜剧……其作品，常以夸张、超现实的手法，将欢乐与痛苦、可笑与可怖、柔情与残酷、荒唐古怪与一本正经糅合在一起……“黑色幽默”的产生是与60年代美国的动荡不安相联系的。

——《中国大百科全书·外国文学卷》

1982年5月第1版

“就像中国的围棋，”他又说，“被日本人学了去，倒又反过来向我们趾高气扬。”

“吃吧。”我只得指着桌上的小腊肠说。

“啪！上来就在中央布一子，谁的发明？”

“当然。”我说。真的，到底是谁的发明呢？

“世界上最短的微型小说是哪国人写的？”

“当然。”我吃了一片小腊肠。

“世界上最早发现飞碟的是哪国人？”

“当然，当然。”

“世界上最小的小提琴还不也是中国人造的？！”

“吃吧，吃吧。”我给詹牧师也夹了一片小腊肠。我不懂乐器的制造。

“针灸是中国人发明的，这总是公认的吧？可如果我们再不认真研究，早晚美国人也要来指教我们了。”

“中餐也是比西餐好，连外国人也承认。”我对烹调挺内行。

“‘黑色幽默’也面临这个问题。吴敬梓不知要比小伏尼格大几辈儿呢！当然，我们不妨大度些，就算那是美国人的首创吧。我从来不主张纠缠历史旧账。但外国人办不到的事，中国人可以办到，何况外国人已经办到了的呢！中国人更没有理由不办到。我想起写‘黑色幽默派’小说来，也就是为的这个。”

“行吗？”

“信心告诉你主是什么，主就是什么。”

在我们的交往中，这是詹牧师惟一一次主动提到主。

“那么主是‘黑色幽默’的了？”我说。

他顿时愣住，尴尬地吃了一片腊肠，接着又吃了两片。

我赶紧说：“我不过开开玩笑。”

他疑虑地瞅了我一会儿，说：“我也不过打个比方。”他又看看窗外，小声提醒我，“咱们这是在屋里说。”

〔**注九**〕“咱们这是在屋里说”一语，同时兼备三种意思：1. 在外面不能这样说；2. 咱们现在说的，外面的人并没听见；3. 咱们之间是了解的、信任的，谁也不会出卖谁。

〔**注十**〕自“文革”以来，詹牧师是忌讳别人跟他谈主和宗教的。读者慢慢会抱怨，一篇关于牧师的报告文学，涉及宗教的地方太少了。其原因正出于此。

“信心当然是重要的。”我说。

“很重要！而且‘黑色幽默’有什么难做呢？总共两个特点——黑色和幽默。也就是让人既感到可怕又感到可笑。这难吗？笑话！外国人不过是故弄玄虚，而我们有真实的生活素材。”

“能讲一个吗？”

詹牧师思忖片刻，讲了一个，备忘于下：

“文革”中，王某出差到某地，刚下火车就被一群手持牛皮带、臂佩红袖章的人揪了出来。那群人问：“你是保县党委的，还是反县党委的？”王某听他们把“保”排在前面，就说：“保。”不料那群人正是反县党委的一派，于是王某被追着打了十皮带。王某跑出车站，立足未稳，又被一群臂佩红袖章、手持牛皮带的人抓到。“你是保县党委的，还是反县党委的？”王某慌忙说后一种：“反！”于是他又被追着打了十皮带，原来那又是保县党委的一派。王某想：这地方真怪，说话也没个前后次序。他连忙返回车站，决定趁早离开这是非之地。转眼之间，他又被一群人围住。“你是什么观点的？”“真抱歉，我现在还不太清楚。”王某立刻又挨了十皮带。“我只是还不太清楚！”王某申辩道。“没有正确的政治观点，就等于没有灵魂。你没有灵魂，自然只好触及你的皮肉了！”那群人这样向王某解释。王某挨了三十皮带，清醒了，把自己的皮带解下来握在手里，大摇大摆上了列车。一上车，他先揪出一个人来，问：“你是哪一派？”那人对答如流：“我们是同一战壕里的战友。”王某想了想，说：“这很好。”于是一路平安地回到了家。

“很不错的一篇‘黑色幽默派’小说。”我说。

“不，这不行，”詹牧师说，“这是真事。”

“真事倒不行？”

“因为我是想写‘黑色幽默派’的小说，不是要写现实主义的。”

我当时还不太懂“黑色幽默派”的规矩。

“我总想，”詹牧师又说，“黑色幽默绝不是资产阶级的专利品，我们一定要做起来，使它成为革命的匕首和投枪，像鲁迅先生那样。试问：谁感到的恐怖更多些？劳苦大众！谁最富于机智的幽默感？还是劳苦大众！我们有什么理由在这方面落后于外国资产阶级作家呢？看到在很多学术领域中都是他们领先，我咽不下这口气。我涉足过数、理、化，但那需要设备；我又想搞音乐，但一架钢琴又太贵；我也试图钻研美术，可屋子太小，而《蒙娜丽莎》《格尔尼卡》那样的画都是很大的。医学也需要有人找你看病，企业管理也需要有人归你管理，搞教育吧？唉……”詹牧师说到伤心处，太阳穴上的血管都在暴胀。

“您干吗——请您原谅，干吗不继续研究宗教和哲学呢？”我说。

“不不，咱们这是在屋子里说……当然啦！可是……不过……说起来……你懂了吗？我是说，咱们这是在屋子里说。”

我似懂非懂地点了点头。

我们吃了一会儿菜，又喝了一点儿果子酒。詹牧师的脸色才又红润起来。

“所以，”他说，“我探索了这么多年，现在才弄清楚我的所长。我更适合于从事文学创作。文学有生活就行，而生活是无处不在的，而且很公平——每人一份。近两年，我专门找一些外国人在其中自鸣得意的领域进行研究、尝试。譬如：意识流、荒诞派、新小说派、象征主义、存在主义、表现主义，等等，我都试着写过。并不难。我只是想证明一点：外国人能做到的，我们也能够做到。”

“能看看吗？”

“怎么不能？”詹牧师说着就要搬一只很大的箱子，“在下面那只箱子里。没关系，防空洞我都挖过，那些水泥构件比这要沉多了。”

“手头没有吗？”

“有倒是有几篇，不过不是我最满意的。”

现将他不太满意的几篇介绍于下：

（一）“新小说派”小说《在路上》（节选）

很长很长的一串脚印，不知从哪儿发源。很长很长的泥泞的路，依然流向远方。天际，飘着一缕零乱的炊烟，那儿或许有个村落，有了人家。候鸟在天空中仓皇飞过，从不落下来。这儿没有它们落脚的地方。它们的羽毛娇嫩得像花瓣，像小时候常吃的那种棉花糖。旗帜还在手里，还在猎猎地飘展，认真地抖响着一个个坚强的音节。鞋子烂了，“嘎唧”一声，留在了路上，像是长河中的一座航标。那缕零乱的炊烟还是很远，在天地相交的地方飘舞，和很久很久以前一样。秃鹫在头顶上盘旋，转着发红的眼睛，忽然一个俯冲，冲向一头倒下去的驯鹿。旗帜还在手里，确实还在。又烂了一只鞋子，又留下了一座航标……

（二）“象征主义”小说《石头船》（节选）

老头儿一有空就拿着锤子和凿子，爬到海边那块巨大的岩石上去，“叮叮当当”地凿，想凿成一条船。

孩子又爬上来，乖乖地坐在老头儿身边。

“您干吗不做一条木头船？”孩子问。

“我没有木头。”老头儿回答。

“别人都是做木头船。”

“别人是别人。”

老头儿一下一下地凿，正凿出一只舵。

“可这也不能下水去走哇？”

“我没有木头。”

…………

如今石头船凿好了，老头儿在船舱里坐着，闭着眼睛抽烟。

孩子又爬上来。

“嗬！”孩子说。

“你坐下，闭上眼睛。”老头儿说。

“干吗？”

“你闭上吧。”

孩子闭上了眼睛。

“你觉得船在晃吗？”老头儿问。

“是有点儿。”

“你觉出它在走了吗？”

“嗯！真的！它在往哪儿走哇？”

“你的心告诉你在往哪儿走，就是在往哪儿走。”

“我去告诉他们，您不是疯老头儿。”

老头儿笑了，对孩子说：“别去，别人有木头。”

（三）“意识流”小说《排骨》（节选）

老伴儿提起菜篮，对他说：“我去排会儿队，说不定能买上。”

他说：“算啦，我不那么喜欢吃排骨了。”

皮肤上有了很多老人斑，排骨在里面滚动，应该在它们变成一盒白色的骨灰前，写成那本书。

“我还是去看看。”老伴儿说着走出去，轻轻地关上了门。

警察怎么也打不开门和窗。老伴儿在向警察说明情况。院子里、街上，挤满了看热闹的人。门终于被撞开了，屋子里什么都没有，只有一本书。老伴儿坐在那本书旁边，嘤嘤地哭，说：“这是他一辈子的心血，现在完成了，他走了，不知到哪儿去了。”只有老伴儿理解他。他的灵魂已经在天国，依然爱着这个娇小的老太婆。

她去买排骨了，为了给他补补身子。他不能现在死去。一层老人斑在排骨上滑动。得抓紧，在告别人世之前写成一本书，对祖国有所贡献。

他铺开稿纸。清蒸的、红烧的、糖醋的……他从小爱吃排骨。那还是在故乡。故乡的小河真美，不会老。他在水里游呀游呀，那时的皮肤紧绷绷的，也没有老人斑……

（四）“荒诞派”小说《死魂附身》（梗概）

尹明总说被一些死去的灵魂纠缠着，摆脱不掉，弄得他总是赶不上时代，写不出好作品来。纠缠过他的死魂有：托尔斯泰、雨果、巴尔扎克、司汤达、契诃夫，甚至鲁迅和高尔基等。死魂总是把他们的思想贯穿到尹明的作品中去，致使尹明的作品总是被编辑部退回来。

“文化革命”中，忽然戈培尔的死魂附在了尹明身上。尹明走了运，写起东西来得心应手，终于功成名就。

好景不长，“文化革命”过去了，戈培尔的死魂却还是不肯离去，尹明又背了运。

有一天，尹明酒醉后走失，他老婆吴幸在报纸上登了一则寻人启事。启事中特别说明：“望见到他的人不要把他当作敌人来对待，因为他患有‘死魂附身的精神病’被死魂左右，经常言不由衷地说些‘四人帮’时代的话。”启事登出不久，便有许多人打来电话，声称发现了尹明。

吴幸根据人们提供的线索，走了许多地方，见到了许多与尹明的情况相似的人，但都不是尹明，那些人都生活得很像样。

后来，吴幸在一个茶摊上找到了尹明，他正在卖茶水。尹明说自己非常高兴，一身轻松，他终于摆脱了所有的死魂，找回了他自己。吴幸也做了茶摊的老板娘。

（五）“超现实主义”小说《本书出版之日》（略）

（六）“表现主义”小说《赤胆忠心》（略）

（七）“新感觉派”小说《融雪》（略）

〔**注十一**〕《死魂附身》一篇为詹牧师夫妇合写，主要部分是詹夫人执笔的。据他们的儿子讲，詹夫人不过是一时心血来潮，写着玩儿的，詹牧师却连连叫绝。詹夫人说：“算啦，算啦，值得你这么认真！”詹牧师却激动得坐立不安，说：“你知道你写出了什么吗？真正的荒诞派呀！”那天是除夕，詹夫人烧鱼炖肉，忙得高兴，不理他。詹牧师独自捧着那篇东西：“深刻！深刻！”也陶然。忽然儿子又冒出一句话来，破坏了本来和谐的气氛。“我猜得出妈妈是在写谁。”儿子说。詹牧师沉寂半晌，似有所悟。年夜饭也没有吃好。夜里躺在床上，詹牧师问詹夫人：“你是在写我？”“没有，你别听孩子瞎扯。”“你认为我没有灵魂？”“我只是说人要有自己的主见。”“我没有主见？”“人应该自己把握住自己，别在乎虚名。”“我是名利之徒？！”詹牧师的泪水在眼圈里转，没想到连白芷也不能完全理解他。“我没那么说，真的，我不是那个意思……”詹夫人万分歉意地安慰他。

“不过父亲这人有一点是让人佩服的，”他们的儿子说，“他不会为了这事就去否定那篇小说，他仍然称赞那篇东西写得深刻，并且花了不少力气去修改它的结构和语言。”

我始信詹牧师为一准人物就是在这时。虽然他的小说并非都怎么完美，但敢于涉足这么多流派的作者已不多见，每一种手法又都掌握得恰如其分者就更可珍贵了。我确信詹牧师终有遐迩闻名之日。卡夫卡如何？生前默默无闻，忽一日声名大作，使诺贝尔奖评委会也愧悔不及，真人物也！

詹牧师却很谦虚，说这些玩意儿都算不得什么，不过是资产阶级于“日薄西山，气息奄奄”中的一种挣扎，纯属没落文学，“我之所以也要写一写，是因为他们太近狂妄，得煞一煞他们的气焰。我中华并非无人！我们不写罢了，一旦写来，绝不会比他们差，而且根本用不着什么大作家去费神。唉，想来惭愧，真正现实主义的作品我却总也写不出，只好从这一侧面贡献一点力量吧。”

“为什么不能写出现实主义的作品来呢？”我是想安慰他。

“我总找不到恰当的角度，唉，怎么也找不到。此生夙愿怕要付诸东流了！——”他说。

“您绝对没有理由妄自菲薄。”

“唉！”詹牧师长叹一声，出口成诗，“常恨少年不努力，老来方悔报国难。又是一年春柳绿，依然独自倚危栏。”

这时，窗外正有几个孩子“嘟嘟嘟”地吹着柳哨，柳絮飘飘扬扬。他感慨系之，又作了一首《忆秦娥》：

春光好，柳笛阵阵催人老。催人老，频添华发，壮心未了。

祖逖舞剑闻鸡鸣，小舟纵笔夜继晓。夜继晓，无多好梦，佳音又少。

我决心帮助詹牧师发表一些作品。我尤其决心帮助他写好“黑色幽默派”小说，然后汇编成集。就只差“黑色幽默派”这一种了。

“精装，烫金的标题：《詹小舟小说选》！”我有几分醉意。

“不不，还是等我写出真正现实主义的作品来，再那样吧。”

按詹牧师的意思是要叫《敝帚集》，意思是：这并非是我们所看重的东西。敝帚的意思是：破笤帚。

写到这儿，我又有点犯嘀咕：詹牧师何以笔头竟这般勇敢呢？连“今年西红柿又少又贵”这样的话，他也要反复申明“咱们这是在屋里说”，怎么他写起文章来却从没有冠之以一句“咱们这是在屋里写”呢？带着这一问题，前不久我又去求教了詹牧师的儿子。

詹牧师的儿子正就“陕北的农林牧结构问题”同一个人辩论。我说明了来意，他笑了，用几句话就打发了我：“对父亲来说，写作是写作，生活是生活，理论是理论，实践是实践。对付不同的事，他相应有不同的神经。对不起，我很忙。”

闲话少说，言归我们的报告文学。1982 年 5 月中旬，我和詹牧师开始共同研究“黑色幽默派”，准备用一两个月的时间写出三四篇这种流派的小说来。

但没多久，我们却发现，“黑色幽默派”小说并不如我们想象的那般好做。倒不是我们无能，实在是美国佬太近狡猾。他们竟让“黑色幽默派”有了这样一个特征（或说一条原则）：所写之事全然荒诞可怕；虽则荒诞可怕，却又形神逼真；尽管形神逼真，可又谁都没见过那样的事。“其妙处全在于此：谁都没见过，然而又都觉得似曾相识。”詹牧师说。

我们连着写了几篇，都被詹牧师否定了。他说：“我们既然是写‘黑色幽默’，就得真像‘黑色幽默’，做学问来不得半点含糊和迁就。我们写的这些事，虽然也荒诞不经，但却都是已经发生过的，大家都见过、听说过。这倒像是正统的悲剧了。”他最后强调说，“要特别注意没有发生过，却又似乎是到处都在发生这一条！”

我们琢磨了又琢磨。

先是詹牧师有了一个构思——

某学校吃忆苦饭，每人一个糠窝头。红五类学生问黑五类老师："好吃吗？"老师忙说："好吃，好吃。"学生怒目圆睁："这么说，我们的先辈倒是享了很大的福了？好吧，你再吃三天！"老师又吃了三天糠窝头。学生又问："好吃吗？"老师又赶紧说："很难吃，很难吃。""可我们的父兄能吃上这个就很不错了，"学生说，"而你倒说难吃！你再吃三天！"三天后学生又来问，老师回答："我准备继续吃下去，像你们的父兄那样，一直吃到全国解放。"

我不认为这个构思好，这分明只是现实主义的写法。"您自己倒忘了'没有发生过'这一原则。"我说。

"怎么，这也发生过？"

"当然。"我说。我没敢说我就曾经像那个学生一样过。

詹牧师捏着下巴努力地回忆了一阵，不无惋惜地拍着大腿："唉，我倒忘了，这是我老伴儿经历过的事。"

〔**注十二**〕这事纯系巧合。詹夫人并不是我的老师。我的那位老师是男的，詹夫人的那个学生是女的。

几天后我又想出了一个——

老夫妇俩一起学习，读林彪的书。不知怎么一个缘由，老妇问老夫："撒旦的英文名怎么写？"老夫随手写下：Satan。"犹大呢？"老夫又写：Judas Iscariot。忽然，老夫妇俩全吓呆了——他把那两个名字写在了正看着的书上！怎么办?!他们先是用墨笔把字迹涂去，但发现是欲盖弥彰。他们又忙不迭抠去，反而弥弥彰彰。末了干脆把书烧了，老夫妇俩看着火光，面如土色。天哪！这是亵渎，是诋毁，是反动！老两口商量：还是吃安眠药算了。幸亏他们吃的量不够，被救活了。两位老人昏昏晕晕之际，口口声声说："我们对不起敬爱的林副主席！"谁料那时林彪已成国贼，老夫老妻又险些做了贼船上的死党。

詹牧师听罢我的构思说："是民警老王帮我们说了不少好话。"

"帮你们？"

"还帮谁？"

"怎么回事？"

"嗯？你不是又在写我吗？"

"写您？"

"你甭不好意思，那是过去的事了，我不会往心里去的。可是你又忘了那一条，凡发生过的事就不符合'黑色幽默派'的要求。重来吧。"

只好重来。詹牧师又想出了一个——

"文化革命"中，一些造反派私立公堂，审一个老干部。

老干部问："我有什么罪？！"

造反派回答："你对抗'文化大革命'。"

老干部说："我并没有对抗！"

造反派说："你是黑帮分子，黑帮分子怎么会不对抗'文化大革命'呢？！"

老干部又说："我不是黑帮！"

造反派说："你不承认自己是黑帮，这本身就是对抗'文化大革命'！"

老干部又问:“你们说我是黑帮，你们有什么证据?!”

造反派说:“你对抗‘文化大革命’，这证据还不够吗?”

老干部说:“我并没有对抗!”

造反派说:“你是黑帮，难道……”

詹牧师难过得讲不下去了。

“这篇很好，”我说，“这个构思很好。”

詹牧师擦擦泪水，沉默良久，说:“但是这又不行，这又是发生过的事。这是我的一个老朋友的事。他是我的良师、益友，我的指路人。他太耿直，太嘴硬，太……其实倒不如承认……”

为了这个构思，詹牧师的心情一直不好，又把他那位良师益友的遗像拿出来，默默地祈祷，暗自垂泪。

〔**注十三**〕那个老干部是詹夫人的远房表弟。詹牧师放弃基督教而转向马列主义，是与这个人对他的教育和影响分不开的。这个人在“文化革命”中表现出了一个共产党员的高风亮节，刚直不阿，坚持真理，最后含恨而死。

我尽力安慰詹牧师，请他注意身体。“我们还要把那恐怖的原因找到，为了死者，也为了后人!”我说。

“关键是不够幽默。”詹牧师说。

“看来，黑色倒要好办些。”我说。

好吧，我们再干!我和詹牧师的信心都还很强。有人说，中国不会有“黑色幽默派”作品，因为中国人天生缺乏幽默感。这给了我们刺激，也给了我们力量，要让那些自高自大的外国人放明白点儿，也要让那些自轻自贱的中国人醒悟!那些日子，我和詹牧师一心扑在“幽默”上。有时候我们聚在一起想，有时候交换一下意见分头去想。

我又想出了一个——

> 看守长老了，也许是因为脑力不如从前了，他总觉得过去工作起来并不像现在这样吃力。现在他常常拿不定主意，拿不定应该对犯人使用什么样的态度。“文化革命”前的工作多么井然有序！他想。那时候对入狱的犯人就用严厉的态度，让他们老老实实；对刑满获释的人就用和蔼可亲的态度，以期使他们倍感温暖。现在怎么就拿不准了呢？还对入狱的犯人一概严严厉厉的吗？要是忽然一天有哪个成了英雄，自己可就成了迫害英雄的帮凶了。对出狱的英雄一律亲亲热热吗？猛地，在他们之中又出了骗子，你可就又说不清自己的立场了……

詹牧师看了先说“不错”，然后建议我加写一段，说明“四人帮”被粉碎后老看守长不再苦恼了：“得全面一些，要突出看守长的苦恼只是在‘四人帮’时期。”

我说：“谁还不知道这是在‘四人帮’时期呢？难道别的时期也有这样的事？难道我们写屁股上的雀斑，必须得反复说明脸上是光洁的吗？我写的正是‘四人帮’时期，一个普通人可怕而又可笑的处境。跟您这么说得了，这老看守长就是我表叔……”糟糕！我想。

“这么说又是已经发生过的事？”

我沮丧地说：“咱们再重新想一个好了。”

看来得往邪乎里想。

看来得离开现实，什么不可能想什么！

然而又过了几个月，我们还是什么都没写出来。我们全力去做荒诞的想象，研究了上百个荒谬绝伦的构思，但仍然因为“已经发生过”而告吹。我几乎失去了信心。

一天，詹牧师的儿子来了，看见我们的窘态，哈哈一笑说：“活人别让尿憋死。”这倒又触动了我的灵感，“活人让尿憋得团团转”倒很具“黑色幽默”的味道。我很快写成了一篇《活人与尿的喜剧》。

詹牧师看罢不言语。

“您看还行吗？”

詹牧师变颜变色，不言语。

“这回还差不多吧？”

詹牧师不言语，脸上红一阵，白一阵。

〔**注十四**〕没料到我的想象又与詹牧师的实践撞了车。

詹牧师被隔离审查期间住在一个破庙里。庙里有个孩子，淘气得出圈，惯搞恶作剧。有一回，这孩子在所有可以撒尿的地方都贴上了画，而在那样的画前撒尿是不相宜的。詹牧师身为审查对象，又不能离开破庙，结果尿憋得过了火，再想撒时已不能如愿。詹牧师的肾脏到现在还不大好。

“我并不反对你把我的事写出来。”詹牧师说着，苦笑，又连连叹气，又说，“可是这仍然不是‘不可能发生的事’。”

我真不信我的想象力竟这样低劣。

我真不相信我就想象不出一件不可能发生的事来。

有了——

有一个人，平生的志愿就是给米洛的维纳斯配上两条胳膊。他琢磨了大半辈子，呕心沥血，终于想出了好办法，给米洛的维纳斯配上了健美的双臂。可是有了胳膊的维纳斯做的第一件事就是，左右开弓给了这个人一顿嘴巴……

“别讲了！”詹牧师忽然疯了似的站起来，冲我喊。

“怎么了？您这是？”我十分惊诧。

詹牧师背过身去站了很久。

我吓得不敢吱声。

詹牧师转过身来，满脸泪痕，对我说：“对不起，请你原谅，不过请你不要写这件事。”

“怎么回事？”

詹牧师忽然在胸前画起十字来：“上帝饶恕我，上帝看得清楚，我……”他猛地跌倒在床上。

〔**注十五**〕我打电话把他的儿子叫了来。这时我才知道，詹牧师原来还有个女儿。女儿从小就长得漂亮，詹牧师亲昵地叫她“我的小维纳斯”。“我的小维纳斯比米洛的可强十倍，还有两条好看的胳膊！”詹牧师常常和女儿开这样的玩笑。谁料到，正是他疼爱的女儿，在1966年给了他一顿耳光，骂他是“不齿于人类的狗屎堆”，声称与他断绝父女关系，愤然离家出走。这件事把詹牧师的心伤透了。后来女儿醒悟了，想回到父亲身边来，但詹牧师不允许。“做人最重要的是善良！”他说。再后来，女儿在插队的地方因公牺牲了。詹牧师后悔莫及，“我竟不能原谅一个受骗的孩子，我的善良到哪儿去了呢？！”他喊，他哭，叫着“我的小维纳斯”……从那以后，谁也不敢向他提起他的女儿，希望他把她忘了。

偏偏碰上我这么个善于想象的人。唉！

詹牧师住进了医院。诊断为：动脉痉挛，脑供血不足。这病很怪，阵发性的，詹牧师时而清醒，时而糊涂。大夫说：“（他）年岁大了，（治疗效果）很难说。”

詹牧师的儿子埋怨我，不该总让他父亲回忆起那些往事。我感到非常内疚。

“可我不是有意的。”我说。

“是谁告诉你的？”詹牧师的儿子问。

“谁也没有，在这之前我并不知道他还有个女儿。”

“让尿憋坏了的那件事呢？”

“是你对我说‘活人别让尿憋死’之后，我瞎编的。”

“我的意思是说，既然你们想象荒诞的能力超不过已经发生的事实，何必非要写‘黑色幽默派’小说不可呢？为什么不能用现实主义的手法来表现呢？”

我觉得这一建议很有道理。

詹牧师住在医院里，病情时好时坏。神志恍惚的时候，他总说胡话，仍在构思“黑色幽默派”小说，但也都是像过去一样地不能成立。清醒的时候他就长吁短叹，想这个，想那个，想自己的一生，填写了几首《忆江南》：

其一

女儿好，为父太心残。夜夜梦中相对坐，朝朝醒来又难圆，此恨到何年？

其二

我儿强，不似父愚蛮。做人当有君子勇，行路须防小人谗，逆耳是忠言。

其三

死何惧？无奈不心安。一世勤勉为虚度，百般壮志作空谈，不死亦无颜。

其四

力竭尽，何必自寻烦？利禄千金轻如土，清风两袖重于山，惟此又心安。

其五

平生忆，最忆是童年。白芷送茶难成梦，庆生伏案不知眠，店堂小灯前。

其六

盼来世，当记此生难。墨海书舟重努力，雄关险道再登攀，胜败不由天。

其七

终有憾，此憾在人间，朽树犹燃熊熊火，落花也留片片丹，小舟逝如烟。

我心里很难过，但又实在不能给他什么帮助。想起他儿子的话，我说："您何妨把您一生的境遇，就用现实主义的手法表现出来呢？"

他摇头叹气道："找不到恰当的角度。"

我说："如果您愿意，您口述，我来整理。既然生活素材是真实的，有什么不好找角度的呢？"

他摇头，许久不言语。一会儿，他又乱七八糟地说起胡话来，还是不忘他的"黑色幽默"。

我不知道怎样才能给即将归天的詹牧师以安慰。詹牧师的儿子出了一个主意。当詹牧师又清醒了一些的时候，我们俩一起骗他。

他先说："我们把您那些'黑色幽默'的素材，用现实主义的手法写成了，效果很好。"

我赶紧说："我在出版社的朋友不少，您的作品得到他们的一致好评，他们准备用。"

詹牧师呆呆地望着我。

"不久就能发表了。"我说。

詹牧师直勾勾地盯着我。

"肯定能发表。"我又说。

詹牧师微微地笑了。

我很高兴，我希望他能怀着愉快的心情离开人间。

"你是说，这下子行了？"詹牧师说。

"行了。"

"你是说，我们到底写成了'黑色幽默派'小说？"

"什么?！"

"像那样的东西，能发表，这不是绝不可能发生的事吗？"

我和詹牧师的儿子慢慢直起腰，默然相对。

"这样，黑色和幽默就全有了。这个构思好，符合那一条……"

我和詹牧师的儿子半天才缓过劲儿来，我们向他说明，是真的能发表。控诉"四人帮"的罪行，让人们更珍惜今天的生活，这怎么会不可能发表呢？写出人民在十年内乱中的痛苦遭遇，以便总结历史经验，防止悲剧的重演，这样的作品怎么会不可能发表呢？……

詹牧师却又陷入了昏迷。

我的希望倒是达到了，詹牧师死前分明感到了成功的喜悦……

八二年十二月十二日零点五十七分，詹牧师的心脏停止了跳动。终年七十三岁。

下　集

最近，为了写这篇报告文学，我又查阅了詹牧师的一些遗物。这是经过了詹牧师的儿子允许的。他说："反正你们这些舞文弄墨的人闲着也是闲着。不过你们要是再不说真话，你自己掂量你们是在干吗吧。"然后他就由我去翻腾詹牧师的遗物了。他去忙他的事。他正筹备办工厂，并兼办一所幼儿园。"将来有条件，我还要在我们那个小地方办大学呢！"他说。"实业和教育是最重要的！"他说。"其他才能谈得上。"他说。

詹牧师的遗物主要由两部分组成：大量的藏书；大量的手稿和大量的没有寄出的信件。

有一个发现弄得我心情很沉重。

我不能不如实地告诉各位读者：詹牧师确凿是一个风派人物。我也很难过，但事实终归是事实，不能用私人感情来代替。毫无办法，许多物证就是那样铁一般地存在着，我又是个记者，神圣的使命要求我必须忠实于事实。其实倒霉的是我，詹牧师早已解脱了，而我的这篇报告文学却有前功尽弃的危险。谁见过报告一个风派人物的文学呢？虽然也是人物。就此放弃又舍不得，还是试试看吧，反正是报告，又不是为他唱颂歌，万一有人给我扣帽子，我就往詹牧师身上一推了事。事情是他干的，与我有什么相干？

我并没有像有些人那样，先确定某人是一个风派人物，然后再去凑证据。我是先有证据，后做结论的。证据之一是詹牧师的藏书。书名、购买日期、扉页上的题字或批注之间的关系，颇耐人寻味。为方便读者起见，我选中其中一小部分做成了一份表格，现公之于众，以醒后人。

书　名	购买日期	扉页上的题字或批注			备　注
		第一回	第二回	第三回	
新约全书	1930.12.25	我主真道万古流行（后涂去）	用于学术研究（后涂去）	仅供批判	
家用大百科全书	1945 元旦	白芷吾妻新年快乐（后涂去）	仅供参考（后涂去）	仅供批判	书页中夹一朵干枯的小花
资本论	1955.10.10	知识就是力量（后涂去）	学习，学习，再学习！	放之四海而皆准	书中画过一些标记已擦去
毛泽东选集	1958 春节	伟大的公仆	有雄文四卷为民立极	读毛主席的书，听毛主席的话，做毛主席的好战士！	同上
论共产党员的修养	1962.10.1	伟大的公仆（后涂去）	奴隶主义的大毒草（后涂去）	真金不怕火炼	作者姓名上曾有红 ×，现已擦去
创业史	1965.4.20	文艺为工农兵服务（后涂去）	大毒草（后涂去）	文艺为工农兵服务	同上
评新编历史剧《海瑞罢官》	1966 春	千万不要忘记阶级斗争（后涂去）	反革命祸心的自我暴露		作者姓名上有红 ×
林彪同志论毛泽东思想	1967.8.1	真知灼见（后涂去）	祝林副主席身体健康，永远健康（后涂去）	阴谋家的用心早已暴露无余	同上

续　表

书　名	购买日期	扉页上的题字或批注			备　注
		第一回	第二回	第三回	
红色娘子军（总谱）	漏写	划时代的伟大创举（后涂去）	我们工农兵最爱看（后涂去）	大快人心事粉碎“四人帮”	
国家与革命	1972.10.1	要认真读马列原著			
批判资产阶级法权文章汇编	漏写	活到老学到老（后涂去）	严防中央出修正主义（后涂去）	纯属贼喊捉贼	贴了一张王、张、江、姚的漫画
宋江丑史	1975 秋	坚决反击右倾翻案风（后涂去）	借题发挥，妄图篡党夺权的铁证		宋江二字被打过 ×，现已擦掉
英语广播讲座	1978.2.4	知识就是力量	还是要重视政治思想工作		
“四五”革命诗抄	1979.10.20	防民之口甚于防川	言论自由是人民的权利		

由此表不难看出，詹牧师的观点和立场，随机性很强。往好里说，也是缺乏独立思考的能力。

不久前，我又去詹牧师当年所在的教会做了一次采访，所得的印象也与前相差不多。

他早年的一位教友说：“詹鸿鹄一向是赶潮流的，没有自己的主见。50 年代他退出教会时把宗教贬得一钱不值，后来教会重新恢复活动时他又来祝贺。”

他早年的一位学生也证明：“詹先生还在留言簿上写了一位名人的话，‘人在精研哲学之后重新皈依的那位上帝，和由于对哲学知之不深而远离的那位上帝，根本不是同一位上帝’。”

现任主讲牧师何少光说："鸿鹄是有意重新'出山'，托人和我提起过。我倒是没意见，但一来人事方面没有名额，二来嘛，别人都担心他会不会什么时候又来个反戈一击。唉，鸿鹄当年的学生目前都在教会中负一定责任了，经常接待外宾，他自己反倒落得传电话。他当年要是不……唉！鸿鹄一生善良、勤勉，吃亏就吃在赶潮流上。"

还有两份材料可以证明，詹牧师确是惯于见风使舵的。其一是詹牧师于 1966 年 10 月写的一份声明；其二是他于 1981 年 10 月写的一份申请书。两相对照，一斑可见全豹。

放弃硕士学位声明（节录）

……我是个资产阶级臭知识分子，几十年来一直迷恋于成名成家，陷进了封资修的臭泥塘，不能自拔；自以为有学问，看不起普通劳动人民，迷失了政治方向。无产阶级"文化大革命"的春雷震醒了我，使我心明眼亮。我现在郑重声明：从即日起放弃硕士学位，甘当人民的老黄牛。同时声明：于明日下午 3 时烧毁我的所有著作。我是心甘情愿的。在革命派的帮助下，我认识到我过去的全部著作都是资产阶级反动立场的产物，无非一堆废纸，不烧何用？！……

博士学位申请书（节录）

……我平生的志愿就是做自己祖国的博士……我决心努力攀登哲学高峰，写出《中国宗教思想概论》，作为我的博士论文。

我已于三十多年前就获取了神学、史学两项硕士学位。三十多年来，我一直兢兢业业，努力奋斗，刻苦钻研，坚持不懈。在严酷的考验中，我的愿望深埋心底，耐心等待。我终于盼到了今天。学位委员会的成立，燃起我希望之火，召唤我纵马登程。祖国正是百废待举，倍需人才之际。我虽年迈，但壮心犹存；惟其年迈，才当百倍抓紧，万倍努力。“春蚕到死丝方尽，蜡炬成灰泪始干”。我决心尽残年之微力，写好博士论文，为四个现代化做出贡献……

〔**注十六**〕据调查，“声明”和“申请”都没有贴出、寄出过。

詹牧师写完了“声明”，征求詹夫人的意见，詹夫人不答，默然垂泪。詹牧师也没了主意。半天，詹夫人才说：“你要不去埋那把刀子，何至于引得他们来抄家？”

詹牧师有一把很漂亮的蒙古刀，纯粹的工艺美术品，但他担心被人告发为“私藏武器，妄图变天”，在六六年的一个深夜拿出去想埋掉，结果被几个红卫兵抓住。

“我不去埋，他们也要抄的。”詹牧师愧然答道。

“我们不如回老家去，省得被他们赶。”詹夫人说。

“不知家里的房子还有没有。”

“可以先向亲戚们借一间。”

“‘回春堂’不知还有没有。”

“家乡多安静，我喜欢安静。”

“尤其是夜里，什么声音也没有，睡得也香甜。”

“有时候有卖馄饨的在窗外吆喝。”

“放些虾皮、紫菜，还有香菜和青韭末儿，再放点香油，啧！”

“什么时候我给你做一回。”

“你可做不出那味儿来。”

…………

但他们没有贴出“声明”，也没有回老家去。

“申请”呢？是什么原因使之没有寄出去？不详。

还有两份白纸黑字的证据。

第一份是詹牧师做的一首《满江红·悼念周总理》，幸亏当初没有落入“四人帮”之手，否则他大约就不会活到被我发现的时候了。诗词原文如下：

噩耗忽闻，哭无泪，肝肠欲裂。周总理，功盖乾坤，德昭日月。帷幄运筹轻生死，握发吐哺无昼夜。叹古今，被害是忠良，天当灭！　　潇潇雨，飘飘雪。风声咽，哀声绝。把杯酒轻酹，志承先烈。大地珍埋男儿骨，长河敬殓英雄血。恨难消，何日斩群妖，天下谢。

如果我的发现到此为止，多好哇！那样我既可以为自己与这样一位勇士相识而自豪，我的报告文学也就可以具有英雄史诗般的气魄了。然而不幸，我又发现了一份证据——詹牧师写给江青的一封信！天哪，幸亏它是让我发现了，我为死者出了一身冷汗：如果是落入外人手里，詹牧师便有一百张嘴，也难说清楚了。信文如下：

敬爱的江青同志：

首先祝您身体健康！

我是

信文到此结束。以下是一些乱七八糟的算式，估计是詹牧师在计算当日的生活开销时所为。二角三分，估计是一瓶酱油；四角五分，估计是半斤鸡蛋；二分，可能是一盒火柴；红笔写的一角二分，大约是当日的财政赤字。如此等等，就不一一推敲了。也许是因为此信没有写下去，也许更是因为账目的重要性，詹牧师把这一页纸留了下来，后来就忘了，所以没有及时销毁。

诗文和信文都没有注明写作日期。唉，我的詹牧师，让我说你什么好呢？

我又走访了一位詹牧师生前最亲密的朋友——一位退休的中学教师。可喜可贺，这位老先生的证词，似乎可以推翻“詹牧师是个风派人物”这一结论。他说：“小舟吗？也谈不上什么赶潮流不赶潮流，更谈不上什么风派不风派。他不过是闲不住，而且总是自命不凡，想干一番大事业，愿意和一些名人、大事发生些联系；他总有怀才不遇的思想，常常就做出些古怪的事情来。”这位老先生举了几个例子，以资证明：

A. 詹牧师并非只给江青写过信。在齐奥塞斯库当选为总统的时候，他也请罗马尼亚驻华使馆代转过他的贺信。他不光写贺信，也写过抗议信。苏军侵略阿富汗的时候，他给勃列日涅夫写过抗议信。英军进攻马岛的时候，他给撒切尔夫人和加尔铁里总统都写过劝告信。只是都没有得到预期的反响。

B. 估计收到过詹牧师的信的人会很多。只要报纸上出现了一位先进人物或别的什么人物，他就要立刻写信去，向人家表示祝贺或慰问。詹牧师对名人总是由衷地敬仰。有一回，詹牧师的小孙子大便之后，对屎的出处表示了惶惑："爷爷，这是从哪儿出来的？""肛门。""什么是肛门？""这就是肛门。"詹牧师一边给小孙子擦屁股一边解释道。"您也有肛门吗？""有，所有的人都有。"孙子忽然指着报纸上一位名人的照片问："他也有吗？"詹牧师给了孙子一巴掌："嗐！不许瞎说！"

有一点需要强调：敬仰归敬仰，詹牧师绝不是想从中得到什么好处。除非万不得已，他从来是不求人的。

还有一点要强调：詹牧师也并不是只敬仰名人。如果要糊顶棚，他崇拜糊匠；要是漆桌子，他只信得过漆匠……有一回，詹牧师碰巧得了一些木料，想做一个书架，儿子几次要动手都被他制止。"你做过什么？！"他说。等儿子瞒着他把书架做好了，对他说："我找了个七级木工给做的。"詹牧师连连夸奖："这活儿做得够多地道！"因詹牧师的儿子计划不周，在书架的左立柱上多锯了一道口，为对称起见，索性又在右立柱上也锯了一道。詹牧师一直琢磨不出这两道口是做什么用的，试着往上面挂了两回网袋，也挂不住。

C. 凡国内外大事，詹牧师都关心。国内的，譬如：东北及西南林区的乱砍滥伐问题，华南虎及丹顶鹤的保护问题，各地名胜古迹应该加强管理和利用起来发展旅游业问题，城近郊区应该发展养鱼业、街道两旁应改种香椿树以解决春季蔬菜短缺状况，以至目前晚育造成的难产率增高的问题，等等，他都给予关注。他去图书馆查阅书籍、资料，去请教过专家，也给有关方面写过信，申述了自己的意见。国外的呢，主要是世界和平问题。他曾在自家墙上挂过一张民用世界地图，并做了一块布帘挡在上面。有时候他拉开布帘，在地图上画些箭头、虚线和实线；也插一些小旗子，红的、白的、黑的；然后在屋子里低头踱步，默默地思考。他确实有过一些颇具先见之明的预言，譬如：他早在60年代末就说过，欧洲是世界战略的重点，亚洲的问题出在印度和西亚。不过也有过错误的判断：第三次世界大战迫在眉睫。

D. 詹牧师喜欢体验一种崇高感，或者叫作价值感。只要能稍稍与国内外大事有所关联，他便要陶醉，甚至闹到自己也把握不住自己的地步。亏得有詹夫人时常阻拦他，向他晓以利害，这才避免了不少祸事。“否则，”詹牧师的老朋友说，“真难说他要做出什么事来呢！假如‘四人帮’重用他，他说不定会因为被重用而忘乎所以的。反过来，倘使有一位厂长或局长什么的，看重他，他肯定也会废寝忘食地为‘四化’出力。他早就提出过要重视智力开发的主张，可惜那时没人理他。他就是盼望被人重视。我看，他之所以想起给江青写信，准是有什么人在他耳边吹风，吹得多了、神了，他就信以为真，觉得似乎那样就能有机会实现他的某项设想。至于这首《满江红》嘛，我敢担保的只是，小舟对周总理是衷心热爱的。总理逝世当天，我们俩找了个没人的地方待了一天，什么也吃不下，什么也说不出，小舟一个劲儿叹气，蹭地，把黄土地上蹭了两道深沟。他有胆子写那么一首诗词，也肯定是受了别人的鼓动，十有八九是受了他儿子的鼓动，否则他绝不敢写什么‘何日斩群妖’之类的。不过还有一种可能，那首词是他在粉碎‘四人帮’之后写的。他儿子就常说他不是史学硕士，而是史学‘修士’，意思就是说他总是根据现在的情况修改、打扮自己的历史。不然，他敢把这么一首诗词保留下来，是不大好想象的。”

E. 詹牧师甚至喜欢模仿伟人的动作（不错，这一点笔者也可以证明，他每次和我见面，哪怕是只相隔半天儿，也要和我握手，伸手的姿势就像列宁）。

但从以上五点，能说明什么呢？能说明詹牧师不是风派吗？能说明詹牧师就是风派吗？我实在也吃不准。但报告文学是应该报告得准确、真实、全面的，所以我把这些情况也都零零碎碎地写了下来。如果能在篇头印上八个字“内部参考，请勿外传”，我以为是慎重的。

续　集

关于詹牧师多次伪造表扬稿以骗取稿费，并在被揭露后缄口不谈此事一节，我一直考虑是否删去。倒不是怕诲淫诲盗，误人子弟，实在是那样写来太有些不明不白。正当我举棋不定之际，昨天，詹牧师的街坊们又向我提供了一些新情况。

甲、詹牧师的老街坊宋科长的书面意见：

我认为，詹小舟同志绝不是那种为了名利就去昧着良心胡编乱造的人。为了名吗？可是发表那么几篇表扬稿能出什么名呢？为了钱吗？更不可信。詹小舟同志多年来一直义务为大家打扫厕所，街坊们曾经商量着要给他些报酬（每月九块），他都不要。他说：“我不是为了钱，我也不是打扫厕所的。”大家不敢再提。我们有时候也想帮助打扫打扫，但每天早晨，无论你起得多早，厕所还是已经被詹小舟同志打扫过了。后来发现詹小舟同志是在夜里打扫厕所的，他每夜都要看书学习到一两点钟，然后就去打扫厕所。我们都睡得早，不能等到所有的人把一天的厕所都上完（原文如此——作者注），再去睡呀……

乙、詹牧师的邻居徐老太太的口头证明：

可不是怎么的？詹大哥净给大伙儿办好事，正经八百一个老雷锋。甭瞧我还比他小两岁，可腿脚儿不济，取趟奶来回就得他妈一个多钟头，詹大哥见天清早儿帮我取奶，黑了还管倒脏土。我心里不落忍的，人家也那么大岁数了不是？我就说您甭价啦。可詹大哥说，街里街坊的一块儿住着，谁和谁呀？人家可不是像我这么说的，人家开口就是文明词儿，说是“五洲四海翻腾，到了儿都得往一块儿走”。（估计詹牧师的原话可能是：“我们都是来自五湖四海……走到一起来了。”——作者注）唉，那可是个善净人儿。说他骗钱花？说这话的人可是他妈瞎了狗眼啦！

丙、詹牧师隔壁的孙老师的书面证明：

詹老先生常说：这些年社会风气的变坏，全是因为“四人帮”把人们的道德标准搞乱了。善而不赏，恶而不罚，必定铸患无穷。而罚恶的好办法，莫过于赏善。善既立，恶不逞。

所以，我认为，詹老先生之所以总写表扬稿，意在赏善。用现行的语言说就是：榜样的力量是无穷的。前年，詹老先生去眼镜店配眼镜，营业员不耐烦地把眼镜扔给他，把一个镜片摔碎了，营业员反而怨詹老先生没接住，一定要詹老先生赔。后来詹老先生对我说：“你跟他吵有什么好处？你说三道四地教育他，反倒会激起他的反抗心理，使他更加不热爱本职工作。”所以詹老先生就原价把那副眼镜买了下来，并写了一篇表扬稿，表扬了一个假设的、态度非常好的营业员……

丁、职工学校的看门人老郭头的口头证明：

您问詹老儿？那老头儿可是心眼儿好！那人心眼儿忒好！那老两口子心眼儿都好！没比！说件具体的？我说的这些全是具体的。说件真事？……我刚来这儿的时候，是夏间天儿，大晌午的老阳儿挺毒，詹老头儿一盆一盆地往球场上泼水，我不懂规矩，还直嗔着人家。敢情他是为了学生们下了课好打球。我还给人家埋怨了一顿。好人哪！詹太太人更好，包了饺子就喊我去，说我一人儿闷得慌。其实我倒惯了，也不觉着闷。这会儿那老两口儿全死了，我时常倒真觉着憋闷了。好人哪！——上了天堂啦！——

还有一些证词，因篇幅所限，略去。

补　遗

詹牧师死后，我和他儿子给他换衣服时发现，在他贴身穿的衬衣兜里有一个小塑料包儿。打开一层塑料包儿，又是一层塑料包儿，一共三四层，里面包着两张照片。一张是“全家福”——年轻的詹牧师抱着小女儿，年轻的詹夫人搂着儿子。另一张是詹牧师当年获硕士学位时的留影，戴着硕士帽，风度翩翩。除此之外，还有一件东西——怎么说呢？请诸君原谅并且保密——一个镀金的小十字架。

还有一件事。詹牧师的儿子给詹牧师写了一篇非常奇怪的悼词，其中有这么一段话：

> ……记得小时候，有一次我问爸爸："树叶是什么颜色的？"爸爸回答："绿的。"我又问："那绿色是什么样的？"爸爸回答："就是树叶那样的。"我说："如果这就是绿色，那绿色又是什么样的呢？"爸爸想了半天，笑了，拍拍我的肩膀。那时候多快乐呀……

1983 年 5 月 2 日

来到人间

星期六晚上，男的8点多才回到家，在过道里锁车的时候就感到意外：孩子没喊他，也没听见孩子的笑声。

屋里光线很暗，没开大灯，只一盏八瓦的小灯亮在尽里头的写字台上。女的坐在床沿上，见他进来，只把两条腿变了下位置，脸依然冲着电视，披了件旧外套，像是怕冷的样子。床上扔满了玩具。孩子在玩具中间睡着了，没脱衣裳，身上盖了条毛毯。

"没想到又这么晚。"男的说，看了看手表。女的没搭腔。

男的走到床的另一侧，一边解风衣扣一边俯身看看孩子："怎么这么睡？"

女的还是没回头，说："饭在厨房里，锅里。"声音齉齉的，掏出手绢擤鼻子。

男的又绕到女的身旁，站着看电视，把胳膊抱在胸前，注意着妻子的脸。电视的光忽明忽暗在她脸上晃，让人弄不清她的表情。电视里在播球赛。他知道她从来不爱看球赛。

"怎么了你？"男的问。

"饭在锅里，凉了热热。"妻子的声音仍旧齉齉的，鼻音很重。

男的愣了一会儿，正转身要去厨房，听见女的长出气，并且像啜泣那样颤抖。

“到底怎么了你？”男的又转回身来问。

“你先吃饭去。”

男的走了几步，伸手去开大灯。

“别开！”女的说。

男的退回到床边，挨着女的坐下，瞪着电视发愣。街上过汽车，荧光屏咔嚓咔嚓地闪。

“到底怎么啦？”

女的不说话，一条腿不住地颠。

“是不是孩子又怎么了？”

“她没说幼儿园好不好？”男的又问。

这下女的忍不住了，“咹——咹——”地哭起来，把头顶在丈夫肩上，浑身不住地抽动。丈夫茫然地坐着，抓紧妻子冰凉的手。

这孩子一来到世上，面前就摆好了一条残酷的路。先天性软骨组织发育不全。一种可怕的病。能让人的身体长不高，四肢长不长，手脚也长不大，光留下与正常人一样的头脑和愿望。一条布满了痛苦和艰辛的路，在等一个无辜的小姑娘去走。也许要走六十年、七十年，或者还要长，重要的是没有人知道这种病到什么时候才有办法治。

孩子不知道这些。和别的孩子一样，她睁开眼睛，看见一个五光十色的世界。小拳头紧攥着，蹬蹬腿，踹踹脚，想来这个世界上试试似的。饿了，或者尿了，她也哭。吃饱了，高兴了，她也笑。买只红气球挂在床栏杆上，太阳把气球照得透明闪亮，她皱着眉头不眨眼地看。和别的孩子完全一样。

“你说她是吗？”年轻的母亲说，不愿意说出那个病名。人们一般管那种病叫“侏儒症”。

年轻的父亲捅捅那只气球。一片红光飘来飘去，孩子的眼睛跟着转，笑了。还在襁褓里，这孩子就会笑。

妻子斜靠在被垛上，两手垫在脑后，眨巴着眼睛看对面的墙，像是那儿有一道题。丈夫趴在椅背上，交叉起两手顶着下巴，好像另一道题写在妻子的脚上。对面阳台上有个人在给盆花浇水，一边唱着京戏，遇着高音就巧妙地变个调子。孩子什么都不管，看着那只红气球，“咿咿呀呀”地说着自己的歌，仿佛知道童年不会太长，得抓紧懂事前的这段好时光。

“要不再到别的医院去看看？”母亲说。

父亲好一会儿没有出声，把目光从妻子的脚上转向窗外的天上。

“我看她不像。”母亲又说。

父亲猛地站起来：“那就走！”

两口子急急忙忙把孩子裹好，抱起来，出了门，就像这回准有什么好结果。

“我们团有个编剧，”一边下楼梯女的一边说，“头一回化验说是肝炎，还很厉害，没过几天又到另一个医院去化验，结果各项指标都正常。咱们上哪儿？”

街上永远有那么多人，那么多车，简直不知道是为什么。男的站在马路边想了想，说：“这回咱们不去太大的医院了。”

女的没有哭太久。“把灯开开吧。”她说。

男的把大灯拉开。

“把电视关了吧。”

男的把电视关掉。

女的开始收拾床上的玩具，一样一样收进一只小木箱。然后给孩子脱衣服。“嗷嗷，把衣服脱了睡。”不管你心里愿不愿意承认，孩子现在四岁了，个子就是比其他同岁的孩子矮，胳膊腿也明显的短。孩子一岁多的时候，这种病的特征开始显露，再不用跑医院检查了，剩下的是怎么接受这个事实。“欧欧，妈妈在这儿，脱了衣服好好睡。”孩子在梦里睁开眼看了看妈妈，又看见了爸爸，困得又闭上眼睛，呼吸中带着抽噎。

两个人一直看着孩子睡熟了，呼吸平稳了。

“嗯。”男的说，是问话，看着女的。

“下了班我去接她，”女的说，“一进幼儿园就见她一个人靠窗台站着，光是看着别的孩子在院儿里玩儿。一见我来，她就跑过来，拽着我要回家。两个阿姨在聊天。我问阿姨她怎么样。阿姨说还好，不过才两个礼拜，谁知道时间长了怎么样呢？对了，你先吃饭吧。”

“等会儿。”

“出幼儿园没多远，她就跟我说，她的被子和枕头都丢在幼儿园了，让我回去拿。我说不用，星期一还要来呢。她一下子就哭起来，蹲在地上说什么也不走了，非让我把她的被子和枕头都拿回来不可。我说，‘你不是想上幼儿园吗？’她光是哭。我说，‘你怎么又不想上了呢？’她光是哭。要不我去把饭给你拿来？”

“不用，不着急。”男的等着她往下说。

“她用胳膊钩住路边的一棵小树，就是不走。小胳膊钩也钩不住，就用两只胳膊这么抱着。我拉她也拉不动，就打了她一下。”女的用手抹眼泪，伤心地摇头。

男的焦急地等着她往下说。

“我还从来没打过她。我不知道我今天是怎么了。我从来没打过她一下。”

“我知道，我知道。这也没什么。”

“我打了她一巴掌。”女的仰起脸，把一绺头发拢到耳后，声音放得平缓些，“她就一个人哭着往幼儿园走，走到幼儿园门口又不敢进去，自己靠墙边儿站着，把脸扭过去不朝我这边看。好半天，还是我先过去跟她说对不起，问她为什么不想再上幼儿园了。她说，‘你把被子和枕头拿回来，我再告诉你’。你看她。”

男的想：糟糕的就是她还这么聪明。

“我本来想说，你告诉我，我就去把被子和枕头拿回来。”

“千万别这么说。”

“就是。我知道不能骗她。”女的说，“她又让了一步，说，‘你要是拿不动，明天让爸爸来拿。’”

“你答应了？”

“没。我知道咱们不能骗她。”

男的叹了口气：“嗯，后来呢？”

“这会儿天就快黑了。我狠了狠心，猛地抱起她来就走。你猜她怎么？也不哭了，也不喊了，使劲闭着嘴，一直到家，一句话都不说。我跟她说什么她也不理我。你说她这脾气。”

“就是，这孩子又聪明又有个性。”男的说。

女的到厨房去拿来个面包，给男的。

“不用。等会儿再吃。”男的把面包搁在桌上，“她到底跟你说为什么了没有？”

“回到家她还是不理我，自己坐在床上摆弄那只塑料狗。我把饭做好摆在桌子上，她连看也不看。我把所有的玩具都给她拿出来，好，她连那只塑料狗也甩到一边去。我坐在床上，想跟她一块儿玩儿，她干脆一个人跑到厕所里去，把厕所的门插上。过了一会儿，我贴着厕所的门听，听见她在厕所里小声哭。我扒着门缝跟她说，‘是不是别的小朋友说你什么了？’她立刻‘哇——’的一声大哭起来，一边哭一边说，说别的孩子管她叫大头，叫她大脑壳，还管她叫丑八怪，还有。我说，‘你告诉阿姨了没有？’她说她才不去告诉阿姨呢，她说她知道阿姨光喜欢别的孩子。”

女的又抽泣起来。男的不说话。

“我怀疑是阿姨那么叫过她，孩子们怎么想得起来那么叫她？”

“你先别这么瞎怀疑。”男的说，“先冷静点儿。”

“我要去找阿姨谈谈，找她们园长！”

“谈谈不是不可以，必要的时候甚至……不过这都不是最要紧的。”

“我让她把门开开，她说不，除非我答应明天把她的被子和枕头都拿回来。我说好吧。”

“你这么说了？”

“我没骗她！我明天就去把她的东西都拿回来！不让她去了。让她自己在家里玩儿。要不就把原来看她的那个老太太再请来，多少钱都行，五十，六十也行！”

“你再好好想想。”

“我早想了！”

“问题不在钱上，问题是她不能总在家里！”

“我也没说在钱上。得得得！我不听你说！”

“咱们别又吵。你想想，孩子总有一天……”

“你要说什么我都知道！我养她，养她一辈子。你不养算了，我一个人养！”

“你又不冷静。”男的说，站起来朝厨房走去。

女的追到过道里说：“就你那德行冷静！”然后又回到屋里，坐在沙发上，呆愣着坐了好一会儿，眼泪又止不住地流。

死应该是一件轻松的事。生才是严峻的。一个人快要死了，无论如何我们可以安慰他：“放心吧！伙计，不管怎么说，你把你的路走完了，走得还不坏。”对一个刚来到世上的孩子呢？你能安慰他什么？你能知道这个娇嫩的肉体和天真的心灵，将来会碰上什么吗？你顶多可以跟他说："行了伙计，既然来了，就得开始了。"

对所有的人来说，也都是这样。没人知道什么时候会碰上什么。生活中随时可能出现倒运的事。

丈夫很有才气，得了硕士学位，现在是工程师，身高一米八三。妻子是话剧演员，当然漂亮，身高一米六八。有一套一居室的房子，有厨房、厕所、煤气、暖气。女的还在香港有个叔叔，送给他们彩电、冰箱、录音机。然后，这个孩子来了，上帝像是生怕世上有一个平平安安的家庭。

妻子生这孩子的时候就不太顺利。孩子先是窒息、抽风，之后又得了肺炎，一直在医院里抢救。母亲也出了点毛病，住在另一间病房里。母女俩还没见过面。有一天大夫告诉父亲，"发现您这孩子有一种先天性的疾病。""嗯？什么病？""软骨组织发育不全。""我不懂，对病我一点儿都不懂。""这病，怎么说呢？不好治，而且……""会死吗？"年轻的父亲有些慌。"那倒不会，这病没有生命危险。"接着，大夫把那种病的后果告诉了他。

年轻的父亲跑到医院的小花园里坐着。夏天的中午，小花园里没什么人，晒蔫了的洋槐树下有一条长椅，水泥路面上浮着一层颤抖的热气。他坐了一个多小时，才渐渐明白发生了什么。一个矮人儿，只有一米一二高，头很大，躯干也像成年人的一样，只是四肢短，手指像脚趾一样又粗又短。他记得自己小时候就嘲弄过那样的人，追在人家身后喊"大个儿"，没人教过他，也没有人制止他。他已经把这事忘了很多年了。这些年他忙这忙那，忙着考大学，忙着考研究生，不知不觉已经做了父亲。现在他清晰地记起来，那个矮人怎样装作没听见他的话，怎样急匆匆地走，想要摆脱他。现在他才想到，他曾给过一个心灵怎样的折磨。那颗心上已经磨出了老茧，已经不反抗了，只是逃避。他将有一个那样的女儿。

“不对！”他的一个老同学跟他说，“糟糕的不是你有一个那样的女儿，是有一个灵魂要平白无故地来世上受折磨！”

“这我想过。不过，所有的人不都是一样吗？譬如说我现在。”

“不一样。当然，人世间的痛苦你都可能碰上。可她呢？她是生来就注定了，痛苦要跟她一辈子。”

“她也许能因此成为一个很有作为的人呢？”

“战争能造就不少英雄，但是为了造就英雄就发动一场战争，有这回事吗？”

“那当然不。”他说。

“人是不得不成为英雄的。”

“这我同意。”

“大夫怎么说？”

“大夫说，她的肺炎很厉害，救得活救不活还不敢说。”

“这是暗示。”

“我知道是暗示。”

“你也可以给大夫一个暗示。”

“这我得跟我爱人商量。”

“她会同意吗？”

“我想不会。”

“你得说服她。”

“她肯定不听。”

正如父亲所预料的那样，年轻的母亲一听便大哭起来：“不！不！我就要她！什么模样我也要！”

男的把饭菜热好，端进屋里。女的在看当天的晚报。

“你不再吃点儿？”

“什么叫再吃点儿？我也一点儿没吃呢！”

男的听出，她已经冷静下来了。男的又跑去拿了一个碗和一双筷子，盛好饭放在茶几上，自己在另一个沙发上坐下。

“你怎么买着鱼了？哪儿买的？”

她没回答，把自己的饭拨一半到男的碗里。

“什么鱼？是鲤鱼吗？”男的拨弄着碗里的鱼，很快地朝女的脸上扫一眼。

过了一会儿，男的又说：“我看像鲤鱼。”

“不是。”女的勉强回答。

“不是鲤鱼？”男的故意装出惊讶的样子。

“我看她现在还太小。”女的说。

男的在嘴里费劲儿地捯着鱼刺，考虑怎么回答她。

“再过一年，啊？怎么样？明年再让她去。”

“还不是一样吗？反正早晚有这么一天，她得知道她长得丑。”

“我答应了她，你没见她多高兴呢，立刻不哭了，一个人在床上玩儿，让我跟她一块儿玩儿。我到厨房去，她跑到厨房来问我：‘你说我丑吗？’”

“你怎么说？”

女的张了张嘴，没说出话来，低头吃饭。

“你准又说她不丑。我跟你说不能骗她！”

“等她再大点儿，到五岁，再告诉她，可能会好一点儿。”

“干吗不到六岁？干吗不到七岁？大点儿也长不好！别说五岁。头一回知道自己是畸形人，和所有的人都不一样，别说五岁，五十岁也受不了。岁数越大也许越糟糕。”

“那怎么办？”

“没别的办法。得让她知道，让她及早在心里接受这个事实。”

男的又想起自己小时候嘲弄过的那个矮人。是接受这个事实，可不能是习惯、麻木和自卑，男的在心里对自己说，得让她保留生来的自尊。

“我怕她受不了。”女的说。

“谁受得了？谁他妈的也受不了！”男的喊，使劲把饭碗蹾在茶几上。

妻子吓坏了。丈夫在屋里走了两个来回，赶紧把攥紧的拳头松开，提醒自己：要冷静。

“要是世界上只有你、我和她，咱们就永远不让她知道。”男的说。

“不过，”男的又说，“即便那样也不行，她自己早晚也会发现，你就长得比她漂亮。”

“还不如让我是她，让她是我。”母亲说。

“别瞎说了。”

“真的，我真的愿意。”

“我知道，”父亲抓住母亲的手，“我知道。不过不可能。即便可能又怎么样呢？她也会像你现在这样，你也会像她这样。这事轮上谁，谁也受不了。”

“要是她是我，我是她，我就受得了。”

“咱们别说废话了好不好？”男的说。

“就让她再过一年再去吧。”女的坐到床上，看着熟睡的孩子。

男的不说话。

“我已经答应她了，我不能骗她。”

父亲还是不说话。

母亲看着梦中的孩子：“咱们还不如不生她。还不如那时候不让她活。”

孩子能满床上爬了，满床上爬着追那只气球。气球在她眼前飘，她总是抓不住，捉不着。气球飘到桌子上，飘上玻璃窗，飘上屋顶，又飘下来。孩子嘎嘎地笑，尖声地叫，一心一意地追。她挺聪明，等到气球滚到她跟前，一下子扑上去，抱着气球坐在床上笑，举起来给爸爸妈妈看。忽然“砰”的一声。孩子吓愣了，抬起头来看看桌子上，看看屋顶上，看爸爸，看妈妈，“哇！——”地哭开了。

孩子那惶然四顾的样子，给了父母很深刻的印象。还有那一声哭，使人想起一个在人丛中走丢了的孩子，发现左右没有了父母，都是些陌生的人。

夫妻俩越来越多地想到孩子的将来。

“你说她能长到一米四吗？女孩子只要能长到一米四，也就还可以。”女的跟好多人这么说过，有的人不言语，有的人说“也许差不多”。年轻的母亲叹气，心里什么都明白：要真能长到一米四，还算什么有病呢？……

孩子又得了一场大病，肾炎。真是个多灾多难的小姑娘。母亲请了假在家里，抱她去打针，按时给她喂药，大夫说不能让她吃盐。父亲的工作放不下，每天尽量早地跑回家。孩子明显地没有精神，不爱笑，总睡。

“今天好点儿吗？”

“打针的时候恨不能把嗓子哭破了。从注射室出来，她使劲把脑袋往门框上碰。这脾气长大了可怎么办？”

窗外正下着雪。从三层楼的窗口望出去，家家户户的灰房子上，都有一个白色的屋顶。雪花静静地飘落。他们知道自己要比孩子先离开世界，知道这孩子无论碰上什么事都将是一个“难”字，一个“苦”字，不知道她能不能应付得了。

“她真还不如不来。”母亲说。

“当初不如听那个大夫的话。”父亲说。

“其实，那时候她等于还没有生命。”他又说。

“什么？”

“人是在开始懂事了，才算有了生命。”

“我没懂你的意思。”

“那时候如果听了大夫的话，其实她一点儿都不知道痛苦。跟没生她一样。”

女的想了一会儿，说：“真的，是这么回事。”

“当时我就跟你说过。”男的说。

“你根本没这么说。”

“我说了。你根本一句都听不进去。”

“我光想，她长得再丑我也一样会爱她。”

“我说你应该替她想想。我还说，这不光是我们受得了受不了的事。你根本听不进去。”

女的想着过去的事和以后的事。

“咱们可以再生一个正常的。”男的忽然说。

“像咱们这种情况，也允许再生一个。”男的又说。

妻子把脸埋在手里，痛苦地摇头。

“我问过大夫了，行。”丈夫说，“这病不是遗传，咱们生这样的孩子，其实非常偶然。”

妻子抬起头，认真地听。

“是否正常，可以在怀孕期间检查出来。”

一直到晚上快睡觉的时候，女的才又说起这件事。

“不，我不想再要了。我怕那样咱们会偏心。我就要她一个。咱们别再要了。”

“咱们不会不偏心？”丈夫说。

“肯定会。不是偏那个就是偏这个。”

孩子睡在两个人中间。雪早停了，一缕月光照在床上。两个人都看着睡在中间的孩子。

“还有几个加号？”

“三个。还是跟原来一样。尿还是发红。”

“其实她现在也还什么都不懂。”男的说。

“这是命。”女的一下子没懂他的意思。

“我是说，她现在也可以一点儿痛苦都没有，跟没生她一样。”

“什么？你说什么？”妻子恐怖地看着丈夫。

一团云彩又挡住了月亮，屋里完全黑暗。没有声音。两个人都知道对方没有睡。过了很久，丈夫感觉到床在颤动。妻子在哭。

男人在夜里才哭。男人睡着了的时候才把握不住自己。妻子把他推醒。那时月光又落在地上。他立刻很清醒：无论什么事，也不管对不对，做不到就是做不到。因为爱这孩子，所以不想让她受以后这几十年的痛苦，但正是因为爱又做不到。就像算命，不管算得准不准，反正你不会相信。或者不管你信不信，你还得活下去，该干什么还得干什么。

母亲该给孩子喂药了，父亲穿着单薄的衣服下地去拿暖壶。

现在孩子懂事了，生命真正开始了。夫妻俩一直害怕着这一天，没料到竟来得这么早。她有了记忆，知道了歧视，懂得气愤和痛苦了。她还不知道这仅仅是个开始。她想逃避，还不知道这是逃不开的。

“这不过是第一回。”男的说，半坐半躺在床上。他又想起那个被他嘲弄过的人。

女的躺在被窝里，睁着眼睛看天花板。孩子睡在她身边。街上传来洒水车“当当当”的铃声。

“这回还不是最难办的呢。”男的又说，“不过咱们得跟她说实话。”

“怎么说？”

“怎么说倒是小事。”

“那你说，你跟她说。”

“我当然可以说。不过，你答应了她不去幼儿园，她会说是你不让她去的。”

“你跟她说。然后我紧跟着就说，你说得对。”

“也行。不过怎么说呢？”

“你就说，所有的孩子都得上幼儿园。”

“不是，主要不在这儿。上幼儿园好办，硬把她送去她也得去。”

“那你说怎么说？”

“得让她知道，她确实是长得不好看。”

“我看说这个还早。她还太小。”

“就得现在说！大了就更难办。”

“她脾气倔极了，她能干脆不理你。”

“那也得说。”

“还是你自己跟她说吧。她要是闹脾气，我好哄她。”

“就怕这样！就怕我什么都跟她说了，你再来说好听的，说不是那么回事，‘你长得不丑，你长得漂亮，你跟别的孩子一样，大伙都会喜欢你。’怕就怕这个！比不说还坏！”

“我不是这么哄。我没说这么哄。”

“那你怎么哄？我问你，你怎么哄？”

女的坐起来，披上衣服，胳膊交叉着抱在胸前，皱着眉头不说话。

楼上传来“嚓啦嚓啦”的拖鞋声，一会儿又“嚓啦嚓啦”地走回来。

男的赶紧又把攥紧的拳头松开，说：“但是她可以在其他方面不比别人差。你得这么说，她能在很多方面超过别人，做得比别人强。”

第二天是星期日，孩子很早就醒了，赖在被窝儿里不起来，看着春天的太阳照进屋里，太阳光越来越多，自己躺在床上唱。

母亲做好了早点，进屋来说："快起床吧，小懒丫头，吃完饭带你去公园。"

"真的？"

"真的。"

"爸爸！是真的吗？"爸爸还在厨房里。

她跳出被窝儿，抱住妈妈的脖子，在床上蹦，在妈妈的脸上亲。这孩子会来事儿。

"妈妈！我穿哪件毛衣呀？"

"妈妈！我穿什么裤子呀？"

"我的新皮鞋呢？爸爸！你给我买的新皮鞋放在哪儿啦？"

年轻的父母在过道里擦肩而过，互相看了一眼，表情都很严肃，甚至是紧张。

临出门的时候，孩子忽然有些担心："妈妈，我不去幼儿园了吧？"

"不去。不去幼儿园。"

丈夫扽了一下妻子的衣襟。孩子一蹦一蹦地跑到楼道里去了。

"我知道，我知道。"妻子赶忙解释，"可是现在没法儿说。"

"那你也别那么说呀，'不去！''不去！'说得那么肯定。"

两个人都叹气，急忙出来。孩子站在楼梯上喊他们。

公园里有了春天的模样，柳条绿了，湖面上有了游船。孩子一进公园就跑起来，跑跑停停，转回身喊她的父母。

"快来呀你们！草！草！"

草也绿了。孩子蹲在地上看，用手摸摸。

"有的草是绿的，爸爸，有的草是黄的。"孩子说。

"草跟草不一样。"父亲说。孩子已经跑开了。

到了儿童运动场，孩子不进去，只是扒着栅栏朝里面看，一声不响。

“你不想去滑滑梯吗？”母亲问她。

“你看，里面有那么多小朋友在玩儿。”父亲说。

孩子猛地跑开，故意蹦跳着，在地上捡石子，好像是说她自己也可以玩得很开心。她会掩饰自己的愿望了。

“这样下去她会离群，”父亲对母亲说，“她会慢慢变得孤僻。”那个极力想摆脱他的矮人，又浮现在他眼前，这几年他不断地想起那件事。

“船！船！妈妈，咱们划船吗？”孩子又跑回来，抱住母亲的腿。

“告诉妈妈，你们幼儿园有船吗？”母亲说。

孩子一愣。

妻子看一眼丈夫，丈夫点点头，鼓励她。

“妈妈，我想划船。”

“那你得答应妈妈一件事，明天去幼儿园。”

“嘘！——”丈夫做了个不满意的表情。

“嗯？”妻子有些慌张。

“别这么说，别这么许愿似的。”丈夫小声说。

孩子拉着母亲的手默默地走，专心地望着湖面上的船。

“爸爸带你划船去，走！”父亲拉过孩子的手。

孩子有些犹豫，把手缩回来，望望妈妈。湖面上那些划船的人真让人羡慕。

“走，咱们划船去，妈妈也去！”母亲说。

在船上，孩子一直不说话。船桨有时打起水花，孩子忍不住笑起来，尖声叫，但很快又静下来，像个大人似的，心事重重地看着船边荡漾的湖水。

“你看她。”母亲悄声说。

“嘘！——”父亲说，“哎，那个愁眉苦脸的，看咱们的船快不快！”

孩子故意不看他们，装听不见。划船原来是这么没意思。这样，明天就得上幼儿园去了。

“行了，你瞧她这脾气吧。”

“嘘！——”

整个上午，孩子再没有真正笑过。父母俩想尽办法让她高兴起来，孩子却想回家了。

“咱们吃点儿饭吧，回家去没有饭吃呀？”父亲对孩子说。

在饭馆里等饭的时候，父亲给孩子讲了个故事：“从前我认识一个小个子的人，很矮，只有筷子这么高……”

孩子笑起来：“真的？那他用什么吃饭呢？”

“别笑，还没人敢笑话他。别看他个子矮。这个人很了不起，从来不把高个子的人放在眼里，很多事别人干不了，可他能干。”

“他能干什么？”

“嗯……很多，譬如说，他研究出了一种药，这种药矮个子的人吃了就能长高。”

“那他干吗不给自己吃一点？”

“嗯……可是他已经老了。别人吃了这种药都长高了，可是他自己却不会再长高了。所以没人敢笑话他矮，大伙儿都特别尊敬他。”

“这个人从小就上幼儿园。”母亲插嘴说。

丈夫差点没跳起来，狠狠瞪了妻子一眼。

孩子又低下头。过了一会儿，她又喊着要回家了，一个人先跑到饭馆外边去。

“我跟你说了，上幼儿园是小事！”丈夫冲妻子喊，跑出去追孩子。

女的呆呆地坐在饭馆里，想哭又哭不出来。服务员把饭菜端来了。她问多少钱，服务员说交过钱了。等服务员走开，她也走出饭馆。

她看见丈夫和孩子在草坪那边的长椅上，孩子正扯破了嗓子哭。她赶紧跑过去。

“看，妈妈来了。”父亲说，“妈妈给你道歉来了。”

“妈妈，”孩子哭着说，“我不去幼儿园。”

母亲抱着孩子，“噷噷，不哭，不哭。”不知再说什么好。

“妈妈骗了你，妈妈要给你说对不起。”丈夫给妻子使眼色。

孩子用脚使劲踢爸爸：“你甭说！不用你说！你走！你滚一边去！”

母亲还是说不出话来，光流眼泪。

“他还说，”孩子哭着对妈妈说，“还说我就是大脑袋，就是——长得——难看，他还说。”

“那怕什么？那没关系。”母亲抹掉眼泪，尽量让声音平缓、柔和，“大脑袋怕什么？矮个子也没关系，你能在其他地方比别人强，比别人更有用。”

“不！不！！”孩子喊起来，“我不是！我不是！爸爸——才——是呢！”她从母亲怀里挣脱出来，一个人哭着往前走去。

丈夫拍拍妻子的背：“这会儿你别再哭，有一个就够了。”

“我知道。我没哭。”

两个人跟在孩子后面追上去。

到家以后，孩子又把自己关在厕所里。

女的在厨房里洗菜、切菜。男的淘米。男的隔一会儿到阳台上去一回，从窗户缝往厕所里看看。

“干什么呢？”母亲问。

“靠墙站着，把鞋给脱了。”

母亲去敲厕所的门：“快开门，妈妈要上厕所。”没有回答。“把鞋穿上，要不该着凉了。”

过了一会儿，父亲又到阳台上去，回来说：“把袜子也脱了。”

“她这脾气可怎么办？”

“我看倒好。她得有点儿脾气。得让她有点儿脾气。”

妻子靠在丈夫怀里，觉得身上一点劲儿都没有了。“得让她把鞋穿上，要不该着凉了。”

“不会。放心，不会。”丈夫说，“得让她保持住这种硬劲儿。没办法。无论将来她遇见什么，她不能太软了，得有股硬劲儿。”

天渐渐黑了。夫妻俩站在厨房通向阳台的门旁，听着孩子的动静。

过了很久，厕所的门轻轻响了一下。

孩子站在厨房门前的过道里，看见爸爸搂着妈妈，外面是万家灯火，还有深蓝色的天空和闪闪的星星……

1985 年

命若琴弦

莽莽苍苍的群山之中走着两个瞎子，一老一少，一前一后。两顶发了黑的草帽起伏攒动，匆匆忙忙，像是随着一条不安静的河水在漂流。无所谓从哪儿来，也无所谓到哪儿去，每人带一把三弦琴，说书为生。

方圆几百上千里的这片大山中，层峦叠嶂，沟壑纵横，人烟稀疏，走一天才能见一片开阔地，有几个村落。荒草丛中随时会飞起一对山鸡，跳出一只野兔、狐狸或者其他小野兽。山谷中常有鹞鹰盘旋。

寂静的群山没有一点阴影，太阳正热得凶。

“把三弦子抓在手里。”老瞎子喊，在山间震起回声。

“抓在手里呢。”小瞎子回答。

“操心身上的汗把三弦子弄湿了。弄湿了晚上弹你的肋条？”

“抓在手里呢。”

老少二人都赤着上身，各自拎了一条木棍探路，缠在腰间的粗布小褂已经被汗水洇湿了一大片。蹚起来的黄土干得呛人。这正是说书的旺季。天长，村子里的人吃罢晚饭都不待在家里；有的人晚饭也不在家里吃，捧上碗到路边去，或者到场院里。老瞎子想赶着多说书，整个热季领着小瞎子一个村子一个村子紧走，一晚上一晚上紧说。老瞎子一天比一天紧张、激动，心里算定：弹断一千根琴弦的日子就在这个夏天了，说不定就在前面的野羊坳。

暴躁了一整天的太阳这会儿正平静下来，光线开始变得深沉。远远近近的蝉鸣也舒缓了许多。

“小子！你不能走快点儿吗？”老瞎子在前面喊，不回头也不放慢脚步。

小瞎子紧跑几步，吊在屁股上的一只大挎包丁零哐啷地响，离老瞎子仍有几丈远。

“野鸽子都往窝里飞啦。”

“什么？”小瞎子又紧走几步。

“我说野鸽子都回窝了，你还不快走！”

“噢。”

“你又鼓捣我那电匣子呢。”

“噫——鬼动来。”

“那耳机子快让你鼓捣坏了。”

“鬼动来！”

老瞎子暗笑：你小子才活了几天？“蚂蚁打架我也听得着。”老瞎子说。

小瞎子不争辩了，悄悄把耳机子塞到挎包里去，跟在师父身后闷闷地走路。无尽无休的无聊的路。

走了一阵子，小瞎子听见有只獾在地里啃庄稼，就使劲学狗叫，那只獾连滚带爬地逃走了，他觉得有点儿开心，轻声哼了几句小调儿，哥哥呀妹妹的。师父不让他养狗，怕受村子里的狗欺负，也怕欺负了别人家的狗，误了生意。又走了一会儿，小瞎子又听见不远处有条蛇在游动，弯腰摸了块石头砍过去，“哗啦啦”一阵高粱叶子响。老瞎子有点儿可怜他了，停下来等他。

“除了獾就是蛇。”小瞎子赶忙说，担心师父骂他。

“有了庄稼地了，不远了。”老瞎子把一个水壶递给徒弟。

“干咱们这营生的，一辈子就是走。”老瞎子又说，“累不？”

小瞎子不回答，知道师父最讨厌他说累。

“我师父才冤呢。就是你师爷，才冤呢，东奔西走一辈子，到了没弹够一千根琴弦。”

小瞎子听出师父这会儿心绪好，就问：“师父，什么是绿色的长乙（椅）？”

“什么？噢，八成是一把椅子吧。”

“曲折的油狼（游廊）呢？”

“油狼？什么油狼？”

“曲折的油狼。”

“不知道。”

“匣子里说的。”

“你就爱瞎听那些玩意儿。听那些玩意儿有什么用？天底下的好东西多啦，跟咱们有什么关系？”

“我就没听您说过，什么跟咱们有关系。”小瞎子把“有”字说得重。

“琴！三弦子！你爹让你跟了我来，是为让你弹好三弦子，学会说书。”

小瞎子故意把水喝得咕噜噜响。

再上路时小瞎子走在前头。

大山的阴影在沟谷里铺开来。地势也渐渐地平缓，开阔。

接近村子的时候，老瞎子喊住小瞎子，在背阴的山脚下找到一个小泉眼。细细的泉水从石缝里往外冒，淌下来，积成脸盆大的小洼，周围的野草长得茂盛，水流出去几十米便被干涸的土地吸干。

“过来洗洗吧，洗洗你那身臭汗味儿。

”小瞎子拨开野草在水洼边蹲下，心里还在猜想着“曲折的油狼”。

“把浑身都洗洗。你那样儿准像个小叫花子。”

“那您不就是个老叫花子了？”小瞎子把手按在水里，嘻嘻地笑。

老瞎子也笑，双手捧起水往脸上泼：“可咱们不是叫花子，咱们有手艺。”

“这地方咱们好像来过。”小瞎子侧耳听着四周的动静。

“可你的心思总不在学艺上。你这小子心太野。老人的话你从来不着耳朵听。”

“咱们准是来过这儿。”

“别打岔！你那三弦子弹得还差着远呢。咱这命就在这几根琴弦上，我师父当年就这么跟我说。”

泉水清凉凉的。小瞎子又哥哥呀妹妹地哼起来。

老瞎子挺来气：“我说什么你听见了吗？”

“咱这命就在这几根琴弦上，您师父我师爷说的。我都听过八百遍了。您师父还给您留下一张药方，您得弹断一千根琴弦才能去抓那服药，吃了药您就能看见东西了。我听您说过一千遍了。”

“你不信？”

小瞎子不正面回答，说：“干吗非得弹断一千根琴弦才能去抓那服药呢？”

“那是药引子。机灵鬼儿，吃药得有药引子！”

“一千根断了的琴弦还不好弄？”小瞎子忍不住哧哧地笑。

“笑什么笑！你以为你懂得多少事？得真正是一根一根弹断了的才成。”

小瞎子不敢吱声了，听出师父又要动气。每回都是这样，师父容不得对这件事有怀疑。

老瞎子也没再作声，显得有些激动，双手搭在膝盖上，两颗骨头一样的眼珠对着苍天，像是一根一根地回忆着那些弹断的琴弦。盼了多少年了呀，老瞎子想，盼了五十年了！五十年中翻了多少架山，走了多少里路哇，挨了多少回晒，挨了多少回冻，心里受了多少委屈呀。一晚上一晚上地弹，心里总记着，得真正是一根一根尽心尽力地弹断的才成。现在快盼到了，绝出不了这个夏天了。老瞎子知道自己又没什么能要命的病，活过这个夏天一点儿不成问题。"我比我师父可运气多了，"他说，"我师父到了儿没能睁开眼睛看一回。"

"咳！我知道这地方是哪儿了！"小瞎子忽然喊起来。

老瞎子这才动了动，抓起自己的琴来摇了摇，叠好的纸片碰在蛇皮上发出细微的响声，那张药方就在琴槽里。

"师父，这儿不是野羊岭吗？"小瞎子问。

老瞎子没搭理他，听出这小子又不安稳了。

"前头就是野羊坳，是不是，师父？"

"小子，过来给我擦擦背。"老瞎子说，把弓一样的脊背弯给他。

"是不是野羊坳，师父？"

"是！干什么？你别又闹猫似的。"

小瞎子的心扑通扑通跳，老老实实地给师父擦背。老瞎子觉出他擦得很有劲。

"野羊坳怎么了？你别又叫驴似的会闻味儿。"

小瞎子心虚，不吭声，不让自己显出兴奋。

"又想什么呢？别当我不知道你那点儿心思。"

"又怎么了，我？"

"怎么了你？上回你在这儿疯得不够？那妮子是什么好货！"老瞎子心想，也许不该再带他到野羊坳来。可是野羊坳是个大村子，年年在这儿生意都好，能说上半个多月。老瞎子恨不能立刻弹断最后几根琴弦。

小瞎子嘴上嘟嘟囔囔的，心却飘飘的，想着野羊坳里那个尖声细气的小妮子。

“听我一句话，不害你。”老瞎子说，“那号事靠不住。”

“什么事？”

“少跟我贫嘴。你明白我说的什么事。”

“我就没听您说过，什么事靠得住。”小瞎子又偷偷地笑。

老瞎子没理他，骨头一样的眼珠又对着苍天。那儿，太阳正变成一汪血。

两面脊背和山是一样的黄褐色。一座已经老了，嶙峋瘦骨像是山根下裸露的基石。另一座正年轻。老瞎子七十岁，小瞎子才十七。

小瞎子十四岁上父亲把他送到老瞎子这儿来，为的是让他学说书，这辈子好有个本事，将来可以独自在世上活下去。

老瞎子说书已经说了五十多年。这一片偏僻荒凉的大山里的人们都知道他：头发一天天变白，背一天天变驼，年年月月背一把三弦琴满世界走，逢上有愿意出钱的地方就拨动琴弦唱一晚上，给寂寞的山村带来欢乐。开头常是这么几句：“自从盘古分天地，三皇五帝到如今，有道君王安天下，无道君王害黎民。轻轻弹响三弦琴，慢慢稍停把歌论，歌有三千七百本，不知哪本动人心。”于是听书的众人喊起来，老的要听董永卖身葬父，小的要听武二郎夜走蜈蚣岭，女人们想听秦香莲。这是老瞎子最知足的一刻，身上的疲劳和心里的孤寂全忘却，不慌不忙地喝几口水，待众人的吵嚷声鼎沸，便把琴弦一阵紧拨，唱道：“今日不把别人唱，单表公子小罗成。”或者：“茶也喝来烟也吸，唱一回哭倒长城的孟姜女。”满场立刻鸦雀无声，老瞎子也全心沉到自己所说的书中去。

他会的老书数不尽。他还有一个电匣子，据说是花了大价钱从一个山外人手里买来，为的是学些新词儿，编些新曲儿。其实山里人倒不太在乎他说什么唱什么。人人都称赞他那三弦子弹得讲究，轻轻漫漫的，飘飘洒洒的，疯癫狂放的，那里头有天上的日月，有地上的生灵。老瞎子的嗓子能学出世上所有的声音，男人、女人，刮风下雨，兽啼禽鸣。不知道他脑子里能呈现出什么景象，他一落生就瞎了眼睛，从没见过这个世界。

小瞎子可以算见过世界，但只有三年，那时还不懂事。他对说书和弹琴并无多少兴趣，父亲把他送来的时候费尽了唇舌，好说歹说连哄带骗，最后不如说是那个电匣子把他留住。他抱着电匣子听得入神，甚至没发觉父亲什么时候离去。

这只神奇的匣子永远令他着迷，遥远的地方和稀奇古怪的事物使他幻想不绝，凭着三年朦胧的记忆，补充着万物的色彩和形象，譬如海，匣子里说蓝天就像大海，他记得蓝天，于是想象出海；匣子里说海是无边无际的水，他记得锅里的水，于是想象出满天排开的水锅。再譬如漂亮的姑娘，匣子里说就像盛开的花朵，他实在不相信会是那样。母亲的灵柩被抬到远山上去的时候，路上正开遍着野花，他永远记得却永远不愿意去想。但他愿意想姑娘，越来越愿意想，尤其是野羊坳的那个尖声细气的小妮子，总让他心里荡起波澜。直到有一回匣子里唱道“姑娘的眼睛就像太阳”，这下他才找到了一个贴切的形象，想起母亲在红透的夕阳中向他走来的样子，其实人人都是根据自己的所知猜测着无穷的未知，以自己的感情勾画出世界。每个人的世界就都不同。

也总有一些东西小瞎子无从想象，譬如“曲折的油狼”。

这天晚上，小瞎子跟着师父在野羊坳说书，又听见那小妮子站在离他不远处尖声细气地说笑。书正说到紧要处——“罗成回马再交战，大胆苏烈又兴兵。苏烈大刀如流水，罗成长枪似腾云，好似海中龙吊宝，犹如深山虎争林。又战七日并七夜，罗成清茶无点唇……”老瞎子把琴弹得如雨骤风疾，字字句句唱得铿锵。小瞎子却心猿意马，手底下早乱了套数……

野羊岭上有一座小庙，离野羊坳村二里地，师徒二人就在这里住下。石头砌的院墙已经残断不全，几间小殿堂也歪斜欲倾百孔千疮，惟正中一间尚可遮蔽风雨，大约是因为这一间中毕竟还供奉着神灵。三尊泥像早脱尽了尘世的彩饰，还一身黄土本色返璞归真了，认不出是佛是道。院里院外、房顶墙头都长满荒藤野草，蓊蓊郁郁倒有生气。老瞎子每回到野羊坳说书都住这儿，不出房钱又不惹是非。小瞎子是第二次住在这儿。

散了书已经不早，老瞎子在正殿里安顿行李，小瞎子在侧殿的檐下生火烧水。去年砌下的灶稍加修整就可以用。小瞎子撅着屁股吹火，柴草不干，呛得他满院里转着圈咳嗽。

老瞎子在正殿里数叨他：“我看你能干好什么。”

“柴湿嘛。”

“我没说这事。我说的是你的琴，今儿晚上的琴你弹成了什么？”

小瞎子不敢接这话茬儿，吸足了几口气又跪到灶火前去，鼓着腮帮子一通儿猛吹。“你要是不想干这行，就趁早给你爹捎信把你领回去。老这么闹猫闹狗的可不行，要闹回家闹去。”

小瞎子咳嗽着从灶火边跳开，几步蹿到院子另一头，呼哧呼哧大喘气，嘴里一边骂。

“说什么呢？”

“我骂这火。”

“有你那么吹火的？”

“那怎么吹？”

“怎么吹？哼，”老瞎子顿了顿，又说，“你就当这灶火是那妮子的脸！”

小瞎子又不敢搭腔了，跪到灶火前去再吹，心想：真的，不知道兰秀儿的脸什么样。那个尖声细气的小妮子叫兰秀儿。

“那要是妮子的脸，我看你不用教也会吹。”老瞎子说。

小瞎子笑起来，越笑越咳嗽。

“笑什么笑！”

“您吹过妮子脸？”

老瞎子一时语塞。小瞎子笑得坐在地上。“日他妈。”老瞎子骂道，笑笑，然后变了脸色，再不言语。

灶膛里腾的一声，火旺起来。小瞎子再去添柴，一心想着兰秀儿。才散了书的那会儿，兰秀儿挤到他跟前来小声说：“哎，上回你答应我什么来？”师父就在旁边，他没敢吭声。人群挤来挤去，一会儿又把兰秀儿挤到他身边。“噫，上回吃了人家的煮鸡蛋倒白吃了？”兰秀儿说，声音比上回大。这时候师父正忙着跟几个老汉拉话，他赶紧说：“嘘！——我记着呢。”兰秀儿又把声音压低：“你答应给我听电匣子你还没给我听。”“嘘！——我记着呢。”幸亏那会儿人声嘈杂。

正殿里好半天没有动静。之后，琴声响了，老瞎子又上好了一根新弦。他本来应该高兴的，来野羊坳头一晚上就又弹断了一根琴弦。可是那琴声却低沉、零乱。

小瞎子渐渐听出琴声不对，在院里喊：“水开了，师父。”

没有回答。琴声一阵紧似一阵了。

小瞎子端了一盆热水进来，放在师父跟前，故意嘻嘻笑着说：“您今儿晚还想弹断一根是怎么着？”

老瞎子没听见，这会儿他自己的往事都在心中，琴声烦躁不安，像是年年旷野里的风雨，像是日夜山谷中的溪流，像是奔奔忙忙不知所归的脚步声。小瞎子有点儿害怕了：师父很久不这样了，师父一这样就要犯病，头疼、心口疼、浑身疼，会几个月爬不起炕来。

“师父，您先洗脚吧。”

琴声不停。

“师父，您该洗脚了。”小瞎子的声音发抖。

琴声不停。

“师父！”

琴声戛然而止，老瞎子叹了口气。小瞎子松了口气。

老瞎子洗脚，小瞎子乖乖地坐在他身边。

“睡去吧，”老瞎子说，“今儿个够累的了。”

“您呢？”

“你先睡，我得好好泡泡脚。人上了岁数毛病多。”老瞎子故意说得轻松。

“我等您一块儿睡。”

山深夜静。有了一点风，墙头的草叶子响。夜猫子在远处哀哀地叫。听得见野羊坳里偶尔有几声狗吠，又引得孩子哭。月亮升起来，白光透过残损的窗棂进了殿堂，照见两个瞎子和三尊神像。

“等我干吗？时候不早了。”

“你甭担心我，我怎么也不怎么。”老瞎子又说。

“听见没有，小子？”

小瞎子到底年轻，已经睡着。老瞎子推推他让他躺好，他嘴里嘟囔了几句倒头睡去。老瞎子给他盖被时，从那身日渐发育的筋肉上觉出，这孩子到了要想那些事的年龄，非得有一段苦日子过不可了。唉，这事谁也替不了谁。

老瞎子再把琴抱在怀里，摩挲着根根绷紧的琴弦，心里使劲念叨：又断了一根了，又断了一根了。再摇摇琴槽，有轻微的纸和蛇皮的摩擦声。惟独这事能为他排忧解烦。一辈子的愿望。

小瞎子做了一个好梦，醒来吓了一跳，鸡已经叫了。他一骨碌爬起来听听，师父正睡得香，心说还好。他摸到那个大挎包，悄悄地掏出电匣子，蹑手蹑脚出了门。

往野羊坳方向走了一会儿，他才觉出不对头，鸡叫声渐渐停歇，野羊坳里还是静静的没有人声。他愣了一会儿，鸡才叫头遍吗？灵机一动扭开电匣子。电匣子里也是静悄悄。现在是半夜。他半夜里听过匣子，什么都没有。这匣子对他来说还是个表，只要扭开一听，便知道是几点钟，什么时候有什么节目都是一定的。

小瞎子回到庙里，老瞎子正翻身。

“干吗哪？”

“撒尿去了。”小瞎子说。

一上午，师父逼着他练琴。直到晌午饭后，小瞎子才瞅机会溜出庙来，溜进野羊坳。鸡也在树荫下打盹儿，猪也在墙根下说着梦话，太阳又热得凶，村子里很安静。

小瞎子踩着磨盘，扒着兰秀儿家的墙头轻声喊：“兰秀儿——兰秀儿——”

屋里传出雷似的鼾声。

他犹豫了片刻，把声音稍稍抬高：“兰秀儿！兰秀儿！——”

狗叫起来。屋里的鼾声停了，一个闷声闷气的声音问：“谁呀？”

小瞎子不敢回答，把脑袋从墙头上缩下来。

屋里吧唧了一阵嘴，又响起鼾声。

他叹口气，从磨盘上下来，快快地往回走。忽听见身后嘎吱一声院门响，随即一阵细碎的脚步声向他跑来。

“猜是谁？”尖声细气。小瞎子的眼睛被一双柔软的小手捂上了——这才多余呢。兰秀儿不到十五岁，认真说还是个孩子。

“兰秀儿！”

“电匣子拿来没？”

小瞎子掀开衣襟，匣子挂在腰上。“嘘！——别在这儿，找个没人的地方听去。”

“咋啦？”

“回头招好些人。”

“咋啦？”

“那么多人听，费电。”

两个人东拐西弯，来到山背后那眼小泉边。小瞎子忽然想起件事，问兰秀儿：“你见过曲折的油狼吗？”

“啥？”

“曲折的油狼。”

“曲折的油狼？”

“知道吗？”

“你知道？”

“当然。还有绿色的长椅。就是一把椅子。”

“椅子谁不知道。”

“那曲折的油狼呢？”

兰秀儿摇摇头，有点儿崇拜小瞎子了。小瞎子这才郑重其事地扭开电匣子，一支欢快的乐曲在山沟里飘荡。

这地方又凉快又没有人来打扰。

“这是《步步高》。”小瞎子说，跟着哼。

一会儿又换了支曲子，叫《旱天雷》，小瞎子还能跟着哼。兰秀儿觉得很惭愧。

“这曲子也叫《和尚思妻》。”

兰秀儿笑起来：“瞎骗人！”

“你不信？”

“不信。”

“爱信不信。这匣子里说的古怪事多啦。”小瞎子玩着凉凉的泉水，想了一会儿，“你知道什么叫接吻吗？”

“你说什么叫？”

这回轮到小瞎子笑，光笑不答。兰秀儿明白准不是好话，红着脸不再问。

音乐播完了，一个女人说，“现在是讲卫生节目。”

“啥？”兰秀儿没听清。

“讲卫生。”

“是什么？”

“嗯——你头发上有虱子吗？”

“去——别动！”

小瞎子赶忙缩回手来，赶忙解释：“要有就是不讲卫生。”

“我才没有。”兰秀儿抓抓头，觉得有些刺痒。“噫——瞧你自个儿吧！”兰秀儿一把扳过小瞎子的头，“看我捉几个大的。”

这时候听见老瞎子在半山上喊：“小子，还不给我回来！该做饭了，吃罢饭还得去说书！”他已经站在那儿听了好一会儿了。

野羊坳里已经昏暗，羊叫、驴叫、狗叫、孩子们叫，处处起了炊烟。野羊岭上还有一线残阳，小庙正在那淡薄的光中，没有声响。

小瞎子又撅着屁股烧火。老瞎子坐在一旁淘米，凭着听觉他能把米中的沙子拣出来。

“今天的柴挺干。”小瞎子说。

“嗯。”

“还是焖饭？”

“嗯。”

小瞎子这会儿精神百倍，很想找些话说，但是知道师父的气还没消，心说还是少找骂。

两个人默默地干着自己的事，又默默地一块儿把饭做熟。岭上也没了阳光。

小瞎子盛了一碗小米饭，先给师父："您吃吧。"声音怯怯的，无比驯顺。

老瞎子终于开了腔："小子，你听我一句行不？"

"嗯。"小瞎子往嘴里扒拉饭，回答得含糊。

"你要是不愿意听，我就不说。"

"谁说不愿意听了？我说'嗯'！"

"我是过来人，总比你知道得多。"

小瞎子闷头扒拉饭。

"我经过那号事。"

"什么事？"

"又跟我贫嘴！"老瞎子把筷子往灶台上一摔。

"兰秀儿光是想听听电匣子。我们光是一块儿听电匣子来。"

"还有呢？"

"没有了。"

"没有了？"

"我还问她见没见过曲折的油狼。"

"我没问你这个！"

"后来，后来，"小瞎子不那么气壮了，"不知怎么一下就说起了虱子……"

"还有呢？"

"没了。真没了！"

两个人又默默地吃饭。老瞎子带了这徒弟好几年，知道这孩子不会撒谎，这孩子最让人放心的地方就是诚实，厚道。

“听我一句话，保准对你没坏处。以后离那妮子远点儿。”

“兰秀儿人不坏。”

“我知道她不坏，可你离她远点儿好。早年你师爷这么跟我说，我也不信……”

“师爷？说兰秀儿？”

“什么兰秀儿，那会儿还没她呢。那会儿还没有你们呢……”老瞎子阴郁的脸又转向暮色浓重的天际，骨头一样白色的眼珠不住地转动，不知道在那儿他能“看”见什么。

许久，小瞎子说：“今儿晚上您多半儿又能弹断一根琴弦。”想让师父高兴些。

这天晚上师徒俩又在野羊坳说书。“上回唱到罗成死，三魂七魄赴幽冥，听歌君子莫嘈嚷，列位听我道下文。罗成阴魂出地府，一阵旋风就起身，旋风一阵来得快，长安不远面前存……”老瞎子的琴声也乱，小瞎子的琴声也乱。小瞎子回忆着那双柔软的小手捂在自己脸上的感觉，还有自己的头被兰秀儿扳过去时的滋味儿。老瞎子想起的事情更多……

夜里老瞎子翻来覆去睡不安稳，多少往事在他耳边喧嚣，在他心头动荡，身体里仿佛有什么东西要爆炸。坏了，要犯病，他想。头昏，胸口憋闷，浑身紧巴巴的难受。他坐起来，对自己叨咕：“可别犯病，一犯病今年就甭想弹够那些琴弦了。”他又摸到琴。要能叮叮当当随心所欲地疯弹一阵儿，心头的忧伤或许就能平息，耳边的往事或许就会消散。可是小瞎子正睡得香甜。

他只好再全力去想那张药方和琴弦：还剩下几根，还只剩最后几根了。那时就可以去抓药了，然后就能看见这个世界——他无数次爬过的山，无数次走过的路，无数次感到过她的温暖和炽热的太阳，无数次梦想着的蓝天、月亮和星星……还有呢？突然间心里一阵空，空得深重。就只为了这些？还有什么？他朦胧中所盼望的东西似乎比这要多得多……

夜风在山里游荡。

猫头鹰又在凄哀地叫。

不过现在他老了，无论如何没几年活头了，失去的已经永远失去了，他像是刚刚意识到这一点。七十年中所受的全部辛苦就为了最后能看一眼世界，这值得吗？他问自己。

小瞎子在梦里笑，在梦里说："那是一把椅子，兰秀儿……"

老瞎子静静地坐着。静静地坐着的还有那三尊分不清是佛是道的泥像。

鸡叫头遍的时候老瞎子决定，天一亮就带这孩子离开野羊坳。否则这孩子受不了，他自己也受不了。兰秀儿人不坏，可这事会怎么结局，老瞎子比谁都"看"得清楚。鸡叫二遍，老瞎子开始收拾行李。

可是一早起来小瞎子病了，肚子疼，随即又发烧。老瞎子只好把行期推迟。

一连好几天，老瞎子无论是烧火、淘米、捡柴，还是给小瞎子挖药、煎药，心里总在说："值得，当然值得。"要是不这么反反复复对自己说，身上的力气似乎就全要垮掉。"我非要最后看一眼不可。""要不怎么着？就这么死了去？""再说就只剩下最后几根了。"后面三句都是理由。老瞎子又冷静下来，天天晚上还到野羊坳去说书。

这一下小瞎子倒来了福气。每天晚上师父到岭下去了，兰秀儿就猫似的轻轻跳进庙里来听匣子。兰秀儿还带来煮熟的鸡蛋，条件是得让她亲手去拧那匣子的开关。"往哪边拧？""往右。""拧不动。""往右，笨货，不知道哪边是右哇？""咔嗒"一下，无论是什么便响起来，无论是什么俩人都爱听。

又过了几天，老瞎子又弹断了三根琴弦。

这一晚，老瞎子在野羊坳里自弹自唱："不表罗成投胎事，又唱秦王李世民。秦王一听双泪流，可怜爱卿丧残身，你死一身不打紧，缺少扶朝上将军……"

野羊岭上的小庙里这时更热闹。电匣子的音量开得挺大，又是孩子哭，又是大人喊，轰隆隆地又响炮，嘀嘀嗒嗒地又吹号。月光照进正殿，小瞎子躺着啃鸡蛋，兰秀儿坐在他旁边。两个人都听得兴奋，时而大笑，时而稀里糊涂莫名其妙。

"这匣子你师父哪儿买来的？"

"从一个山外头的人手里。"

"你们到山外头去过？"兰秀儿问。

"没。我早晚要去一回就是，坐坐火车。"

"火车？"

"火车你也不知道？笨货。"

"噢，知道知道，冒烟哩是不是？"

过了一会儿兰秀儿又说："保不准我就得到山外头去。"语调有些恓惶。

"是吗？"小瞎子一挺坐起来，"那你到底瞧瞧曲折的油狼是什么。"

"你说是不是山外头的人都有电匣子？"

"谁知道。我说你听清楚没有？曲、折、的、油、狼，这东西就在山外头。"

"那我得跟他们要一个电匣子。"兰秀儿自言自语地想心事。

"要一个？"小瞎子笑了两声，然后屏住气，然后大笑，"你干吗不要俩？你可真本事大。你知道这匣子几千块钱一个？把你卖了吧，怕也换不来。"

兰秀儿心里正委屈，一把揪住小瞎子的耳朵使劲拧，骂道："好你个死瞎子！"

两个人在殿堂里扭打起来。三尊泥像袖手旁观帮不上忙。两个年轻的正在发育的身体碰撞在一起，纠缠在一起，一个把一个压在身下，一会儿又颠倒过来，骂声变成笑声。匣子在一边唱。

打了好一阵子，两个人都累得住了手，心怦怦跳，面对面躺着喘气，不言声儿，谁却也不愿意再拉开距离。

兰秀儿呼出的气吹在小瞎子脸上，小瞎子感到了诱惑，并且想起那天吹火时师父说的话，就往兰秀儿脸上吹气。兰秀儿并不躲。

“嘿，”小瞎子小声说，“你知道接吻是什么了吗？”

“是什么？”兰秀儿的声音也小。

小瞎子对着兰秀儿的耳朵告诉她。兰秀儿不说话。老瞎子回来之前，他们试着亲了嘴儿，滋味儿真不坏……

就是这天晚上，老瞎子弹断了最后两根琴弦。两根弦一齐断了。他没料到。他几乎是连跑带爬地上了野羊岭，回到小庙里。

小瞎子吓了一跳：“怎么了，师父？”

老瞎子喘吁吁地坐在那儿，说不出话。

小瞎子有些犯嘀咕：莫非是他和兰秀儿干的事让师父知道了？

老瞎子这才相信：一切都是值得的。一辈子的辛苦都是值得的。能看一回，好好看一回，怎么都是值得的。

“小子，明天我就去抓药。”

“明天？”

“明天。”

“又断了一根了？”

“两根。两根都断了。”

老瞎子把那两根弦卸下来，放在手里揉搓了一会儿，然后把它们并到另外的九百九十八根中去，绑成一捆。

“明天就走？”

“天一亮就动身。”

小瞎子心里一阵发凉。老瞎子开始剥琴槽上的蛇皮。

“可我的病还没好利索。”小瞎子小声叨咕。

“噢，我想过了，你就先留在这儿，我用不了十天就回来。”

小瞎子喜出望外。

“你一个人行不？”

“行！”小瞎子紧忙说。

老瞎子早忘了兰秀儿的事：“吃的、喝的、烧的全有。你要是病好利索了，也该学着自个儿去说回书。行吗？”

“行。”小瞎子觉得有点儿对不住师父。

蛇皮剥开了，老瞎子从琴槽中取出一张叠得方方正正的纸条。他想起这药方放进琴槽时，自己才二十岁，便觉得浑身上下都好像冷。

小瞎子也把那药方放在手里摸了一会儿，也有了几分肃穆。

“你师爷一辈子才冤呢。”

“他弹断了多少根？”

“他本来能弹够一千根，可他记成了八百。要不然他能弹断一千根。”

天不亮老瞎子就上路了。他说最多十天就回来，谁也没想到他竟去了那么久。

老瞎子回到野羊坳时已经是冬天。

漫天大雪，灰暗的天空连接着白色的群山。没有声息，处处也没有生气，空旷而沉寂，所以老瞎子那顶发了黑的草帽就尤其攒动得显著。他蹒蹒跚跚地爬上野羊岭。庙院中衰草瑟瑟，蹿出一只狐狸，仓惶逃远。

村里人告诉他，小瞎子已经走了些日子。

“我告诉他我回来。”

“不知道他干吗就走了。”

“他没说去哪儿？留下什么话没？”

“他说让您甭找他。”

“什么时候走的？”

人们想了好久，都说是在兰秀儿嫁到山外去的那天。

老瞎子心里便一切全都明白。

众人劝老瞎子留下来，这么冰天雪地的上哪儿去？不如在野羊坳说一冬书。老瞎子指指他的琴，人们见琴柄上空荡荡已经没了琴弦。老瞎子面容也憔悴，呼吸也孱弱，嗓音也沙哑了，完全变了个人。他说得去找他的徒弟。

若不是还想着他的徒弟，老瞎子就回不到野羊坳。那张他保存了五十年的药方原来是一张无字的白纸。他不信，请了多少个识字而又诚实的人帮他看，人人都说那果真就是一张无字的白纸。老瞎子在药铺前的台阶上坐了一会儿，他以为是一会儿，其实已经几天几夜，骨头一样的眼珠在询问苍天，脸色也变成骨头一样的苍白。有人以为他是疯了，安慰他，劝他。老瞎子苦笑：七十岁了再疯还有什么意思？他只是再不想动弹，吸引着他活下去、走下去、唱下去的东西骤然间消失干净。就像一根不能拉紧的琴弦，再难弹出赏心悦耳的曲子。老瞎子的心弦断了。现在发现那目的原来是空的。老瞎子在一个小客店里住了很久，觉得身体里的一切都在熄灭。他整天躺在炕上，不弹也不唱，一天天迅速地衰老。直到花光了身上所有的钱，直到忽然想起了他的徒弟，他知道自己死期将至，可那孩子在等他回去。

茫茫雪野，皑皑群山，天地之间攒动着一个黑点。走近时，老瞎子的身影弯得如一座桥。他去找他的徒弟。他知道那孩子目前的心情、处境。

他想自己先得振作起来，但是不行，前面明明没有了目标。

他一路走，便怀恋起过去的日子，才知道以往那些奔奔忙忙兴致勃勃地翻山、赶路、弹琴，乃至心焦、忧虑都是多么欢乐！那时有个东西把心弦扯紧，虽然那东西原是虚设。老瞎子想起他师父临终时的情景。他师父把那张自己没用上的药方封进他的琴槽。“您别死，再活几年，您就能睁眼看一回了。”说这话时他还是个孩子。他师父久久不言语，最后说：“记住，人的命就像这琴弦，拉紧了才能弹好，弹好了就够了。”……不错，那意思就是说：目的本来没有。老瞎子知道怎么对自己的徒弟说了。可是他又想：能把一切都告诉小瞎子吗？老瞎子又试着振作起来，可还是不行，总摆脱不掉那张无字的白纸……

在深山里，老瞎子找到了小瞎子。

小瞎子正跌倒在雪地里，一动不动，想那么等死。老瞎子懂得那绝不是装出来的悲哀。老瞎子把他拖进一个山洞，他已无力反抗。

老瞎子捡了些柴，点起一堆火。

小瞎子渐渐有了哭声。老瞎子放了心，任他尽情尽意地哭。只要还能哭就还有救，只要还能哭就有哭够的时候。

小瞎子哭了几天几夜，老瞎子就那么一声不吭地守候着。火光和哭声惊动了野兔子、山鸡、野羊、狐狸和鹞鹰……

终于小瞎子说话了：“干吗咱们是瞎子！”

“就因为咱们是瞎子。”老瞎子回答。

终于小瞎子又说：“我想睁开眼看看，师父，我想睁开眼看看！哪怕就看一回。”

“你真那么想吗？”

“真想，真想！——”

老瞎子把篝火拨得更旺些。

雪停了。铅灰色的天空中，太阳像一面闪光的小镜子。鹞鹰在平稳地滑翔。

“那就弹你的琴弦，”老瞎子说，“一根一根尽力地弹吧。”

“师父，您的药抓来了？”小瞎子如梦方醒。

“记住，得真正是弹断的才成。”

“您已经看见了吗？师父，您现在看得见了？”

小瞎子挣扎着起来，伸手去摸师父的眼窝。老瞎子把他的手抓住。

“记住，得弹断一千二百根。”

“一千二？”

“把你的琴给我，我把这药方给你封在琴槽里。”老瞎子现在才弄懂了他师父当年对他说的话——咱的命就在这琴弦上。

目的虽是虚设的，可非得有不行，不然琴弦怎么拉紧？拉不紧就弹不响。

“怎么是一千二，师父？”

“是一千二，我没弹够，我记成了一千。”老瞎子想：这孩子再怎么弹吧，还能弹断一千二百根？永远扯紧欢跳的琴弦，不必去看那张无字的白纸……

这地方偏僻荒凉，群山不断。荒草丛中随时会飞起一对山鸡，跳出一只野兔、狐狸，或者其他小野兽。山谷中鹞鹰在盘旋。

现在让我们回到开始：

莽莽苍苍的群山之中走着两个瞎子，一老一少，一前一后，两顶发了黑的草帽起伏攒动，匆匆忙忙，像是随着一条不安静的河水在漂流。无所谓从哪儿来、到哪儿去，也无所谓谁是谁……

1985 年 4 月 20 日

毒 药

在很远很远的地方，一片浩渺无际的大水中央，有个小岛。小岛的地理位置极佳，冬无严寒，夏无酷暑，终年雨量分布均匀，时有和风携来细雨轻飘漫洒一阵，倏尔云开天青。正如通常神话中所说，此处土地肥沃，物产丰饶，岛民务农、打鱼、放牧、做工，各得其所，乐业安居。因四周大水环绕，渔业便兴旺，打的鱼吃不完，喂猫喂狗，喂野地里一切招人喜欢的牲口。以后便懂得把鱼运往大水之外的某些地域去，可以换来各类生活用物及奢侈品。制作精美的金银首饰只为其一。这样，渐渐开通几条航道，商业从而发展。

一天，当然是很久很久以前的一天，有人偶然捕得一尾怪鱼，示与众人，都说见也没见过；又请了岛上年岁最长的人和阅历最深的人来看，都说闻所未闻。至于该鱼怪到何等程度，史料未留记载，于今传说纷纭，是万难考证了。有的说那条鱼赤若炭火，巨首肥身，长可盈尺；有的说那鱼色同蓝靛，身薄如纸，短不足寸；甚至有说那鱼有头无尾的，或说有尾无头的。从万千民间传说中可以归纳出一条：那鱼体态不俗，色泽非常。仅此而已。

先不过是出于好奇，那人将怪鱼放在盆中喂养，又怜其孤单，捉一尾俗鱼与之为伴。不料就有若干小鱼问世。盆已嫌小，便放之于池中，小鱼或“怡然不动”，或“俶尔远逝，往来翕忽”，确是好看。小鱼稍大，那人仍是出于好奇，选其体态色泽均呈怪异者留下，所余俗辈放回大水中去。怪鱼便不止一尾一性，自然繁衍，又一代怪鱼降生，中间竟有怪相远过父母者。那人再把更怪者留下，其余仍放回大水中任其游去。如是选择淘汰，数代之后怪鱼愈怪且种类亦趋繁多，有巨眼膨出者，有大腹便便者，有长尾飘然似带者，有鳞片浑圆如珠者，有的全身斑斓璀璨，有的通体白璧无瑕，或如朱如墨的，或披金挂翠的，仪态万种，百怪千奇。此事传开，不胫而走，便引得外域游客闻名而来。用今天的话说，旅游业也便兴起。沿水一带建起了旅馆、客栈，又把怪鱼分门别类养在玻璃容器里，置于厅前厅后、客房中、走廊旁，供游客观赏。从此小岛上经济倍加繁荣，人丁兴旺，昌盛空前。岛民们的生活也更丰富多彩。其时那人已近晚年，将先前之事说与后人，大家沉思良久，颇多感慨，未忘怪鱼给小岛之民带来了幸福，忽然觉悟：那鱼实非怪鱼，确乎神鱼也！这样，每逢年节岛上始有祭祀神鱼的活动。随之家家都喂起神鱼，供奉如待神祇。继而又兴神鱼大赛，各人将自己培养的神鱼捧出展示，互比高低。神鱼的体态色泽愈新奇，主人的声名愈好，在岛上的威望和地位也愈高。此赛事有些像西班牙的斗牛，南美洲的斗鸡，或中国的斗蟋蟀了。赛时，倘鱼种平庸，主人便极损名誉，长久难在人前拍胸昂首。为此妻离子散的也有。于是人们呕心沥血挖空心思以求鱼儿异变，育出畸形，演成怪种。多少年多少代过去了，比赛长盛不衰，遂成风俗。岛民不论男女老少，皆赛鱼成癖。大赛之时，旗幡蔽日，鼓乐齐鸣，万头跃踊，喧嚣不已。各式造型华丽的鱼缸迷宫般摆开，无可数计的神鱼在其中时沉时浮，虽再难“俶尔远逝，往来翕忽”，却独能翩翩而舞弄姿作态。奇异的品类层出不穷，皇皇然各显神通。小岛神鱼名传遐迩，来岛上观鱼的游客更是络绎不绝了。

以上所述全是过去的事了，远的一两千年了，近的距今也有五六十载。倘无旁的办法，我们的故事还是以不久前的一天算为确凿的开始吧，这样讲起来省些事。

不久前的一天，夜里，星光灿烂皓月当空，小岛四周微风细浪万顷波光。一叶小舟，自远而近，悄然靠了岸边。不待船身停稳，便从舱中跳下一位老人，踉踉跄跄急奔几步，五体投地扑倒在沙滩上。许久再无动静。月渐朦胧，风渐停歇，水拍船帮发出轻响，老人仍是无声无息。月又辉辉，风又飒飒，老人这才慢慢爬起来，仰俯天地，又叹息一回，然后谢过船家，拎起一只小箱，踏着月光向岛上走去。老人穿着极普通，相貌也极平常，只是虽满头白发却动作敏捷，步履轻盈。他随便找了家旅馆住下。客房中陈设不俗，照例都有一只鱼缸，缸中几条神鱼，有头的摇头有尾的摆尾，一律呆然若盼，憨态可掬。老人看了一会儿，熄了灯，解带宽衣倒头睡去，须臾鼾声大作。

一宿无话。

天光大亮时，这老人出现在岛中心的街道上，时而匆匆疾行，时而停步环望，时而在路边的货摊前买些岛上极常见的食品边走边吃，又不断地停下来，向路人打听些什么。近午时分，老人登上了小岛南端的荒山。这山险峻，近乎拔地而起，是全岛的最高点。山上树木葱茏，怪石嶙峋，禽啼兽吼不绝于耳，茂草繁花不绝于目。只是不见人家。接近山顶时，老人边走边喊起来，喊着一个人的名字。泉声叮咚，云缭雾绕，山道崎岖，路转峰回。不久，密林深处有人回话了，“是——谁——呀——”远远的，银铃般清朗。老人循声走去，见一男一女两个儿童在林间游戏。男孩儿攀在一棵树上轻声歌唱。女孩儿坐在草丛中专心编着一只花环。男孩儿摘了野果掷那女孩儿。女孩儿毫不理会，只顾自己手中的花环，一边也轻轻哼唱。一只小狗见有生人来，就大吼大叫。女孩儿赶快把狗搂在怀里，男孩儿在树上问：是你喊我太爷爷吗？老人就又说了一遍那个名字。两个孩子齐声说，那就是他们的太爷爷。老人惟恐弄错，又问一句：你们的太爷爷可是大夫？孩子回答说不是，又说：我们的太爷爷是专门给人治病的。老人笑笑，便知道他的老朋友还活着。两个孩子就在前面蹦蹦跳跳地走，还有那只狗。老人在后面跟着。走了一阵，来到一座小院前，石头围成的院墙高不过人，茅屋三间，柴门虚掩。两个孩子推门跑进去，喊着：太爷爷，有人找你！老人也走进门，身上有一些颤抖，见院里依然晾满了草药。

一会儿，男孩子从屋里跑出来，对那老人说：我太爷爷说，你们要是想搜查就随便搜查。说完，男孩子又跑回屋里，屋里有嚓嚓的铡草药的声音。

还认得我吗，兄弟？老人说。

老大夫也是须发全白了。他停下手中的铡刀，掸掸身上的草末子，让那两个孩子仍到林子里去玩。

兄弟，你认不出我了吧？

你们的人常来，我记不住谁是谁。老大夫说话时，目光追随着那两个手挽手跑出院去的孩子。

老人莫名其妙地站着。

孩子不是已经告诉你了？屋里屋外你都可以随意搜查，看看是不是都是挺好的药。

你是不是弄错了？我昨天夜里才到这岛上。

老大夫笑笑。你装得就算不错了，不过还是能听出这岛上的口音。

我干吗要装呢？我是这岛上的人，不过离开这岛已经好几十年了。我昨天夜里才回来。

老大夫这才正眼打量那老人。老人凑近些，让他仔细端详，同时激动地看着他的眼睛。老大夫的眼睛混浊一片了。

像是有些面熟，老大夫说。

老人就说出自己的名字。

老大夫又开始铡草药，刀起刀落草末横飞。

老人提醒他，六十年前，这岛上有个和你同岁的年轻人，因为在神鱼大赛上屡屡名落孙山，苦闷之极就想去死。这事你还记得吗？

我在这岛上活了九十年了，这样的人我见得多了。

我说的这个人住在岛东。岛东住的都是养不出好鱼的人，都是些几代几十代也没人在神鱼大赛上露过脸的人家。他们都住在岛东，是些让人看不起的人。

你说的这些不算是新闻。

我没想说什么新闻。

现在岛东和岛西可是倒了个儿了。

是吗？那可是怎么闹的？六十年前岛上有四户养鱼养得最好的人家，都住在岛西，人称鱼仙、鱼圣、鱼帝、鱼王的四家。能养出好鱼的人都住在岛西，让人敬仰的人都住在岛西。

你提这些干什么？这不是什么秘密。

我知道这不是秘密，我对秘密不感兴趣。

老大夫不紧不慢地铡着草药。老人看看这三间屋子，一张桌子和几张凳子，一张大床和两张小床，之外就全是草药。老人捡了一块甘草放在嘴里嚼。

这事与我无关。老大夫说，那四户人家不能生养，断了后，家业就完了，这事与我无关。

你干吗总认为我是来调查什么的呢？

不是一直在调查吗，你们？

我们？我就一个人，昨天夜里才来。

来干什么？

老人半晌无言。然后才又说：我没想到你已经不记得六十年前那件事了。我以为你不可能忘了他。他那时还年轻，立志要养出不同寻常的好鱼来，住到岛西去……

这样的人我见得太多了。

他没有兄弟姐妹。父母年轻时一心想养出好鱼来，没工夫生孩子，四十几岁时相信自己不是能养出好鱼的人，这才有了他。父母又把希望全寄托在他身上，让他从小跟鱼打得火热。

老大夫再度停了铡刀，注意听那老人说。

想起他来了？老人问。

没有，老大夫说。老大夫心里想着别的事。

他就从小跟那些鱼打得火热。十几岁上，他确实弄成过几条不坏的鱼，但毕竟还都是俗种。不过，由此他相信了自己前途无限。父母和邻居们也都这么说，说他没错儿肯定是那种能养出好鱼的人。以后他果真又弄出了几条不错的鱼。自负加上年轻气盛，他发誓十年之内至少先要超过鱼帝和鱼王那两家，否则就不算是他，也不娶亲。

后来呢？

后来？你还记不记得有天夜里他去找你？人已经是虚弱得不行，失眠、贫血、心脏也不好又没有食欲，就算当时还没疯再那么活下去也早晚是个疯。幸亏他还知道死是种解脱，比疯了好受。别人都劝他好歹活下去，说不定还有养出好鱼来的日子。只有你理解他，现在看来，你是摸准了他的症结。

老大夫说：这岛上所有的病，都是因为又想养出好鱼来，又都怕死。

我那时可是不怕。

你是个走运的。

我恨不能立刻死了去。我弄了十年，起早贪黑含辛茹苦，十年！再没弄成一条好鱼。我还是住在岛东，甚至在岛东也让人看不起了，说我没错儿肯定是再弄不成好鱼的人了。死是什么？是一切都不存在，一切一切都不存在，都没有。

我不记得你，老大夫说。

你不记得那夜我去求你？我想死，可我害怕上吊、跳崖、抹脖子、躺到车轮子底下去或者淹死。我知道你有一种药，河豚毒制成的药，比氰化物还毒几十倍，吃了没有丝毫痛苦，一切就都不存在了……

我从来没有那玩意儿！我的药都是好药！

你懂得我，你就把那药给了我两粒。

胡说！我没有那种药，我也没给过你什么！

你不愿意看着我发疯，不是吗？你不忍心看着我疯够了再一点一点地死去，这事你忘了？

你随便疯吧，爱怎么疯就怎么疯吧，我从来就不认识你。

你干吗不愿意认我？

老大夫不再理睬他，又开始埋头铡草药。

你不必担心，实际上那两粒药可以说不是你给我的，事实上也是我自己偷着拿走的。你当初那么理解我，你把放那药的保险柜打开，装作一时疏忽忘了锁上，然后我们就喝酒，后来你喝醉了就睡着了，是我自己在没得到你允许的情况下，把那药偷偷拿走不辞而别的。

老大夫头也不抬。我没有喝醉过。

我是说六十年前那一回。

我九十年中没喝过一滴酒。你们愿意搜查，就屋里屋外都搜查搜查吧。

岛上出了什么事？你干吗总认定我是来搜查的？

岛上出了什么事你比我清楚。你们不是认定，是因为我给岛上的人都吃了坏药吗？

我说过了，我一个人昨天夜里才回来。

这时候那两个孩子回来了，男孩儿提着满满一篮野果，女孩儿头戴一只鲜花编成的花环，打打闹闹蹦跳着进屋，扑到他们太爷爷的怀里。

你不打算搜查了？

不。我也不是干搜查的。

那好，时间不早了。

老大夫说完便与两个孩子去玩了。只有那只小狗警惕地盯着老人。

老人回到旅馆，闷闷不乐，便早早躺下，又不由得回味白天的事，愈发觉出那老友的谈吐蹊跷，辗转反侧，一宿未能睡得踏实。翌日，晨光熹微时，老人起身，到岛上去逛。洒水车响着铃声开过，薄雾中，有清洁工人打扫街道。四周大水上渔帆点点，时而有汽笛声顺着水面悠悠扬扬传到岛上。不久，晨雾散尽，所有的商店就都开了门，有些老年店员立于门前迎候顾客，橱窗里货架上满目琳琅。又有小摊贩在路旁挑起招牌，或卖衣物，或售吃食，鼓其如簧之舌招徕买主。街上男人女人熙来攘往，车流人流如涌如潮。一切都很正常。到处可见新建成的和正在建的高楼大厦耸入云端，吊车的长臂举在朝阳里。老人从岛的一端走到另一端，寻找他当年的住所，然而不见，那片民房早已拆除改为露天广场了。广场宽阔无比且装修得极其讲究，大理石铺成的地面，玉砌雕栏万转千回，条条甬道纵横交错把广场分割得如同迷宫，中间一根旗杆独竖，周围无数华灯林立。正是为赛鱼用的场所。老人又寻找他曾经在那儿读过书的小学校，那小学校也已改为赛鱼场了，无论规模和气派都不亚于前者。这样的赛鱼场岛上很多。

下午，老人又来到岛南的荒山上，找那老大夫。这回他换了一种谈话方式。

老人说：上回大概是我弄错了。

老大夫说：肯定是你弄错了。

弄错什么了呀？两个孩子问。

老大夫就又让孩子到林子里去玩了。

看来那个人不是你。你不是那个人。

当然不是。我从来没有过那种药，更别说给过谁了。

我在这岛上再不认识别人。既然咱们认识了，我想，不妨交个朋友吧？咱们又都是这么大岁数的人了。

那可真是件挺难得的事，老大夫说。老大夫也比上一回随和，且不时露出笑容，依然铡那些草药。

你还是老跟这些药打交道。

完全是出于习惯，其实一点用都没有了。不知道还为什么。就像那些养鱼的人一样，完全是因为习惯。

岛上又快要赛鱼了吧？

现在是半月一小赛，每月一大赛，没完没了啦。

鱼呢？鱼都怎么样？

无奇不有，肯定超过你的想象去。有一种连眼珠也是白色的鱼，其实那不过是白化病。弄成这鱼的人一下子就成了名。

现在的鱼仙、鱼圣、鱼帝、鱼王都是谁？

说不准，今天是他，明天就是别人。有回大赛上，一个老太太弄出一条一动都不会动的鱼来，那鱼的样子倒不稀奇，却能发出一种声音，叮叮当当咿咿呀呀的，像一只八音盒那样唱一首赞美歌。那老太太弄了一辈子才弄出这么一条好鱼来。

六十年前我就知道能弄出这样的好鱼来。可是我拼死拼活没弄出来，那时我真想死。你知道一生一世让人看不起的滋味儿有多难受。后来你给了我那两粒毒药……

不是我。嗯？给你那药的人不是我。

对对，不是你。

也不见得是在这个岛上吧？

啊？哦，对对，不是。不是在这个岛上。也不是六十年前，是更早的时候。对了，也不是我，是我听说过的一个人。这个人想死，有天夜里他得到了两粒毒药，是那种一沾舌头立刻就能舒舒服服死去的药。他喝得醉醺醺的，来到岛边的沙滩上，心想，只要这么把药往嘴里一扔，就势往大水里一滚，一切烦心的事就都结束。落潮时，大水将把他的尸体也带走。这个世界上就不再有他，就像他也不曾有过这个世界。这个世界有权否决他，他呢？也握住对这个世界的否决权了。这样一想，他立刻觉出通体轻松。再看看手里的药丸，知道以后无论什么时候，无论碰上什么倒运的局面，都可以轻易就把它们否决掉，只消把那两粒否决权往嘴里这么一扔。他长嘘一口气，放心了，心静得如同那无边无际的大水和天空。既然如此又何必这么急着去死呢？他躺在岸边想了大半宿，天快亮时便偷了一只小船向大水彼岸划去。他边划边对自己说，就当是我已经死了，那么到别处去逛逛看看又有什么不好？再说他也必须得离开这个岛，再在这岛上待下去他还是得疯。天一亮就会有无数轻蔑的目光向他投来，提醒或者暗示：你是一个折腾了十年也养不出好鱼的人，你是一个三四十岁也没养出好鱼来的人。他必须离开这个岛的原因还有两个。一是怕给了他否决权的那个大夫再把那两粒药收回去，那可真就糟透了。再有就是，他不能连累那个大夫，死是自己的事，可别人会认为是那个大夫把他害了；当然不能恩将仇报。所以我没死，你给我的那两粒药我把它装在贴身的衣兜里，上了一只小船，然后就使劲划……

这样的事我头回听说。给了你药的那个人不是我。嗯？

老人呆愣片刻。是的，不是你。也不是在这个岛上，是另外一个岛。也不是我，是我听说过的一个人。我是在一个小车站上等车的时候听一个我不认识的人说的，我也没地方去找他了，也不知道他的姓名。

这就对了，老大夫说。

我听说的这个人上了一只小船，划了七七四十九天，到了大水以外的地方……

我们不妨说点儿别的吧。

别的？别的什么？行啊。

你来这岛上两天了，有什么特殊的感觉吗？

特殊的感觉？你指什么？

譬如说，发现了什么不一般的事没有？

什么不一般的事？我没看出来。

老大夫迟疑一阵。也许什么事都没有吧，那当然是再好不过了。

到底出了什么事？你何妨跟我说说？咱们是多年的老朋友了。

咱们是昨天才认识的，你又弄错了。

是。我前天夜里才到这岛上来。

现在这岛上的鱼，奇奇怪怪的种类更多了。

我在旅馆里见到一种没有眼睛的鱼。

说是这么说，其实只是在一般该有眼睛的部位没有眼睛，可是每个鳞片下面都有一只眼睛。这你大概没留神吧？你知道弄出这样的鱼来有多么不容易。

我知道。我早就料到完全可以弄出这样的好鱼来，只是我自己怎么也没弄成。

弄成这鱼的人可是下了苦功夫，多少年来就没睡过一宿整觉。你知道，母鱼甩子的时候要是没人看着，母鱼会把鱼子全吃光。等鱼子变成小鱼后，你还得随时留神着。亿万条小鱼中未必能有一条具备继续培养的价值，你不能放过了，一旦放过，多少年的心血就全白费了。你得一条一条地仔细观察。也许只有在夜里的某一时刻，才会有一条鱼显露出奇异的禀赋。你想，一个人还能有多少时间睡觉呢？

这样的苦，没有人比我知道得更清楚了。我那时，哦，我听说过的那个人就是这么白费了多少年辛苦，也许他曾经是放过了几次机会吧。后来他划着小船到了大水以外的地方，再不跟鱼打交道了。可是他什么别的本事都没有，什么别的事都不能干。那个地方的人不在乎谁能不能养出好鱼来。鱼在那儿就是鱼罢了，可以吃，也可以看。无论什么鱼，只要是活蹦乱跳的就都被认为是好鱼。可那地方对什么事都不能干的人还是看不起。你想，我听说的这个人怎么受得了？他觉得自己简直是个混蛋，甚至连混蛋都不是，什么都不是。他就又拿出那两粒药来……

你知道上回大赛上，鱼仙的交椅谁坐了？

谁坐了？

岛东的一个老头儿。他弄成了一条大鱼，有几尺长，浑身疙里疙瘩的像是穿了盔甲。其实是一堆肉瘤，瘤子有红的，有蓝的，因为里头有丰富的动脉和静脉。这种瘤子割是不能割的。

那样会弄坏整个循环系统，对吧？

对了。这鱼本身并不大，那些瘤子占了三分之二还要多。

我听说的那个人那时又想死了，可拿出那两粒药来看看，心里便又觉轻松了许多，就又对自己说：只当是我已经把这药扔进嘴里了，可不是嘛，把这药扔进嘴里还不容易吗？只当我已经死了，什么都感觉不到了，干吗不再试试干点儿什么呢？他就又把药收起来。你猜他怎么着？

嗯。

他在那儿找了个打扫厕所的差事干。

那鱼很能吃，吃肉，那些瘤子需要足够的蛋白质和脂肪来养着。

那差事他一干就是好几年，干得挺平静。大伙儿都说他干得不坏。这样过了好几年，他才想起自己还没有老婆。

那老头儿和他老伴儿长年不断地给那条鱼喂肉。一分钟也不能间断，一断了肉那些瘤子就都瘪下去，再不那么五颜六色地引人注目了。老太太白天喂，老头儿夜里喂。老头儿白天还要出去挣钱，你想，还有什么时间睡觉呢？

很苦，这我知道。不过要真能弄成这样的好鱼，让我想，那老头儿一定还是挺着迷的。

着迷得都像中了邪。你知道他们怎么弄那些鱼？岛上所有的人都是怎么弄那些鱼？

嗯。怎么弄？

不管什么新鲜玩意儿都给鱼吃一点儿。譬如辣椒、醋、花椒水什么的。

这我倒是没想到过。说不定有点儿用？

无非是刺激刺激那些鱼，看能不能出现什么异变。后来又都在鱼缸或鱼池里兑点化学制剂，有些鱼居然还能活着，可再生出的小鱼就什么模样儿的都有了，三头六臂的、无尾无鳍的、没有眼睛的。这是很费神的事。尤其是硫酸和升汞什么的，比例要掌握得合适，多兑了鱼就全死，少了又变不出好鱼来。

我听说的那个人，以前是为了鱼，一直没有想过娶亲……

升汞和硫酸什么的都兑得合适了，就得昼夜监视着那些鱼。一旦发现有变了模样儿的鱼，赶紧就捞出来放到清水里去，捞晚了又要死，捞早了又要变回到原样去，所以一刻不能大意。你想，这还有时间睡觉吗？

可不是吗，要想弄出好鱼来可不是玩儿的。那个人到了大水彼岸，干了几年扫厕所的差事，心想应该结婚了……

后来又有人给鱼吃点别的玩意儿，机器油、凡士林、炭黑、铅粉什么的，这办法要安全一点儿。有个人就这么弄成了一群奇怪的鱼，每条鱼身侧都多长了一根细长的软骨。那人对着它们说点儿什么，它们就都把那根软骨缓缓地高举起来。那人坐了几年鱼帝的交椅。不过你得不断对它们说点儿什么，否则它们就会把那本事给忘了。你说这人还能有多少觉可睡？

心想该结婚了，他这才发现自己只不过是个扫厕所的。“是个扫厕所的”和“只不过是个扫厕所的”，这可不一样。他在彼岸耽搁了好几年，才明白哪儿都不是天堂。那时他已经四十岁了，再学什么也怕来不及了，思量还是不如死了的好。可是他有那两粒药哇，就揣在贴身的衣兜里呀，着什么急呢？不就是这么往嘴里一扔的事吗？先试着学学别的吧，学不成再去死也不晚不是吗？……

近来全岛的人又都疯了似的到处找古钱、碎陶片、兽骨化石、远古的土和石头，找到了就研成细粉，调好了给鱼吃。听说已经有一种没有尾巴的鱼给弄出来了。听说还有一种没有头也没有肉的鱼给弄出来了，光是一根篦子一样的骨头在水里跳。我也还没见到呢。那些陶片、化石什么的很难找。你说，没日没夜地找，没日没夜地研磨，什么工夫睡觉呢。

是不是有人到你这儿来找过什么药给鱼吃？

没有，那倒没有。我没有格外的药。他们要找的是稀奇古怪的东西，给鱼吃。

那你干吗总那么担惊受怕似的？

我？我担惊受怕？我这么大岁数了还有什么可怕的。

你干吗总觉得有人要到你这儿来搜查呢？

噢，那不是因为鱼。你懂吗？他们不是怀疑我给鱼吃了什么坏药。他们知道我从来不摆弄那些鱼。他们是为了别的事。

什么事？

哼，等着看吧。

岛上到底发生了什么？

你一点儿都没看出来？

老人摇摇头，盯着老大夫的眼睛。老大夫又垂下眼睛，仍是不停地铡那些草药。

你不妨再注意一下。我倒是希望没那么回事呢。

老人告辞出来的时候，看见那两个孩子还在林间的草地上玩耍。他没有惊动他们。那只小狗尾随在他身后把他送出很远，摇着尾巴似乎不再对他有敌意。老人站在山腰朝下望，小岛景象尽收眼底，嗡嗡隆隆市声喧嚣，处处显露着繁荣。太阳正要落山，全岛都被晚霞的红光照耀得灿烂。

岛上处处张灯结彩，无论是商店、旅馆，还是机关、工厂。主要街道的两旁都摆上了鲜花，摆成各种图案，摆成花塔，摆成花山和花海。香气扑鼻，醉人。各个赛鱼场上都已是旗幡招展，各色彩旗星罗棋布，场中央一条长幡上绣了鱼形标志，随风飘舞。看来大赛将近了。每个赛场上都有几十个上了岁数的管理人员在忙，费力地把一条红色的长毯在大理石地面上铺开，哼哼咳咳地喊。那地毯猩红夺目，有上百米长，一直铺上获奖台。获奖台在几十层台阶之上，镶金嵌玉如宫殿般辉煌，气派威严。乐队正在排练，从各处角落里发出轻响。时而有些断了线索的彩色气球过早地飞上了天空。

街上的行人都在谈论鱼赛的事，回忆着上回的赛况，预测这一次的四把交椅可能谁属，遗憾着自己的鱼种目前尚难惊人，又互相打探有关新奇鱼种的消息。一律兴致勃勃，谈笑风生，神采飞扬。

老人在岛上逛，走遍大街小巷，实在也看不出有什么异常。老人走得累了，便在近水处的一块岩石上坐下歇歇，吃点东西。于是困上来了，他就躺在沙滩上，头枕岩石。

晚霞消失时，大水又涨了。

夜色弥漫开。

老人迷迷糊糊做了个梦。不知道为什么又梦见了两个孩子和那只小狗。两个孩子在他身边跳来跳去，管他叫太爷爷，摸摸他的眉毛揪揪他的胡子，唱那支他在孩提时便熟悉的歌……

忽然，岛上像是亮彻了一道闪电或是起爆了一座火山，那亮光带着轰响把小岛震了一下，把小岛乃至小岛的天空和四周的水面都点燃了一般。老人惊醒，凝神细看，原来是几个赛场上的千万盏华灯一齐亮了。这没什么奇怪，不过是在试灯光。那轰响也不过是人们兴奋的欢呼声。老人打了几个哈欠，又呆愣着想一遍刚才的梦，倒觉得这梦中似有奥妙。想了一阵想不清楚，老人便站起来走动走动。

不久又有闷闷的炮声，又有歌声舞声，又有锣声鼓声，又有号角声，又有口哨声和呐喊声……这都没有什么奇怪，多少年前每逢大赛将临也是如此，人们在为大赛做着准备罢了。

老人这一宿没有回旅馆去，调动起所有的视觉，听觉，嗅觉，注意岛上的一切。半夜，华灯熄灭，炮声也早停歇，岛上显出寂静。老人独自走街串巷，猫一样轻捷机警。家家都闭了门。家家又都黑了灯。家家也都没了人声。路灯也似暗淡了。夜里气温下降了不少。老人坐在一棵树下正有些冷，冷得有些无聊，忽闻一种奇异的声音从四周漫起，始而细碎微弱，继而唧唧咕咕嗡嗡嘤嘤便觉清晰，渐渐连成一片变得响亮。这却稀罕。老人起身蹑手蹑脚到一家门前，耳朵贴近门缝细听时，院里果然就有那声音。他再扒着门缝往里看，一支火烛摇摇跳跳照见一对老夫妇木讷的脸。中间一只鱼缸，老夫妇分左右面缸而跪，正给神鱼喂食。那声音不过是他们喊喊嚓嚓的低语罢了，或者也有神鱼吃食弄出的响动。他又扒着门缝看了几家，也都不过如此。惟人数不同，有的是一家几口念念有词如同祈祷，有的是孤身一人自言自语仿佛发愿，都同等虔诚木讷且有章法地小心翼翼喂那神鱼。老人暗自慨叹：自己离家多年，竟连这么熟悉的事也忘却。心中凄楚，不免潸然泪下，遂又安慰自己：六十年前还不是这样，弄鱼弄到这般着迷的人还不多，声音也不似这般响。

直到星稀月落天色微明，他也没觉察出岛上有半点不同寻常的现象。老人又爬上岛南的荒山。

一进门老人就说：兄弟，怕是你自己的神经出了什么毛病吧。

你还是什么都没看出来？老大夫说。

老大夫已经早早起来铡那些草药了。两个孩子坐在院当中捧了碗吃早饭，一边喂那只小狗。小院静谧安详，四周鸟语虫鸣，山上的空气清凉且有树脂的香味，阳光在树隙间把雾气染得金亮。连老人的铡草药声、两个孩子的吃饭声、小狗的喝水声都能传出很远去。

还是没看出来。当然没看出来，因为一切都很正常。我怕是你自己倒不正常。

老大夫笑笑，不以为然。

你别笑。实际上我头一回来你就认出我了，可你为什么不肯认我？

我确实不认识你。

看看吧，就是这两粒药，六十年前的那天夜里你给我的。老人从怀里掏出一个小瓶，倒出两粒白色的药丸给老大夫看。

老大夫看也不看就说：这药不是我给你的。

你何必这样呢？你的疑心太重了，弄得自己的精神都不太正常。事实上没人来搜查你，岛上任何不正常的事也没出。

老大夫招呼两个孩子快吃，吃罢饭就到树林里去。

我把这两粒药带回来是想还给你的。是想告诉你，是你这两粒药救了我。我得感谢你。

那不是我，也不是在这个岛上，不是吗？也不是你，是你听说过的一个人。不是吗？

不是。就是你，也就是我，而且肯定是在这个岛上。后来我划着小船到了彼岸。上回我说到哪儿了？

说到你忽然想结婚了。

不错。可是我四十岁了，除去扫厕所再没有别的本事。那地方也绝不是天堂，人们还是不大看得起扫厕所的。你信吗？只要有差别，就不可能有彻底的平等。我就又想死。我就又拿出这两粒药来，喝足了酒想借着醉劲儿把这药吞下去。死真不是件绝对的坏事，你想想，只要有那么一点勇气，你就可以和所有的人都平等了。不是吗？所有的人都得死，不管你是什么了不起的人物，死了，烂了，变作尘埃飞散了，化成青烟不见了，就全一样了，谁也不会看不起你了，你也不必看不起谁了，这么想着，我又镇静下来。

你干吗不弄弄鱼呢？

我要是弄鱼，说实在的，凭我这两手在那地方没人比得了。可那地方的人不太关心鱼，认为一切鱼既然生出来了，就都是好鱼。

老大夫点点头。后来呢？

哦，我就又活下去，学了几年木工，学得挺一般。后来又学了几年打铁和裁缝，都学得很一般。对了，我忘了告诉你，在这期间我结了婚。老婆比我小十岁，也曾经中了魔障似的光想死。我头一回见到她是在水边的悬崖上。我看出她想往下跳可又不敢，就走过去对她说，你可着的什么急？她就哭，说自己活在世上算个什么东西。我说，能这么想就好了。我就把那两粒药拿出来，给她讲了那药的作用。她说她真想要一粒。我就分给她一粒。她说，那你还够吗？我说这样咱们俩就都够了。她就要吃。我说，你再想想，也许不用这么着急。她想了一阵子，问我，这药会不会失效。我说只要拿到了就永远有效。她又仔细看一遍那粒药，问我是不是肯定没骗她。我说，这可怎么证明呢？现在我们都只有一粒了，没办法证明。她又问我，是不是对所有的人都有效。我说这也没办法证明，不过对已经死了的人肯定无效。她于是放了心，同意跟我回家去，做我的老婆。

这时岛上响起沉闷的炮声。

鱼赛快开始了？

是呀，又要开始了。

我实在看不出有什么不正常。

往下说吧。后来呢？

我们夫妻俩先开了个小杂货店，以后又做了些别的买卖，再以后又学了些别的手艺，总之，五行八作差不多样样都干过。仍不免常常惭愧、自卑，到底弄不清自己算个什么东西。想到死时就记起那两粒药，互相提醒，那两粒药不是稳稳当当揣在我们的怀里嘛。这样愈来愈活得平静，不去想自己算个什么还是不算个什么，自己想干什么就干什么，能干什么就干什么，愿意出去跑一阵便跑一阵，愿意扯开嗓子唱一阵便唱一阵，愿意读点什么或写点什么就读点什么写点什么。忽然有一天，我发现我已经九十岁了，她呢，八十了，这才意识到我们很久很久没提起那两粒药了，知道再也用不着它。

你们有没有孩子？

当然有。

有孙子吗？

有。

是不是连重孙子也有了？

也有了。

老大夫松了气，不住点头。

怎么了？

老大夫不回答，默默盘算一回。

直到炮声一阵响似一阵。

你这是怎么了？老人问。

老大夫说：兄弟我求你件事行不？把我身边这两个孩子带走。

出了什么事？

带他们离开这个岛，到大水以外的地方去。今天就走，现在就走。

岛上到底发生了什么？

你来这岛上三天了，除去在我这儿，还在哪儿看见过孩子？

老人幡然醒悟。

这两个孩子是岛上最后的孩子了。不孕症在这岛上流行多年了，岛上没人再能生养。

你也治不了？

他们怀疑是因为我给岛上的人都吃了坏药，没人敢来找我看病了。就这样吧，我留下来再试试，就把这两个孩子托付给你了。

老人带了两个孩子从山后小路下到岸边，早有一只小船横在那里。三人上船，砍断缆绳。

其时，岛上号炮声声不断，鼓乐喧喧不息，甚嚣，且尘上。

那老大夫立于荒山之顶，向他们挥手告别。

小船渐行渐远。不久听见船侧有哧哧喘息声，原来那只小狗凫水追来。两个孩子搂住小狗便有些凄然。老人想起那两粒药忘记还给老友，取出再看，连连叹息。两个孩子见了药丸，每人抢过一粒放在嘴里。老人惊时，却见孩子嚼得香甜，嚼了一会儿，吐出一块白色胶状物，放在嘴上吹成泡泡，泡泡爆响，清脆悦耳。

再看小岛，早无踪影，惟余一片茫茫大水。

1986 年 2 月 21 日

一种谜语的几种简单的猜法

X

有一部很老的谜语书，书中收录了很多古老的谜语。成书的具体年月不详，书中未注明，各类史书上也没有记载。

这是现存的最老的一部谜语书，但肯定不是人类的第一部谜语书，因为此书中谈到了一部更为古老的谜语书，并说那书中曾收有一条最为有趣而神奇的谜语。书中说，可惜那部更为古老的谜语书失传已久，到底它收了怎样一条有趣而神奇的谜语，已经无人知晓。

书中说，现仅知道这条谜语有三个特点：一、谜面一出，谜底即现；二、已猜不破，无人可为其破；三、一俟猜破，必恍然知其未破。

书中还说，这似乎有违谜语的规则，但相传那确是一条绝妙的、非常令人信服令人着迷的谜语。

书中在说到这似乎有违谜语的规则时还说，人总是看不见离他最近的东西，譬如睫毛。

那究竟是怎样一条谜语呢？——便成为这部现存最老的谜语

书中收录的最后一条谜语。

A＋X

要想回答譬如说“世界是从什么时候开始的？”这样的问题，我想最大的难点就在于：我只能是我。因为事实上我只能回答“世界对我来说开始于何时？”这样的问题。因为世界不可能不是**对我来说**的世界。当然可以把我扩大为“我”，即世界还是对一切人来说的世界，但就连这样的扩大也无非是说，世界对我来说是可以或应该这样扩大的。您可以反驳我，您完全可以利用我的逻辑来向我证明：世界同时也是对您来说的世界。但我说过最大的难点在于我只能是我，结果您的这些意见一旦为我所同意，它又成了世界对我来说的一项内容了。您豁达并且宽厚地一笑说：那就没办法了，反正世界不是像你认为的那样。我也感到确实是没有办法了：世界**对我来说**很可能不是像我认为的那样。

如果世界注定逃脱不了**对我来说**，那么世界确凿是开始于何时呢？

奶奶的声音清清明明地飘在空中：“哟，小人儿，你醒啦？”

奶奶的声音轻轻缓缓地落到近旁：“看什么哪？噢，那是树。你瞧，刮风了吧？”

我说：“树。”

奶奶说：“嗯，不怕。该尿泡尿了。”

我觉到身上微微的一下冷，已有一条透明的弧线蹿了出去，一阵叮啷啷地响，随之通体舒服。我说：“树。”

奶奶说：“真好。树——刮风——”

我说：“刮风。”指指窗外，树动个不停。

奶奶说："可不能出去了，就在床上玩儿。"

脚踩在床上，柔软又暖和。鼻尖碰在玻璃上，又硬又湿又凉。树在动。房子不动。远远近近的树要动全动，远远近近的房顶和街道都不动。树一动奶奶就说，听听这风大不大。奶奶坐在昏暗处不知在干什么。树一动得厉害窗户就响。

我说："树刮风。"

奶奶说："喝水不呀？"

我说："树刮风。"

奶奶说："树。刮风。行了，知道了。"

我说："树！刮风。"

奶奶说："行啦，贫不贫？"

我说："刮风，树！"

奶奶说："嗯。来，喝点儿水。"

我急起来，直想哭，把水打开。

奶奶看了我一会儿，又往窗外看看，笑了，说："不是树刮的风，是风把树刮得动换了。风一刮，树才动换了哪。"

我愣愣地望着窗外，一口一口从奶奶端着的杯子里喝水。奶奶也坐到亮处来，说："瞧风把天刮得多干净。"

天。多干净。在所有的房顶上头和树上头。只是在以后的某一时刻才知道那是蓝。蓝天。灰的房顶和红的房顶。树在冬天光是些黑的枝条，摇摆不定。

奶奶扶着窗台又往楼下看，说："瞧瞧，把街上也刮得多干净。"

街。也多干净。房顶和房顶之间，纵横着条条炭白的街。

奶奶说："你妈就从下头这条街上回来。"

额头和鼻尖又贴在凉凉的玻璃上。那是一条宁静的街。是一条被楼阴遮住的街。是在楼阴遮不住的地方有根电线杆的街。是有个人正从太阳地里走进楼阴去的街。那是奶奶说过妈妈要从那儿回来的街。玻璃都被我的额头和鼻尖焐温了。

奶奶说："太阳快没了，说话要下去了。"

因此后来知道哪儿是西，夕阳西下。远处一座高楼的顶上有一大片整整齐齐灿烂的光芒。那是妈妈就要回来的征兆，是所有年轻的妈妈都必定要回来的征兆。

奶奶指指那座楼说："你妈就在那儿上班。"

我猛扭回头说："不！"

奶奶说："不上班哪儿行呀？"

我说："不！"

奶奶说："哟，不上班可不行啾。"

我说："不！——"

奶奶说："嗯，不。"

那楼和那样的楼，在以后的一生中只要看见，便给我带来暗暗的恓惶；或者除去楼顶上有一大片整齐灿烂的夕阳的时候，或者连这样的时候也在内。

奶奶说："瞧瞧，老鸹都飞回来了。奶奶得做饭去了。"

天上全是鸟，天上全是叫声。

街上人多了，街上全是人。

我独自站在窗前。隔壁起伏着当当当奶奶切菜的声音，又飘起爆葱花儿的香味。换一个地方，玻璃又是凉凉的。

后来苍茫了。

再后来，天上有了稀疏的星星，地上有了稀疏的灯光。

世界就是从那个冬日的午睡之后开始的。或者说，我的世界就是从那个冬日的午后开始的。不过我找不到非我的世界，而且我知道我永远不可能找到。在还没有我的时候这个世界就已存在了——这不过是在有我之后我听到的一种传说。到没有了我的时候这个世界会依旧存在下去——这不过是在还有我的时候，我被要求同意的一种猜测。

就像在那个冬日的午后世界开始了一样，在一个夏天的夜晚，一个谜语又开始了。您不必管它有多么古老，一个谜语作为一个谜语必定开始于被人猜想的那一刻。银河贯过天空，在太阳曾经辉耀过的处处，倏尔变为无际的暗蓝。奶奶已经很老，我已懂得了猜谜。

奶奶说："还有一个谜语，真是难猜了。"

我说："什么？快说。"

奶奶深深地笑一下，说："到底是怎么个谜语，人说早就没人知道了。"

我说："那您怎么知道难猜？"

奶奶说："这个谜语，你一说给人家猜，就等于是把谜底也说给人家了。"

我说："是什么？"

奶奶说："你要是自个儿猜不着，谁也没法儿告诉你。"

我说："您告诉我吧，啊？告诉我。"

奶奶说："你要是猜着了呢，你就准得说，哟，可不是嘛，我还没猜着呢。"

我说："那怎么回事？"

奶奶说："什么怎么回事？就是这样儿的一个谜。"

我说："您哄我呢，哪有这样的谜语？"

奶奶说："有。人说那是世上最有意思的一个谜语。"

我说："到底是什么样儿的呢，这谜语？"

奶奶说："这也是一个谜语。"

我和奶奶便一齐望着天空，听夏夜地上的虫鸣，听风吹动树叶沙沙响，听远处婴儿的啼哭，听银河亿万年来的流动……

好久好久，奶奶那飘散于天地之间的苍老目光又凝于一点，问我："就在眼前可是看不见，是什么？" 我说："眼睫毛。"

B+X

多年来我的体重恒定在五十九点五公斤，吃了饭是六十公斤，拉过屎还是回到五十九点五公斤。我不挑食，吃油焖大虾和吃炸酱面都是吃那么多，因为我知道早晚还是要拉去那么多的。吃掉那么多然后拉掉那么多，我自己也常犯嘀咕：那么我是根据什么活着的？我有时候懒洋洋地在床上躺一整天，读书看报抽烟，或者不读书不看报什么事也不做光抽烟，其间吃两顿饭并且相应地拉两次屎，太阳落尽的时候去过秤，是五十九点五公斤。这比较好理解。但有时候我也东跑西颠为一些重要的事情忙得一整天都不得闲，其间草率地吃两顿饭拉两次屎，月亮上来了去过秤，还是五十九点五公斤。就算这也不难解释，可是有几回我是一整天都不吃不喝不拉不撒沿着一条环形公路从清晨走到半夜的，结果您可能不会相信，再过秤时依旧是五十九点五公斤。

还有一件奇怪的事就是，我每天早晨醒来的时间总是在6点30，不早不晚准6点30，从无例外。我从不上闹钟。我也没有闹钟。我完全不需要什么闹钟。如果这一夜我睡着了，谁也别指望闹钟可以让我在6点30以前醒。那年地震是在凌晨3点多钟，即便那样我也还是睡到了6点30才醒。醒来看见床上并没有我，独自庆幸了一会儿发现完全是扯淡，我不过是睡在地上，掸掸身上的土爬起来时看出房顶和门窗都有一点儿歪。如果我失眠了一直到6点29才睡着的话，我也保证可以在6点30准时醒，而且没有诸如疲劳之类不好的感觉。人们有时候以我睡还是醒来判断时光是在6点30以前还是以后。

因此我对这两组数字——595 和 630——抱有特殊的好感，说不定那是我命运的密码，其中很可能隐含着一句法力无边的咒语。

譬如我决定买一件东西，譬如说买拖鞋、餐具、沙发什么的，我不大在意它们的式样和质量，我先要看看它们的标价，若有五块九毛五的、五十九块五的、五百九十五块的，那么我就毫不犹豫地买下。再譬如看书，譬如说是一本很厚的书，我拿到它就先翻到第六百三十页，看看那一页上究竟写了些什么，有没有什么不同寻常的暗示。我一天抽三包香烟，但最后一支只抽一半，这样我一天实际上是抽五十九点五支。除此之外我还喜欢在晚饭之后到办公室去嗑瓜子，那时候整座办公大楼里只亮着我面前的一盏灯，我清晰地听到瓜子裂开的声音和瓜子皮掉落在桌面上的声音，从傍晚嗑到深夜，嗑五百九十五个一歇，嗑六小时三十分钟之后回家。总之我喜欢这两个数字，我相信在宇宙的某一个地方存在着关于我和这两个数字的说明。再譬如我听相声，如果我数到五百九十五或六百三十它仍然不能使我笑，我就不听了。

所以有一次我走到一座楼房的门前时我恰恰数到五百九十五，于是我对这楼房充满了幻想，便转身走了进去。我感到一种从未有过的激动，我相信我必须得做一件不同凡响的事情来记住这座楼房了。我在幽暗的楼道里走，闭上眼睛。我想再数三十五下也就是数到六百三十时我睁开眼睛，那时要是我正好停在一个屋门前的话，我一定不再犹豫一定不管三七二十一就敲门进去，也不管认不认得那屋里的主人我一定要跟他好好谈一谈了。六百三十。我睁开眼睛。这儿是楼道的尽头，有三个门，右边的门上写着“女厕”，左边的门上写着“男厕”，中间的门开着上面写着“隔音间”。右边的门我不能进。左边的门我当然可以进，但我感觉还不需要进。我想中间这门是什么意思呢，我渐渐看清门内昏黑的角落里有一部电话。我早就听说有这样的无人看管的公用电话。我站在第六百三十步上一动不动想了五百九十五下，我于是知道该做一件什么事情了。我走进电话间，把门轻轻关上，拿起电话，慎重地拨了一个号码：595630，慎重得就像母亲给孩子洗伤口一样。这样的事我做过不止一次了。有两次对方是男的，说我有病，“我看您是不是有病啊？”说罢就把电话挂了。有两次对方是女的，便骂我是流氓，“臭流氓！”这我记得清楚，她们通过电话线可以闻到你的味儿。

“喂，您找谁？”这一回是女的。

“我就找您。”我还是这么说。

她笑起来，这是我没料到的。她说：“您太自信了，您的听力并不怎么好。我不是这儿的，我偶尔走过这儿发现电话在响没人管，这儿的人今天都休息。您找谁？”

“我就找您。”

她愣了一会儿又笑起来：“那么您以为我是谁？”

“我不以为您是谁，您就是您。我不认识您，您也不认识我。”

电话里没有声音了。我准备听她骂完“臭流氓”就去找个地方称称体重，那时天色也就差不多了，我好到办公室嗑瓜子去。但事情再一次出乎我的意料，她没有骂。

“那为什么？”她说，声音轻得像是自语。

“干吗一定要为什么呢？我只是想跟您谈谈。”

“那为什么一定要跟我呢？”

“不不。我只是随便拨了一个号码，我不知道这个号码通到哪儿。您千万别误会，我根本不知道您是谁，我向您保证我以后也不想调查您是谁，也不想知道您在哪儿。”

她颤抖着出了一口长气，从电话里听就像是动荡起一股风暴，然后她说：“您说吧。”

"什么？"

"您不是想跟我谈谈吗？您谈吧。"

"您别以为我是个坏人。"

"当然不会。"

"为什么呢？为什么是当然？"

"坏人不会像您这么信任一个陌生人的。"

多年来我第一回差点儿哭出来。我半天说不出话，而她就那么一直等着。

"您也别以为我是个无聊透顶的人。"

她说她也对我有个要求，她说请我不要以为她是那种惯于把别人想得很坏的人。她说："行吗？那您说吧。"

"可我确实也没什么有意思的话要说。我本来没指望您会听到现在的。"

"随便说吧，说什么都行，不一定要有意思。"

我想了很久，觉得一切有意思的话都是最没意思的话，一切最没意思的话才是最有意思的话，所以我想了很久还是犹豫不决难以启口。我几次问她是否等得不耐烦了，她说没有。最后我想起了那个谜语。

"有一个早已失传了的谜语，现在已经没有人知道那是怎么一个谜语了。现在只知道它有三个特点。您有兴趣吗？"

"哪三个特点？"

"一是谜面一出谜底即现；二是如果你自己猜不到别人谁也无法告诉你；三是如果你猜到了你就肯定会认为你还没猜到。"

"呶，您也知道这个谜语？"她说。

"怎么，您也知道？"我说。

"是，知道。"她说，"这真好。"

"您不是想安慰我吧？"我说。

“当然不是。我是说这谜语真绝透了。”

“据说是自古以来最根本的一个谜语。离你最近可你看不见的，是什么？是睫毛。”

“我懂真的我懂。您也知道这个谜语真是绝透了。”电话里又传来一阵阵小小的风暴。我半天不说话，多年来我就渴望听到这样的风暴。然后她在电话里急切地喊起来：“喂，喂！下回我怎么找您？”

我说：“别说‘您’好吗？说‘你’。”我说我们最好是只做电话中的朋友，这样我们可以说话更随便些，更自由更真实些。她说她懂而且何止是懂，这也正是她所希望的。

以后我就每星期给她打一次电话，都是在595630电话所在之地的人们休息的那一天。我从不问她姓什么叫什么、是干什么的、多大年龄了等等。她也是这样，也不问。我们连为什么不问都不问。我们只是在愿意随便谈谈的时候随便谈谈。第二次通电话的时候，她告诉我，男人到底是比女人敢干，她早就想干而一直不敢干的事让我先干了。我说：“你是怕人说你是臭流氓吧？”她听了笑声灿烂。第三次我们谈的是蔬菜和森林，蔬菜越来越贵，森林越来越少。第四次是谈床单和袜子，尤其谈了女人的长袜太容易跳丝，有一处跳丝就全完了。我说：“你挺臭美的。”她说：“废话你管着吗？”我说第一我根本不管，第二臭美在我嘴里不是贬义词。她便欣然承认她相当喜欢臭美：“但得是褒义词！”我说就如同我认为“臭流氓”是褒义词一样。第五次谈猫，二月正是闹猫的季节，于是谈到性。我没料到她会和我一样认为那是生活中最美的事情之一，同时她又和我一样是个性冷漠患者。“这很奇怪是吗？”“很奇怪。”第六次谈狗，我说可惜城市里不让养狗，我真想搬到农村去住，那样可以养狗。她说：“是吗？那我真搬到农村住去。”我说：“算了吧，我们都是伪君子。”第七次说到钱，钱是一种极好的东西，连拉屎撒尿放屁都得受它摆布。她笑得喘不过气来："你夸张了，怎么会管得了最后一种？"我说："你想要是你能住到高级饭店去你还敢随便放屁吗？""干吗要随便？""所以我说钱是好东西。"第八次我们自由自在地骂了半天人，骂得畅快淋漓。第九次谈到上帝和烩猪肠子，她说："吓，那东西多脏啊！"我问她是指上帝还是指猪肠子，她说你知道那是装什么的吗，我说你是说上帝还是说猪肠子，她说："算了算了，和你这人缠不清。"第十次谈到宇宙、飞碟、特异功能、四维时空、测不准原理和蚂蚁。第十一次我们一块儿唱了好多真正的民歌，真正的民歌都是极坦率极纯情又极露骨的情歌。第十二次是说气候、季节、山野河流、鹿的目光与释迦牟尼何其相似，以及她的一只非常好看的扣子挤汽车时挤丢了，而我昨天差点儿让煤气罐给炸死。第十三次说到了爱情，她说这是说不清的事。我说什么是说得清的事呢，她说就连这也说不清，我们不过是在胡说八道。我说有谁不是在胡说八道呢，她便又笑声灿烂。我说我冒了被骂为臭流氓的危险就是为了能胡说八道和能听到纯正的胡说八道。她听了许久无声然后哭声辉煌经久不息，使我振奋不已。她说她骨子里非常软弱。我说你别怕，我也一样。她说她外强中干其实自卑极了。我说我也一样，你别在意。她的哭声便转而娇媚。我说我何止于此，我还是个枯燥乏味的人。她说她也是。我说我还很庸俗简直无聊透顶。她让我别急，她说这下就好了她也是个俗不可耐的人。我说我无才无能一无可取之处。她让我别急，她说她也一样没有一点儿吸引人的地方。她不哭了，问我："你是个好人吗你觉得？"我说我觉不出来，你呢？她说她就是因为不知道怎样才能觉出自己是不是个好人，所以才问我的，可惜我也不知道。我说要是这样说，我大概是个灵魂肮脏的人。她说为什么呢，我便给她举一些实例，讲我当着人是怎样说，背着人是怎样想，讲我所做过的一切事情，讲我所有的一切念头，讲我白天的行为，也讲我黑夜的梦境，直讲到口干舌燥气喘吁吁，直讲到我自己也很难不承认自己是个臭流氓时，我才害怕了不讲了。类似这样的害怕是最可怕的事，好在我知道她不知道我是谁，不知道我在哪儿，即便在街上擦肩而过她也认不出我而我也认不出她，这样我才不害怕了。我说："嘿，怎么样，我是个坏人吧？"她说她不知道。我说那你究竟知道什么呢，她说她只知道她多年来一直在找我这样的人。"找我干什么？""找你，然后嫁给你。"于是我们约定在晚6点30分见面，在一条环形公路的五百九十五公里处，她穿一身白，我穿一身黑。

我提前赶到了那里，这个提前很可能是个绝大的错误。我找到了五百九十五公里处的小石碑，并且坐在上头。我相信这个数字很吉利而这个姿势又很保险，但我没想到会在这儿碰上了我的妻子。我想不出有谁能告密。大概这是因为我提前来了，因为我没有恪守6 3 0这个数字。我们相距差不多有二十米至二十万光年远。我把帽子压得低些，我见她也把围巾围得高些。这说明我们都已发现了对方，并且都不想让对方发现自己。我想这也好，何必不这样呢？但她并不离开，当然我也没离开。她想监视我，那好吧，我正好可以抓住她监视我的证据，免得她过后又不承认。这样过了有十几分钟，到了6点30分。我坦荡地朝四周望望，我看见她也在朝四周望而且毫不加掩饰。这时我发现她穿了一身白，她正朝我走来。

她说："我怎么没听出来是你？"

我说："可不是嘛，我也没听出是你。"

我们相对无言，很久。公路上各种车辆从我们身边呼啸而过。

她看看我，看我的时候仍然面有疑色。她说："你再把那个谜语说一遍行吗？"

我说:“我不知道那个谜语，既不知道它的谜面也不知道它的谜底，只知道它有三个特点，第一……”

“行了，别说了。”她说，“看来真的是你。你的声音跟多年以前不一样了。”

我说:“你也是。”

她说:“你要是在电话里打打呼噜就好了，像每天夜里那样。那样我就知道是你了。”

我说:“我听见你夜里总咬牙。我给你买了打虫药一直没机会给你。”

我们就在小石碑旁坐下，沉默着看太阳下去，听晚风起来。

“我们明天还能那样打打电话吗？”

“谁知道呢？”

“还那样随便谈谈，还能那样随便谈谈吗？”

“谁知道呢？”

“试试行吗？”

“试试吧，试试当然行。”

然后我们一同回家，一路上沉默着看月亮升高，看星星都出来。快到家的时候我顺便去量了量体重，不多不少五十九点五公斤，我便知道明天早晨我会在 6 点 30 醒来。

C+X

她向我俯下身来。她向我俯下身来的时候，在充斥着浓烈的来苏味儿的空气中我闻到了一阵缥缈的幽香，缥缈得近乎不真实，以至四周的肃静更加凝重更加漫无边际了。

她的手指在我赤裸的胸上轻轻滑动，认真得就像在寻找一段被遗忘的文字。我把脸扭向一旁，以免那幽香给我太多的诱惑，以免轻轻的滑动会划破我濒死的安宁。

我把脸扭在一旁。我宁愿还是闻那种医院里所特有的味道。这味道绝非是因为喷洒了过多的来苏，我相信完全是因为这屋顶太高又太宽阔造成的。因为墙壁太厚，墙外的青苔过于年长日久。因为百叶窗的缝隙太规整把阳光推开得太远。因为各种治疗仪器过于精致，而她的衣帽又过于洁白的缘故。

她的手指终于停在一个地方不动。我闭上眼睛。我感到她走开。我感到她又回来。我知道她拿了红色的笔，还拿了角尺，要在我的胸上画四道整齐的线。笔尖在我的骨头上颠簸，几次颠离了角尺。笔和尺是凉的硬的，恰与她纤指的温柔对比鲜明。轻轻的温柔合着幽香使我全身一阵痉挛。我睁开眼睛，看见四道红线在我苍白嶙峋的胸上连成一个鲜艳的矩形，灿烂夺目。

然后她轻声说："去吧。"

然后她轻声问："行吗？"

我就去躺到一架冰冷的仪器下面，想到室外正是5月飞花的时光。

我问1床："也是她管你吗？"

1床眯起混浊的眼睛看我："怎么样，滋味儿不坏吧，咹？"

我摸摸胸上的红方块。我说："不疼。"

"我没说这个。"1床狡黠地笑起来，"她。刚才我们说谁来着？"他在自己身上猥亵地摩挲一阵，"咹？滋味儿不坏吧！"

3床那孩子问："什么？什么滋味儿不坏？"

我对那孩子说："别理他，别听他胡说。"

1床哧哧地笑着走到窗边，往窗外溜一眼，回身揪揪那孩子的头发："真的2床说得不错，你别理我，我眼看着就不是人了。"

"你现在就不是！"我说。

那孩子问："为什么？"

"眼看着我就是一把灰啦！"1床说。

那孩子问："为什么？"

1床又独自笑了一会儿。

柳絮在窗外飘得缭乱，飘得匆忙。

1床从窗边走回来，眼里放着灰光，问我："说老实话，那滋味儿确实不坏是不是？"

"我光是问问，是不是也是她管你。"

"你这人没意思。"他把手在脸前不屑地一挥，"你这年轻人一点儿不实在。"

3床那孩子问："到底什么呀滋味儿不坏？"

1床又放肆地笑起来，对我说："我情愿她每天都给我身上多画一个红方块，画满，你懂吗？画满！"

那孩子笑了，从床上跳起来。

"用她那暖乎乎的手，你懂吗？用她那双软乎乎的手，把我从上到下都画满……"

3床那孩子撩起了自己的衣裳，喊："她今天又给我多画了一个！你们看呀，这个！"

1床和我整宿整宿地呻吟，只有3床那孩子依旧可以睡得香甜。只有3床那孩子不知道红方块下是什么。只有他不知道那下面是癌。那下面是癌，但他不知道。他不知道。但确实是癌。他说是他爸爸说的，那不是癌。他说他妈妈跟他说过那真的不是癌。他妈妈跟他这样说的时候，用乞求的目光看着我和1床。他的父母走后，他看看1床的红方块，说："这不是癌。"他又看看我的红方块，说："你也不是癌。"我说是的我们都不是癌。

“那这红方块儿下是什么呀？”

“是一朵花。”

“噢，是一朵花呀！”

是一朵花。一朵无比艳丽的花。

月亮把东楼的阴影缩小，再把西楼的阴影放大，夜夜如此。在我和1床的呻吟声中，3床那孩子睡得香甜。我们剩下的生命也许是为盼望那艳丽的花朵枯萎，也许仅仅是在等待它肆无忌惮地开放。

细细的风雨中，很多花都在开放。很多花瓣都伸展开，把无辜的色彩染进空中。黑土小路上游移着悄无声息的人。黑土小路曲折回绕分头隐入花丛，在另外的地方默然重逢。

掐一朵花，在指间使它转动，凝神于它的露水它的雌蕊与雄蕊，贴近鼻尖，无比的往事便散漫到细雨的微寒中去。

把花别在扣眼上，插在衣兜里，插在瓶中再放到床头去，以便夜深猛然惊醒时，闪着幽光的桌面上有一片片轻柔的落花。

3床的孩子问：“就像这样的花吗？”

“兴许比这漂亮。”我说。

“那像什么？”

“也许就是这样的花吧。”

孩子仔细看自己小小肚皮上的红方块，仔细看很久，仰起脸来笑一笑承认了它的神秘：“它是怎么长进去的呢？”

1床双目微合，端坐花间。

“他在干吗？喂！你在干吗？”

“他在做梦。”

“他在练功？”

“不，他在做梦。”

1床端坐花间，双手叠在丹田。

“今天会给他多画一个红方块儿吗？”

“你别信他胡说。”

“你呢？你想不想让她多给你画一个？”

“随她。”我说。

“你看那不是她来了？”

她正走上医院门前高高的白色的台阶，打了一把红色的雨伞，在铅灰色的天下。

1床端坐花间，双手摊开在膝盖上掌心朝天。天正赐细细的风雨给人间。

每天都有一段充满盼望的时间：在呻吟着的长夜过后，我从医院的东边走到西边，穿过湿漉漉的草地和阳光和鸟叫，走进另一条幽暗的楼道，走进那个仪器林立的房间，闻着冰冷的金属味儿和精细的烤漆味儿等她。闻着过于宽阔的屋顶味儿和过于厚重的墙壁味儿，等她。室内的仪器仿佛旷古形成的石钟乳。室外的青苔厚厚地漫上窗台。

所有仪器的电镀部分中都动起一道白色的影子，我渐渐又闻到了缥缈的幽香。

她温柔的手又放在我赤裸的胸上。她鬓边的垂发不时拂过我的肩膀。我听见她细细的呼吸就像细细的风雨，细细的风雨中布进了她的体温。我不把头扭开。我看见她白皙脖颈上的一颗黑痣。我看见光洁而浑实的她的脊背，隐没在衬衫深处。隐没了我从未见过的女人的躯体，和女人的花朵……她又走开。她又回来。在我的胸上，把褪了色的红方块重新描绘得鲜艳，那才是属于我的花朵。

然后她轻声说：“去吧。”

然后她轻声问："行吗？"

然后她轻盈而茁壮地走开，把温馨全部带走到遥远的盼望中去。我相信1床那老浑蛋说得对，画满！把那红方块给我通身画满吧，无论出于什么样的原因。

1床问我："你怎么没结婚？"

我说："我才二十一岁。"

1床混浊的眼睛便越过我，望向窗外深远的黄昏。

3床那孩子在淡薄的夕阳中喊道："我妈跟我爸结过婚！"

1床探身凑近我，踌躇良久，问道："尝过女人的味儿了没有？"

我狠狠地瞪他，但狠狠的目光渐渐软弱并且逃避。"没有。"我说。

3床那孩子在空落的昏暗中喊道："我妈跟我爸结婚的时候还没有我呢！"

1床不说话。

我也不说。

那孩子说："真的我不骗你们，那时候我妈还没把我生出来呢。"

1床问我："你想看那个女人吗？"

"你少胡说！"

1床紧盯着我，我闭上眼睛。

很久，我睁开眼睛，1床仍紧盯着我。

我说："你别胡说。"却像是求他。

我们一齐看那孩子——月光中他已经睡熟。月光中流动着绵长的夜的花香。

我们便去看她。反正是睡不着。反正也是彻夜呻吟。我们便去看她，如月夜和花香中的两缕游魂。

1床说他知道她的住处。

走过一幢幢房屋的睡影，走过一片片空地的梦境，走过草坡和树林和静夜的蛙声。

1床说："你看。"

巨大的无边的夜幕之中，便有了一方绿色的灯光。灯光里响着细密柔和的水声。绿蒙蒙的玻璃上动着她沐浴的身影。幸运的水，落在她身上，在那儿起伏汇聚辗转流遍；不幸的便溅作水花化作迷雾，在她的四周飘绕流连。

1床说："要不要我给你讲些女人的事？"

"嘘！——"我说。

水声停了。那方绿色的灯光灭了。卧室的门开了。卧室中惟有月光朦胧，使得那白色的身影闪闪烁烁，闪闪烁烁。便响起轻轻的钢琴曲，轻轻的并不打扰别人。她悠闲地坐到窗边，点起一支烟。小小的火光把她照亮了一会儿，她的头发还在滴水，她的周身还浮升着水汽。她吹灭了火，同时吹出一缕薄烟，吹进月光去让它飘飘荡荡，她顺势慵懒地向后靠一靠，身体藏进暗中，惟留两条美丽的长腿叠在一起在暗影之外，悠悠摇摆，伴那琴声的节拍。

1床说："你不会像我，你还能活。"

"嘘！——"我说。

她抽完了那支烟。她站起来。月亮此刻分外清明。清明之中她抱住双肩低头默立良久，清明之光把她周身的欲望勾画得流畅鲜明。钢琴声换成一段舞曲。令人难以觉察地，她的身体缓缓旋转，旋转进幽暗，又旋转进清明，旋转进幽暗再旋转进清明，幽暗与清明之间她的长发铺开荡散她的胸腹收展屈伸，两臂张扬起落，双腿慢步轻移，她浑身轻灵而紧实的肌肤飘然滚动，柔韧无声。

1 床说："你不会死，你才二十一岁。"

"嘘！——" 我说。

她转进幽暗，很久没有出来。月光中只有平静的琴声。

她在哪儿？在做什么？她跳累了。她喘息着扑倒在地上，像一匹跑累了的马儿在那儿歇息，在那儿打滚儿，在那儿任意扭动漂亮的身躯，把脸紧贴在地面闭上眼睛畅快地长吁，让野性在全身纵情动荡，淋漓的汗水缀在每一个毛孔，心就可以快乐地嘶鸣……

她从暗影中走出来，已经穿戴齐整，端庄而且华贵而且步态雍容。她捧了一盆花，走到窗前，把花端放在窗台。她后退几步远远地端详，又走近来抚弄花的枝叶，便似有缥缈的幽香袭来。然后，窗帘在花的后面徐徐展开，将她隐没，只留花在玻璃和窗帘之间，只留满窗月色的空幻。

1 床说："我给你讲一个谜语。你不会死你还年轻，听我给你讲一个谜语。"

一个已经没人知道了的谜语。没人知道它的谜面，也没人知道它的谜底。它的谜面就是它的谜底。你要是自己猜不到，谁也没法儿告诉你。你要是猜到了，你就会明白你还没有猜到你还得猜下去。

我躺在冰冷的仪器下面等她，她没有来。我们去看她，她的窗户关着，窗帘拉得很严。那盆花在玻璃和窗帘之间，绿绿的叶子长得挺拔。

1 床又给 3 床的孩子讲那个谜语。

"那到底是个什么样的谜语呀？" 孩子问。

"噉，这一样是个谜语。"

我闻着医院里所特有的那种味道，等她，她还是没来。去看她，窗户关着窗帘还是拉得很严。那盆花在玻璃和窗帘之间，在太阳下，冒出了花蕾。

1 床用另一个谜语提醒 3 床的孩子。

“就在眼前可是看不见的，你说是什么？”

“是什么？”

“眼睫毛。”

她一直没来。她的窗户一直关着。她的窗帘一直拉得很严。玻璃和窗帘之间已绽开鲜红的花朵，鲜红如血一样凄艳。

那孩子一直在猜那个谜语。

“你敢说那不是你瞎编的吗？”

“欧，当然。传说那是所有的谜语中最真实的一个谜语。”

有一天我们去看她，她的住处四周嗡嗡嘤嘤挤满了围观的人群。

据说她在死前洗了澡，洗了很久，洗得非常仔细。据说她在死前吸了一支烟，听了一会儿音乐，还独自跳了一会儿舞。然后她认真地梳妆打扮。然后她坐到窗边的藤椅中去，吃了一些致命的药物。据最先发现她已经死去的人说，她穿戴得高雅而且华贵，她的神态端庄而且安详，她坐在藤椅中的姿势慵懒而且茁壮。

她什么遗言也没留下。

她房间里的一切都与往日一样。

只是窗台上有一盆花，有一根质地松软的粗绳一头浸在装满清水的盆里，另一头埋进那盆花下的土中。水盆的位置比花盆的位置略高，水通过粗绳一点点洇散到花盆中去，花便在阳光下生长盛开，流溢着缥缈的幽香。

D+X

我常有些古怪之念。譬如我现在坐在桌前要写这篇小说，先就抽着烟散散漫漫呆想了好久：触动我使我要写这篇小说的那一对少年，此时此刻在哪儿呢？还有那个上了些年纪的男人，那个年轻的母亲和她的小姑娘，他们正在干什么？年轻的母亲也许正在织一件毛衣（夏天就快要过去了），她的小姑娘正在和煦的阳光里乖乖地唱歌；上了年纪的那个男人也许在喝酒，和别人或者只是自己；那一对少年呢？可能正经历着初次的接吻，正满怀真诚以心相许，但也可能早已互相不感兴趣了。什么都是可能的。什么都不确定。惟一可以确定的是，就在我写下这一行字的同时，他们也在这天底下活着，在这宇宙中的这颗星球上做着他们自己的事情。就在我写下这一行字的时候，在太平洋底的某一处黑暗的珊瑚丛中，正有一条大鱼在转目鼓鳃悄然游憩；在非洲的原野上，正有一头饥肠辘辘的狮子在焦灼窥伺角马群的动静；在天上飞着一只鸟，在天上绝不止正飞着一只鸟；在某一片不毛之地的土层下，有一具奇异动物的化石已经默默地等待了多少万年，等待着向人类解释人类进化的疑案；而在某一个繁华喧嚣城市的深处，正有一件将要震撼世界的阴谋在悄悄进行；而在穷乡僻壤，有一个必将载入史册的人物正在他母亲的子宫中形成。就在我写下这一行字迹的时候，有一个人死了，有一个人恰恰出生。

那天我坐在一座古园里的一棵老树下，也在做这类胡思乱想：在这棵老树刚刚破土而出的时候，我的爷爷的爷爷的爷爷的爷爷是不是刚好走过这里呢？或者他正在哪儿做什么呢？当时的一切都是注定几百年后我坐在这儿胡思乱想的缘由吧？我这样想着的时候，落日苍茫而沉寂的光辉从远处细密的树林间铺展过来，铺展过古殿辉煌落寞的殿顶，铺展过开阔的草地和草地上正在开花的树木，铺展到老树和我这里，把我们的影子放倒在一大片散落的断石残阶上面，再铺开去，直到古园荒草蓬生的东墙。这时我看见老树另一边的路面上有两条影子正一跃一跃地长大，顺那影子望去，光芒里走着一男一女两个少年。我听见他们的嗓音便知道他们既不再是孩子了也还不是大人。说他是小伙子似乎他还不十分够，只好称他是少年。另一个呢，却完全是个少女了。他们一路谈着。无论少女说什么，少年总是不以为然地笑笑，总是自命不凡地说“那可不一定”，然后把书包从一边肩上潇洒地甩到另一边肩上，信心百倍地朝四周望。少女却不急不慌专心说自己的话，在少年讥嘲地笑她并且说“那可不一定”的时候，她才停下不说，她才扭过脸来看他，但不争辩，仿佛她要说那么多的话只是为了给对方去否定，让他去把她驳倒，她心甘情愿。他们好像是在谈人活着到底是为什么，这让我对他们小小的年纪感到尊敬，使我恍惚觉得世界不过是在重复。

“嘿，那儿！”少年说。

他指的是离老树不远的一条石凳。他们快步走过去，活活泼泼地说笑着在石凳上坐下。准是在这时他们才发现了老树的阴影里还有一个人，因为他们一下子都不言语了，显得拘谨起来，并且暗暗拉开些距离。少女看一看天，又低头弄一弄自己的书包。少年强作坦然地东张西望，但碰到了我的目光却慌忙躲开。一时老树周围的太阳和太阳里的一对少年，都很遥远都很安静，使我感到我已是老人。我后悔不该去碰那样的目光，他们分明还在为自己的年幼而胆怯而羞愧。我只是欣喜于他们那活活泼泼的样子，想在那儿找寻永远不再属于我了的美妙岁月；无论是他的幼稚的骄狂，还是她的盲目的崇拜，都是出于彻底的纯情。这时少女说：

“我确实觉得物理太难了。”少年说：“什么？噢，我倒不。”过了一会儿少女又说：“我还是喜欢历史。”少年说：“噢，历史。”不不，这不是他们刚才的话题，这绝不是他们跑到这儿来想要说的，这样的话在一定程度上是说给我听的。我懂。我也有过这样的年龄。他们准是刚刚放学，还没有回家，准是瞒过了老师和家长和别的同学，准是找了一个诸如谈学习谈班上工作之类的借口，以此来掩盖心里日趋动荡的愿望，无意中施展着他们小小的诡计。我想我是不是应该走开。我想我是不是漫不经心地转过身去，表示我对他们的谈话丝毫不感兴趣最好。这时候少年说：“嗬，这儿可真晒。”少女说：“是你说的这儿。”少年说：“我没想到这儿这么晒。”少女说：“我去哪儿都行。”我想我还是得走开，这初春的太阳怎么会晒呢？我在心里笑笑，起身离去，我听见在这一刻他们那边一点儿声音都没有。我猜想他们一定也是装作没大在意我的离去，但一定也是庆幸地注意听我离去的脚步声。没问题，也是。世界在重复。

太阳更低垂了些，给你的感觉是它在很远的地方与海面相碰发出的声音一直传到这里，传到这里只剩下颤动的余音；或许那竟是在远古敲响的锣鼓，传到今天仍震震不息。

世界千万年来只是在重复，在人的面前和心里重演。譬如，人活着到底是为什么？人应该怎么活，人怎么活才好？这便是千万年来一直在重复的问题。有人说：你这么问可真蠢真令人厌倦，这问不清楚你也没必要这么问，你想怎么活就去怎么活好了。就算他说得对，就算是这样我也知道：他是这么问过了的，他如果没这么问过他就不会这么回答，他一刻不这么问他就一刻不能这么回答。

我走过沉静的古殿，我就想，在这古殿乒乒乓乓开始建造的时候，必也有夕阳淡淡地照耀着的一刻，只是那些健壮的工匠们全都不存在了，那时候这天下地上数不清的人，现在一个都没有了。自从我见到那一对少年，我就知道我已经老了。我在这古园里慢慢地走，再没有什么要着急的事了，稀奇古怪的念头便潮水似的一层层涌来，只不过是毫无用处的乐趣。也可以说是休息，是我给我自己这忙忙碌碌的一生的一点儿酬劳。一点儿酬劳而已。我走过草地，我想，这儿总不能永远是这样的草地吧，那么在总要到来的那一天，这儿究竟要发生什么事呢？我在开花的树木旁伫立片刻，我想，哪朵花结出的种子会成为我的孙子的孙子的孙子的孙子的面前的一棵大树呢？我走在断石残阶之间，这些石头曾经在哪一处山脚下沉睡过？它们在被搬运到这儿来的一路上都经历过什么？再譬如那一对少年，六十年后他们又在哪儿？或者各自在哪儿呢？万事万物，你若预测它的未来你就会说它有无数种可能，可你若回过头去看它的以往你就会知道其实只有一条命定之路。

这命定之路包括我现在坐在这儿，窗里窗外满是阳光，我要写这篇叫作小说的东西；包括在那座古园那个下午，那对少年与我相遇了一次，并且还要相遇一次；包括我在遇见他们之后觉得自己已是一个老人；包括就在那时，就在太平洋底的一条大鱼沉睡之时，非洲原野上一头狮子逍遥漫步之时，一些精子和一些卵子正在结合之时，某个天体正在坍塌或正在爆炸之时，我们未来的路已经安顿停当；还包括，在这样的命定之路上人究竟能得到什么？——这谁也无法告诉谁，谁都一样，命定得靠自己几十年的经历去识破这件事。

我在那古园的小路上走，又和少年少女相遇。我听见有人说：“你不知道那是古树不许攀登吗？”又一个声音嗫嚅着嘴犟：“不知道。”我回身去看，训斥者是个骑着自行车的上了些年纪的男人，被训斥的便是那个少年。少女走在少年身后。上了些年纪的男人板着面孔："什么你说？再说不知道！没看见树边立的牌子吗？"少年还要说，少女偷偷拽拽他的衣裳，两个人便跟在那男人的车边默默地走。少女见有人回头看他们，羞赧地低头又去弄一弄书包。少年还是强作镇定不肯显出屈服，但表情难免尴尬，目光不敢在任何一个路人脸上停留。

世界重演如旭日与夕阳一般。

就像一个老演员去剧团领他的退休金时，看见年轻人又在演他年轻时演过的戏剧。

我知道少女担心的是什么，就好像我记得她曾经跟我说过：她真怕事情一旦闹大，她所苦心设计的小小阴谋就要败露。我也知道少年的心情要更复杂一点，就好像我曾经是他而他现在是我：他怎么能当着他平生的第一个女友的面显得这么弱小，这么无能，这么丢人地被另一个男人训斥！他准是要在她面前显摆显摆攀那老树的本领，他准是吹过牛了，他准是在少女热切的怂恿的眼色下吹过天大的牛皮了，谁料，却结果弄成现在这副狼狈的模样。

我停一停把他们让到前面。我不远不近地跟在他们身后走。我有点儿兔死狐悲似的。我想必要的时候得为这一对小情人说句话，我现在老了我现在可以做这件事了，世界没有必要一模一样地重复，在需要我的时候我要过去提醒那个骑车的男人（我想他大概是古园的管理人）：喂，想想你自己的少年时光吧，难道你没看出这两个孩子正处在什么样的年龄？他们需要羡慕也需要炫耀，他们没必要总去注意你立的那块臭牌子！

我没猜错。过了一会儿，少女紧走几步走到少年前边走到那个男人面前，说："罚多少钱吧？"她低头不看那个男人，飞快地摸出自己寒碜的钱夹。

"走，跟我走一趟，"那个男人说，"看看你们到底知不知道自己是哪个学校的。"

我没有猜错。少年蹿上去把少女推开，样子很凶，把她推得远远的，然后自己朝那个男人更靠近些，并且瞪着那个男人并且忍耐着，那样子完全像一头视死如归的公鹿。年轻的公鹿面对危险要把母鹿藏在身后。我看见那个男人的眼神略略有些变化。他们僵持了一会儿，谁也没说话，然后继续往前走。

我还是跟在他们身后。如果那个男人仅仅是要罚一点儿钱我也就不说什么，否则我就要跟他谈谈，我想我可以提醒他想些事情，也许我愿意请他喝一顿酒，边喝酒边跟他谈谈：两颗初恋的稚嫩的心是不能这么随便去磕碰的，你懂吗？任何一个人在恋爱的时候都比你那棵老树重要一千倍你懂吗？你知不知道你和我是怎么老了的？

三个人在我前面一味地走下去。阳光已经淡得不易为人觉察。这古园着实很大，天色晚了游人便更稀少。三个人，加上我是四个，呈一行走，依次是：那个上了些年纪的骑车的男人、少年、少女和我。可能我命定是个乖僻的人，常气喘吁吁地做些傻事。气喘吁吁地做些傻事，还有胡思乱想。

渐渐地，我发现骑车的男人和少年之间的距离越拉越大了。我一下子没看出这是怎么回事。只见那距离在继续拉大着，那个男人只顾自己往前走，完全不去注意和那少年之间的距离。我心想这样他不怕他们乘机跑掉吗，但我立刻就醒悟了，这正是那个男人的用意。啾，好极了！我决定什么时候一定要请这家伙喝顿酒了。他是在对少年少女这样说呢：要跑你们就快跑吧，我不追，肯定不追，就当没这么回事算啦，不信你们看呀我离你们有多远了呀，你们要跑，就算我想追也追不上了呀！——我直想跑过去谢谢他，为了世界在这个节骨眼儿上没有重演。我心里轻松了一下，热了一下，有什么东西从头到脚流动了一下，其实与我何干呢？我的往事并不能有所改变。

但少年没跑。他比我当年干得漂亮。他还在紧紧跟随那男人。我老了我已经懂了：要在平时他没准儿可以跑，但现在不行，他不能让少女对他失望，不能让那个训斥过他的男人当着少女的面看不起他，自从你们两个一同来到这儿你就不再是一个人了你就不再是一个孩子，你可以胆怯你当然会胆怯，但你不该跑掉。现在的这个少年没有跑掉，他本来是有机会跑的但他没有跑，他比我幸运。他紧紧跟着那个男人。现在我老了我一眼就能看得明白：他并非那么情愿紧跟那个男人，他是想快快把少女甩得远远的甩在安全的地方，让她与这事无关。这样，他与少女之间的距离也在渐渐拉大。

少女慢慢地走着，仿佛路途茫茫。她心里害怕。她心里无比沮丧。她在后悔不该用了那样的眼色去怂恿少年。她在不抱希望地祈祷着平安。她在想事情败露之后，像她这样小小的年龄应该编一套什么样的谎话，她心乱如麻，她想不出来，便越想越怕。

当年的事情败露之后，我的爷爷问我："你为什么要跑掉？"他使劲冲我喊："你为什么要跑掉！"我没料到他不说我别的，只是说我："你为什么跑掉！"他不说别的，以后也没说过别的。

我跟在少女身后，保持着使她不易察觉的距离。我忽然想到：当年，是否也有一个老人跟在我们身后呢？我竟回身去看了看。当然没有，有也已经没有了。我可能真是乖僻，但愿不是有什么毛病。

少女也没有跑掉。她一直默默地跟随。有两次少年停下来等她，跟她匆匆说几句话又跟她拉开距离。他一定是跟她说："你别跟着你快回家吧，我一个人去。"她呢？她一定是说："不。"她说："不。"她只是说："不。"然后默默地跟随。在那一刻，我感到他们正在变成真正的男人和女人。

那个上了些年纪的男人最后进了一间小屋。过了一会儿，少年走到小屋前，犹豫片刻也走进去。又过了一会儿少女也到了那里，她推了推门没有推开，她敲了敲门，门还是不开，她站在门外听了一会儿，然后就在门前的台阶上坐下。她坐下去的样子显得沉着。这一路上她大概已经想好了，已经豁出去了，因而反倒泰然了不再害什么怕，也不去费心编什么谎话了。她把书包抱在怀里，静静地坐着，累了便双手托腮。天色迅速暗下去了。少女要等少年出来。

我也坐下，在不惊动少女的地方。我走得腰酸腿疼。我一辈子都在做这样费力而无用的事情。我本来是不想看到重演，现在没有重演，我却又有点儿悲哀似的，有点儿孤独。

当年吓得跑散了的那一对少年这会儿在哪儿呢？有一个正在这儿写一种叫作小说的东西。另一个呢？音信皆无。自从当年跑散了就音信皆无。

我实在是走累了。我靠在身旁的路灯杆下想闭一会儿眼睛。世界没有重演，世界不会重演，至少那个骑车的男人没有重演，那一对少年也没有重演他们谁也没有抛下谁跑掉。这真好，这让我高兴，这就够了，这是我给我自己这气喘吁吁的一个下午的一点儿酬劳。那对少年不知道，他们永远不会知道，正像我也不知道当年是否也有一个乖僻的老人跟在我们身后。大概人只可以在心里为自己获得一点儿酬劳，大概就心可以获得的酬劳而言，一切都是重演，永远都是重演。我老了，在与死之间还有一段不知多长的路。大鱼还在游动，狮子还在散步，有一颗星星已经衰老，有一颗星星刚刚诞生，就在此时此刻，一切都已安顿停当。但在这剩下的命定之路上能获得什么，仍是个问题，你一刻不问便一刻得不到酬劳。

我睁开眼睛，路灯已经亮了，有个小姑娘站在我面前。她认真地看着我。看样子她有三岁，怀里抱着个大皮球。她不出声也不动，光是盯着我看，大概是要把我看个仔细，想个明白。

“你是谁呀？”我问。

她说：“你呢？”

这时候她的母亲喊她：“皮球找到了吗？快回来吧，该回家啦！”

小姑娘便向她母亲那边跑去。

Y＋X

Y＝50亿个人＝50亿个位置

Y＝50亿个人＝50亿条命定之路

Y＝50亿个人＝50亿种观察系统或角度

“测不准原理”的意思是：实际上同时具有精确位置和精确速度的概念在自然界是没有意义的。人们说一辆汽车的位置和速度容易同时测出，是因为对于通常客体，这一原理所指的测不准性太小而观察不到。

“并协原理”的意思是：光和电子的性状有时类似波，有时类似粒子，这取决于观察手段。也就是说它们具有波粒二象性，但不能同时观察波和粒子两方面。可是从各种观察取得的证据不能纳入单一图景，只能认为是互相补充构成现象的总体。

“嵌入观点”得出这样的结论：我们是嵌入在我们所描述的自然之中的。说世界独立于我们之外而孤立地存在着这一观点，已不再真实了。在某种奇特的意义上，宇宙本是一个观察者参与着的宇宙。

现代西方宇宙学的“人择原理”，和古代东方神秘主义的“万象惟识”，好像是在说着同一件事：客体并不是由主体生成的，但客体也并不是脱离主体而孤立存在的。

那么人呢？那么人呢？他既有一个粒子样的位置，又有一条波样的命定之路，他又是他自己的观察者。在这样的情况下要猜破那个谜语至少是很困难的。那个谜语有三个特点：

一、谜面一出，谜底即现。

二、己猜不破，无人可为其破。

三、一俟猜破，必恍然知其未破。

（此谜之难，难如写小说。我现在愈发不知写小说应该有什么规矩了。好不容易忍到读完了以上文字的读者，不必非把它当作小说不可，就像有些人建议的那样——把它当作一份读物算了。大家都轻松。）

1988 年

别　人

失恋的日子，与平常的日子，没有多少不同。区别也许仅仅在于：它正途经我，尚未到达你。

推开窗。雨，密密匝匝地在树上响作一团。雨必定是一滴一滴地敲响树叶，正如时间一秒一秒地到达。但每一秒，和每一滴雨，都抓不住，雨或者时间响作一团连绵不断。未来总战胜现在，以及现在总败于过去。烟在肺里停留一会儿，在嘴里经过，缓缓飘向雨中，消失。一切无非如此。

雨和烟那样的日子比比皆是，只不过没有一个具体的失恋作为标志。

那标志，必定是在某一滴雨敲响某一片树叶时到达我的，这符合逻辑。我有时想，要是我能阻止那一滴雨敲响那一片树叶，失恋会不会就绕过我，也许就永远放弃了我呢？我知道这不合逻辑。

那标志，可能是一封信："我想我必须告诉你，我已经爱上了别人。"也可能是一个电话："无论如何我总是得告诉你，我已经爱上了——别人。"也可能是面对面，酒杯与酒杯轻轻地相碰之后，那一滴雨敲响了那一片树叶："我不想骗你也不想骗我自己我已经爱上了别人。不，不为什么，这既是原因也是结果。"但也可能是其他，不必认真于具体方式。可能就这样，也可能是那样，其他的方式。比如别人转达的一个口信：“她已经爱上了别人。”总之，每一个字都很平常。每一个字都早已存在，当某一滴雨敲响某一片树叶之时它们连成了一个意思响作一团。每一个字所具有的声音都不陌生，现在它们以一种不曾有过的次序到达了我，响作一团连绵不断。

电视里正播放一场跳水比赛。十米跳台，背景是炽烈的阳光下的一座城市，浩如烟海的屋顶，山峦叠嶂般的楼群。年轻纤秀的女跳水者，胸部和臀部都还没长大，走上高高的跳台，每一步送掉一段光阴。背景中，阳光飞扬得到处都是，红色的屋顶上，橘黄色和白色的楼墙上，树上，花花绿绿的遮阳篷上，各种颜色都被点燃了似的，烁烁刺目。一排排一摞摞密密麻麻的窗口张开在那儿一动不动一声不响，真假难辨。为什么那肯定不是（比如说舞台上或摄影棚里的）一道布景呢？

若不是一辆列车开过，很难发现那背景中还有一座高架铁路桥。女跳水者沉着地走向跳台前沿时，那铁路桥上正有一辆蓝色的列车与她同向而行。列车飞驰，一个一个车窗在她迈动的双腿后面闪闪而过，因而她就像是在原地踏步，甚至像在后退。但逻辑告诉我，她实际在向前走，实际上她正走向跳台的前沿。因而逻辑又告诉我，那背景是一座真实的城市。列车开出了画面，女跳水者站住，低头看一下，舒一口气，抬起目光。背景中林立错落的建筑，甚至让人想起有一天被太阳晒干了的海底，所有的窗口一如既往，不动不响忧喜不惊的样子。但逻辑告诉我，每一个窗口里都活着一个故事，一排排一摞摞的窗口里，是很多很多种愿望的栖息之地。

从那背景中找一个窗口注意看，随便哪一个，注意看它。它应该有内容，没问题，肯定有。你不知道它里面有一个什么故事，但它里面肯定有一个活生生的故事。

不要管其他的房屋，和其他的窗口，只凝视一个。比如，最远的那座楼房。最远的，对，在它后面再看不到别的房子了，在它上面是一线蓝天。它很远很小（沧海一粟），但能看出那是一座大屋顶的楼房。屋顶是红色的，红得耀眼，看不到它总共有几层，只能看见大屋顶下面的第一排窗口，再往下被它前面的房子挡住了。那排窗口，正中间的那个，看它。一二三四五六七八九，那么是第五个。无论从哪边数都是第五个。那窗口里必定有一些什么事在进行，必定有一个什么故事正在发展。它的左边是一座更大的楼房，楼墙又宽又高仿佛一面悬崖峭壁，在它右边不远有一根不算太高的烟囱。

等以后再想其他。再联想一切房屋和一切窗口里的故事。

现在只看选定的那一个，其他的故事都不存在，其他的屋顶、墙壁和窗口都只是形状和色彩。

只看那一个。它不会是平白无故地待在那儿，里面必定有一些事（一些由欲望发动的快乐或者痛苦，一些由快乐和痛苦连接起来的时间），除非它是布景。那屋顶，处在那跳水者的额前。跳水者很年轻，沉稳一下，展臂，屈膝，腾空，那灿烂的屋顶降落在她身下。那窗口只是一方阴影但此时此刻其中必有什么事情发生，有什么事在进行，有什么事情临近和有什么事情已经过去了。

遥远的一些树上，遥远的不为人知的山里、旷野里、树上，雨也在响。此时此刻，逻辑告诉我这颗星球上不可能只是我的窗外有雨，这肯定。

此时此刻，那窗口里：阳光爬上桌面。一束花，寂静地开放，其中的一朵正噗啦一下展开。

可能。

或者：一对恋人在亲吻，翻来覆去，正欢畅地相互依偎、呼唤、爱抚。

完全可能。

或者：正做爱。

为什么不可能？可能。

但也许是：一次谋杀。一桩谋杀案正在发生，筹划多年的复仇正在实现。

可能性小些，或者很小，但不是不可能。

也许是：自杀。自杀者正越过可以被抢救的极限，灵魂正从肉体脱离，噗啦一下猝不及防的变化，就像那朵花的开放。

也许非常非常地和平：两三个孩子在游戏。“锤子、剪子、布！——”在阳光和蝉声里，从这屋跑到那屋，从床上滚到地上。“锤子、剪子、布！——锤子、剪子、布！——”在阳光的安静和城市的喧嚣里，再从那屋跑到这屋，从椅子上跳到桌子上，“锤子、剪子、布……”

或者：一个刚刚出生不久的婴儿正被命名。他（她）的父母正从几个名字之中为他（她）选定了一个。

都可能。都是可能的。

一个老人在看报，看见一条消息，看见一个似乎熟悉的名字，报纸在手里簌簌地抖，再看一遍，猜疑那是他少年时的朋友。

少女，在寝室里化妆。第一次化妆，掌握不好唇膏的用量。尤其是腕上的一只小巧的表在催促她，更让她发慌。

少年在沙发上做梦。梦中第一次有了男人的体验，在挺不起眼的那张沙发上没想到做了那样一场好梦。

都是可能的。

也可能没人，并没有人。一间空屋，偶尔讲述老鼠的故事。

也可能门开了，主人重归故里，在门前伫望，孤身一人或结伴还乡。屋中的一切都没有变，但陌生，但又熟悉。轻轻抹一下镜面上的尘灰，自己的面容也是又熟悉又陌生。“这儿？”“对，就这儿。”

也可能是破裂，分道扬镳。男人走了，或者女人走了。门关上。四壁和门窗之间，男人或者女人，独自留在那儿。

什么都可能，但只是一种。

女跳水者转体两周翻腾三周半，降落，降落，降落，屋顶呀阳光呀窗口呀那背景像一张卡片从上方被抽走。又换上一张：湛蓝的水面撞开浪花。又换上一张：女跳水者像一只鱼鹰扎向水底，身后搅起丰富的气泡。女跳水者从池底浮升、浮升、浮升，这一回卡片从下面被抽走。再换上一张：女跳水者爬上岸，向观众鞠躬，转身走过一道玻璃门，走过一道道玻璃门。很多从未见过（而且从此以后再不会见到）的面孔转向她、注视她。她穿过人群走进摄像机追拍不到的地方。很可能，她将就此永远在我的世界里消失。从理论上讲，她存在于别处。从理论上讲，还会有一些星球上有空气，有氧和氢，有水，有生命。从理论上讲，宇宙中应该有一些黑洞。从理论上讲，在我出生之前这个世界已经存在亿万年，在我死亡之后这个世界还要存在亿万年。从实际讲，理论是逻辑体操不过是逻辑体操。

日子总在过去，成为一张张作废的卡片。失恋，是一团烟雨，心灵的一道陌生又熟悉的布景。

如果那山峦一样的房屋也是一道巨大的布景，那些窗口实际是一道布景上的一块块油彩，情况又有什么不同？是，或者不是，有什么不同呢对逻辑体操来说？那布景上的油彩抑或那楼壁上的窗口，对凝望来说以及对猜想来说有什么不同呢？对它们的猜想并不为过，并不见得比以往更愚蠢。

雨停了，走出房间，走到楼下，走出楼门。

楼群之中，月色降临。

楼很高，看不见月亮在哪儿，从高楼的影子判断月亮的存在。又是逻辑。从一面面楼墙上那光辉的宁静、均匀与辽阔判断，从影子的角度之一致上判断，月在东天。

因而舞台设计者掌握一些技术（最先进的科学技术），在人的视觉上造成（模仿）同样的效果，惟妙惟肖。舞台设计者并不出面，导演、美工、灯光师和音响师（上帝，造物主）并不出面。逻辑出面。

人都藏在哪儿？从理论上讲有千百万人，正共度这雨后凉爽的月夜。树丛中有虫鸣，不止一处，此起彼落。偶尔的人语，间断的顽童的笑闹，笑声朗朗……人都在哪儿？在哪儿，在干什么？婴儿啼哭。远处建筑工地上的哨子，什么地方一声急刹车，司机必是吓了一跳，有人嚷，嚷了好一会儿，渐渐安静下来。时隐时现地有一把萨克斯吹着，有一条沙哑的嗓子唱着，唱着远方或者唱着从前……为什么不相信这是录音师的作为呢？为什么这一切肯定不是导演、美工、灯光师和音响师的作为呢？

因为没有一排排椅子，没有帷幕，不见舞台。因为，伸出手就可以摸到路边的丁香和月季的枝叶，手指上获得凉凉的被称为夜露的东西所传达的概念。逻辑出面：这不是戏剧，这是真实的日子。逻辑出面：不是夜露，那还是白天的雨。逻辑继续出面：那封信或者那个电话，是真的。

是真的。因而是真的有千百万人正共度这雨后凉爽的月夜。

但真的，是指什么？“真的”二字，说的是什么？

一大片厚厚的乌云涌来，遮住了月亮。有一种观点，说“你没有看到月亮的时候，月亮就不存在”。这似乎不合逻辑。那是因为你看见过它，人类早已发现了月亮，因而当它隐藏进乌云之时，逻辑告诉你它依然存在，它在乌云后面一如刚才，一如它平素的明朗、安详、盈亏，反复在离我们三十六万三千至四十万六千公里的地方走着它从古到今的路。但是如果我们没有发现它呢？如果人类从未发现它呢？我们怎么说？我们就会说它不存在。在人类发现冥王星之前，太阳系只有八颗行星，不存在第九颗。现在如果有人说太阳系有十颗行星，你就会告诉他说："错了先生，只有九颗，没有第十颗。"现在，不存在太阳系的第十颗行星，正如1930年以前不存在冥王星。那么我们通常所说的"不存在"是指什么？是指"未发现"而已。因而未发现的，即是不存在的（否则，便无"不存在"可言），这道理其实多么简单。复杂的问题是：那个藏进乌云的月亮，真的是一如既往吗？（失恋中的你和热恋着的你是同一个人吗？）不，记忆中的那个月亮与藏在乌云中的那个月亮并不是同一个月亮。它已经变化，原来的那个已经死去，新生的这一个未被发现。更为复杂的问题是：什么是发现？仅仅是看到？是听说？是逻辑和猜想？那么什么是幻景呢？

再伸手到高处，摸摸夜合欢的叶子吧，摸摸它的树干，摸摸它的枝杈。叶子合拢着，枝干都是坚实的。那是真的。最能证明真实的是触觉。（现代人有能力制造乱真的假象，立体音响，立体电影，还有全息摄影等等。全息摄影是真正的幻景，你能够穿过一堵墙，穿过一棵树或一个人。比如说你能够看到一张床真真确确近在咫尺但你不能摸到它，如果你扑向它你就会穿过它像个傻瓜一样扑倒在冰冷的地上如梦方醒。现代的科学技术能够做到这一点。）别无他法，惟一能够证明那不是布景不是幻景的，是触觉。也许这就是人们渴望接触，渴望亲吻、肌肤相依、抚摸和渴望做爱的原因吧？渴望证明：那不是幻景，那是真的。

对面七层楼上的一个窗口，因而也能被证明是真的吗？

那窗口通宵通宵地亮着灯，一直这样，夜夜如此。夜里，醒了，就看见它亮着。0点、0点43、1点15、1点54，醒来就看见它亮着。3点，月光已经转移，那窗口还亮着。在干吗？夜夜如此，通宵达旦，不大像是做爱。

做爱，这个词很好。那意思是：并非一定为了繁殖。

最能证明真实的是触觉，是起伏和陷落的肌肤，是有弹性有温度甚至某一处有着疤痕的肌肤，是肌肤下滑动的骨尖儿，是呼吸，一刻不停如暴风般吹拂的呼吸，是茂密泼洒、柔软或挺拔的毛发，是热热的泪水是跟着睫毛的眨动而滴落而破碎的泪珠，是身体全部地袒露、赐予、贴紧、颤抖……那才能表明另一个灵魂的确凿，呼唤和诉说的确凿，不是布景不是幻景。不因为别的因为其他都可以模仿。

天光大亮忽然7点。那窗口和其他窗口一样，在明媚的朝阳里不露声色。灯光不知什么时候熄灭的。

看来，昨夜里有一个人死了。早晨，楼群中的小路上停着一辆蒙了黑纱的汽车。从一个楼门里出来七八个人左臂都戴着黑纱，楼门前站着四五个人左臂都戴着黑纱，那汽车里还坐着几个人左臂也都戴了黑纱。就是说，有一个男人死了。有个小伙子左臂戴着黑纱，黑纱上缀了一个小红布球。所以肯定，那楼里的一个老年男人死了。

昨夜，有很多人死了。现在也一样，有很多人正在死去。过一会儿也一样，有很多人将要死去。

两个左臂戴着黑纱的人把一只花圈送上汽车，花圈的一条缎带上写着：金水先生千古。这个叫金水的男人，从出生，到恋爱，到失恋，到结婚，到快乐和到哭泣，到死，都在别处。直到他死了我才知道他，知道他曾经存在。我也许见过他，在市场上，在公共汽车上，在路上，在街头，在剧场里或者在舞台上，我也许见过他。我见过很多人，其中可能有他。我见过的人里，有些已经死了，有些还活着但不知活得怎样活在何方。

我很想现在去看看这位死者，这位名叫金水的人，但这是不合逻辑不合情理的。那些左臂上戴了黑纱的人会问我："你是谁？你是他的什么人？和他有什么关系？"我说："因为我也是一个人，我曾出生、恋爱、失恋、快乐和哭泣，有一天也会死。"但那样的话他们会把我当成一个疯子把我赶走，或者喊警察来把我送去疯人院。

我问自己：我敢不敢被人当成一个疯子？我回答自己：不。我见过疯人院，见过疯人院里的疯子，一群男人坐在太阳底下一动不动一声不响看着自己的手指或看着很远很远的天空，一个女人旁若无人脱得一丝不挂一刻不停地跟自己说话……

我走出楼群时才想起我为什么要离开家——我想去找到那座跳台，对，昨天举行过跳水比赛的那座游泳场里的那座跳台。我不是要去找那个女跳水者（当然如果她还在那儿我愿意顺便看看她），我是要找那跳台背景中的那座大屋顶的楼房，找最上一层正中间的那个窗口。我要找到当时摄影机所在的那个位置，从那个角度看看那座楼房和那个窗口的方位。我想确定一下那背景不是布景不是幻景而是真实地存在。我想到那座楼里去看看，可能的话也许我就敲敲最上一层正中间的那个门，证实在我认为其中必有一个故事的时候，里面果真有一个故事。我不把自己当疯子就行了。我不把这想法对别人说，而我自己又不把自己当疯子。我只是想证实我多年来的一种猜想，解除我多年来的一种疑虑。

这样的话我就应该先去电视台是吧？先去问问，昨天举行跳水比赛的那座游泳馆在哪儿？是哪个城市？

出了楼群，路面渐渐降低，因而可以看出很远去。上班的人流浩浩荡荡行色匆匆。昨夜他们都在哪儿呢，现在都钻出来了？那把萨克斯是谁吹的那沙哑的歌喉是谁（“远方啊……在从前……”）？

在车站上我问一个老头儿：“去电视台，怎么坐车？”老头儿说：“电视台在哪儿？”我摇摇头说不知道。另一个等车的人告诉我：“电视台吗？在太平桥。不能坐这趟车，你得到前边去坐3路，换7路再换9路。”那个老头儿拿出地图给我看（他做得对，这城市太大了而且日新月异，出门应该带上地图），食指在图面上走：“看，这儿，3路，这儿，这儿7路，9路呢……”那食指看上去十分真实，皱纹一圈圈缠绕在上面，内侧被烟熏得焦黄，“9路，看这不是9路？”那食指继续擦着图面走，投下无可置疑的影子，“看，看，看，哦太平桥！”指尖在某一平方厘米的图面上戳点，哗哗地把纸戳得直响，“就这儿，到那儿再打听吧。”“谢谢，谢谢您。”“谢什么？甭谢。”老头儿又点上一支烟。

我站在那儿半天没动。太平桥，是我出生的地方。那儿的一条小巷里有一家不大但是很老的医院。我记得它有高高的拱门，青砖的墙上爬满枝藤，院子里有几棵老槐树，三层的小楼，楼道里昏昏暗暗永远开着灯，楼梯是木制的，很窄很陡，踏上去发出嗵嗵的响声。将近三十年前我就落生在那儿。奶奶曾指着老槐树下的一个窗口对我说，“看，就是这儿，就这里头，你就是在这间屋子里出生的。”“您怎么知道？”“我怎么知道？那时我就站在这棵树下等着你，听着，听你是不是来了。”“然后呢？”“然后你就来了，哇的一声，你就来了。”“从哪儿来的？”奶奶笑笑：“你不知道吗？”我摇摇头。“那，谁还能知道？”

“怎么还不去呀，小伙子？”那老头儿说，幸福地抽着烟。

“谢谢您啦。”

“快去吧，错不了，这地图才买的。”

电视台的一个中年妇女说，昨天没有转播体育比赛。

“跳水，”我说，“跳台跳水。”

她问：“你到底想知道什么？”

“那场比赛是在哪儿进行的。就是说，是哪个城市的哪个游泳场？”

“你要知道这个干吗？公安局的吗？”

“不不。嗯……是这样，噢对了，我从那场实况转播的画面上认出了一个人，我的一个老朋友，失散多年的老朋友。”

“那，你找到那个游泳场就能找到他吗？比赛不是已经结束了吗？”

说得有理。我稍微想了一下：“哦，是这样，我见他和一个女跳水者在一起，那个女跳水者想必应该知道他现在在哪儿。”

“什么，女跳水者？你是说一个女运动员是吗？”

“对，对对，女运动员，我想……”

“我看你不如到体委去打听，游泳场的人也未必知道她们都住在哪儿呀！”

这话更有道理。但是我想知道的只是那个游泳场在哪儿，在哪个城市，从某个角度是不是真的可以看到那座大屋顶的楼房，和它的最上面的一排窗口。也许得再跑一趟体委？

这时过来一个年轻小伙子：“什么事？”

“他问昨天转播的那场跳水比赛是在哪儿举行的。”

“昨天？”

“对，”我赶忙说，“昨天，昨天下午。”

“下雨的时候？”

“对对对，雨还没停，差不多 3 点，要不 4 点。”

“噢，那不是实况转播，是录像，重播。”

“在哪儿？请问，是在哪个城市？”

“你现在在哪个城市？对，就这儿。你问这个干吗？”

“他在电视里看见了一个失散多年的朋友，”那个中年妇女显出同情的样子，“我说他不如到体委去问问。”

“在哪个游泳场？”

“你问体委？”

“他没问体委。是我让他不如到体委问问。”

“怎么这么乱。那个游泳场是吗？就那么一个游泳场。露天的，有看台，对不对？就那么一个。”

我谢过他们。

离那家小医院已经很近了，我想先去看看它，看看我的出生地。

很久没来这儿了。太平桥是两条横竖交叉的大街（并没有桥，据说很久以前是有的），从前很冷清，现在很热闹。若非很多商店的标牌上都写着太平桥（“太平桥副食品商场”“太平桥商业大厦”“太平桥饭店”“××综合开发总公司太平桥分公司”等等），我会以为自己是在另一座城市的随便哪一条繁华的街道上。街上的人几乎是排着队走，像是游行，当然并不喊口号。只有警察一个人喊：“嘿，你干吗呢你？对，就是你！甭看别人，说的就是你！”但至少有好几十人都左顾右盼地看别人。阳光飘浮在人群上，跳动在形形色色的头上、背上和汗上。我先后踩掉了两个人的鞋，一个是布鞋，一个是凉鞋，布鞋冲我嚷“你瞎啦是怎的！”凉鞋却对我说“哟哟，对不起！”仿佛是布鞋和凉鞋之间的事与我无关。随后我遭了报应，一只漂亮的白色高跟鞋踩了我的凉鞋，钉子一样的高跟险些钉进了我的脚背，在我尚未想好是说“你瞎啦！”还是说“对不起！”的当儿，我听见那高跟鞋“咯咯咯”地一路笑着藏进了人群。我在一只果皮箱上靠着揉脚，惟一的想法是：那漂亮的白色高跟鞋是真的（这么硬这么尖锐），昨夜的月光曾照耀它，它并拢着摆在一张床下静静地等待，几个或十几个小时之后它出了门，咯咯咯地下了台阶，咯咯咯咯，很漂亮地走了很远的路来踩到了我。

在两座装饰华丽的餐馆之间找到了那条小巷。小巷里也比过去喧闹。从前在这个时间（上午 10 点多）它总是非常非常安静，很少行人，阳光在它的地上，在它的墙上、屋檐上，在它非常非常安静的风里。阳光中有我的哭声和奶奶的哄劝声——“不哭啦不哭啦，不哭，不，不打针，光是让大夫瞧瞧，瞧瞧我们是不是已经好了，要是好了我们就再也不来啦！”小巷几乎没变什么样子，但那哭声和哄劝声已经消失。那时我总生病，奶奶抱着我或拎着我，常在这小巷里走，走去又走来；作为挨一针的酬劳，奶奶在一个小摊上给我买两支棒棒糖。那祖孙俩哪儿去了呢？不存在了吗？太阳曾经照耀着那祖孙俩，因而你能看见他们。阳光投在他们身上反射过来，他们的影像反射到你眼睛里（视网膜上），因而你看见了他们（发现了他们），因而他们存在（就像月亮）。然后，那影像以每秒钟三十万公里的速度飞离，飞向无边的太空，他们便不见了，他们便不存在了。可是不，不，那影像还在（否则我们怎么能看到星星呢），实际上他们只是离开了，以每秒钟三十万公里的速度离开了，存在于离我们二十多光年的地方。设若我能到那儿去（从理论上讲），并且有一架倍数足够大的望远镜，二十多年前的那情景（那影像）就又能反射到我眼睛里（映在我的视网膜上），那祖孙俩就依然存在，依然在小巷中走着，我就又能看见奶奶了，像我当年隔着一米的距离看她一样，又能看见她把两支棒棒糖递到我手里了。是的是的，太阳其实是十分钟前的太阳，星星其实是许多年前的星星，一米的距离和二十多光年的距离是一样的，对凝望而言是一样的。就凝望而言，一米和两米有什么不同？一米和一公里（加上望远镜）有什么不同？一米和二十多光年（加上天文望远镜）有什么不同呢？惟一的不同是：隔着二十多光年我不能一伸手就摸到奶奶，不能一张开双臂就扑进她的怀里了。因而一种叫作真实，一种形同幻景。最后判定真实的，是触觉（宇宙飞船就是因此而出发的吧？去触摸月亮和星星）。那么我们不能触到的东西，怎么能够最后判定它们是真的呢？

我不认为我是疯子，但有可能是个傻瓜，全世界第一傻。

那家小医院还在，但那座三层的小楼已无影无踪，代之以一座雪白耀眼的五层新楼。那几棵老槐树也还在。奶奶的声音（画外音）："看，就是这儿，就在这里面，你就是在这间屋子里出生的。"我找到了那棵老槐树和离它最近的那个窗口，但那儿已经不是产房，也不是诊室了，那儿出售鲜花。

我走上楼，找到产科，在一群年轻的（紧张又兴奋的）准父亲之中坐了一会儿。一个准父亲问我："怎么样，还正常吧？"我吓了一跳，以为他是在说我（"你精神还正常吧？"），我赶紧说："还行。你呢，男孩儿还是女孩儿？"所有的准父亲都看我（天哪，他们等的就是这个），我赶忙改口："我是说您希望是个男孩儿还是……"这时候护士出来喊了一个名字（想必是里面那位刚刚转正的母亲的名字），对一位慌慌地起立的马上就要转正的父亲说："你的，儿子！"（奶奶当年就是这样听说我来了的吧——"您的，孙子！"）我很想等着看看那个孩子，想真诚地吻他一下，但是我知道这儿很方便说不定会马上把我拉到一个地方给我一针镇静剂。

我下了楼，在那鲜花店里买了一束玫瑰。"白的还是红的？""都要。"我把它放在奶奶曾站在那儿等我来的那棵老槐树下，献给我的出生地。一个幼稚的童声（画外音）："我是从哪儿来的？”奶奶的声音（画外音）：“你自己也不知道吗？那，谁还能知道？”

游泳场里有几个少女在训练，一个漂亮的女教练坐在看台上不断地朝少女们喊。

我爬到看台的最高处，绕着看台走了两圈。十米跳台的背景中，炽烈的阳光飞扬得到处都是，红色的屋顶上，橘黄色和白色的楼墙上，树上，花花绿绿的遮阳篷上，各种颜色都被点燃了似的烁烁刺目。一排排一摞摞密密麻麻的窗口张开在那儿一动不动忧喜不惊。但，还有什么理由怀疑那是布景呢？除非我是疯子（精神病患者）。那座高架铁路桥帮了我的忙，以它作为一个标度，我终于找到了那个角度。这时候没有列车开过。少女们一个个走上跳台，每一步送掉一段光阴。我的目光与她们的腿和那座铁路桥排成一条直线（三点一线，像射击那样。我开过枪，真枪），然后从她们额头的背景中找那座大屋顶的楼房。

一个清洁工老大妈走过来：“你是哪儿的？”

我指指下面漂亮的女教练，又指指自己的胸脯：“朋友。”

“你这是？”

“啊，您看，”我指着远处那座大屋顶的楼房问，“那儿是哪儿？”

“嗬，你这一指半拉城，到底是哪儿呀？”

“在那个小姑娘脑门儿后面，最远的那座楼房，最远的，对，在它后面再看不到别的房子了，在它上面是一线蓝天，对，很远很小，但能看出那是一座大屋顶的楼房。屋顶是红色的，看见了吗？看不到它总共有几层，只能看见大屋顶下面的第一排窗口，再往下就被它前面的房子挡住了。那排窗口，一二三四五六七八九，对，九个窗口，看清了吗？不要管它多少个窗口了吧……对，对对，它左边是一座更大的楼房，右边不远有一根不算太高的烟囱。”

“那谁说得准？总归是城西，偏北。问这干吗？”

“嗯……我的一个朋友就住在那儿。”

“你的朋友可不算少。”老大妈划拉着扫把走开。她心里肯定有一句话没说出来——“半疯儿！”

我走下看台，站在漂亮的女教练背后看女孩子们跳水。坦白说，我的目光更多地是在漂亮的女教练身上。她穿着泳装。她真是漂亮，也纤秀，又丰满，被阳光晒成褐色的背上有一颗黑痦子。

她发觉了我，扭转头来问：“你，有事吗？”

“不，看看，我喜欢跳水。”

“你是哪儿的？”（画外音：“我是从哪儿来的？”“你也不知道吗？那谁还能知道？”）

我指指远处那位清洁工老大妈，又指指自己的胸口说：“朋友。”

漂亮的女教练扭转头去，看样子对我以及对那位清洁工老大妈都很不满。

少女们一个个往下跳。展臂，屈体，起跳，转体两周翻腾三周半，入水。“好极了！”漂亮的女教练喊，站起来又坐回去，泳装的边缝里闪出一缕动人的雪白，那是太阳照不到的领域。我离她只有一米，从理论上讲我一伸手就能摸到她，就可以感到她的起伏和陷落，感到她的弹性和温度，证明那美丽肌肤的真实，证明那是一个确凿的灵魂。但必然的逻辑是：她马上会喊起来，要不了多久我就以流氓的身份在公安局的某张桌子上签名画押了。不敢和不能和不可能，完全等效。所以一米的距离与二十多光年的距离没什么两样（我不能一伸手就摸到星星，以及我不敢一伸手就摸到这个漂亮的女教练）。

我走出游泳场的时候，清洁工老大妈和漂亮的女教练在一起。我远远地听她们说，“他不是你的朋友吗？”“怎么成了我的，他说是你的呀？”“哟，那他到底是哪儿来的是什么人？”

我朝城西走，稍稍偏北的方向。迎着夕阳，朝那座大屋顶的楼房走，以它左边的那座更高更大的楼房和它右边不远处的那根烟囱为标志。那窗口看来是真的，但它真的是真的吗？里面果真有一个故事吗？太阳正在那根大烟囱顶上，差不多5点多钟。

太阳掉到那烟囱右面半腰上时，路面渐渐升高，爬坡。我没乘车，怕错了方向。下班的人流像是游行归来，队伍有些疲惫，或者是有些松懈，骑车的和走路的头上都是汗，但对不久就要到来的夜晚抱着期望。没人能想到我这是要去哪儿，我敢说没有谁能想到这人流中有一个看样子挺正常的家伙是要去证实某一个窗口的确凿，证实那里面确凿有一个故事。我也不知道别人都是要到哪儿去，总之等到天完全黑了的时候，等到午夜，大家就都不见了，都不知道藏到什么地方去了。那时就只有逻辑出面：他们在那一排排一摞摞的窗口里面，在床上，做爱，或做梦。我注视着迎面而来以及背身而往的一张张脸和一个个头，不同的表情和不同的姿势，那里面有不同的故事。甚至每一个人就像每一个窗口，里面肯定有一个故事，不知道是什么，但肯定有。肯定，毫无疑问。就是说，街上走着很多故事。我只知道我自己的故事（其中一个片段是，昨天，当这世界上的某一滴雨敲响某一片树叶的时候，失恋不期而至）。我很想随便抓过一个人来，听听他（她）的故事，握住他（她）的手感觉到他（她）的真实并且听听他（她）的故事。我也很想随便抓过一个人来向他（她）说说我的故事，握住他（她）的手甚至张开双臂扑在他（她）怀里感觉到他（她）是真的，感到他（她）真的在听我的故事。可我既不敢被人叫作疯子，又不敢被人称为流氓。所以，我与别人与所有的别人的距离，应以光年计算。把各自的阳光反射到对方的视网膜上，但中间隔着若干光年。

道路渐渐地有些熟悉。楼群中的小路旁，丁香早已无花，月季开得正旺，夜合欢的叶子正并合起来。我或者是疯子，或者是全世界第一傻（失恋者总归是这样吧），直到走到那座大屋顶的楼房前，我还没认出这其实是我的家。

直到我爬上楼我还没认出其实这是我的家。

直到我（一二三四五）找到中间的那个门时还没认出其实这是我的家。

我敲敲门，没人应。我想一个敲错门的客人不应该被认为是疯子或者流氓。再敲一敲，还是没人应。

过来一个人问我："怎么着哥们儿，钥匙丢啦？"

这样我才恍然大悟，这就是我的家。

我站在门旁向屋里看了一会儿，仿佛重归故里（是孤身一人，不是结伴还乡，因为那滴雨敲响了那片叶子）。屋里和我离开时一样：一张床，一张书桌，两只书柜，一只小衣柜，小衣柜上有一台电视，书桌上有一束花，红色和白色的玫瑰在我离开的时候绽开了一朵（噗啦一下猝不及防肯定是那样）。

我在桌前坐下，想，那场跳水比赛是在哪一天进行的呢？那时这个窗口里正有一个什么故事呢？总之，那时，这个窗口里，失恋尚未到达，那时失恋正途经别人尚未到达我。坐了一会儿，但月光从窗外照进来照耀着桌上那束花，所以（逻辑告诉我）实际上我已经在那儿枯坐了很久。远处那把萨克斯又吹响了，沙哑的歌喉唱着远方唱着从前。我抚摸那束花，红色的和白色的玫瑰。我能够抚摸它，它不认为我是疯子或者流氓。我祈祷，人间的科学技术千万不要有一天发展到也能够模仿触觉。

1993 年 7 月 12 日

关于一部以电影做舞台背景的戏剧之设想

一　前言

酗酒者A临终前寄出了一封信，信上的字密密麻麻龙飞凤舞相互叠盖，多不可辨认。可以认清的，惟这样几句：

> ……每个人都是孤零零地在舞台上演戏，周围的人群却全是电影——你能看见他们，听见他们，甚至偶尔跟他们交谈，但是你不能贴近他们，不能真切地触摸到他们……当他们的影像消失，什么还能证明他们依然存在呢？惟有你的盼望和你的恐惧……

A的话，使我设想一种以电影为舞台背景的戏剧：

1. 舞台的背景是一幅宽阔的银幕。放映机位于银幕背后。

2. 银幕前的舞台上演出戏剧。真正的剧中人只有一个——酗酒者A。

3. 其余的人多在银幕上，在电影里，或A的台词中——他们对于A以及对观众来说，都仅仅是幻影、梦境或消息。但不必拘泥于此，影中人亦可根据需要走上舞台，但那对于A正如对于观众——仍是不可贴近和触摸的，仍然只是幻影、梦境或消息而已。

4. 背景银幕上根据剧情需要放映电影，就是说，情节与A的视界、梦境、臆想、幻觉等等对应或相关。

5. 只有少量道具。有一个白发黑衣的老人负责搬运道具。

6. 如有可能按此设想排演和拍摄，剧名即为：《一部以电影做舞台背景的戏剧》。不要改动这剧名，更不要更换，也不要更换之后而把现有的剧名变作副标题。现有的剧名是惟一恰当的剧名，为了纪念已故的酗酒者A，这剧名是再完美不过了。

二　夜梦

剧场灯熄，舞台漆黑如夜，背景银幕上渐显A的梦境。

城市外景，白天。一条宽直的大街，一眼望不到头，两旁的楼房高低错落但显得过于规整。街上空无一人，沿街的阳台上也看不见一个人。人都哪儿去了呢？所有的窗户都关着并且都拉紧窗帘。那情景有点儿令人担忧，令人怀疑，所有的景物都像是电脑做出来的，有几分虚假。A的主观镜头沿街前行。阳光曚昽，天色灰白，有微风，浓密的树冠不停地摇动但没有声音，什么声音也没有。

一尘不染的路面上，A的影子停住，似乎犹豫，但只好还是缓缓前移。

画外，A的梦中呓语，如吟如叹非常清晰："我死了七天才被发现。他们发现我时，我已经臭了。"

如同回应，不知从哪儿传出一阵阵男女混杂的笑声——就像人们聚会时爆发的笑声，很正常，但很突然。

随之画面乱起来，一会儿天，一会儿地，一会儿是楼顶、楼顶上苍白的太阳，一会儿是无人的窗口、窗口上晃动的树荫、玻璃反射的淡薄的阳光——A的主观镜头在上下左右地寻找。镜头最终一百八十度急转，画面稳定住：某一个胡同口上，露出一堆人呆望的脸。笑声戛然而止（又是什么声音都没有了），那些人都像被惊呆了似的，脸上毫无表情，只是睁大眼睛看着镜头，看着A。

镜头推向那群脸，直至叠摞的一团脸占满整个银幕。就是说，A向他们走近。

但是一眨眼间，稍不留神，那群脸全都消失，只剩下空空落落的那个胡同口。那些人呢，可能都躲进那条胡同里去了吧。

镜头很快地推到那胡同口。但是又细又长的那条胡同里一个人都不见，甚至连一个院门也没有，惟两道绵长的老墙夹着一条窄巷。非常奇怪，窄巷里种满了花，花朵丰满，或鲜红或雪白，一朵挨一朵蓬勃烂漫仿佛一条花的河流。顺着这花的河流举目远眺，胡同尽处豁然开朗，灿烂的阳光下是花的海洋，鲜花遍地直铺天际。

花浪随风摇荡。A的影子在浪面上起伏、扭动，仿佛漂移。渐渐响起嗡嗡的声音，先是细如虫鸣，继而密如急雨，越来越强大、辽阔，终于听出是人声，是城市的惯有的喧嚣……A的主观镜头再次转动一百八十度，缓缓转向大街：怎么了？所有的阳台上都站着人，所有的窗帘都拉开了，所有的窗口都探出毫无表情的脸，睁大眼睛朝街上望，好像出了什么事……

A看见有一个人，赤身裸体地在街上跑，左顾右盼，看样子是想找个地方藏起来。但街道空阔、规整，没有藏身之处。他是谁？面目不清。他想躲在一棵大树后面，但是大树后面的窗口里正有几张严肃的脸在注视他。他故作镇静地走开，去推路旁的一扇门，门锁着，他使劲推使劲敲使劲撞，但那门纹丝不动。这时，不仅所有的阳台上都站满了人，连所有的楼顶上也都是人，所有的人都是衣冠齐整表情严肃。人们都在看他，因为大街上除了这个赤身裸体的人再没有什么可看的，再没有什么值得人们这样惊奇甚或恼怒，嗡嗡的喧嚣声正是出于人们对他的议论。他是谁？仍然看不清他的脸。他又敲了两个门，都锁着。他又去大街的另一侧，连着敲了几个门，都不开。就是说没有人愿意他进去。他看见一座门楼上垂挂下一面大旗，便去拽那面旗，想把它拽下来裹住自己。但那面旗发出金属声，原来是一块铁板焊成的旗。窗口里、阳台上、楼顶上的人都哄笑起来。看来只有逃跑，可往哪儿逃呢？他只好沿街跑起来，在光天化日之下众目睽睽之下，在沿街不断的哄笑声中赤身裸体地跑。但是这样跑，更等于是展览——他必是意识到了这一点，停住步，站在一面高大的玻璃橱窗旁绝望地喘息着。这时，我们从橱窗的玻璃上得以仔细地看看他了：一丝不挂，瘦骨嶙峋，形态委琐，苍白的身体瑟瑟发抖……

橱窗的玻璃渐渐占满整个银幕。那个赤裸丑陋的形体渐渐占满整个银幕。响起城市醒来的声音，人的吵嚷声、自行车声、汽车声、无病呻吟的流行歌曲声……很正常，也许很动人，正是城市的白天应该有的那些声音。他慢慢转过脸……

画外忽然一声大喊——A的喊声，声嘶力竭凄惨无比。随之我们从橱窗的玻璃上看清了那张惊恐的脸——A，那个人就是A。

A：原来那就是你自己！

喊声中，A朝那面玻璃一拳打去，玻璃无声地粉碎，银幕和舞台上一片漆黑。

三　在家

舞台灯光渐亮，黎明室内的亮度。背景银幕被黑色的帷幕遮挡住三分之二，另外的三分之一上映出一面拉着窗帘的小窗，晨光在窗帘上飘动，窗棂、房檐、树枝的影子随之飘动。上一节城市醒来的声音延入此节。

A裹着毛巾被躺在台上，刚刚惊醒的样子，懵懵懂懂看一下四周，蜷着身子半天不敢动。

白发黑衣的老人推着运送道具的小车上台，车上一筐空酒瓶，再无其他。他像幽灵一样动作轻捷，把筐放在一个角落，把几个空酒瓶横倒竖卧地布放在A周围，推着空车下台。整个过程一无声响。

街上的声音有所变化，主要是掺进了此起彼落的各种叫卖声。

A慢慢坐起来，看着一道漏进室内的阳光发呆。

A：妈的，又天亮了。

说罢他又躺倒，双手垫在脑后，跷起二郎腿，一声不响地看着天花板。

他伸手摸到一个酒瓶，摇一摇，空的，扔到一边。又摸到一个，还是空的。他坐起来东找西找，但所有的酒瓶都是空的。他叹了口气，继而哈欠连天。

一个哈欠打到一半他忽然不动了，手举在半空慢慢扭过身子，望着一个角落。

A：啊，来啦伙计？来吧来吧，没事儿，干吗老那么鬼鬼祟祟的。

他原地坐着转了九十度，饶有兴致地看着那个角落。

A：甭怕，有什么不好意思的？自信点儿，你也是主人，还得我老这么强调吗？我住这儿，你也住这儿，家里外头总之这个地球上，你们耗子是第二主人。那没错儿，论数量论本事你们都是老二。说不定你们比我们还多呢，你们够不够一百亿？一个人平均两只耗子我看差不离儿。喂喂，别走哇老弟！对，回来，对对，甭客气。

他站起来，摸出烟想点一支，但又揣回兜里，可能是怕惊跑了那只耗子。他面向那个角落，晃晃悠悠地来回踱步。

A：邪了，现在的耗子一点儿都不怕人，你怎么盯着它，它怎么盯着你，好像它还有一肚子委屈呢。嘿，听我说，人比你们强的也就剩下能说话了。你说，你们还有哪点儿不如我们？我们吃什么你们吃什么，我们住什么你们也住什么，我们下饭馆、逛商店，你们不也照办？我们卡拉OK，可你们一宿一宿地在我床底下折腾也够卡拉够OK的。我们骄傲得不行，说是占领了整个儿地球，可我们到哪儿你们不是跟到哪儿？人老想消灭你们，是呀是呀，可指不定谁消灭谁呢。我看咱们是一路货，什么时候你们消灭了，估摸我们也就他妈的死绝了。你说什么，整天提心吊胆的怕这怕那？可你们以为人不怕吗？……

他忽然不说了，像是想起了什么，呆愣着。

背景银幕上又闪现几下他刚才的梦境：无人的大街，过于规整的楼房，寂静，虚假，令人生疑……

梦境消失。A站在舞台中央，呆愣良久。

A（自言自语）：老是这个梦，老是它。老是那句话，我死了七天才被发现……他妈的！

A摇摇仍然有些发蒙的头，缓缓蹲下，面对角落里的那只耗子。

A（声音比刚才柔和了些，或者低沉了些）：别走哇伙计，别忙着走。陪陪我，这世界上离我最近的就是你了，要说朝夕相伴，咱们才正格的是朝夕相伴呢。夜里你嗑我的床腿，我埋怨了一句没有？那回你偷我的酒喝，醉得爬不回窝，我做了什么对不起你的事儿没有？可我最烦你老那么客气，客气其实最他妈虚伪。

A蹲在地上，慢慢向那角落挪近。

A：甭怕，咱俩谁也不知道谁的底细，这挺好，谁也就不会出卖谁，谁也用不着担心被谁出卖，谁也甭嘲笑谁、看不起谁，因为……因为谁也没拿住谁的短儿。我看过一个电影——是呀是呀，这点你也不如我。不过这没什么可羡慕的，那么一层布，上头五光十色地亲呀爱呀、哭哇笑哇跟真的似的，可你千万别过去摸，一摸保险特没劲——就那么一层布，里头什么也没有。有几回，听报告的时候，我挺想过去摸摸讲台上那个人，他讲得真是不错……可说真的伙计，我不敢……我怕……怕又摸到那么一层布……一层布后头什么也没有……

A坐下，搓搓疲倦的脸，侧目看着身旁那只耗子。

A：那电影，说的是两个人，谁也不认识谁，在火车站上偶然碰上了，你一言我一语倒是都说了好些真心话……你想想那是为什么？你慢慢想想吧伙计，因为什么？就他妈的因为他们俩谁也不知道谁的底细。所以……所以咱俩也可以说说真心话。说什么呢？说真的，我是愿意你知道一点儿我的底细，你要是愿意听，我可以把我的底细全告诉你。其实，我也没有多少秘密，我是个没出息的人，我知道别人都是怎么说我的，酒徒，醉鬼，没有自制力，一事无成，不可救药……他们说的也许不错，可是伙计，这跟酒没关系。我只能跟你说，我有病，大夫也闹不清是什么病，一种罕见的病，搞得我总是一点儿力气都没有，脑瓜子老跟一辆汽车那么大，发动机在里头整天“轰隆隆、轰隆隆”，可是打不着火……不不，这跟酒一点儿关系都没有。当然酒我得少喝，这点儿自制力我是有的。少喝点儿酒对人有好处。不过我这病跟酒没关系，我得休息，得休息一阵子，然后他妈的你们瞧着吧，我会证明我比谁都不差……哥们儿，这我不是吹，我从小的功课就老是全年级第一……伙计，我知道你不会看不起我，因为我也没看不起你，再说咱俩谁也不想弄清谁的底细……

A伸手想抚摸那只耗子，但是手悬停在半空。必是那耗子跑了。A呆滞的目光一直追随着那只溜走的耗子，直到它销声匿迹。A垂下头，半空中的手跌落下来。

A：唉，我早就知道，我早就知道全都是电影，全都是幻景，你摸不到谁，你甭想能摸到谁，你要是想看见他们你最好就别靠近他们，你要是想靠近他们，最……最好就别想去碰他们，最好跟他们保持一点儿距离，使他们不至于逃跑的距离，别把他们当真。可是……可是那你干吗不直接去看电影呢？妈的我又不是买不起电影票。问题是，问题是什么是真的……

A沉默着，很久，掏出烟来点上，脸上表情僵滞。一缕缕青烟飘摇，飞散……忽然他抽抽咽咽地哭起来。

A：杨花儿也走了，毫无疑问我在离婚书上签了字，他妈的我签了字呀……不过，不过我不怨杨花儿，真的，我还是爱她，我也不怨她变了心……我知道，我明白，我自己对自己也是这么说——我哪点儿配她爱？她是个好人，杨花儿，她是这个世界上最好的人，是最对我好的人，是最理解我的人，只是……只是我这病让我对不起她……

他止住哭泣，忽然想起了什么事的样子，又像是专心地听着窗外的鸟儿叫。窗外的鸟儿声声啼啭，天已大亮。

A：不过我还有点儿事得跟杨花儿说……可我说过我不再缠着她了……但要是真有事，总还是可以去找她的吧？

A站起来，在台上快速走一圈，似乎也是这样快速地思索了一圈。

A：对，我得找她。杨花儿说过，要是真的有事是可以去找她的。我并不缠着她没完，我不是那种缠着人没完的人，我从来说话算话，我可不是那种娘们儿叽叽的人。

A在台上转圈，速度放慢，似乎思索也跟着放慢了。

A：可是别人会怎么想，杨花儿她们家的人会怎么说？我见了她说什么？……对了，有件事我必须得跟她说。我就说我忽然想起有件事……对了，我确实是有件事非得跟她说不可。可是……什么事呢？

他站住，不动，紧皱眉头全力回忆。

白发黑衣的老人推车上台，把地上的空酒瓶收进筐中，把筐放在车上，又推车悄然下台，一点儿也不惊动A。

与此同时，画外或幕后响起第二节梦中的那句近乎谶语的话，很轻，如同叹息："我死了七天才被发现……我死了七天才被发现……我死了七天才被发现……"

A环望室内。

A：对了，得把这个家留给杨花儿，房门的钥匙得交给她。

他从兜里掏出一串钥匙，抛起来，接住，转身下台。背景银幕上的画面渐隐，舞台灯熄。

四　在小公园

舞台灯光大亮，白天室外的亮度。城市的喧嚣声骤然强大辽阔，在远处隆隆不息。背景银幕上映出现实中的城市外景。近景是一个公园的围墙内：一道爬满了藤藤蔓蔓的老墙隔离出这一处清静的地方，鸟语声声，蝉鸣此起彼落，老墙下是茂密的草地，黄色和蓝色的野花星星点点。远景是浩瀚无边的城市：越过老墙，满目林立的高楼、饭店、商厦、电视塔、吊车转动的长臂、阳台上飘扬的被单、楼顶上的各色广告牌……甚至可以看见立交桥上连成串飞驶的汽车。引人注目的是最近处的一座淡绿色小楼——在老墙头上露出四个不完全的金色大字，但仍可认出是"少年之家”。（舞台灯光的亮度，以不影响背景电影为限，若能做到与背景电影融为一体当然是最好不过了。）

A上台，慢慢踱步若有所思。

运道具的老人尾随A上台，从车上卸下一条石凳，用衣袖把石凳掸一掸，把一瓶酒、一只酒杯、一个破旧的挎包摆在石凳上，然后推车下台。

A走到石凳旁，面对石凳席地而坐，仰望天空。一阵鸽哨声由远而近，渐渐又远去。他斟满一杯酒，一饮而尽，自言自语起来——好像他对面还有一个人。

A：我不喜欢对着瓶子喝，真的，什么都得讲究形式，喝酒也一样。真的真的我不蒙你，醉翁之意不在酒，在喝，在喝这种形式。不是有茶道吗？也有酒道。可以简陋，但不可以粗俗，你说是吗？酒可以低劣，但不能影响人的高贵。有一回我喝醉了，——真正喝酒的人是不忌讳说醉的。真正喝酒的人承认酒的威力，承认它敬畏它，爱它。爱它可并不等于仅仅是喜欢它，什么好东西你都会喜欢，但并不是什么好东西你都能爱它。爱它就是……就是……怎么说呢？就是……好吧我一会儿再告诉你。那回我真是喝醉了，坐在马路边吐得一塌糊涂，半夜，又下着雨，我一个人就那么吐了又吐，那叫难受，那叫痛快，我想我这回是他妈的死定了……这时候有个人从我身边骑车过去，过去了又回来，下了车问我怎么样。我说操他妈喝醉了，没事儿，走你的。那个人不走，也在马路边儿坐下，说是陪陪我。我说哥们儿不用，走你的吧哥们儿。他把雨衣给我盖上，又把我拖到一处房檐底下。我说这就行了，你走吧，歇会儿我也走。他背对着我抽烟，看雨，我看不大清他的脸。半天，迷迷瞪瞪的我又说，这么晚了，赶紧回家吧你。你们猜他怎么回答？你们不大能猜得出他怎么说，他说……他说……（A的声音有些颤抖）他说哥们儿你说什么呢？

咱们都是喝酒的人。

A擤鼻涕，忍着眼泪，同时连连点头，深深地点头，动作有些过分。呆愣了片刻，又斟满一杯酒，一口喝光。

A：我顶看不上一小口儿一小口儿抿酒的那帮家伙，抠抠唆唆小里小气娘们儿叽叽。要不就甭喝，喝就喝得像个爷们儿样。我见过一个小子，个儿不高块儿也不壮，可那小子行，喝起酒来是块料，一个搪瓷把儿缸子差不多装半斤，一仰脖儿完了！抹抹嘴儿该干吗干吗去。我最烦那帮人，弄二两酒在酒馆里穷泡，喝三唬四地滥吹牛……噢我想起来了，爱它就是……总之爱它可不是借着它无病呻吟、装疯卖傻，爱它就是……就是得懂得它，崇拜它，甚至甘愿屈服于它把自己交给它！

A站起来，绕着石凳转圈，被自己刚才的话感动、激励得一副志得意满的样子。然后他盘腿端坐在石凳前，挪开酒瓶和酒杯，从挎包里掏出笔和本，飞快地写了些什么。接着，他侧耳细听，站起来，倒退着步朝老墙外张望。

A：哎？杨花儿她们少年宫里今儿是怎么了，怎么这半天一点儿响动都没有？今天不是礼拜日吧？

他站到石凳上去张望，一脸疑惑的神情。

A：弄不好今儿真他妈的是礼拜日吧？

他慢慢蹲在石凳上，点一支烟，就势再成坐姿，良久无言，望着墙外发愣。出人意料，他的思路忽然跑到一个与刚才的情绪不大搭界的地方去了。

A：我真怀疑那些房子里到底有没有人。这么多房子，这么多窗户，这么多空调，好像是说那些房子里都住着人。可是，你怎么能知道都住着人？

背景银幕上，固定的画面开始随着A的视点有所变动。镜头横摇：从一片高楼到另一片高楼。镜头推近：一个个窗口的特写，有的敞开着，有的紧闭着，有的窗帘轻轻飘动着。

A：好吧，我同意你说那里边都有人，可你怎么证明？谁能证明？谁他妈的证明过？你能到所有的房子里都确认一下吗？你不能。那是一件不可能的事。你不能证明，你凭什么说有人？关键是，你说有人可你又不能证明，那对你来说跟没人有什么两样？我说没人，对，我说没有！不错，我也不能证明，可这正说明我说对了。说没人，可以因为不能证明，而说有人就必须得能证明。我胡搅蛮缠？倒他娘的是我胡搅蛮缠？好吧好吧，那我问你，地球以外这一大片宇宙里还有人吗？你不敢说有，因为你无法证明，但是你可以说没有，虽然你还是无法证明。因为无法证明就等于是没有。因为不管他有人没人，对我来说都是没人，有人也与我无关，就跟没人一样，与我无关。反正与你无关，你一定要说有人那可真是比放屁还没用的一件事儿，那可真是比当众放屁还麻烦的一件事儿。

背景银幕上的画面又稳定下来，繁华喧嚣如初。因为刚才的宏论，A又显出扬扬自得的神气。再喝一杯酒，从挎包里抽出一条黄瓜清脆地嚼，仰卧在草地上。

A：我在报纸上见过一条奇闻，说是有一个新娘，在婚礼上当众放了个极其响亮的屁，惹得哄堂大笑，结果她羞愧得一下子脑溢血了要不就是心肌梗塞了，总之一命呜呼。还听说有个总统，在就职演说的时候放了个屁，马上就职演说就改成了辞职报告。总统就不说他了，他本来就不必去当那个总统。可是那个新娘碍着你们哪儿了？况且那是人家自己的婚礼，自己的婚礼自己却因放屁而死。唉，可怜的人，真是可怜的人，再没有比她更可同情的人了。那条消息好多人看了都他妈的笑个不停，笑个狗！我真想把那些笑的人掐死。你们就不想想那是个多么不幸的人。你们就不想想你们他妈的也保不准会在你们的婚礼上溜出个屁来。你们就不想想，她绝不是放屁放死的，毫无疑问她正是让你们这些乌龟王八蛋笑死的！人人都要放屁，这是科学，是我们宝贵的功能和权利，可是人人却都嗤笑那个可怜的新娘。这就像人人都有一肚子真心话想说，可你要是真说了，一百次有九十九次你要遭到耻笑。唉，这个世界就这样儿，真诚永远是一个弱者，不信打赌，永远和到处，真诚都是一个弱者，就像一个乞丐，一个因为被剥夺而后被轻蔑的人。不是有人说嘛，真诚压根儿就是弱者渴望的依靠，是强者偶尔送给弱者的一块干粮。这小子说得在行。真诚的逻辑和放屁的逻辑是一样的，你当众放出真诚和当众放出响屁那效果是一样的，你马上觉得需要请求原谅、请求宽容，可你要是憋住了不放——不管是屁还是真诚——那你就可以选择原谅或不原谅别人。唉，那个可怜的新娘，你何必这么在意别人呢？你是一个可爱的女人，你是一个会放屁的美妙的新娘，你是一个真实的人……要不是我还爱着杨花儿，要不是我还想杨花儿她能回来，我会追求你的，要是你那个新郎因此抛弃你看不起你那你就到我这儿来……唉唉，你干吗要死呢？换了我，我会再放一个给他们听听，妈的这帮畜生你们没听过吗？不过……不过说真的我也不敢，我虽然这么说可是轮到我我也得憋着，不管是屁还是什么，如果那可能引得众人笑你你就只有憋着……杨花儿说过我，说我是个屎包，说我光说不练……杨花儿说得全对，杨花儿她哪样儿都好就是不能理解酒，其实我喝的又不太多……唉，要让我说那个新娘应该算烈士，是一个壮烈赴死的英雄，全人类都应该纪念她……反正我不敢，我只敢憋着，也许屁我还敢放一点儿，但是很多比屁更重要的东西我只敢憋着。上帝保佑，像那样的事最好别落到我头上，我有时害怕我会憋不住……恐高症的人有时候会不由自主从高处跳下来，我也许他妈的得了恐高症。有一回我有幸见了一个名人，我请他在我的本子上签名，他低头签名的时候我忽然有一种强烈的欲望——把本子夺回来然后对着他那张扬扬自得的脸说："孙子，千万可别把你那龟名字写在我的本子上！"谢天谢地我忍住了，终于成功地憋住了。我恭恭敬敬接过本子热泪盈眶地跟那家伙握手，那家伙一定以为我是感动涕零了，其实我心里清楚，我是哭我自己呢，我他娘的才是个不折不扣的龟孙子！不过老天保佑我没惹乱子……

他在胸前画着十字，又双手合十默望苍天，那样子有点儿魔魔道道的。然后他猛地一个鲤鱼打挺坐起来，再次眺望远处阳光下浩瀚的楼群。

A：也不知道那些房子里到底有没有人。那些窗户里，门里，墙后面？……你可以说没人，可毕竟你不能真正相信那儿没人，毕竟你得小心，即使离得这么远你还是得小心那些窗口里的眼睛。就算那儿真的没人，你敢怎样呢？问题是你总觉得那儿有人，有很多人，很多眼睛盯着你，在品评你，在挑剔你，褒贬你，轻蔑你要不谴责你。要是你总归得防备，那儿有人没人其实还不是一样吗？所以我要说那儿有人！关键是你不敢真正认为那儿没人，你不敢放松警惕，你不敢放松警惕这一点证明了那儿有人。有人没人，其实用不着去现场核实，用你是否需要警惕就能证明……是呀是呀，只有他妈的把自己关进一个封闭而且不透明的六面体里去，也许你才能稍稍放心一点儿，只有那样你才敢说周围没人……而在太阳底下，其实你找不到一个没人的地方，只要你走在光天化日之下就到处都是人……

他侧耳细听。隐隐地有钢琴声，很轻。他站起来，随着琴声的节奏缓缓踱步。

A：看我说对了没有？少年宫里有人在弹琴。

接着有一个童声随着钢琴唱起来，是电影《英俊少年》中的一首插曲，大意是日子过得很快，小小少年长大了，因此一天比一天多了烦恼。

A（低头自语）：是杨花儿，是她，是她在弹琴，她的琴声我一听就能听出来，一听就听出来……（声音有些颤抖、哽咽）一听……就……就听出来。

背景银幕上，叠印杨花儿弹琴的特写镜头：一个年轻、安静、文雅、纤弱的年轻女子。琴声很久，歌声如梦如幻。杨花儿弹琴的特写占满银幕，城市的喧嚣声渐隐，只有琴声和歌声，琴声清朗跳跃，歌声纯净无邪。

琴声和歌声中，A一杯接一杯地喝酒，步履渐渐不稳。

琴声和歌声骤止，银幕上杨花儿的影像随即消失。

A僵滞的手，颤巍巍地摸索到石凳，坐下来。他摇摇手里的酒瓶，空了，甩到墙根的草丛里去。酒杯塞进挎包，他双手捧头，浑身抖动着啜泣不止。

A：没什么说的，真……真的，没什么可说的，是我对……对不起杨花儿，杨花儿你走得对，我觉着我要还算是个男人我就应该答应你离婚，可是……可是杨花儿，我离不了你呀，我一直不相信你就能这么一甩手走了……

刚才的酒喝得太猛，他有点儿支撑不住了，便在石凳上躺下，揪过挎包来枕着。

A：杨花儿，杨花儿你知道吗，你就在那边弹琴，我……我就在这边听着，我们就隔一道墙，咱们其实离得多……多……多近哪。杨花儿，你怎么不弹了？弹哪，再弹一首，我听……听……听着哪，听着你的琴声，我好像……好像就……就觉得安……安全了点儿，就觉得安全……安全了……点儿……

背景银幕渐暗，画面渐隐。A酣然入睡。他翻了一个身，扑通一声翻下石凳，但他了无知觉，仍在黑甜之乡，躺在石凳下的草地上鼾声如雷。舞台灯光熄灭。

五　白日梦游

舞台上，一束灯光慢慢亮起来，但不要太亮，如同惟在梦中才有的那种微明。灯光在舞台上画出一块小小的圆区，中心是依然沉睡的A和那条石凳，四周更趋幽暗。层层帷幕垂挂在幽暗中，时而微微摆动。黑色帷幕从两侧向中间合拢，直到把背景银幕遮挡得只剩下二分之一。

轻轻地、朗朗地又响起钢琴声，弹奏的是舒伯特的一首儿童曲。有童声集体无词的哼唱，似来自很远的地方。

一群十三四岁的女孩子先后蹦蹦跳跳地上台，一律白色的衣裙。她们好像偶然到这草地上来玩耍的，一个招呼另一个，两三个引来了四五个，一共七八个。她们四处采摘野花，或者只是张望、寻找着什么，偶尔有一两个闯进灯光画出的圆区，但多数时间她们都在四周的幽暗中游逛，衣裙尤其显得雪白甚至闪亮。猜想她们必是有说有笑，但听不见她们的声音，舞台上仍是深睡般的静寂。只从遥远的地方，或者是从天上，传来童声的合唱。慢慢可以听出歌词了，大意是：五月，我们一起到河边去，看紫罗兰开放……歌声清彻明朗、悠扬淡远。

女孩子们采了野花，编成花环戴在头上。然后她们手拉手，以那块圆形的灯光为中心，拉成一个圈，跳起舞来。她们轻盈地跳着，围着A转着圈跳，一会儿顺时针转，一会儿逆时针转……却好像根本没有发现A的存在。于是琴声和歌声更真切了，更欢快更热烈了。

A坐起来，愣愣地看着她们。

A：喂，你们是……是谁呀？喂，我问你们呢，你们是从少年宫里来吗?

女孩子们不理他。

A:那，你们那儿是不是有……有个老师姓杨?你们认不认识一个叫杨花儿的老……老师?

女孩子们不答。她们只管跳，旁若无人，完全沉浸在纯洁美妙的歌舞中。

A只好看着，看一个个轻捷、窈窕的身影从他眼前转过去。A看得入迷，不由得也跟着哼那支歌。

A:喂，我说，这歌我也……也会唱。

没人理他。女孩子们根本连看都不看他一眼，那意思似乎是说:我们是来跳舞的，与你何干?你会唱就会唱呗，与我们何干?

A尴尬地笑笑，站起身，厚着脸皮走近女孩子。

A:喂，也带我一……一块儿跳好不好?我不见得不行，小时候我也进过少年宫的舞蹈队，只是这么多年有点儿生疏了。喂，行不行你们倒是说……说话呀!

情形毫无变化，女孩子们踢腿、抖肩、扭腰，只顾自己享受欢乐，只顾欣赏自己的青春和美丽。A急得团团转，无计可施。

A（自言自语）:你说这可怎么好?她们光是跳，光……光是跳，光顾了自己跳，跳得什么也听不见。要是无论你说什么她们都听……听不见，这事就不好办。

A蹲在地上，继而跪在地上，抱着头撅着屁股，苦苦思索的样子。很久，他忽然抬起头，仿佛心生一计。

A（大喊一声）:嘿!——

这一计果然奏效，女孩子们都停下来不跳了，一动不动地站着。琴声和歌声也随之停止。

A喜出望外，站起身，走近女孩子们，挨个儿端详她们。女孩子们的脸上却都没有表情——美丽，但不真实。

A：喂，我说，你们干吗一下子都……都这么严肃？

A的话音未落，琴声和歌声又响起来，女孩子们又跳起舞来，跟刚才一样，欢快、热烈。A看看这个，又看看那个，茫然无措。

A（急中生智，又大喊一声）：嘿！——

音乐停止，女孩子们又都站住，一动不动。

A：我只想说一……一句话，我只求你们带……带我一块儿玩儿。

气死人了，——音乐又响起来，女孩子们又跳起来。但A这回没有慌，反倒笑了。

A：我懂了，她们这是说……说你要来跳你就来……来跳吧，一个人在那儿瞎……瞎嚷嚷什么？

A便走上前去，试图拉住其中两个女孩子的手插进队中。

这一下可坏了，女孩子们四散而逃，逃上了背景银幕——当女孩子们逃到层层垂挂的黑色帷幕后面时，背景银幕上开始出现她们继续跳舞的画面。这一次音乐并不中断，但又变得遥远了，似有回声，仿佛从天上传来。舞蹈依然如故，只是从舞台上挪到银幕上去了，舞台上的真人变成了银幕上的影像。银幕上光线微明，背景幽暗，女孩子们认真、投入，自由且欢快地跳着。

A有些后悔，叹口气，就像不小心把什么东西弄坏了那样很是惋惜。他看看自己的手，心里大约是说：我干了什么？什么也没干呀？怎么刚一碰她们就弄成这样了呢？

A快快地退回到石凳旁，坐下。

可是，他刚一坐下，银幕上的女孩子们又都下来了——随着背景银幕上的画面消失，那群女孩子又都从帷幕后面跑出来，依旧手拉手围着A跳舞。音乐又近了。

A高兴地跳到石凳上，蹲着，转着圈看她们。

A：喂，刚才怎么回事？我还以为你们都生……生气了呢。

我想也不……不至于嘛。你们应该看得出来，我没什么歹意，我只是想跟你们一起跳。你们互相拉着手跳，我要参加进去，你们想，是不是我也得跟……跟你们拉着手？好吧好吧，刚才不算，咱们重……重新来。我可没有一点儿怪你们的意思啊，我这人浑……浑身是问题、是缺点，也许只有一个优点，就是我从来不怪罪谁，因为……因为你们想啊，谁心里都挺孤单的，都活得挺累，挺苦，挺……挺不容易的。好啦，咱们重新来吧。

A从石凳上跳下来，走近女孩子们，小心翼翼地去拉她们的手。得！又跟刚才一样，她们四散而逃，又都逃到银幕上去了。音乐声远了，女孩子们在银幕上若无其事地跳着，一切都是刚才的重演。

如是者再三。

A傻了一样地站着，看着银幕。他"吭吭"地哭起来，又"哧哧"地笑。又哭又笑了一阵子，他毫无缘由地觉得那条石凳碍眼、可恨，对那石凳又踢又踹，仍不解恨，便用尽全力去掀那石凳，不可思议——那石凳居然被他掀翻了。掀翻了，又怎样呢？好像一切都更无聊了。他转身再去看银幕，女孩子们还在跳。

A（大喊）：回来！你们都……都……都回来！好像我是个坏……坏人似的，好像我是个臭……臭流氓，好像我是个不能靠近的人。下来，下……下来呀！你们下来，下来和我一……一起跳就不……不行吗？！

他踉踉跄跄地扑向背景银幕，试图去捉住那些女孩子。就在他迎头撞上银幕的时候，只听得一声女人惊恐的尖叫，随之舞台灯光大亮，银幕上的女孩子们无影无踪，层层垂挂的帷幕拉开，银幕上恢复到第四节的画面——仍是那面挂满了攀爬植物的老墙，和墙外浩如烟海的楼群，时近正午，骄阳下的城市喧嚣不息。

A颓然摔倒。

白发黑衣的老人上台，运来一把椅子，把椅子摆在舞台右侧，把掉落在地上的酒瓶、酒杯收进挎包，把挎包挂在椅背上，再把那条掀倒的石凳运走。随即舞台灯光熄灭，背景影片中断。

六　在派出所

右二分之一背景银幕被黑色的帷幕遮挡住。左二分之一背景银幕上映出一扇大玻璃窗，窗门敞开着，一个老警察坐在窗边的办公桌前。由于玻璃窗的衬照，老警察的侧影显得昏暗、朦胧，眉目不清。窗外仍可见刚才那些高层住宅楼、饭店的大字招牌、电视塔等等，——只是换了个角度。

舞台上是白天室内的亮度。A坐在舞台右侧（即以黑色帷幕为背景的一侧）的那把椅子上，与银幕上的警察遥遥相对。

老警察：嘿，明白点儿了没有？这儿是派出所。

A：派出所？我上这儿来干……干吗？

老警察：干吗？先问你自己，今天喝了多少？

A：哎？您的问题不大好理解，喝……喝酒跟……跟派出所有什么牵连？

老警察：但是你又喝醉了。

A：您真爱开玩笑。再……再……再喝半斤也不见得就……就能怎么样。

老警察：拉倒吧老兄。知道你刚才都干了什么吗？

A歪着头想了一会儿，想不大清楚，心神仍有些恍惚。

A：干了什么？是好像发生了点儿什……什么事。您不见得是说跳……跳舞什么的吧？

老警察：要我告诉你吗？第一，你破坏公共设施；第二，就算你不是调戏妇女，你也是恐吓妇女。

A吓得站起来，踉踉跄跄几步蹿到警察跟前（舞台右侧），连连摇头、摆手。

A：喂喂喂，这话可不是随……随便说的，您不能趁我睡……睡着了一会儿就……就给我栽赃。

老警察：栽赃？推倒的石凳还在那儿呢，要不要看看去？你又喝多啦！你喝多了，然后就睡了，然后就做梦，然后就梦游，然后就把公园的石凳推翻了，你的劲儿可真不小，你梦见什么了那么大劲儿？然后你又拉着一个老太太的胳膊，冲人家一个劲儿喊“下来，下来！”那老太太得过中风你知道不？那老太太正在那儿练气功呢你知道不？那老太太要是让你给吓犯了病，你知道你得负什么责任不？唉，你呀，要不是我知道你的底细，真应该让你坐几天牢。

A好像终于想起了一些刚才发生的事，面对警察，呆愣着，打嗝儿。

老警察：回去回去，别凑到我跟前儿来，酒气醺醺的呛人，到你的座位上去。

A慢慢朝椅子那边走，一路打着酒嗝儿，若有所思。走到椅子跟前，忽然浑身一激灵，酒醒了一大半，猛转回身。

A：您说什么，要不是知道我的底……底细？您都知……知道什么？

老警察：什么我都知道。

A慢慢坐在椅子上，心惊胆战地看着银幕上的老警察。

老警察：你喝酒喝出了名儿！喝得单位把你开除了，喝得杨花儿也跟你离了婚，喝得你老爹不让你进家门儿，你老娘提起你就掉眼泪，喝得你哥哥、妹妹谁都不搭理你，我说的不错吧？

A（松了一口气似的）：噢！——闹了半天您是说……说这个，

不错不错。这么说，您对我们家挺熟悉？当然当然，我们家有俩名人，著……著名的老演员，对不对？也叫著名的艺……艺术家，谁……谁能不知道他们呢？可我……我这么跟您说得了，我爹我娘除了是演……演员之外什……什么都不是。我这么跟您说得了，我……我顶烦台上台下满不是一回事儿的那种人！当……当然了，他们是我亲爹亲娘，照理说我不该跟别人说他们的坏话，可我实在是不……不欣赏他们。不欣赏他们这总可……可以吧？

A站起来，显得有些兴奋或者激动，一个趔趄，连忙抓住椅背。他就这么扶住椅背，以椅背为圆心，像推磨那样，脚底下磕磕绊绊地踱步，嘴里滔滔不绝。

A：不过我真说不好，他们俩谁更是表演天……天才。因为我妈是在台上演戏，我爸到了台下才……才开始演戏。也……也就是说，我妈到了台下变回她自己，可我爸呢，一上台才变成他……他自己。我爸总演些铁……铁腕人物，什么不可一世的皇……皇上啦，统领千……千军万马的将军啦，或……或者万众拥戴的领……领袖什么的，问题是他怎么会演得那么好，那么出……出神入化？我告诉您吧，那才是他的本……本性！他骨子里就是个帝王，要人服从他、恭维他，你要是不赞成他，他就说你是愚昧、庸俗、小人、狗屁，再不就说你喝……喝多了，不配跟他这个那个的。我跟您说得了，很多人都有这种帝王本性，很多人骨……骨子里都是这样，不信您就留……留神看着，只要有俩人，肯定就有一个强者，只要有仨人就……就出一个领……领袖。但要是几千几万几亿人不……不巧都到这地球上来……来了呢，那可就不……不见得人人都有当……当领袖的机会，所以我爸只好到……到舞台上去满……满足他做帝王的快乐。那他当……当然演得好喽，他骨子里就这样他……他能演得不……不像吗？但……但那不是表演那是他的本性，他真正精彩的表演是……是在台……台下，在……在家里。我还不知道他吗？我一生下来就看着他，看了三……三十多年了，你……你以为！一下台他可就满嘴的另一套台词儿，一天到晚什么谦虚吧、谨慎吧、自己多么渺小吧，群众才是了……了不起的吧，不管到哪儿都要跟群……群众打成一片吧，屁！演……演戏！你是谁？群众本来就是一片，你要打进来你……你是谁？你这么渺小你凭……凭什么混到了不起的群……群众里来？要是每一个群众都跟你似的渺……渺小，搁一块儿怎……怎么就了……了不起了呢？跟您说我实……实在是受够了，要……要不谁会这么说自个儿的亲……亲爹？

A一不小心摔倒，椅子翻了，挎包掉在地上，他就势把挎包垫在屁股底下坐在那儿不起来。可能是头疼，他使劲掐着太阳穴，很久一声不吭，一动不动，可能是头疼得厉害。

白发黑衣的老人上台，把椅子运走。背景银幕上的画面渐隐。舞台灯光熄灭。

七　在动物园

舞台上陡然大亮，中午室外最强烈的光照度。黑色帷幕完全拉开，背景银幕上是动物园小湖旁的景象，游人络绎不绝，各种水禽在水面上、湖心岛上争相引颈高歌，一片欢腾。

A坐在空荡荡的舞台中央（即小湖旁的草地上），仍是上一场的姿势，屁股底下垫着那只破挎包。过了一会儿，可能是那阵剧烈的头疼过去了，他从挎包里掏出纸和笔，飞快地写，走笔之声清晰可闻。写罢，又开始喃喃自语起来。

A：我教……教您一个诀窍儿，识别一个人是不是在演戏的诀窍儿。比如说，一个人总说自己机灵，机灵机灵机灵，那……那他就是演戏，他在表演机灵其实他弱……弱智。要是一个人总说自己傻呢，我真傻我真笨我净他妈的吃……吃亏，他也是演戏，其实他什……什……什么亏也不吃。什么话说……说多了都难免是演戏。我妈总说我爸爱她，逢人就说我爸是多么多么爱她，他们俩互相是多么多么恩爱、亲密无间，坦率说我……我可看不出来。我妈她老想跟她舞台上扮演的那些角色比。她这辈子演的都是什么热恋的情人哪，幸……幸福的妻子呀，度尽苦难终于破……破镜重圆的恋人啦，要不就是殉情的烈女、冲破什么什么去投奔自由爱情的女性……总的来说她演……演得不错。说她演（！）得不错，就是说看得出来她是……是在使劲演，她不可能像我爸那样没有表演痕迹，因为她没有那样的体验，或者说她根……根本就不是那种人。她实在只不过是我爸的应……应声虫！

背景银幕上，来往的游人开始注意到草地上（即舞台上）的A。男女老幼走过这里都扭过脸来，露出惊奇的神色，然后朝草地（舞台）这边走近。渐渐地，很多条腿占满银幕，很多条腿之间有一张小男孩儿天真的脸。小男孩儿索性蹲下来，津津有味地吮着雪糕，同样津津有味地看着A。

旁若无人，A顾自说着。

A：只配我爸跟她打……打……打成一片。她下了台还是想演戏，可她不行，不行就是不行，演着演着就演不下去，不像我爸台上台下都演得比她自信。演戏你得有信心，坚持到底就……就能骗人，我妈她一到裉节儿上就跑戏，就像做着做着梦忽……忽然醒了，演戏演戏你可醒什么呀？得，于是乎回到现实里来，哭着喊着问我爸到……到底是不是爱……爱她，这一下儿观众还不看出破绽来？看出我爸其实是我妈……妈的主人、领导、皇上！可……可我妈她并不是皇后，皇后得容得下三宫六院七十二妃，我妈她行吗？她哪儿行……行啊！

背景银幕上，人越聚越多，各式的裤子、裙子、丝袜、皮鞋和凉鞋，围得不见天日。一片嘈杂，听不出人们都在说什么，或者干脆就不像人发出的声音，——噪音！（效果师或录音师注意：只要是噪音，嗡嗡嘤嘤、嘁嘁嚓嚓、叽里咕噜、轰轰隆隆……只要是噪音就行，只要是噪音像什么都合适，并不太强，但是很辽阔。）噪音中，惟那男孩儿的问话声清晰、明朗：“妈妈，这是什么呀，这不是人吗有什么可看？”但听不到他妈妈的回答。

A：听我大姨说，我爸压根儿就挺性……性解放的，打二十来岁起就拈花惹草的一辈子也没断了，不敢说七十二个，可二十七个总……总是够的。其实你解……解放就解放吧可你别骗人哪，我多几个同父异母的兄弟姐妹没什么不好，说实在这年头儿多几个亲人只会有……有好处。可你不能骗我妈那样的人，你不能连你的应声虫都一起骗，你不能总是演戏，世界虽说是个大舞台也……也总得有个地方是用……用不着演戏的呀。唉，我也看不上我妈，真的，我看不上她。没人的时候她自个儿哭，一来人就歌颂我爸，歌颂得连自个儿都被感动，但是你注意她的眼睛，她的眼……眼睛总是溜着我爸，就像笨蛋学生总……总是溜着老……老师的脸色那样。唉，您说我妈她就一定是爱我爸吗？屁，演戏！她其实是怕我爸，我真不明白你可怕……怕……怕他什么？他不顶多说你是愚昧、是无知、是喝……喝……喝多了，不让你在家里待吗？有……有什么了不起，值得你老是演戏，演不好还老演？这其实也是我妈的本性，人是有这种本……本性的，不信您留神着看，只要有俩人，就有一个弱者，只要有仨人就有俩群众互相争风吃醋，要是几千几万几十亿人不……不巧都跑到这球……球面上来了，结果大家就都恨皇上又都怕皇上，结果就谁也不敢说真话，生……生怕有谁告密给皇上，把你杀了把你砍了把你废了把你弄得人不人鬼不鬼，怕他的结果您猜是什么？是一……一起唱颂……颂歌！您没猜对吧？那就一……一起唱……唱颂歌吧，万岁万岁万万岁。您以为醉……醉鬼又是什么呢？醉鬼恰恰就是被人告……告了密，被人告了密又被皇上发……发配出去的倒霉蛋，然后墙倒众人推，大伙儿就一块儿说他是无……无能之……之辈，没志气，没有自……自制力，一事无成，说他这……这也不对，那……那也不行，是，社会的累……累赘……

背景银幕上，那个小男孩儿站起来，可能是觉得这一切毫无趣味，转身挤出人群，——费了好大劲才从栅栏一样密密的腿群间钻出去。

A：不演戏的只有杨花儿，只……只有她和我，我和杨花儿在一起什么戏都不……不用演，谁也不会看不起谁，谁也用不着歌颂谁，我们的身体全……全在这儿呢，我们的灵……灵魂也全……全在这儿呢，我们的胆怯和我们的欲……欲望全在这儿呢，我们的可悲可怜可敬可爱我们的平庸和高贵我们的怯懦和勇敢我们的凡俗和神圣我们的无能和伟大全……全都在这儿呢，用……用不着他妈的演……演戏！这就是酒，我告诉你们吧，这就是酒……酒的意……意义！什么是爱？爱就是不演戏！把你的一切都敞……敞开，把你愿意敞开的和不……不愿意敞……敞开的都敞开吧，像对待酒一样地对……对待它们，敬畏它们，服……服从它们，迷恋它们，狂饮它们，被它们醉……醉倒，打倒，烂……烂醉如泥，烂醉如泥又……又他妈的有什么关系？那时候你就是酒，酒就……就是你，没有界线，没有边际，灵魂和肉体互……互相歌颂，就像天和地互相盼望，那时候我们和你们，你……你们和他们，互相崇拜，互相爱惜，就像天和地互……互相呼……呼唤着。我知道爱就是这样的，我体会过，她就是这……这样的，爱和酒是一样的，用……用不着装……装孙子，谁要是不知道这个谁就是根……根本没有爱过……

A呆愣着，大约是说累了，也可能是沉入到某些回忆里去了，两眼直勾勾的好一阵子。

这时白发黑衣的老人推着一条绿色的长椅上台。他把长椅放在舞台左边，觉得不合适又改放在右边，仍然觉得不大合适。他像个影子似的在台上走了一圈，看看背景银幕上的图景，又看看A的神态，发现这一件道具送来得太早了，便摇摇头，抱歉地笑笑，又推着长椅下台。（诸如此类的情况，导演可以即兴添加、发挥，不必拘泥，因为命运之神有时候也难免出点儿差错。但你不能怪他，你无权怪罪命运之神——这一点是由其身份决定的。）

A：我得去找杨花儿，我还是得把她找回来，否……否则你就不得不演戏。当然我不会缠她，我不是那种赖拉吧唧的人，杨花儿就是不懂酒，不懂得我们喝酒的人其实都……都是体面的人，我说了我不会缠她那……那就是说我一定不会缠她，很少有人能懂得喝……喝酒的人都是最说话算数儿的人。不过我还是得找到杨花儿，有些事我还是得跟……跟她说一下……什么来着？啊对了，钥匙。

A蹲起来，捡起那只破挎包拍拍上面的土，环顾四周，忽然面露惊讶之色。

A：哎？这是在哪儿呀？我不是在……在一间屋子里的吗？怎么是在……在这儿呢？本来是在一间屋子里，没错儿，好像还有一个警……警察什么的呀？

周围一片哄笑。

A仰脸看背景银幕（即看周围的人群）。镜头拉起来，从密密的腿拉到拥挤的身体，再拉到排列不齐的脸。摇拍一圈：不同年龄、不同性别的脸，高高低低一张挨着一张，但表情却是一律的严肃，不露声色，都低头看着A。

A有些发毛，站起来，怯怯地走近背景银幕（即走近围观的人群），从银幕的一边慢慢走到另一边，仔细看那些人。

银幕上的人表情毫无变化，像行注目礼那样看着A，目光紧跟着他。

忽然，A望着背景银幕呆若木鸡。

银幕上的一张张脸在变形（通过电脑技术使之变形），变得光滑、规整，缺乏生气。镜头拉开，整个画面都变了，变成第二节中A的梦景：那些脸都是拥挤在一个个窗口间的，那些人都是默立在一个个阳台上的，所有的人都低头朝大街上望着……宽直的大街上，两旁楼舍错落，也都像是电脑制作的图景，树叶摇动得缓慢且无声，有些虚假，令人担忧令人怀疑……一个裸体的男人孤零零地在大街上走着，跑着，东躲西藏……

画外音（如吟如叹）：我死了七天才被发现。那时，我已经发霉了。

A抓起他的破挎包，抱头鼠窜——他先往左，又往右，再往左，再往右，在银幕上的一片笑声中跑下舞台（即逃离围观的人群）。

八　单纯电影

空空的舞台。只剩下背景银幕上的电影——

黑熊在峭壁围困的池底仰望游人，无可奈何地站立起来作揖，用嘴灵巧地接住人们投来的食物，憨态可掬。

大象在铁栏里前摇后晃，重复着单调的动作，目中无人，像在练气功。

金钱豹趴在干枯的树杈上，懒洋洋地睡着，偶尔半睁开眼睛看看吵闹得过分的游人。

猴子们在假山石上乱蹦乱跳，在秋千上悠来荡去，抓住笼壁上下攀援，但终逃不出“如来佛的手心”，或者是像人一样参透了：既然一切不过是游戏，那还有什么可发愁的？

公孔雀耐不住寂寞，不失时机地炫耀其美丽的装扮，享受异类的赞叹。而同类异性呢，则被冷落在一旁因而萎靡不振。

秃鹫蹲在接近笼顶的地方，眺望长空。

长颈鹿以慈悲的目光俯视一眼人间，然后两袖清风，转身走开。

野驴独自发情，不知羞耻地意淫。

虎，雄风已败，咆哮之后获得的不过是一只雪白的来航鸡。

狼已经像狗。有个小姑娘的声音：“哎呀妈妈，这只狗好难看哟！”

热带鱼悠闲自得地漂游、浮沉，没有天敌只有食物的生活是惬意的，故乡早扔在脑后。

蛇“咝咝”地吐着芯子，一副兜售禁果的阴险嘴脸。

两只小羊乖乖地站在羊栏里，在哪儿也是逆来顺受。

紧挨着羊栏是马厩，一匹野马在那儿甩着尾巴轰苍蝇，眼睛一眨不眨地看着面前的栅栏，仿佛百思而未得其解。

镜头固定在羊栏和马厩前。

九　幻觉

舞台上以及背景银幕上的光线，都不像刚才那样强烈了，在放映上述影片的过程中，光线渐渐变得柔和了些，是午后两三点钟的样子了。远处虎啸猿啼狼嚎鹤唳狗吠人喧，这儿相对安静些，或者是冷落，没有什么人关心羊和马。

白发黑衣的老人再次推着那条长椅上台，把长椅安放在舞台偏左的地方，看一下银幕，这次对了，转身下台，与A擦肩而过。

A拎着挎包气喘喘地上台，一屁股坐在长椅上。挎包里沉甸甸的，是酒。

A：哎哟妈呀，可算找着块清静地方了。这是什么鬼地方呀，到处是穿着衣裳和不穿衣裳的动物，这地方还真……真他娘的大，怎么走也走不出去了，出了一个门是“动物凶猛不可靠近”，进了一个门是“动物珍贵不可靠近”，干脆直说哪儿都不可靠近不就得了嘛，真啰嗦。

他从挎包里摸出酒瓶和酒杯，端端正正摆在地上，想想不好，又把酒瓶和酒杯摆在长椅上，自己坐在地上，端详一会儿，贪馋又兴奋的样子。

A：不不，我不会过分，绝不会。我讨厌那帮一喝酒就像发了情似的家伙，好像进了红灯区，互相迫害然后又互相抛弃。酒，你得尊敬它，你得欣……欣赏它，得像对待艺术品那样对待它，你得这么一点儿一点儿地理解它……

他谦恭又谨慎地斟了半杯酒，轻轻地抿了一小口，闭上眼睛体会着。

A：你得能跟它沟通，人们不是常说嘛，——理解，理解万岁。是这样。你不能糟蹋它，你糟蹋它难免它也就要糟蹋你，理解是互相的，因此宽容也必……必……必须是互相的。咕咚咕咚猛灌那叫什么？畜生！

他被自己的妙语逗笑了，又抿了一口酒。

A：不不，也用不着什么酒菜，鱼呀肉哇的，不不不，你那倒是解馋呢还是喝酒哇？岂有此理岂有此理，岂有此理。

他连连摇头，难于克制的兴奋，再喝一口。

A：事实上一般人不理解酒也正在于此，他们总以为这是解馋，不懂得这是交流，是沟通，是贴……贴近，倾心，无私地给予，是毫不见外地接受，是……啊对了，那些笼子里的东西为什么是低等动物呢？那些低等动物为什么掉到笼子里去了呢？并没有什么深……深奥的理由，就是因为他们不会喝酒！不会喝酒也不理解酒，就为这个！所以它们总是铁着个脸谁也不知道谁在想什么，谁也不看重谁的困……困苦，于是互相隔膜、怨恨、防备、争夺、厮杀……

他一口喝干杯里的酒，再斟一杯。这回却已不像开始时那么谦恭谨慎了。

A：人要是总不能理解酒，早早晚晚也得是这个下……下场。历史书上不是说嘛，人是怎么变成猿的？怎么变的？就这么变的——劳动和……和不喝酒！劳动和不会喝酒创造了猿。不会喝酒，当然也就不会造酒，当然也就不用再劳动，所以猿再也就变不回人来了。可人呢，光会劳动就叫人……人……人吗？大错而特错。光会劳动的叫作驴！会劳动也会喝酒的才是人。人，懂不懂？会喝酒因而会交流的那种动……动物才能叫人。

他举杯一饮而尽，潇洒又豪爽。再斟一杯。

A：酒为什么能使人交……交流呢？我告诉你们，首先，它能让人走进过……过去。你们不信是不是？我原来也不信，可是有一回我走进去了，就是靠……靠……靠酒走回到童年去了，真的，我没必要骗你们，就是靠这么一杯酒，啊不，两……两杯。那回也是像现在这样的天气，这样晴朗的午……午后，我躺下想睡一会儿，可总是睡得不大安稳，正这会儿就听见过去悄悄地来了。我是说过去，悄悄地到了窗外，到了窗外就停下了，不……不肯进来，在窗帘上飘呀飘呀的就是不……不肯进来。过去，没错儿我听见就是它来了，在窗外叫卖，在窗外走动，在窗外的树上啼……啼叫，在窗外的屋檐上吹拂，在窗外的小街上踢足球，又喊又笑，球踢在墙上嘭嘭地响我就知道过……过……过去来了，过去它来了但是它不肯进来，它只是在窗帘上飘呀飘呀没……没有酒就不肯进来。我爬起来想出去找它，但……但是我知道，我一出去它就会走开，我只要一出去找它它就没……没了，这是肯定的，毫无疑问它就会消失得一点儿都不剩，又都变成现在。这时候我真是急……急中生……生智，一下子就懂了，得有酒，必须得有酒，只要一杯酒……啊不不，只要喝上两大杯酒，过去就会在窗外原原本本地等我了，就不……不会那么无情无义地消……消失，它就会还是像原来那样儿不……不躲也不……不藏跟我亲密无……无间。所以我就喝了两大杯酒，走出屋，一下子就走到过去里去了。就这样，其实多……多么简单哪，就又回到我的童年去了。小街上有一块宽阔的空场，我跟小时候的那群朋……朋友就在过去里踢球，把两棵树当球门，踢完了就到小街口上去买玉米花儿，一边吃……吃着玉米花儿一边看天……天上的风筝，风筝飞得高又高，因……因为过去就……就是这样。有个孩子还买了一条小金鱼，有个卖小金鱼的老头儿总是吆喝“卖小——哎——小金鱼嘞……”他总是这么吆喝，声音传得很……很远，传遍了过……过……过去，充满了过去，因为过去就是这样……

他再尽一杯。背景银幕上，来了个小男孩儿，扒着栅栏看那匹野马。从服装上可以认出，他就是刚才挤出人群的那个男孩儿。

A：这样说你们可……可能还是不信，我也并没要求你们一定得信，但是你们信不信也没……没什么了不起，事实总……总归是事……事实。而且酒不仅能让你走进过去，还能让你走……走进未来。未来是什么样儿你们一定很感兴趣，是呀是呀，你们不喝酒所以你们不知道，其实未……未……未来就在你们身边，真正会喝酒的人都知道，走进未来其……其实比……比走进过去还……还要容易得多呢，只不过我们喝酒的人不大愿意走进未来，因为那可不是什么好……好玩儿的事……

他连着又喝了两杯。

背景银幕上的那个男孩儿转过身来，看着舞台上的A，愣愣地看了一会儿之后向A走近（出画）。与此同时，小男孩儿走上舞台（穿戴、相貌都跟银幕上的一模一样），走近A，在A身旁蹲下，好奇地看着A，听A独自喋喋不休。

A：走进未来可不像走进过去那……那么好玩儿。当然，未来之后还有未来，未来之未来也还有未来，但是我跟你们老……老实说吧，都不好玩儿，你会看见一些很……很让你不愉……愉快的情景。比……比如说，有一次我走进了一座被抛弃的城市，大街还是铺……铺……铺在那儿，楼房也还……还是竖在那儿，可是没有人了，一个人都没有了，人都走光了，都走到哪儿去了可……可是不……不大好说，为什么走……走……走了也他妈的闹不大清楚，反正你走到那些楼里去，什么都有就是没有人，电……电视机也还……还在那儿，但是没电，水龙头也拧不出一……一滴水，什么英雄呀好汉呀了不起的大名……名……名人呀他们的雕……雕像也还都气宇轩昂地站在那儿，可是轻轻一碰就稀里哗啦地碎掉了，什么理论呀主义呀思想呀也都一摞一摞地码放在书……书……书架上，可是轻轻一摸就都像灰烬似的飞……飞起来，就像是弄破了一个鸭绒枕头，漫天飞舞，飞得倒是很……很……很好看，很潇洒。走上阳台往下看，河早干了，风正把一堆……一……一堆的沙子搬到河道里去，搬到马路上，搬……搬到楼门里去，搬到窗户里来，把你的脚都……都埋起来，不知道哪儿来的那么多沙……沙……沙子。所以我跟你说那可并……并不怎么好玩儿。未来的未来呢，就更……更不让你愉快，在那儿我……我碰见了三……三个人，真不好意思，是三个赤身露体的女……女人。我说真不好意思我不是故……故意要……要在你们这副模样儿的时候到你们跟……跟前来，她们说没关系。她们说现……现在什么关系也没有了，因为全世界上就剩了我们仨了。您应该懂得这……这是什么局……局面，您应该想得出，要是全世界只剩了三个人而这三个人又都是女……女的，那会怎样，那会有什么后果。我问，男人呢，他们跑到哪儿去了？三个女人说，没了，全没了，他……他们老是打……打仗，老是打、打、打的，互相憎恨，互相咒骂，互相指……指责，互相轻蔑，没完没了地打仗，结果不巧，点……点……点着了一个大火球就全没了，只剩下我们三个。为什么打仗呢？鬼知道为……为什么，可能是争着要上天……天……天堂。那怎么你们仨活了下来？因为我们仨那会儿刚……刚巧在地……地狱里。那三个女人要我留下来，她们说那……那样的话咱们的人就还可以再多……多起来，就可能不断地再多起来。可是我的酒劲儿就快过了，我说那可是办……办不到，我是过去的人，我不能不回……回……回到过去去呀……

那个男孩儿站起来，走到A跟前，坐在长椅的一端。

男孩儿：你是谁呀？

A也站起来，坐到长椅的另一端，捧起酒杯饶有兴致地看着那个男孩儿。

A：这就怪了，我没问你是谁，你倒问起我……我是谁了。你叫什么名字？

男孩儿：我叫B。

A惊得跳起来。

A：神了，我小时候也叫B，我来到这……这个世界上先……先叫B，后来长大了才改叫A的。说不定我又……又走进过去了吧？喂，小家伙我问你，你父母呢，他们在……在哪儿？

男孩儿：他们去演出了。

A：什么？他们是演……演员吗？

男孩儿点点头。

A：我说什么来着，我说什么来着？我又走到过去里……里去了。不过嘛，嗯……不过也许是他走进未……未来里来了？

A：小兄弟，我再问你一件事，你喝……喝酒了吗？

男孩儿：哦，我喝过，好难喝好难喝哟，辣死了，就像嘴里着了火。

A深深地点头，仿佛先知似的围着长椅昂首阔步。男孩儿的脸跟着A转。

A：这么说，你就是我。

男孩儿笑起来：叔叔你真逗，我为什么是你呢？

A：不是你走进了未……未来，就是我走……走进了过去。总而言之，你就是我的过去，我呢，就是你的未来。

男孩儿：叔叔我有点儿喜欢你了，你说话跟别人不一样。叔叔你叫什么呀？

A：我叫A。哦，等你再长大一点儿，那……那时你也会改……改名叫A的。

男孩儿：为什么？

A：因为我就是在比你更大一点儿的时候，改……改名叫……叫A的。

男孩儿：是不是所有的人，到那时候都要叫A？

A：不不不，别人随便他们叫……叫什么吧，只有我叫A。

男孩儿：可你说我也要叫A的呀？

A：你就是我。

男孩儿：叔叔，我不太懂你的话。不过，不过你说的挺好玩儿。

A：嗽，可不见得那……那么好玩儿……

A又在长椅一端坐下，仰天默望，喝酒。男孩儿离开长椅，蹲到A对面去看这个言行奇怪的人。

A：B，我建议你做……做事要小……小心些，无论什么事都要谨慎些，考虑得周……周……周到些，那样你才可能永远都是B，不……不至于走到A的这……这一步。

男孩儿：什么事呀，叔叔？

A：别叫我叔叔，叫我A，我不过是A呀，是你……你……你的未来，是B的未……未来。

男孩儿：A？

A：对，这就对了。B，你要耐心些，听……听我跟你说，我已经走到A了而你幸好还……还没有，所以我的话对……对……对你是有益的，你要耐……耐心一点儿听，好吗？啊，是这样，当……当你还是B的时候，当然这个世界会是挺……挺……挺好玩儿的，一切都是亲切的，都是亲……亲近的，真实的，你一伸……伸手就……就可以摸到你的母亲、你的父亲，摸到你的兄弟姐妹，你的朋……朋友，到处都似乎是可……可以信……信赖的，是安全的，在你还是B的时候，你可以哭，也可以闹，可以肆……肆无忌惮地笑，可以说你想……想说的话，做你想做的梦，因为那时你还……还……还是B呀。可是，可是你要是一味地这样毫……毫无顾……顾忌，毫无防备，不会掩饰你心……心里的愿望，那你可就要倒霉了，你就难……难免要有一天成为A了。

这时幕后（或画外）又响起了第四节中的音乐，继之歌声，唱的还是那个小小少年。他渐渐长大了，原来没有的烦恼现在有了，原来不知烦恼可现在烦恼越来越多了，一天天长大着烦恼就一天天地多起来。歌声缥缥缈缈，同时背景银幕上的画面渐渐模糊、消失，然后又渐渐清晰，变成一片夕阳下的草地，没有远景，一片孤零零的草地，周围的幽暗仿佛是无边的宇宙，只这一片草地似被绚丽的晚霞映照。

男孩儿：A，你是说什么事呀，要我小心？

A不语，伏身于膝，双手捧面。

银幕上的草地愈加灿烂，从四周的幽暗中跑来了七八个十三四岁少女，——就是第五节中的那群小姑娘，白衣秀发，身姿窈窕又蓬勃。她们在那片草地上，在夕阳的辉映下，又随着音乐跳起舞来。

男孩儿：A，你怎么啦？累了吗？

A不答，也不动。

银幕上，那群少女中间，夹进了相同数目少男。音乐变得欢快，清朗的童声合唱着：五月，我们一起到河边去，看紫罗兰开放……于是草地上青岚缭绕，紫雾飘飞，野花盛开，蜂飞蝶舞，幽暗的地方出现一条小河，水草茂盛，波流潺潺，在夕阳下泛着金光。少男们和少女们跳着集体舞，轮流为伴，跳得热烈、优美……

男孩儿：A，你睡着了吗？你这样睡着了会不会感冒呢？

A：B，你要耐心些，耐……耐心些好吗？

银幕上，舞蹈的速度放慢（高速摄影），音乐和歌声的节奏也随之轻缓悠长。少男中有一个很像A，他尤其跳得投入，他痴迷地看着每一个舞伴，每一个都很美丽。一个个美丽动人的少女的脸庞（特写镜头），川流不息地在镜头前旋转而过，秀发飘扬，目光流盼……

男孩儿：什么事呀A？你干吗老是说要耐心些呢？

A：因……因为，你爱她们你……你就不要那么鲁……鲁……鲁莽。B，你要记住这一点，因为你就快要爱上她们了，你迟……迟早要爱上她们的，但是你不要着急，不然的话，你就会走……走……走到A里去，那时就糟了，一切就都来……来不及了，那时你再……再懂得这个世界的……规矩就……就……就有些晚了……

银幕上，那个很像A的少男情不自禁搂住一个少女，吻了她，并且继续热烈地不顾一切地吻着她。于是舞蹈停止了，音乐和歌声都停止了，其余的少男少女愕然呆立。一团尖厉嘈杂的噪音响起来，如同闹市中不断有急刹车的声音，如同不规则的心跳声被放大千倍万倍，如同噩梦纷纭夹杂着声声惊叫，由弱渐强，由稀而密，直到人的耳鼓难以承受时戛然而止，画面亦随之消失。银幕上先是一片幽暗，渐渐地幽暗中又浮现出那个很像A的少年，在他周围，河流没了，草地没了，晚霞也没有了，惟有他赤裸着的青春荡漾的身体，——仿佛已没有了灵魂，头垂伏在膝头，孤零零地坐在无边无际的幽暗与沉寂中，就像旋转着漂流在浩瀚宇宙中的一粒尘埃。

A猛地从长椅上跳起来，蹿到男孩儿跟前，气喘吁吁地跪下，想去抱住那男孩儿，但是他扑了一个空。男孩儿后退着，躲开他。

男孩儿：叔叔，你怎么了？

A：B，你知道吗，我就是从那次之后改名叫……叫……叫了A的。当……当然你还不可能知道，但是，你将来就是要这样变……变成A的呀。你不得不变成A，因……因为否则不管你走到哪儿，别人都知……知……知道你就是B，你就是那个坏孩子，那个心……心灵不……不干净的人……

男孩儿：我有点儿害怕。

A：B，不要怕，我来保……保护你，不……不要怕他们，没啥了不起的，我来保护你，我和你，我……我们会互相保……保护的，你说是吗？

男孩儿：A叔叔，我得走了，我想去找我妈妈了。

A：不，你不要走，千万不要走……走……走进A里去，趁……趁着你还小，趁你还是B还没有做出什么丢人的事，你要听……听我说，听我告诉你，你要做一个安分的孩子，愿望不……不太多的孩子，宁可让人们说你傻也不……不……不要让人说你坏，要像你的父母那样，学会演……演戏。是呀，你要爱我们的父母，不要不……不理……理解他们，因为那是没有办法的事，这世界上有很多没有办法的事，这世界上的事差……差不多都没有什么办……办……办法可想。但即便是这样你也不能老是喝……喝酒，你不要走进A里去，千万不要，因为那是走进去就回……回不来的呀。你只能偶尔回……回去一下，就像征……征战在外偶尔去探……探一回亲，然后匆匆忙忙地又得跑回到A里去，更多的时候你喝……喝酒也他妈的不……不见得管用。最好的办法是你压根儿就不要变成A，永远都……都是B，都是一个无忧无虑讨……讨……讨人喜欢的孩子……

男孩儿：A叔叔，求求你让我走吧，我真的想去找……找我妈妈了。

A：怎么，你哭了？跟你的未……未来在……在一起你也不快活吗？那好吧。不过，你能不能让我摸……摸你一下？不不，我不是坏人，我向你保证我绝没有恶意。我只是有一种感觉，总是摆……摆脱不掉一种感觉，觉得每个人都……都是孤零零地在舞台上演……演戏，周围的人群却全是电影——你能看……看见他们，听见他们，甚至偶尔跟……跟他们交谈，但是你不能贴近他们，不能真……真……真切地触摸到他们，在见不到他……他们的日子里你只能猜想他们依……依然存在，但这猜想永远无……无……无法证实。你能不能给我证……证实呢，B？让我相信你是真实的，让我摸到你而相信那不只是一种影像，不只是一层布和一……一片光影其实后面什……什么都没有，你能吗B？你毕竟是我……我的过去呀，我毕竟是你的未来。

A要挨近男孩儿。男孩儿倒退着、倒退着，猛地转身，惊惶地逃上了银幕。背景银幕上，画面恢复到马厩前，暮色浓重。男孩儿在马厩旁的小路上找到了他的妈妈，牵着他妈妈的裙裾，一步一回头地走去，慢慢走远了（出画）。

舞台上的光线也沉暗下来。A颓然走回到长椅前，摇摇酒瓶，空了。他甩掉空酒瓶，就势趴在长椅上，不声不响，一动不动。

舞台灯光越来越暗，越来越暗，直至一片漆黑。

背景银幕上却慢慢亮了起来，野马躁动不安起来，咴咴嘶叫，在栅栏里又踢又跳……忽然它纵身一跃，跳出了栅栏。

黑暗的舞台上，响起A的呕吐声。

背景银幕上，野马奔跑起来，跑上小路，跑过草地和假山，跑过小湖和树丛，在游人中横冲直撞，但没有声音。它跑出园门跑上马路，闹市中的人群惊叫着四散躲避，但没有声音。它跑过十字路口，警察按亮了所有的红灯，所有的车辆都停下来给它让路，路旁的人、阳台上的人、窗口里的人惊慌地望着它，但没有一点儿声音。它跑过商店，跑过楼群，跑出城市……

只有舞台上A的呕吐声不停，没有其他声音。

银幕上，野马跑向旷野，跑向山林。音乐声起，辉煌畅朗如江河一泻千里。

舞台上，A的呕吐声一会儿比一会儿剧烈。

银幕上，皑皑的雪山顶上太阳缓缓升起，照亮着雪山下的森林和森林边缘的溪水。野马在溪水旁畅饮，举头嘶鸣，声震山林。音乐变得悠扬、深稳、旷远。

舞台上，A的呕吐声令人揪心。

银幕上，野马悠闲地走进开满鲜花的原野。像第二节中A的梦境：蓝天下，一片花的海洋，鲜红或雪白的花硕大丰满，开得蓬勃烂漫，一团团一片片在微风中轻摇曼舞起伏如浪，在灿烂的阳光下直铺天际。音乐变得飞扬而隆重。

舞台上，A的呕吐声渐渐有所缓解。

银幕上，日光曚昽乱云飞渡，野马孤独地走向无边的草原。草原似有不祥的消息，野马驻足张望。茂盛的草丛中蹲着狮子，埋伏着狼群。秃鹫贴着云层盘旋，云的影子和秃鹫的影子在草地上游弋。音乐低沉忧郁，且时时跳动着警醒的梆音。

舞台上，A的呕吐声停止，代之以急促的喘息声。

银幕上，长河落日，大漠孤烟，彳亍于荒原的野马忽然望见了地平线上的野马群。它长嘶不止，抖擞鬃毛，向马群跑去。音乐又如一开始时那样昂然流畅了。

舞台上，A的呕吐声却又猛地高亢起来，干呕，那声音简直就像一辆发动不起来的破摩托车。

银幕上，孤独的野马终于跑回了马群。马群优哉游哉，一心一意啃着青草，甩着尾巴，打着响鼻。音乐温馨，安详。

舞台上，A的干呕声中加进痛苦的呻吟，同时断断续续地响起那句近乎谶语的话：我死了七天才被发现……被人发现时……我已经臭了……

银幕上，一些马跑起来，另一些马也跟着跑起来，于是几百匹几千匹上万匹一齐跑起来，先是缓跑继而急奔，马蹄声惊天动地隆隆不息，淹没了A的呕吐声。

白发黑衣的老人上台来，在黑暗中把绿色长椅和躺在长椅上的A一起推下台。

背景银幕上，画面渐隐。画面消失后，暴风雨般的马蹄声延续很久，直至渐渐远去，消失。

十　童声合唱队的演出

马蹄声消失后，响起童声的合唱，歌声虚幻、轻缓，可以是任何一首儿童歌曲，譬如:《听妈妈讲那过去的事情》《送别》《卖报歌》《让我们荡起双桨》《小白船》。

舞台灯光大亮。背景银幕上映出一条红色横幅：少年宫童声合唱团音乐会。

这是一场真实的音乐会：三四十个男女少年精神焕发地走上台，三个一群，五个一组，或站，或坐，或蹲，或跪，找好自己的位置。一架钢琴位于舞台左侧，钢琴伴奏者是一位女教师——我们慢慢会认出她就是杨花儿。指挥者上台，向观众鞠躬，转过身去，看了看孩子们，举起指挥棒。这一次歌声真切、嘹亮，朗朗童音令人神往；可以是任何一首少年儿童歌曲，中国的外国的都可以，只要是孩子们的歌就肯定是恰当的。（甚至，《一部以电影做舞台背景的戏剧》的每一次公演，此场所选用的歌曲都不相同。当然了，可以不同也可以相同——自由，是其要义。）

几首歌之后，剧场中响起A的声音，轻虚如梦呓，飘忽似醉语："杨花儿，我找了你一整天了，不不，好……好……好几天了，啊不，我找……找了你一……一辈子了！你却不回来，你却不……不回家，你就坐在这儿管……管别人家的孩子……"

A的声音既非来自台上，亦非来自幕后。台下的观众势必四下里张望，寻找。这时一束灯光打向剧场入口处：A背着那只破挎包走进来，步履不稳，扶墙而立。

台上的演出照常进行。譬如剧场里闯进来一个醉汉，演员们要镇定，不受其干扰。随便观众都站起来看A，舞台上又一首歌开始，唱的是：五月，我们一起到河边去，看紫罗兰开放……

A试图找到自己的座位，但一低头就要摔倒，连忙又靠在墙上。剧场服务员走到他跟前，轻声问了他一句什么。

A（声音很大）：我找……找杨花儿，就是那个弹钢琴的，对，没……没错儿，她的琴声我一听就……就能听……听出来。

服务员先是轻声制止他的大声喧哗，又对他说了些什么。

A（声音略小一些）：好……好吧，那我就看……看演出，反正哪儿都一……一样，都是演……演……演戏。票？啊，我有。

服务员打亮手电筒，看他的票，然后带领他走向舞台。那一束灯光一直跟随着他们。

与此同时，白发黑衣的老人在舞台最前沿布置了一把椅子——跟剧场中的椅子一模一样。椅子背对观众，椅背上的号码是：0排0号。

服务员带领A上台时，A与正要下台的白发黑衣老人撞个满怀，老人退闪。服务员指指0排0号，让A坐下。

舞台上的孩子们变换了队形，排列整齐，又唱起了那首关于一个小小少年正在长大的歌。

A一声不响地听完了这首歌。歌声一停，他开始喊杨花儿，双手在嘴边做成喇叭形。

A：杨花儿！喂，杨花儿——唉，她听……听不见。喂杨花儿，是……是我，这儿，我在这……这儿哪——唉，她光顾着照看那孩子了。

杨花儿毫无反应，专心致志地弹琴。歌声又起，唱的（比如说）是一首外国儿童歌曲《照镜子》：妈妈她到林里去了，我在家里闷得发慌，镜子镜子请你下来，快快照照我的模样……

A：杨花儿，你看……看不见我，听……听不见我，也想……想……想不起我了吗？唉，人可真是不……不可思……思议呀，我们曾经离……离得那么近可现在又……又离得这么远，我们曾经离得很远却从人山人海中互……互相找……找到了，现在离得这么近却……却又互相丢……丢失了……

他伸开双手在眼前摸索，僵硬的手指像是触摸着一面玻璃。

A：这中间肯……肯定有一道墙，你摸不到它但你可……可以感……感觉到它。几千里几……几万里那中间可以没……没……没有墙，但是几十米、几米、几……几公分，中……中间却可能是一道墙。要是有……有一道墙，你就毫……毫无办法可想，哪怕只是一毫米厚，又坚固又光滑，又高又……又长你爬不过去也走不到头，那……那就算完了，对你来说，墙那边就等于什……什么也没有，你就最好死……死……死了那条心吧……

服务员走到他的座位旁边，低声劝他不要说话，不要影响其他观众。

A沉默了一会儿。

这时候台上唱的是《小白船》：蓝蓝的天上银河里，有只小白船，船上有棵桂花树，白兔在游玩。桨儿桨儿看不见，船上也没帆，漂呀，漂呀，漂向天边……

A：是呀是呀，什么也……也没有，漂向西天也没有。杨花儿，我找你找得走遍了天……天涯海角，你知道吗？我找你，找得差不多走……走……走完了一辈子，你该回……回来了吧？我知道，我知道你喜欢孩子，你喜……喜欢跟孩子们在……在一起，我何……何尝不……不是这样呢？可是杨花儿，你应该懂呀，我为……为什么不……不想帮你生……生个孩子？你是懂的呀！我是怕我们又让一个人、一个可……可爱的孩子来这世界上受……受孤独，一个清白无……无辜的灵魂来……来受人间的讥笑，一颗满怀希……希……希望的心到这儿来遭人抛弃呀，杨花儿你……你说，他要来他是要干……干吗来？他是要……要找我们，找你们……

他站起身转向观众。歌声和伴奏忽然都低下去（关掉麦克风），是一个女孩儿的独唱，和其他孩子们无词的伴唱。仍然是那首歌：漂呀漂呀，漂向天边……

A：找咱们大家呀！可……可咱们未必能容得他，未必能不……不让他灰……灰心失望。不是有一首歌吗——“千年等一回，千年等……等一回”？他在那边忍受了一千年的寂……寂寞，所以他要来，来跟我们一起快快乐……乐乐地唱啊跳……跳哇来跟我们一起相……相亲相爱，来跟我们说……说说憋了一千年的心……心里话。可咱们，可咱们这儿早……早就立下了不知多少规矩，他哪儿知道呀。他刚来，那么小，那么天真那么任……任性，他还不可能懂得那……那么多规矩，他只以……以为这儿就……就是家呀……

服务员又走到他身旁，轻声劝告他几句。他坐下来老实了一会儿。等服务员走开了，不见了，他又站起身面向观众滔滔不绝地说起来，先是小声说，如同耳语，但他根本管不住自己，越说声音越大。

A：他漂呀漂……漂呀漂向天边为了什么？就是为……为了回家，可是他一来他就知……知道了，家也不过是这……这样，到处都是墙，到……到处都是，大家不过是都在墙与墙之间整……整天乱……乱撞，被各种墙分……分割着，隔离着。空气的墙，阳……阳光的墙，目光，语……语言墙，还有笑容、咳……咳……咳嗽、摇头、长……长出气、眨眼，撇……撇嘴，捂鼻子，吐……吐唾沫，多啦，都是墙。就是挤在公……公共汽车上挤……挤得喘不过气儿来，其实谁跟谁也……也没有更……更近些，就是在澡堂子里大家都……都是一丝不挂，其实也……也还是相隔千里万……万里，那些墙一……一点儿不比钢筋水……水泥的墙好……好对付，撞在上面岂止是头破血流哇，简……简直就……就……唉，那你让他干吗来？让他来受罪？来演……演戏？来……来学习伪装？是的是的，毫无疑问，他们会的，他……他们终于会变……变得跟我们一样，不……不……不得不学会傲慢、威……威严、潇洒、轻视别……别人、仇恨、掩饰、欺……欺骗、讨好、躲闪、指……指桑骂……骂槐、旁敲侧……侧击，结果互相隔膜、抛弃、人人都免不了孤……孤独，四周都是墙，很薄，发着金……金……金属的闪光和金……金属的声音，很薄可是很重很……很……很结实能压死你，你信……信不信？再没有说说真心话的地方了，没……没有，没有了，否则人们就……就要骂你是醉……醉鬼，没出息，没能耐，没……没长大。是呀酒，酒，酒这坏东西，所有的坏……坏东西加……加在一块儿酿……酿出的这东西，难道让孩子们从那边到……到这边来就是为了来喝……喝这玩意儿的吗？还是别让他们来吧，酒这东西有……有一种强……强大的诱惑力，不是谁想不喝就……就能不……不喝的，实际上并……并不见得是你喝它，更可能是它喝……喝……喝你，它魅力无穷，因为它是所有那些坏……坏东西酿……酿成的，所有那些坏……坏东西都是魅……魅力无穷的，加在一块儿还了……了得吗？啊，不过话虽是这……这么说，该喝还……还是要喝的，否则怎么办呢，你既……既然来了？

他又从挎包里摸出酒瓶，仰脖喝了一大口。正要再说什么，服务员再次走到他跟前，服务员身后还跟着两个保安人员。服务员向A说了几句什么，A大吵大叫起来。

A：小姐们先……先生们，我有票哇，我……我是有……有票的呀！为什么？为……为什么要我出去？不不，我没有义……义务出……出去，恰恰相反我有权利听孩子们唱……唱歌！难道有谁比我更有权利听他们唱歌吗？岂有此理！而……而且我认识杨……杨花儿呀，我们虽然离……离了婚但……我们仍……仍然是朋友哇，仍然是这……这个世界上最……最亲近的人呀……

钢琴旁，杨花儿站起来，她终于发现了A。她惊讶地看着A，呆立不动，面色如土，然后慢慢坐下，呆呆地坐着，不知所措。

两个保安人员一人架起A的一条胳膊，把A往剧场外拖。A一路喊着杨花儿。

A：杨花儿你回……回来吧，我给你送……送咱们家的钥……钥……钥匙来了，我知道你没有自己的房子，咱们那……那个家永……永远都是你的，只要你回来，那间房子就……就……就是你的家。我可以住……住到别……别处去，随便哪儿，只要你回……回来，回来吧杨花儿，快回来吧，今晚上弹……弹完琴就……就回来好吗？你要还是讨……讨厌我，我可以走开，只要有……有一点儿酒，我是可以睡……睡……睡在街上的，是的我睡过，哪儿都……都行，我冻不着，因……因为有……有酒哇。你们放开我，放……放开我一……一会儿，让我把家……家里的钥匙给杨花儿，放开我……

他猛地挣脱开两个保安人员，发疯似的往舞台上跑。

他跑上台，跑到杨花儿跟前，掏出一串钥匙在空中晃了一下，那动作近乎优美，又近乎荒唐、滑稽。

杨花儿面如死灰。

A一步一步接近杨花儿，就在他把钥匙交到杨花儿手中就要触到杨花儿的一瞬间，舞台灯光刷地熄灭。

背景银幕上惟有那条红色横幅微微飘动。舞台上，依稀可见演员们（唱歌的孩子们，杨花儿被裹挟于其中）慌慌忙忙地下场，脚步声、咳嗽声、低语声清晰可闻——在此过程中，背景银幕前的黑色帷幕缓缓收拢，那条红色横幅亦隐没不见。舞台上一片漆黑、寂静。

十一　城市夜景

舞台灯光昏昏暗暗，是街道一角。黑色帷幕拉开，背景银幕上映出城市夜景，万家灯火；车流如潮，仿佛条条闪耀的龙蛇游走；霓虹灯在夜空中变幻出种种五彩图形，以至星月为之暗淡失色。

A踉踉跄跄走上舞台，边走边哼哼唧唧地唱，举着酒瓶滥饮。

白发黑衣老人推上来一盏高高的路灯，舞台上比刚才亮堂了些。老人又推上来一只绿色的邮筒，安置在灯杆下。

A走到路灯下，靠着邮筒站稳。

A：人们都……都说酒是坏东西，可是，你们干吗不……不听听酒是怎么说？酒说，人才是最坏的东西。又不信是不是？好好，那……那我问你，酒看不起人了吗？酒把人分成三……三六九等了吗？酒不让你说你想说的话了吗？酒搞过什么他妈的阴……阴……阴谋诡计吗？没有！可……可人呢，人怎么样？好，我再问你，酒把河……河流给弄干了吗？把草原弄……弄成沙……沙漠了吗？把很多很多动物都弄绝种了吗？把臭氧层弄出一个大……大窟窿了吗？那好，我再问你，酒说假话吗？可是人说！人说我们是平……平等的，可我们什么时候平等过？人说我们是自由的，可……可我们什么时候自……自……自由过？人说我们是伟大的民族，那么请……请……请问，哪一个民族是……是渺小的？人说我们是光……光荣的，再……再请问，谁又是耻辱的呢？我们是神圣的，好好好，那……那……那谁是庸俗的你最……最好先告诉我。动物？植物？石头？云……云彩？风？还是别人？是的，只能是别人！可所有的别人也都……都说……说他们是光荣的、神……神……神圣的。问题是，谁都可以自称我们，可是谁又都逃……逃脱不了被称为别……别人，结果大家都是说着屁……屁话。放屁并不要紧，我赞成放……放……放屁自由。但是屁话来回说，这里面就必定有点儿不……不……不可告人的玩意儿了……

他把酒瓶放在地上，自己也坐在地上，歪着头想，啃着指甲想，大约终于想不出那究竟是什么玩意儿。然后他从挎包中掏出纸和笔，久久地埋头疾书。最后，他把那张纸叠好，居然又从挎包中摸出个信封，把那张写满了字的纸装进去，左顾右盼找不到胶水或糨糊一类有黏性的东西，便吐口唾沫好歹把信封粘好。他把粘好的信封放在一旁，长长地舒了口气，好像完成了一件什么大事似的。

A：人是惟……惟一会说话的动物吗？不，人其实是惟一会说瞎……瞎……瞎话的动物。比如吧，人们赞美爱、颂扬爱，说他们最渴望的就是爱，可实……实际上呢？倒是战争越来越多，武器越来越精良，掠夺和复……复……复仇的手段也越来越高明越残忍，这你怎……怎么解释？难道渴望东，结果必定要跑到西……西边去吗？再比如，十个人有八个会对你说，他们看重的绝不……不是物质和金钱，而是精……精神的富……富有，可是，到富……富庶之地去的人很少回来，到穷乡僻壤去……去的呢，倒是保证待……待不住。莫非物质的富有和精……精神的富……富有一定是成正比的吗？要是那样当……当然好，可要是那样还……还用你来废话说……说……说什么你更看重精神的富……富有吗？再比如，你去问孩子，问……问……问他们是创造好，还……还是享乐好。他们肯定会告诉你，是创……创造好。可是你给他们一道难……难题和……和一桌美味，你看他们挑哪样儿吧。还有，谁都会说自己爱劳动，可……可快……快乐的节日是啥意思？连小学生也能告诉你，首先是不……不用去上……上学了。还有，老虎可怕不可怕？我这辈子头一回听说老……虎，就是听说老虎要……要吃人，可现在呢——人说瞎话真……真是说得精彩极了——人就快要把老虎吃……吃光了！当……当然了，人有时候也说漏嘴，一方面说诚实是可贵的，另一方面又……又说物以稀为贵，那么可贵的诚实是很……很多呢还……还是很少？他们绝不会承认是很少，你要是说很少，他……他们就会愤……愤怒，我估计现在就有人愤怒了。是呀是呀，总是这样，人的骨……骨子里就倾向于自……自欺欺人。可是人为什么要这样？我告诉你们吧，我活了很……很久了我可以告诉你们了，我说不定很快就……就要死了，我没有什么再害怕的了，所……所以我可以告……告诉你们了。第……第一，凡是人们提……提倡的，其实就正……正是人们的本性难……难以做到的；第二，人都想当……当一个被颂……颂扬的人，比如让别人称赞你是舍己为人呀，是坦……坦诚待人的人呀，是没有一点儿贪……贪欲的人呀，等等等等，但他们又知道，他们未……未必能做成那样的事；第三，他们希望别人做成那……那样的事，而自己可以不必，可这样又怕让别人看……看不起；第四，他们未必不希望自己是……是坦诚的，可又怕别人并……并不坦……坦诚，结果自己反而要吃亏；第五，他们希望所有的人都是相……相亲相爱的，可他们知道，那仅仅是一种希……希望，那不过是一种梦想罢了，因为他们自……自己就恨着别……别的什么人；第六，要么干脆就别去抱着这样的梦……梦想了，随便人们去互……互相欺瞒、互相猜疑、互相算……算计、互相防备、互相看不起又互……互相硬着头皮充……充好汉吧，可那样的话这个世界又太……太可怕了，实在是受……受……受不了；第七第八第……第九……总而言之人是互相依恋又互相害……害怕的，这真是一件奇怪的事，就好像注定了南……南辕北辙，就好像喝酒，你越是对自己说别……

别再喝了别再喝了别……别……别他妈再喝了，你越是喝！

他叹口气，继续大口大口地喝酒，望着远远近近的高楼，望着一排排一摞摞亮着灯光的窗口。

A（自言自语）：我还是不能确……确定，那些窗口里是……是不是真有人。灯倒是亮着，那意思好像是说有人。但是星……星星也亮着，难道就能说……说明那儿也……也有人吗？唉，我早说过了，人是一……一种会说瞎话的动……动物，他们称赞透……透明的心，可是他们要用不……不……不透明的墙把心都遮住。

他扶着灯杆晃晃悠悠地站起来，忽然冲着近处的那座高楼大喊。

A：嗨！嗨！——让那些墙也变……变成透……透明的吧！嗨！嗨嗨！——听见没有？让墙也……也变得透明吧！！

背景银幕上映出A的幻觉——那座楼的墙壁开始一点一点地变得透明起来。

A：对，对了，就是这样！全都变成透明的吧！你们不是赞……赞美透明的心吗？那就不……不要让不透明的东……东西把我们遮挡住、隔……隔离开吧。

背景银幕上继续映出A的幻觉——那座楼全部变成透明的了，远远望去就像一只巨大的鸽笼，一个个格子中都有人在活动。

A挥舞酒瓶，在那盏路灯下手舞足蹈，大笑着，大叫着。

A：好哇，好哇，就应……应该这样，本来就应……应该是这……这样的！

背景银幕上的一个个格子中间，人们各自做着自己的事情，互不相干，互不理会：有的高朋满座，有的对影成双，有的在引吭高歌，有的在默然独泣，有的在拥抱亲吻、情语缠绵，有的在大吵大闹、呼天抢地，有的在沐浴，有的在喝茶，有的在看电视，有的在拉肚子，有的在炒菜，有的在读书，有的在下棋，有的在报警，有的在喊喊密谈，有的在咿咿梦语，有的刚刚出生，有的就要死去，有的在为新生者祝福，有的在为将逝者祈祷……

A：不，不光是这样，还应……应该让他们互相都……都看得见，让他们互……互相都能触……触摸得到！应该让他们不受那些格……格……格子的限制，应该把所……所有的墙都拆掉！哈哈，对啦，拆掉，统统拆掉！让那些墙都消失！应该让……让他们看看，大家其……其实都……都是一样的！

于是，背景银幕上，所有的楼墙都像融化了似的消失了，所有的格子都像蒸发了一样，不见了。

A：哈，棒极了，就这样就……就要这样，妙透了！这样他们就能从……从一个格子走……走到所有的格……格子里去了，这样他们就能从一颗心里走到所有的心……心里去了，这样他们就会知道了，每一个人都是平凡的，每一个人也都是高……高贵的，每一个人都是可爱的、可亲的，每一个人也……也都难免有……有时候是丑陋的、可……可笑的，其实每一个人都是孤独的、软弱的，他们在梦……梦里都是要想……想念别人的，要依……依靠别……别人的，也都是想给别人一点儿依……依靠的，可是他们平时都不说，他们害怕，不好意思，怕人笑话，好像那倒是可……可耻的，现在让他们互相看看吧，互……互相了……了解吧，让他们在没有墙的地方坦白吧，承……承认吧，承认互相害……害怕才是多么丑陋多么可……可笑的吧，害怕互相贴近才……才……才是多么可耻的吧！让他们互相坦白，他们其……其实是没日没夜地互相思……思念的呀！他们平时装……装得多么傲慢，多……多么冷静，一副不需要别人的样子，一副多……多么强悍的样子，一副多么自……自以为是的样子，一副不……不能触……触动的样子，不识人……人间烟火的样子，屁！妈的狗屁！全是假装的。其实只要把那墙都……都拆掉，你就明……明白了，他们都跟我一……一样，爱……爱别人，又……又怕别人，想要别人爱，可又怕被别人看不起，所以就喝酒，喝……喝酒，因为他……他们想走回到过去，想……想走进到未……未来，因为那样总……总比待在墙里好……好过些，所以他……他们就喝酒，对，喝……喝酒，因为他们想……想让那……那些墙都消……消失，所以他们就都喝……喝了酒，喝了很多酒，因为酒确……确实是一种好……好东西，所……所以墙就都消……消失了，他们互相就看见了，互相就能触……触摸到了，就不……不会再互……互相猜疑、害怕，和……和看……看不起了。

A忽然呆愣着不动了。他发现背景银幕上的墙虽然已经没了，但是悬在半空中的人们依然各行其是，互不相干，互不理会：高朋满座的依然高朋满座，对影成双的还是对影成双，引吭高歌的尚未疲惫，默然独泣的已经泣不成声……刚刚出生的已在号啕，行将就木的也眼含泪水……如是等等，并不为他的期待提供佐证。

他两眼发直，浑身发抖。

A（自言自语）：怎么了这……这是？出了什……什么事？

他看看酒杯，晃晃酒瓶，又干一杯，再干一杯。但背景银幕上的情况并未有任何改观。

A（自言自语）：见鬼，这是怎么了？

他又干一杯，再干一杯。背景银幕上的情况反而变本加厉。

A（自言自语）：不行，不，不行，我……我得去看看了，我得亲……亲自去……去看看了。

这时，远远地但不知是哪儿，管风琴奏响了《婚礼进行曲》。

A挣扎着离开路灯下，趔趔趄趄走，走了一圈，又回到那盏路灯下。他发现了遗忘在那儿的那封信，捡起来看看。

A：啊，一封信。

他看见了那只邮筒，笑了。

A：谁这……这么马虎，把信塞……塞……塞到了邮筒外头了？

他认真地把那封信塞进了邮筒。

他继续踉踉跄跄地往前走，却依然是绕着圈子，如同鬼打墙。走了好一阵子，终于两腿拌蒜，摔倒。

舞台灯熄。同时，背景银幕上的画面恢复正常，仍是万家灯火的城市夜景，仍是林立的高楼，仍是铺天盖地的墙壁，和被墙壁遮挡、隔断的万千心魂，——惟在墙与墙之间来回碰撞的种种噪音，或可证明他们的存在。《婚礼进行曲》庄严隆重，渐渐压倒了城市的喧嚣。

十二　时间漫游

《婚礼进行曲》响着，节奏始终如一，仿佛在空阔的穹顶下回旋，有嗡嗡的回声。

黑衣白发的老人上台来，把所有的道具都运下去。

舞台幽暗，空无一物。A慢慢爬起来，在舞台上顺时针绕行。

背景银幕上是A的主观镜头：晃晃悠悠地走进了刚才那座楼的门厅，磕磕绊绊地上楼梯，摸索着走过又长又暗的楼道。《婚礼进行曲》响着，似乎总在近旁。

A在舞台上机械地转着圈（形同哑剧）。他偶尔停下来喘口气，这时背景银幕上的画面也随之停下来。

银幕上出现一个门。

A停住脚步，敲门（哑剧的动作）。

银幕上门开了。开门的是一个老太太。

老太太：您找谁？

A：啊，对……对不起，我……我……我……

老太太：啊，没什么，走错门儿也是常有的事。您要是不嫌弃，就请进来坐一会儿好吗？

老太太身后跳出好几只猫来，“喵喵”地叫着，仰起头看着A，那眼神简直跟老太太的一样。

老太太：我们家没别人，就我跟这群猫，一共九只，算上我正好十口。

A：我只是想……想问问，是谁在结……结婚呢？

老太太侧耳听一会儿。《婚礼进行曲》依旧。

老太太：那谁知道？听说，现在几秒钟就有一个孩子出生。照这么说，岂不是每分钟都有人结婚？你怎么能知道，他们是谁呢……

忽然，老太太愣住了，惊愕地看着A。

老太太：请问，您是……

A：我叫A。我曾……曾经叫B，但后……后……后来叫了A。

老太太盯着A，半晌无言，突然痛哭失声。

老太太：你是A吗？你还活着？你是怎么回来的？……那年你死后，咱爸和咱妈都伤心坏了，得了病，一病不起。可难道，难道你并没有死吗？A，你回来了吗？真的是你吗？啊，好，好哇，你回来了就好。你要知道，我们都是爱你的。父亲母亲、弟弟和我，我们都是爱你的呀。

A：大……大妈，您是谁？

老太太：你怎么了，A？你叫我什么？我是你的妹妹呀！怎么，你认不出我了吗？

A：妹……妹妹？

老太太：是我呀，A，仔细看看我，是呀是呀，我已经老了。

A（自言自语）：噢，天哪！我怎么又走到未……未……未来里去了……

老太太：那年你死了，七天后才被发现。

A：可你还……还说你们是爱……爱我的。

老太太：可你那时候整天就是喝酒，我们劝你也没用，一天到晚喝得醉醺醺的，弄得我们之间连话都说不成。

A：是呀，我……我是个酒鬼，一个不……不可救药的人。

老太太：A，别伤心，你到底是回来了，回来了就比什么都好。可是，我们发现你时你已经死了七天了呀，怎么你又……

老太太仔细端详着A，端详很久，惊喜之色慢慢收敛，代之以满脸迷惑。

老太太：咦？怎么回事，怎么你一点儿也不见老呢？你怎么还是跟很多年前一样，跟你死的时候一模一样？你这是怎么回事……

老太太的表情由迷惑转为惊恐，惊恐之状不断加剧。

老太太：啊！怎么回事？你是谁？你是什么呀？！走开！你不是A。A已经死了很多年了。你到底是什么呀？你走开！走开！——

老太太声嘶色变浑身发抖，退步回身，"嘭"地把门关上。

A想了一下，转身走开。他身后的那扇门还在"嗙嗙"颤抖，那九只猫高一声低一声地叫着。

A继续在舞台上顺时针转着圈走。背景银幕上的画面随之移动，变换。《婚礼进行曲》仍然不远不近地奏响着。

银幕上又出现一个门。门开着，但是屋里好像没人，到处都是书，书架林立，一层层接到天花板。

A走到那个门前。

A：请……请问，屋里有……有人吗？

不知从哪儿，传出一个孱弱的声音："啊，当然得算有人，我还有口气。"

A的主观镜头进屋，在布设得近乎迷宫般的书架间寻找那个声音。镜头沿着书架间狭窄的通道推进，颠簸晃动，偶尔在某些书上停留一下，几次撞在书架上碰落了几本书。《婚礼进行曲》有条不紊。终于，在昏暗的墙角处出现了一个老头儿。老头儿秃顶而且没牙，半坐半卧在床上，混浊的目光看着A。

老头儿：什么事，年轻人？

A：我只……只想问……问一下，是谁在结……结婚？

老头儿一激灵坐起来，看着A，看了很久。

A：对不起，也……也许我不该打扰您，不……不该就这么闯……闯进来。

老头儿：啊，不不不。A，这是你的家呀！A，不是你吗？我一直在等着你来呀。看看我，看看我是谁？

A：你是……是……

老头儿：认不出来了吗？是呀，我们都老了，只有你永远年轻。

A：你是……是我弟弟？

老头儿：是我呀，A，我已经快八十岁了，我知道你会来的。

A：你……你怎么知……知道我会来？

老头儿：因为你活着的时候说过，说是两大杯酒一下肚你就可以走进未来。后来你死了，死了七天我们才知道，那时我就想，要是你早已经走进过未来，那么未来，我就还能有机会再见到你，还能有机会告诉你……

A：告诉我什……什……什么？

老头儿：你过去说的很多醉话，也许说得都不错。

A：什么话？啊，我不过是信……信……信口开河，不过是酒给人的那么一点点儿自……自由，你不……不要往心里去。

老头儿：你说，当别人的影像消失，什么还能证明别人依然存在呢？惟有你的盼望和你的恐惧。

A：是吗？我这么说……说过吗？我倒……倒是忘了。

老头儿：你要是不喝酒，也许你本来是可以做成一个哲学家的。

A：哲学家？笑话，我只是喜……喜欢喝一点儿酒罢……罢了。啊，我只是想来问问，是谁在结……结婚，你没听见《婚……婚……婚礼进行曲》吗？

A再次入神地听着那辉煌的音乐。老头儿笑了，点着头，笑了很久。

老头儿：那么，你能不能告诉我，人为什么要结婚？爱情！对对，你不用说我也知道，是因为爱情！大家都是这么说的。可是，爱情呢，爱情是什么？不不，不用回答，我知道你回答不了，我知道你就是因为回答不了才那么没完没了地喝酒的。可既然这样，是谁在结婚又值得你这么操心吗？你看我，我都快八十岁了，还就是一个人。因为什么？啊，因为我从来就没有见过爱情。你看看，这么多书，差不多每一本上都有"爱情"两个字，可是有哪一本说清楚了爱情是什么？现在我懂了，快八十岁了我终于懂了，这个世界上根本就没有什么爱情。

A：弟弟，你别这样，别……别这样。我觉得，我觉……觉得我是爱……爱你的，我从来都……都是爱……爱你们的。爱你，爱妹妹，也爱妈和爸。我爱杨花儿，我还是爱……爱……爱着杨花儿的，我相信是有……有爱……爱情的。因……因……因为那是不能没有的，爱情，如果她不在这儿她一……一……一定在别的什么地……地方，因为爱情是不可能没……没……没有的啊……

老头儿：她在哪儿？指给我看。

A呆愣着，不断地拍拍额头。

老头儿哧哧地暗笑着。

A：可那……那也许不是能寻找到……到……到的，因为她本身很……很可能就是寻……寻找。你甚至不……不能知道她到底是什……什么，因为她可能永……永……永远是一个问题。

老头儿哈哈大笑，满脸嘲讽的神情。

老头儿：你知道你自己是什么吗？知道因此人们把你叫什么吗？醉鬼，笨蛋，可怜虫！哈哈哈……

老头儿大笑不止。

A呆愣着，默默地看了那老头儿一会儿，转身走开。在他身后，老头儿的笑声渐渐被咳痰声、擤鼻涕声取代，最后变成孤苦无告的叹息声和啜泣声。

A站在舞台中央，连连摇头。

A（自言自语）：也……也许我还是应该走回到过……过去，说不定还是过去更……更……更有意思。

他蹲下，双手捧头，很久一声不吭。忽然，他拍了一下额头站起来。

A（自言自语）：就是说，我应该逆……逆时针走，那样就能走进过……过去了。

他开始在舞台上逆时针绕行。

背景银幕上，画面亦随之改变移动的方向，移动的速度越来越快，画面让人看不清楚，并发出录像机倒带的声音。

倒带声止。银幕上又出现一个门，门开着。

A停住脚步，朝门里张望。

A的主观镜头进门，屋里的陈设很简单。镜头在书桌前停留一下，书桌上有一摞小学生的课本和作业本，树影在平滑的玻璃板上无声地移动，玻璃板下压着稚拙的图画。镜头摇起来，停留在阳台的门上，纱帘飘动，门被风轻轻推开了。镜头推向阳台，越过阳台的栏杆推向远处的风景：并没有那么多高楼，青山历历，远树如烟，落霞暮鸟，夕阳晚钟。镜头转回室内，又在一面雪白的墙前停下，夕阳的一线红光照耀着墙上悬挂的一张照片，照片中是年轻的父母和三个孩子，中间最大的男孩儿就是A——准确说，是B（即在前面动物园里出现过的那个小男孩儿）。《婚礼进行曲》一直不间断。镜头停在大衣柜前，衣柜的镜子里映出A的影像。

舞台上的A望着银幕上的A。

这时，银幕上，从A背后走出一个男孩子——B。镜头转向B。银幕上的B惊喜地看着舞台上的A。

B：A，你怎么来了？

A：啊，这……这回不是你走……走进了未来，是我走进了过……过去。是A来看看B，也……也就……就是说我来看看你，看看我……我们的童年。

B（笑笑）：什么A呀B呀的，你来了我真高兴。要不要我去告诉我的妹妹和弟弟？

A：啊不，不不。

B：那，我去告诉爸爸和妈妈？

A：不，也……也不要告……告诉他们。

B：可我还小，我不知道怎么招待你呀？

A：不，不用什……什么招待，我们自己用……用不着跟自己来……来这一套。

B：你为什么说我就是你呢？

A：这个嘛，你还小，还不……不可能懂，我们还……还是B的时候我们都……都不会懂。

B：那你愿意看看我画的画吗？

A：啊，不用看，我早……早都看过。是呀，都是些非……非常美的图……图画。但是B，你最好从……从现在就有些心理准备，未来的日……日子并不都是那么美的。还有，如果它们并不……不……不是那么美的，你也不要总……总去喝酒，好吗？

B：为什么？

A：听我的吧，我不……不会骗你。

B：那，你喝酒吗？

舞台上，A转过身，面对观众。

A（自言自语）：是呀，这可怎……怎……怎么办？如果A是喝……喝酒的，那么B将来也就一……一定是要喝……喝酒的，他会跟我一样，什么都看得明白，可是却什么用……用处也没有，醉鬼，庸才，傻瓜，笨蛋，整天都……都在做梦，除了做梦还是做……做梦，还有什么？什么都没有，偶……偶尔从梦里孤零零地走……走出来，还不是在这舞……舞台上演……演戏？看着四周的电影，还是一场噩……噩……噩梦……

A呆站着。

B：A，你在想什么？

A：也许惟一的办法，B，就是你不要长……长……长大。

B：为什么？不，我要长大，我多么想快点儿长大呀。

A慢慢蹲下，苦思冥想状。

A：是呀，我们还是B的时……时候，我们都是这样想的。况且，我已经长……长大了，那就是说，你也一……一定要长大，一定要经历我所经历的一……一切。

B：什么经历，能告诉我吗？也许你跟我说说，你就不会这么难过了呢。

《婚礼进行曲》，越来越隆重、盛大。

A：啊，必须得有个另……另外的办法才……才行，啊，我得好好想……想一想，你让……让我好好想一想，得有一个最……最根……根本的办法，我们才能躲开那些可……可怕的经历……

舞台上，A慢慢地欠起身，不由自主地、以戏剧的方式做出（罗丹的）“思想者”的姿势，那样子非常滑稽——一手托腮，浑身绷紧，惟屁股是悬空的。

银幕上的B先是一愣，继而哈哈大笑。

B：A，你这是在干吗？你可真逗。A，这就是你的经历？哈哈哈……A，你这样子可真丑哇！

在《婚礼进行曲》声和B的嘲笑声中，A慢慢站直身体。

A：我知道了，我必……必须要走进更……更远的过……过去才行。

A又在舞台上逆时针转着圈走起来。

背景银幕上，B的影像消失，景物随之更快地移动、变化，又出现类似录像机倒带的声音。

倒带声停止。背景银幕上又出现一个门。舞台上，A停住脚步。

镜头推进门。室内有一张带栏杆的小木床，床上睡着一个两三岁的男孩儿。中午阳光很安静，照耀着孩子熟睡的小脸，照耀着床栏上五颜六色的玩具，照耀着墙上的一幅照片。照片上是年轻的母亲抱着刚刚满月的孩子。镜头停留很久，可以认出这幅照片上的母亲与前面那幅照片上的母亲是同一位母亲。

镜头移动，画面继续飞快地变化，伴以录像机倒带的声音。

舞台上，A仍旧逆时针往前走。

倒带声停。银幕上再出现一个门。A驻足。

镜头推进屋。这是医院产房的婴儿室，刚刚出生不久的婴儿，一个紧挨一个躺成一排，相貌相差不多。早晨的太阳照进来，摇动的树影落在孩子们身上，轻起慢伏仿佛是孩子们的呼吸，或是他们的梦境。

倒带声。画面飞快变化。A继续逆时针前行。

倒带声停。银幕上出现一群孕妇。A驻足。

盛开的藤萝架下，孕妇们骄傲地挺着大肚皮，或散步，或闲谈，或为未来的儿女织着毛衣。摄像机逐一地辨认她们。其中一个，与前面照片上的母亲一模一样，镜头从她满足的脸上下降，降落到她高高隆起的、伟大的、可歌可泣的肚腹。《婚礼进行曲》声愈加高昂。

倒带声。画面飞快变化。A继续逆时针前行。

倒带声停。背景银幕上出现了婚礼的场面，一间宽敞的大厅里，张灯结彩，觥筹交错，喧声鼎沸。A驻足观望。

镜头越过众人推向新郎和新娘，他们穿着结婚礼服，正在饮交杯酒。当他们饮罢酒，抬起头来时，我们和A一起看清了他们的相貌——正是前面那幅照片上的父亲和母亲，只是要年轻得多。

舞台上A情不自禁地叫出声。

A：爸，妈。

银幕上的新郎新娘微微一愣，相互笑笑，相信那是自己的幻听。

A：爸，妈，是我呀，我在这儿！

银幕上，新郎新娘诧异地四下张望，但并没有发现什么。

A：听我说，爸，妈，你……你们听……听我说，我只问……问你们，你们真的相……相爱吗？你们可……可知道，什……什么是爱……爱情吗？

《婚礼进行曲》戛然而止，所有的声音都沉落下去，仿佛万籁俱寂。背景银幕上，大厅、鲜花、灯火和人群……一齐骤然消失，一片幽暗，幽暗的背景前只剩了新郎和新娘。新郎、新娘终于发现了舞台上的A，他们惊讶地看着这个素不相识的人。

A：我从遥……遥远的未来来，所以我知……知道你们还……还不知道的事，这是一场悲……悲剧，因为你们并……并不懂得什……什么是爱情，你们不光要制……制造你们自……自己的悲剧，还要制造我的悲……悲剧。

新郎新娘：我们？我们跟你有什么关系？

A：你们将会看……看重我的弟弟，而轻视我。你们将……将会看重我的妹妹，而忽……忽……忽视我。那只是因为，他们更……更符合这……这个世界的要求，因为他们更会学你们的样儿去演……演……演戏罢了。

新郎和新娘很久不说话，表情慢慢显出惊惧之色。然后，他们互相看看，转身，携手，向深处的幽暗走去，白色的婚纱飘飘扬扬。

舞台上，A慢慢跟随（以哑剧的方式，原地行走）。

幽暗中出现了一个贴着大红“囍”字的门。新郎新娘走到了门前。

舞台上的A大喊：爸，妈，不……不要进去，你……你们不……不要进去。

银幕上，新郎新娘转回身。

新郎：你是什么人？你到底是什么人？

A：我是A呀！我曾……曾经叫B，后……后来叫……叫A，我是你们未……未……未来的儿子呀！

新郎：你这个人，是不是喝多了呀？你要是再这么胡说八道，我们可要喊警察了。

新娘：你，为什么不让我们进去呢？

A：如果妈只是一……一味地崇拜你，服……服从你，怕你，爸你……你说，这是爱吗？如果爸只是喜……喜欢你对他的颂……颂扬、阿谀，还有什么奉……奉……奉献，妈你说，这是爱……爱情吗？

新郎：滚，你这个醉鬼！滚！快滚！——

新郎新娘臂挽臂，走进洞房，房门“嘭”地关上。

A跪倒在那门前（银幕前），绝望地喊着。

A：我只求你们一……一件事，不要让我出生！我只求你们这一件事，千万不要在没……没有爱的时间里把我生……生……生出来！

影片中止，背景银幕一片黑暗。舞台上一片黑暗。黑暗中又响起A的呕吐声，一阵强似一阵。

十三　回家

A的呕吐声延入此节。

舞台灯光渐亮，深夜，室内，景同第三节。银幕被黑色帷幕遮挡住三分之二，另外的三分之一上映出一面小窗。窗帘收拢在小窗一侧，窗外已是灯火稀疏，夜阑人静，树枝的暗影间有几点星光。

A躺在台上（与第三节同样的位置），时而翻过身，趴着，狂呕滥吐一阵。

白发黑衣的老人推着运送道具的小车上台，车上一筐空酒瓶，再无其他。他像幽灵一样动作轻捷，把筐放在一个角落，把几个空酒瓶横倒竖卧地布放在A周围，推着空车下台。整个过程一无声响。

A喘息着坐起来，呆望着窗外的星光和树影。

A：妈的，天又黑了。

说罢他又呕吐起来。呕吐稍息，他惊讶地看着手中的手帕——白色的手帕染红了一大片。

A：妈的，这好……好像是……是血呀。

白发黑衣的老人上台，又推来一筐空酒瓶，布放在A周围——全部动作与前一回分毫不差。

A吭吭哧哧地笑起来。

A：你们还……还别他妈的拿死来吓……吓唬我。别人是什……什么都不怕就……就怕死，我可不是那么回事，我是什么都……都怕，就是不……不……不怕死。

他伸手摸到一个酒瓶，摇一摇，空的，扔到一边。又摸到一个，还是空的。他坐起来东找西找，但所有的酒瓶都是空的。他叹了口气，继而哈欠连天。一个哈欠打到一半他忽然不动了，手举在半空慢慢扭过身子，望着一个角落。

A：啊，你又……又来啦伙计？来吧，来……吧，没事儿，说你多少回了，别老……老是这么鬼鬼祟祟的行……行不行？

他原地坐着转了九十度，饶有兴致地看着那个角落。

A：伙计，这一整天你都干……干吗来着？我不在家，你闷得够……够呛是吧？唉，有时候我顾……顾不上你。我好歹还算个人不是？比不得你们那……那么逍……逍遥自……自在，我们得出去奔命去。其实也弄……弄不大清都是奔……奔的什么，无非是去说废话，赔……赔笑脸，干……干傻事，忙活半天，末了儿跟……跟你们耗子也差不了太多。惟独比你们多……多喝点儿酒。惟独喝……喝点儿酒还……还算是件正经事。怎么着伙计，你是不是也来……来……来上一杯？

他又在一堆堆酒瓶中翻找起来，但酒瓶都是空的。

A：酒，酒！快来酒！酒在哪儿？

白发黑衣老人再次上台，这回推来一筐包装精美的酒，布放在A周围。

A捡起一瓶酒，豪饮。

A：我想问……问你一个问……问题，伙计，你们也怕……怕死吗？噢噢，我懂你的意……意思，怕！为什么？

他一边喝酒，一边笑眯眯、扬扬自得地看着那只耗子。

A：什么什么，不怕？好，说说看，那……那又是为……为什么？

白发黑衣老人继续一筐一筐地往舞台上运酒，一瓶瓶色彩浓艳的美酒，渐渐摆满舞台。

A：怎么样伙……伙计，想不大明白是不？所以你还得甘……甘心做你的耗……耗子，别他妈不……不服气。我告诉你，其实非常简单，活着是什么？对，活着就……就是一个人孤……孤……孤零零地在这舞台上演……演戏。那么死呢，是什么？还是想……想不出？你可真他妈笨！死就是回……回到后台去歇……歇一会儿，然后再……再来，所以死并……并没有什么可怕。不光不……不……不可怕，而且那时你就有……有机会换一个角……角色干干了。你甚至可以选择一个更……更可心的世界，比……比如说，在那儿用不着说废话，用不着赔……赔笑脸，用不着干你不……不想干的事儿。你到了后台看……看看前台，保险你得笑，你能看见谁在说真……真话，谁在装……装孙子，你一眼就能看……看得明……明白。伙计，那时候你还可以修……修改一下剧……剧本，让这个舞台更可心些。你说要有光，就……就……就有了光。你说要有真……真诚，就有了真……真诚。你说不要有差别，好，就没……没有了差别。不要有歧视，就没有歧……歧视，就没有谁看……看不起谁那一回事儿了。你说要……要有酒，就有了酒。你说但……但是不要喝……喝得太多，好了，你就不会喝得太……太多。你说杨花儿你不要离……

离开我，于是杨花儿她……她就回来了，就不……不再离开你了。懂吗伙计？死就是这么一种改……改正错误的机……机会。现在你告……告诉我，你还怕死吗？

A越说越激动，爬起来晃晃悠悠地走，踩在一个空酒瓶上，酒瓶滚动，A一跤摔进酒瓶堆中。

半天没有动静，半天不见A起来。

白发黑衣老人仍旧不停地往舞台上运酒，酒瓶、酒罐、酒坛大小不一，小不盈尺，大可容人，五彩纷呈琳琅满目，几乎把A埋在其中。

这时，黑色帷幕渐渐拉开，随之背景银幕上的画面忽然变化，如同第二节中A的梦境：蓝天下，一片花的海洋，鲜红的或雪白的花朵，硕大丰满，开得蓬勃烂漫，一团团一片片在风中轻摇曼舞起伏如浪，在灿烂的阳光下直铺天际。在辽阔的花海中，出现了杨花儿的身影，她从遥远的天边慢慢走来。

舞台上，A从酒瓶堆中缓缓坐起，痴呆呆地望着银幕，望着花海中的杨花儿。

银幕上，杨花儿继续走近，直到她微笑的脸部特写占满银幕。

杨花儿：A，不要再喝酒了，好吗？

A：杨花儿，你回……回来了，我知道你一……一定会回……回来的。

杨花儿：不，我还是要走的。

A：走？到……到哪儿去？不不，你别走，要走也……也是我应该走。我知道你没……没有家，这个家永……永远都是你的，我可以住到随……随便什么地……地方去的。杨花儿，你回来吧。我去找……找你，找了你一整天，不不，找了你好……好多年了，就……就是为了把房门的钥……钥……钥匙留给你，我知道你没有别……别的地方住，别的地方都住……住满了人，他们不会让你住……住下来的。

杨花儿：不，我来，是想带你一起走的。

A：带我一起走，真……真的？

杨花儿：当然真的。

A：那，咱们去……去哪儿呢？

杨花儿：去你最想去的地方，去你好多次在梦中对我说起过的那个地方。

背景银幕上再次映出辽阔的蓝天、花海。有咴咴的马嘶声，但不见马。

A慢慢站起来，走向银幕。

杨花儿：但是有一个条件。

A：什么？

杨花儿：不要带酒。扔掉你的酒，全都扔掉。

A看看满台的美酒，有些舍不得。

A：杨花儿，让我少带一……一点儿行……行不行？你知道吗，当你不……不在我身边的日……日子里，是它们陪……陪着我的呀，现在我要到那么好……好的地方去，我怎么能甩……甩下它们呢？

杨花儿：不，要么你跟我走，要么你跟它们在一起。

A：杨花儿，你听……听我说……

银幕上，杨花儿已经背转身去。

A：好好，杨花儿，我……我跟你走。

杨花儿又转回身。这时银幕上出现了第二个A——就是说，我们同时看到了两个A，一个在舞台上，另一个走上了银幕。

银幕上的A走到杨花儿跟前，非常简单非常轻易地就拉住了杨花儿的手。

杨花儿：A，你的手怎么这么凉呀？

舞台上的A：啊，没……没什么，杨花儿，我到……到底是又摸到你了。你的手这……这么暖和，这么真实。我真怕你忽……忽然又……又变成电影。

杨花儿：变成电影？

银幕上的A使劲攥着杨花儿的手，摩挲着。

舞台上的A：是呀，有好……好多回，我刚要碰……碰到你，你就变……变成了电……电影，我只摸到了一层布，布后面什……什么也……也没有。

杨花儿：现在呢？是真的了吗？

银幕上的A激动得热泪盈眶。

舞台上的A：是，是……是真……真的了，这……这回总算是……是真的了。

杨花儿：那咱们走吧。

舞台上的A：我梦里对……对你说的那个地方，你找……找到了？

银幕上的A向远处张望。

杨花儿：不，你在这儿看不见，在地平线的那边，在你看不见的地方。

银幕上的A和杨花儿挽起手，走进花海，走向天边。

舞台上的A：喂，杨花儿，你等一等，怎么回……回事儿？我呢？我……我在哪儿？这是怎……怎么回事儿？怎么我跟你走了，可我却还……还……还在这儿？！

A在银幕上摸索着，好像要找到一个门——可以进到电影里去的门。银幕随之晃动起来。

银幕上的A和杨花儿却只管朝天边走去，不顾舞台上的A的叫喊。

舞台上的A：杨花儿，那不是我，那个我可……可能不……

不是我，杨花儿，我在这儿，我进不去，那个我进……进去了，可这……这个我怎么还……还在这儿呀？……

银幕上的A和杨花儿已经走远，好像根本听不到舞台上A的叫喊。

舞台上的A：杨花儿！回来，回来呀！——你是说要带……带我走的呀，可我怎么还……还是在这儿呢？杨花儿，快……快回……回来吧！……

银幕上的A和杨花儿越走越远，蓝天花海中他们相依相伴，飘动的衣裙和跃动的身影渐渐隐没在地平线那边。

舞台上，A呆若木鸡。

呆愣良久，他忽然又呕吐起来，吐的完全是血。他冲着银幕干咳，呕吐，银幕上也溅上了鲜红的血，与盛开的鲜花混淆难辨。

他小心翼翼地摸摸幕布，然后捻动手指，体会着手指上的感觉。

A：妈的，好……好像还……还是一层布哇？

他再摸摸幕布，继而揪一揪、拉一拉，幕布大幅度地晃动起来。

A：是，是，还是他妈的一……一层布！

他扑向银幕，又踢又打，又喊又叫。

A：杨花儿回……回来，回来！回来呀！——你为什么总……总是抛……抛下我？那边是什么？告诉我，那……那……那边到底是什么？

他抓住幕布，又撕又扯，又揪又拽……终于力气用尽了，生命到了尽头，他摔倒了，一声不响地倒下去。但他抓住幕布的手并未松开，随着他摔倒在地，银幕轰然坠落。

我们看见了后台：空阔，昏暗，杂乱，所有刚才用过的以及刚才并未用过的道具都堆放在那儿。比如说，我们可以从中认出一张石凳、一只邮筒、一盏路灯，以及运送道具的那辆小推车。

更多的是我们不曾见过的道具，堆积如山。

昏暗中有什么东西动了一下，原来是那位白发黑衣的老人，他独自坐在道具堆中，正平静地饮酒、捋髯，饮得很慢，很有节奏，动作沉稳，神色泰然。

老人就这么旁若无人地自斟自饮，很久。

直到台下的观众有些耐不住了，烦了，起疑了，老人才慢慢站起身。老人打开那只邮筒，从中掏出一封信——就是第十一节中A扔进邮筒的那一封。然后他朝前台走来，走到A的尸体前，漫不经心地看了看，绕开，走到舞台前沿，向观众展示那封信。

那是一个没有写地址也没有写姓名的信封，雪白的信封上一个字也没有。

老人随即谢幕。老人不断地鞠躬，鞠躬……

当性急的观众起身退场时，老人低头看看A，说了一句话。

白发黑衣的老人：这要等到七天之后，才会被人发现。

十四　后记

我相信，这东西不大可能实际排演和拍摄，所以它最好甘于寂寞在小说里。

难于排演和拍摄的直接原因，可能是资金及一些技术性问题。

但难于排演和拍摄的根本原因在于：这样的戏剧很可能是上帝的一项娱乐，而我们作为上帝之娱乐的一部分，不大可能再现上帝之娱乐的全部。上帝喜欢复杂，而且不容忍结束，正如我们玩起电子游戏来会上瘾。

1996年3月25日

老屋小记

一　年龄的算术

年龄的算术，通常用加法，自落生之日计，逾年加一；这样算我今年是四十五岁。不过这其实也就是减法，活一年扣除一年，无论长寿或短命，总归是标记着接近终点；据我的情况看，扣除的一定是多于保留的了。孩子仰望，是因为生命之囤满得冒着尖；老人弯腰，是看囤中已经见底。也可以用除法，记不清是哪位先哲说过：人为什么会觉得一年比一年过得快呢？是因为，比如说，一岁之年是你生命的全部，而第四十五年只是你生命的四十五分之一。还可以是乘法，你走过的每一年都存在于你此后所有的日子里，在那儿不断地被重新发现、重新理解，不断地改变模样，比如二十三岁，你对它有多少新的发现和理解你就有多少个二十三岁。

二十三岁时我曾到一家街道生产组去做工，做了七年。——这话没有什么毛病：我是我，生产组是生产组，我走进那儿，做工，七年。但这是加法或减法。若用除法乘法呢，就不一样。我更迷恋乘法，于是便划不清哪是我，哪是那个生产组，就像划不清哪是我哪是我的心情。那个小小的生产组已经没有了，那七年也已消逝，留下来的是我逐年改变着的心情，和由此而不断再生的那几间老屋，那些年月以及那些人和事。

二　到老屋去

那是两间破旧的老屋，和后来用碎砖垒成的几间新房，挤在密如蛛网的小巷深处，与条条小巷的颜色一致，芜杂灰暗，使天空显得更蓝，使得飞起来的鸽子更洁白。那儿曾处老城边缘，荒寂的护城河水在那儿从东拐向南；如今，城市不断扩大，那儿差不多是市中心了。总之，那个地方，在这辽阔的球面上必定有其准确的经纬度，但这不重要，它只是在我的心情里存在、生长，一个很大的世界对它和对我都不过是一个悠久的传说。

我想去那儿，是因为我想回到那个很大的世界里去。那时我刚在轮椅上坐了一年多，二十三岁，要是活下去的话，料必还是有很长久的岁月等着我。V告诉我有那么个地方，我说我想去。V和我在一条街上住，也是刚从插队的地方转回来，想等一份称心的工作，暂时在那生产组干着。我说我去，就怕人家不要。V说不会，又不是什么正式工厂，再说那儿的老太太们心眼儿都挺好。父亲不大乐意我去，但闷闷地说不出什么，那意思我懂：他宁可养我一辈子。但是“一辈子”这种东西，是要自己养的，就像一条狗，给别人养了就是别人的。所有正式的招工单位见了我的轮椅都害怕，我想万万不可就这么关在家里并且活着。

我摇着轮椅，V领我在小巷里东拐西弯，印象中，现在街上的人比以前多十倍，鸽哨声在天上时紧时慢让人心神不定。每一条小巷都熟悉，是我上小学时常走的路，后来上了中学，后来又去“串联”又去“插队”又去住医院……不走这些路已经很久。过了一棵半朽的老槐树，是一家有汽车房的大宅院；过了大宅院是一个小煤厂；过了小煤厂是一个杂货店；过了杂货店是一座老庙。很长很长的红墙，跟着红墙再往前去，我记得有一所著名的监狱。V 停了步，说到了。

我便头一回看见那两间老屋：尘灰满面。屋门前有一块不大的空场，就是日后盖起那几间新房的地方，秋光明媚，满地落叶金黄。一群老太太正在屋前的太阳地里劳作，她们大约很盼望发生点儿什么格外的事，纷纷停了手里的活儿，直起腰，从老花镜的上缘挑起眼睛看我。V“大妈，大婶”地叫了一圈儿，又仰头叫了一声“B 大爷”。房顶上还蹲着一个老头儿，正在给漏雨的屋顶铺沥青。

“怎么着爷们儿？来吧，甭老一个人在家里憋闷着！……”B 大爷笑着说，露出一嘴残牙。他是说我。

三　D 的歌

应该有一首平缓、深稳又简单的曲子，来配那两间老屋里的时光，来配它终日沉暗的光线，来配它时而的喧闹与时而的疲倦。或者也可以有一句歌词，一句最为平白的话，不紧不慢地唱，反反复复地唱，便可呈现那老屋里的生活，闻见它清晨的煤烟味，听见它傍晚关灯和锁门的轻响。

我们七八个年轻人占住老屋的一角，常常一边干活儿一边唱歌。七年中都唱过些什么，记不住也数不清。如今回想，会唱的歌中，却找不出哪一句能与我印象中那老屋里缓缓流动的情绪符合。能够符合它的只应当是一句平白的话，平白得甚至不要有起伏，惟颤动的一条直线，短短的，不断地连续。这样一句话似乎就在我耳边，或者心里，可一旦去找它却又飘散。

到这儿来的年轻人，有些是像V那样等着分配更好的工作的，有些则跟我一样，或轻或重地有着一份残疾。健康的一拨儿一拨儿地来了又一拨儿一拨儿地走了，残疾的每次招工都报名，但报名与落榜的次数相等。

D的嗓音并不亮，但音域宽，乐感好，唱什么是什么。D只是一条腿有点瘸，但除了跑不快，上树上房都不慢。“文革”已到后期，电影院里开始放映一些外国影片了，那里面的音乐和插曲让D着迷。《桥》哇，《流浪者》呀，《瓦尔特保卫萨拉热窝》呀，还有后来的《追捕》《人证》，D一律都看八九遍。《拉兹之歌》《丽达之歌》《草帽歌》，D都能用“外语”唱，嘀里嘟噜咿咿呜呜——D说：保证没错儿，不信咱再去看一遍。小T就笑。小T一边梳辫子一边说：“哇老天，您这可是哪国语呀，什么意思知道不？”D一脸不屑：“操心操心，你管他什么意思干吗？”小T说：“不知道什么意思就瞎唱！”D故作惊讶状：“嘿，我说小T，你平时可不笨，长得也挺好，咋不懂音乐呢？音乐！用不着他妈的什么意思。”小T红了脸：“音乐就音乐，你管我长得好不好呢？”小T的话里露出几分满足。

小T长得漂亮，自己知道，也知道别人知道。小T也爱打扮，不过在那年月里也真可谓“英雄无用武之地”，无非是把毛衣拆了织、织了拆，变出些大同小异的花样，或者刻意让衬衫的领子从工作服上面鲜艳夺目地翻出来。但那在翻滚着灰色和蓝色的老屋里和小街上，毕竟是一点新意。

D不光能唱，那些外国电影中的台词他差不多都能背诵。碰上哪天心里不痛快，早晨一来他就开戏，谁也不理，从台词到音乐一直到声响效果，全本儿的戏，不定哪一出。“空气在颤抖，仿佛天空在燃烧……”（语出《瓦尔特保卫萨拉热窝》）“看呀，天空多么蓝啊，往前走，对，往前走不要朝两边看……”（语出《追捕》）“那儿就你一个人吗？”“不，还有它。”“谁？”“死神。”（语出《爆炸》）“俄罗斯是农民的国家，没有城市也能活……”“啊，你描绘了一幅多么可怕的图画……”（语出《列宁在1918》）可惜我记不住那么多了。

组长L大妈冲D喊：“你整天这么演电影儿可不行，还干活儿不干？”

“你瞧我手底下闲着了吗？革命生产两不误嘛。”

“你影响别人！”

“谁？死神吗？”

“滚，没人跟你贫嘴！想干就干，不想干回家！”

“啊，您描绘了一幅多么可怕的图画……”D把画笔往L大妈跟前一拍，“中国是人民的国家，不画这些臭画儿也能活！”

“好小子，有种的你走！你怎么不走呀？”

D跷起二郎腿，闭起眼睛唱歌：“妈妈——，杜哟瑞曼巴——得噢斯绰哈特——哟——给喂突密？——”（Mama, do you remember, the old straw hat you gave to me？）

L大妈冲大伙儿喊：“都干活儿，谁也甭理他！”

老屋里静下来，只有D的歌声：“……我看这世界像沙漠，四处空旷无人烟，我和任何人都没来往，都没来往……”轻轻地有些窃笑。有几个老太太忍不住笑出声，劝D：“算了吧，别怄气，都挺不容易的，干吗呀这是？快，快干活儿。”D说一声“别打岔！”歌声依旧，一首又一首唱得陶醉，仿佛是他的独唱音乐会。L大妈脸上红一阵儿白一阵儿。天窗上漏下一道阳光，在昏暗的老屋里变换着角度走，灿烂的光柱里飘动着浮尘和D悠缓的歌声……阳光渐渐移在D的身上，柔和宁静，仿佛舞台灯光，应该再有一阵阵掌声才像话。

近午歌声才停。D走到L大妈跟前，拿过画笔，坐回到自己桌前干活儿。

L大妈追过来："这就完啦？你算人不算？"D不抬头："好男不跟女斗。"

"什么？小兔崽子，你说什么?！"L大妈气昏。

D慌忙起立，赔笑道："不不不，我是说，法律不承认良心，良心也不承认法律。"（语出《流浪者》）

L大妈把画笔摔得满地，坐在门槛上一把鼻涕一把泪地哭诉，说她这可是图的什么，每月总共多拿两块钱，操心劳神还挨骂，可真是犯不上，如是等等。"是我不愿意你们青年人都分配上个好工作吗？跟我闹脾气顶他娘个屁用！不信你们就问问去，哪回招工的来了我不是挨个儿给你们说好话……"

四　外汇

老太太们盼望着这个小生产组能够发达，发展成正式工厂，有公费医疗，一旦干不动了也能算退休，儿孙成群终不如自己有一份退休金可靠。她们大多不识字，五六十岁才出家门，大半辈子都在家里伺候丈夫和儿女。

我们干的活儿倒很文雅：在仿古的大漆家具上描绘仕女佳人，花鸟树木，山水亭台……然后在漆面上雕刻出它们的轮廓、衣纹、发丝、叶脉……再上金打蜡，金碧辉煌地送去出口，换外汇。

"要人家外国钱干吗呢，能用？"A老太太很有些明知故问的意思，扫视一周，等待呼应。

"给你没用，国家有用。"G大婶搭腔，"想买外国东西，就得用外国钱。”

“外国钱就外国钱吧，怎么叫外汇？”

“干你的活儿呗老太太！——知道那么多再累着。”

“我划算，外汇真要是那么难得，国家兴许还能接收咱这厂子……”

老太太们沉默一会儿，料必心神都被吸引到极乐世界般的一幅图景中去了。

“哎，对了，U 师傅，您应当见过外汇？”

于是，最安静的一个角落里响起一个轻柔的声音：“外汇是吗？哦，那可有很多种哪，美元、日元、英镑、法郎、马克……我也并不都见过。”这声音一板一眼字正腔圆，在简陋的老屋里优雅地漂浮，怪怪的，很不和谐，就像芜杂的窄巷中忽然闪现一座精致的洋房，连灰尘都要退避。“对呀对呀，纸币，跟人民币差不多……对呀，是很难得，国家需要外汇。”

这回沉默的时间要长些，希望和信心都在增长。

可是 A 老太太又琢磨出问题了：“咱们买外国东西用外国钱，外国买咱的东西不是也得用中国钱吗？那您说，咱这东西可怎么换回外汇来呢？”

“不，”U 师傅细声地笑一下，“外国人买咱们的东西要付外汇。”

“那就不对了，都用他们的钱，合着咱的钱没用？”

U 师傅光是笑，不再言语。

很多年以后，我在一家五星级饭店里看见了那样几件大漆的仿古陈设：一张条案、几只绣墩、一堂四扇屏风。它们摆布在幽静的厅廊里，几株花草围伴，很少有人在它们跟前驻足，惟独我一阵他乡遇故知般的欣喜。走近细看，不错，正是那朴拙的彩绘和雕刻，一刀一笔都似认得。我左顾右盼，很想对谁讲讲它们，但马上明白，这儿不会有人懂得它们，不会有人关心它们的来历，不会再有谁能听见那一刀一笔中的希望与岑寂。我摸摸那屏风纤尘不染的漆面，心想它们未必就是出自那两间老屋，但谁知道呢，也许这正是我们当年的作品。

五　三子

冬天的末尾。冻土融化，变得温润松软时，B 大爷在门前那块空场上画好一条条白线，砖瓦木料也都预备齐全，老屋里洋溢着欢快的气氛。但阵阵笑声不单是因为新屋就要破土动工，还因为 B 大爷带来的“基建队”中有个傻子。

“嘿，三子，什么风把你刮来了？”

“你们这儿不是要盖房吗？”

“嗬，几天不见长出息了怎的，你能盖得了房？”

三子愧怍地笑笑：“这不是有 B 大爷嘛！”

三子？这名儿好耳熟。我正这么想着，他已经站到我跟前，并且叫着我的名字了。“喂，还认得我吗？”他的目光迟滞又迷离。

“噢……”我想起来了，这是我的小学同学，可怎么这样老了呢？驼背，而且满脸皱纹，“你是王……”

“王……王……王海龙。”他一脸严肃，甚至是紧张。

又有人笑他了：“就说‘三子’多省事！方圆十里八里的谁不知道三子？未必有谁能懂得‘王海龙’是什么东西。”

三子的脸红到耳根，有些喘，想争辩，但终于还是笑，一脸严肃又变成一脸愧怍，笑声只在喉咙里“哼哼”地闷响。

我连忙打岔：“多少年了呀，你还记得我？”

“那我还能不记得？你是咱班功课最棒的。”

众人又插嘴说：“那，最孬的是谁呢？”“小学上了十一年也没毕业的，是谁呢？”“俩腿穿到一条裤腿里满教室跳，把新来的女老师吓得不敢进门，是谁？”

“我！妈了个 × 的！”三子猛喊一声，但怒容只一闪，便又在脸上化作歉疚的笑，随即举臂护头做招架的姿势。

果然有巴掌打来，虚虚实实落在三子头上。

“能耐你不长，骂人你倒学得快！”

“这儿都是你大妈大婶，轮得上你骂人？”

“三子，对象又见了几个啦？”

“几个哪儿够，几打了吧？”

“不行。”三子说。

“喂喂——说明白了，人家不行还是咱们不行？”

“三子！”B 大爷喊，“还不快跟我干活儿去？这群老‘半边天’一个顶一个精，你惹得起谁？”

B 大爷领着三子走了，甩下老屋里的一片笑骂。

B 大爷领着三子和 V 去挖地基，还有个叫老 E 的四十多岁的男人。三子一边挖土一边念念叨叨地为我叹息：“谁承想他会瘫了呢？唉，这下他不是也完了？这辈子我跟他都算完了……”

V 听了就呲得三子：“你他妈完了就完了吧，人家怎么完了？再胡说留神我抽你！”

三子便半天不吭声，拄着锹把低头站着。B 大爷叫他，他也不动，B 大爷去拽他，他慌忙抹了一把泪，脸上还是歉意的笑——这些都是后来 B 大爷告诉我的。

六　春天

三子的话刺痛了我。

那个二十三岁、两腿残废的男人，正在恋爱。他爱上了一个健康、漂亮又善良的姑娘。健康，漂亮，善良——这几个词太陈旧，也太普通了，但我没有别的词给她。别的词对于她都嫌雕琢。别的词，矫饰、浮华，难免在长久的时光中一点点磨损掉。而健康，漂亮，善良，这几个词经历了千百年。

属于那个年轻的恋爱者的，只有一个词：折磨。

残疾已无法更改，他相信他不应该爱上她，但是却爱上了，不可抗拒，也无法逃避，就像头上的天空和脚下的土地。因而就只有这一个词属于他：折磨。并不仅因为痛苦，更因为幸福，否则也就没有痛苦也就没有折磨。正是这爱情的到来，让他想活下去，想走进很大的那个世界去活上一百年。

他坐在轮椅上吻了她，她允许了，上帝也允许了。他感到了活下去的必要，就这样就这样，就这样一百年也还是短。那时他想，必须努力去做些事，那样，或许有一天就能配得上她，无愧于上帝的允许。偷偷地但是热烈地亲吻，在很多晴朗或阴郁的时刻如同团聚，折磨得到了报答，哪怕再多点儿折磨这报答也是够的。

但是总有一块巨大的阴影，抑或巨大的黑洞——看不清它在哪儿，但必定等在未来。

三子的话，又在我心里灌满了惶恐和绝望。一个傻人的话最可能是真的。

杨树的枝条枯长、弯曲，在春天最先吐出了花穗，摇摇荡荡在灰白的天上。我摇着轮椅，毫无目的地走。街上车水马龙人流如潮，却没有声音——我茫然而听不到任何声音，耳边和心里都是空荒的岑寂。我常常一个人这样走，一无所思，让路途填塞时间。劳累有时候能让心里舒畅、平静，或者是麻木。这一天，我沿着一条大道不停地摇着轮椅，不停地摇着，不管去向何方，也许我想看看我到底有多少力气，也许我想知道，就这么摇下去，能走到哪儿。

夕阳西坠时，看见了农田，看见了河渠、荒岗和远山，看见了旷野上的农舍炊烟。这是我两腿瘫痪后第一次到了城市的边缘。绿色还很少，很薄，裸露的泥土占了太重的比例，落霞把料峭的春风也浸染成金黄，空幻而辽阔地吹拂。我停下车，喝口水，歇一会儿。闭上眼睛，世界慢慢才有了声音：鸟儿此起彼落的啼鸣……

农家少年的叫喊或者是歌唱……远行的列车偶尔的汽笛声……身后的城市“隆隆”地轰响着，和近处无比的寂静……但是，我完了吗？如果连三子都这样说，如果爱情就被这身后的喧嚣湮灭，就被这近前的寂静囚禁，这个世界又与你何干？

睁开眼，风还是风，不知所来与所去，浪人一样居无定所。身上的汗凉了，有些冷。我继续往前摇，也许我想：摇死吧，看看能不能走出这个很大的世界……

然后，暮色苍茫中，我碰上了一个年轻的长跑者。

一个天才的长跑家——K。K 在我身旁收住脚步，愕然地看着我，问我这是要到哪儿去？我说回家。他说，你干吗去了？我说随便走走。他说，你可知道这是哪儿吗？我摇摇头。他便推起我，默默地跑，朝着那座“隆隆”轰响的城市，那团灯火密聚的方向……

七　长跑者

想起未开放的年代，一定会想起 K，想起他在喧嚣或寂静的街道上默默奔跑的形象。也许是因为，那个年代，恰可以这孤独的长跑为象征、为记忆、为诉说吧。

K因为在“文革”中出言不慎，未及成年就被送去劳改，三年后改造好了回来，却总不能像其他同龄人一样有一份正式工作。所谓“改造好了”，不过是标明“那是被改造过的”（就像是“盗版”的），以免与“从来就好的”相混淆。这样，K就在街道生产组蹬板车。蹬板车之所得，刚刚填平蹬板车之所需。力气变成钱，钱变成粮食，粮食再变成力气，这样周而复始。我和K都曾怀疑上帝这是什么意图。K便开始了长跑，以期那严密而简单的循环能有一个漏洞，给梦想留下一点可能。K以为只要跑出好成绩，他就可以真正与别人平等，或者得一份正式工作，或者再奢侈些——被哪个专业田径队选中。

K推着我跑，灯火越来越密，车辆行人越来越多……K推着我跑，屋顶上的月亮越来越高，越来越小，星光越来越亮越来越辽阔……K推着我跑，“隆隆”的喧嚣慢慢平息着，城市一会儿比一会儿安静……万籁俱寂，只有K的脚步声和我的车轮声如同空谷回音……K推着我跑，在我的印象中一直就没有停下，一直就那样沉默着跑，夜风扑面，四周的景物如鬼影幢幢……也许，恰恰我俩是鬼（没有“版权”而擅自“出版”了），穿游在午夜的城市，穿游在这午夜的千万种梦境里……

K是个天才长跑家。他从未受过正规训练，只靠两样天赋的东西去跑：身体和梦想。他每天都跑两三万米，每天还要拉上六七百斤的货物蹬几十公里路，其间分三次吃掉两斤粮食而已。生产组的人都把多余的粮票送给他。谈不上什么营养，只临近大赛的那一个月，他才每天喝一瓶牛奶，然后便去与众多营养充足、训练有素的专业运动员比赛。年年的“春节环城赛”我都摇着轮椅去看他跑。年年他都捧一个奖杯或奖状回来，但仅此而已，梦想还是梦想。多少年后我和K才懂了那未必不是上帝的好意相告：梦想就是梦想，不是别的。

有个十三四岁的男孩儿要跟K学长跑，从未得到过任何教练指点的K便当起了教练。

后来，这男孩的姐姐认识了K，爱上了K，并且成了K的妻子——那时K仍然在拉板车，在跑，在盼望得到一份正式工作，或被哪个专业田径队选中。

热恋中的K曾对我说过一句话。他说他很久以来就想跟我说这句话了。他说："你也应该有爱情，你为什么不应该有呢？"我不回答，也不想让他说下去。但是他又说："这么多年，我最想跟你说的就是这句话了。"我很想告诉他我有，我有爱情，但我还是没有告诉他，我很怕去看这爱情的未来。那时候我还没能听懂上帝的那一项启示：梦想如果终于还是梦想，那也是好的，正如爱情只要还是爱情，便是你的福。

八　U师傅

U师傅有什么梦想吗？U师傅会有怎样的梦想呢？

U师傅的脚落在地上从来没有声音，走在深深的小巷里形单影只，从不结群。U师傅走进老屋里来工作，就像一个影子，几乎不被人发现。"U师傅来了吗？"——如果有人问起，大家才往她的座位上望，看见一个满头乌发身材颀长的老女人。

跟着听见一声如少女般细声细气的回答——

"来了呀。"

我初来老屋之时，听说她已经有五十岁——除非细看其容颜，否则绝不能信。她的身段保持得很好，举手投足之间会令人去想：她必相信可以留住往昔，或者不信不能守望住流去的岁月。无论冬夏，她都套一身工作服，领口和袖口的扣子都扣紧。她绝不在公用的水盆中洗手，从不把早点拿来老屋吃。她来了，干活；下班了，她走。实在可笑的事她轻声地笑，问到她头上的话她轻声回答，回答不了的她说“真抱歉，我也说不好”，令她惊讶的事物她也只说一声“哟，是吗？”

“U师傅，您给大伙儿说两句外国话听听行不行？”

“不行呀，”她说，“都快忘光了。”

小T说：“U师傅，您听D唱的那些嘀里嘟噜的是外语吗？”

她笑笑，说：“我听不懂那是什么语。”

小T便喊D：“嘿，你听见没有，连U师傅都听不懂，你那叫外语呀？”

D走到U师傅跟前，客客气气地躬身道：“有阿尔巴尼亚语，有南斯拉夫语，有朝鲜语，还有印度语。”

“哟，是吗？”U师傅笑。

“U师傅，我早就想请教您了，您说‘杜哟瑞曼巴’是什么意思？”

“你说的大概是do you remember，意思是，‘你还记得吗’？”

“哎哟喂，神了。”D挠挠头，再问，“那‘得噢斯绰哈特’呢？”

U师傅认真地听，但是摇头。

“一个草帽，是吗？”

“草帽？噢，大概是the old straw hat，‘那个旧草帽’，是吗？”

“‘哟给喂突密’呢？”

“You gave to me，就是‘你给我’。哦，这整句话的意思应该是，‘妈妈，你还记不记得你给我的那个旧草帽。’”

D点头咋舌，竖着大拇指在老屋里走一圈，回到自己的座位上去。

小T快乐得手舞足蹈：“哇，老天，D哥们儿这回栽了吧？”

D不理小T，说：“U师傅，我真不明白，您这么大学问可跟我们一块儿混什么？”

L 大妈的目光敏觉地投向 U 师傅，在那张阻挡不住地要走向老年的脸上停留一下，又及时移开：“D，干你的活儿吧，说话别这么没大没小的！”

听说 U 师傅毕业于一所名牌大学的西语系，听说 U 师傅曾经有过很好的工作，后来生了一场大病，病了很多年工作也就没了。听说 U 师傅没结过婚，听说不管谁给她介绍对象她都婉言谢绝。

U 师傅绝对是一个谜。老屋里寂寞的时刻，我偶尔偷眼望她，不经意地猜想一回她的故事。我想，在那五十几年的生命里面必定埋藏着一个非凡的梦想，在那优雅、平静的音容后面必定有一个牵魂动魄的故事。但是她的故事守口如瓶，就连老屋里的大妈大婶们也分毫不知，否则肯定会传扬开去。

应该是一个爱情故事，一个悲剧。应该是一份不能随风消散、不能任岁月冲淡的梦想，否则也就谈不上悲剧。应该并不只是对于一个离去的人，而是对于一份不容轻掷的心血，否则那个人已经离开了你，你又是甘心地守望着什么呢？等待他回来？我宁愿不是这样一个通俗的故事。如果他不回来（或不可能再回来），守望，就一定是荒唐的吗？不应该单单去猜测一种现实，何况她已经优雅而平静地接受了别人无法剥夺的——爱情本身。她优雅、平静但却不能接受的是：往日的随风消散。是呀，那是你的不能消散的心的重量，不能删减的魂的复杂，不能诉说的语言绝境，不能忘记的梦之神坛或大道。

到底是怎样一个故事并不重要。

有一次小 T 去 U 师傅家回来（小 T 是老屋惟一去过 U 师傅家的人），跟我们说：“哇，老天！告诉你们都不信，U 师傅家真叫讲究喂，净是老东西。”

D 说：“有比 L 大妈还老的东西？”

小T说："我是说艺术品，字画，瓷器，还有太师椅呢。"

D说："太湿，怎么坐？"

小T说："你们猜U师傅在家里穿什么？旗袍！哇，老天，缎子的，漂亮死了！头发绾成髻，旗袍外面套一件开身绣花的毛坎肩。哇，老天，她可真敢穿！屋里屋外还养了好多好多花……"U师傅的梦想具体是什么，也不重要。

九　B大爷

B大爷七十多岁了。砌砖和泥、立柱架梁、攀墙上房，他都还做得。察领导之言、观同僚之色，他都老练。审潮流之时、度朝政之势，他都自信有过人之见——无非是"女人祸国"的歪论、"君侧当清"的老调。B大爷当过兵打过仗，枪林弹雨里走过来，竟奇迹般没留下一点伤残。不过他当的既非红军，亦非八路，也不是解放军。他说他跟"毛先生"打过仗。

"哪个毛先生？"

"毛主席呀，怎么了？"

"哎哟喂B老爷子！毛主席就是毛主席，能瞎叫别的？"

"不懂装懂不是？'先生'是尊称，我服气他才这么叫他。当年我们追得毛先生满山跑，好家伙，陈诚的总指挥，飞机大炮的那叫狂，可追来追去谁知道追的是师傅哇？论打仗，毛先生是师傅，教你们几招儿人家还未准有工夫呢，你们倒他妈不依不饶地追着人家打？作死！师傅就是先生，'先生'是尊称，懂不？"

"满山跑？什么山？"

"井冈山呀？怎么着，这你们又比我懂？"

"哪里哪里，你是师傅，啊不，先生。"

“噢啲，不敢当，不敢当。”B大爷露出一嘴残牙笑。

他当过段祺瑞的兵，当过阎锡山的兵，当过傅作义的兵，当过陈诚的兵。

“那会儿不懂不是？”B大爷说，“心想当兵吃粮呗，给谁当还不一样？就看枪子儿找不找你的麻烦。饥荒来了，就出去当两天兵，还能帮助家里几个钱。年景好了就溜回来，种地，家里还有老娘在呢。唉，早要是明白不就去当红军了？”

“您当兵，也抢过老百姓？”

“苍天在上，可不敢。冲锋陷阵，闹着玩儿的？缺德一点儿枪子儿也找你。都说枪子儿不长眼，瞎说，枪子儿可是长眼。当官儿的后头督着，让你冲，你他妈还能想什么？你就得想咱一点儿昧良心的事儿没有，冲吧您哪。不亏心，没事儿，也甭躲，枪子儿知道朝哪儿走。电影里那都是瞎说。要是心虚，躲枪子儿，哪能躲得过来？咣当，挺壮实的一条汉子转眼就完了。我四周躺下过多少呀！当了几回兵，哪回我娘也没料着我能囫囵着回来。我说，娘，你就信吧，人把心眼儿搁正了，枪子儿绕着你走。”

“B先生，枪子儿会拐弯儿吗？”

“会，会拐弯儿。”

你惊讶地看着B大爷，想笑。B大爷平静地看着你，让你无由可笑。B大爷仿佛在回忆：某个枪子儿是怎样在他眼前漂漂亮亮地拐了弯儿的。

“这辈子我就信这个，许人家对不起你，不许你对不起人家。”

在基建队，B大爷随时护着三子，不让他受人欺侮。

晚上，三子独自东转西转，无聊了，就还是去B大爷那儿坐坐。

生产组的新车间盖好了，B大爷搬去那两间老屋里住，兼做守卫。木床一张，铺盖一卷，几件换洗的衣裳，最简单的炊具和餐具，一只不离身的小收音机——B 大爷说：“这辈子就挣下这几样儿东西，不信上家里瞅瞅去，就剩一个贼都折腾不动的水缸。”

三子到 B 大爷那儿去，有时醉醺醺的。B 大爷说：“甭喝那玩意儿，什么好东西？”

三子说：“您不也喝？”B 大爷说：“我什么时候死都不蚀本儿啦！喝敌敌畏都行。”三子说：“我也想喝敌敌畏。”B 大爷喊他：“瞎说，什么日子你也得把它活下来，死也甭愁活也甭怕才叫有种！”三子便愣着，撕手上的老茧，看目光可以到达的地方。

B 大爷对旁人说：“三子呀，人可是一点儿不傻，只不过脑子不好使。”

脑子不好使而人并不傻，真是非凡之见。这很可能要涉及艰深的哲学或神学问题。比如说，你演算不出这非凡之见的正确，却能感受到它的美妙。

十　浪与水

从老屋往北，再往东，穿过芜杂简陋的大片民居，再向北，就是护城河了。老城尚未大规模扩展的年代，河两岸的土堤上柽柳浓荫、茂草藏人，很是荒芜。河很窄，水流弱小、混浊，河上的小木桥踩上去嘎嘎作响，除去冰封雪冻的季节，总有人耐心地向河心撒网，一网一网下去很少有收获；小桥上的行人驻足观望一阵，笑笑，然后各奔前途。

夏天的傍晚，我把轮椅摇过小桥，沿河“漫步”，看那撒网者的执着。烈日晒了一整天的河水疲乏得几乎不动，没有浪，浪都像是死了。草木的叶子蔫垂着，摸上去也是热的。太阳落进河的尽头。蜻蜓小心地寻找露宿地点，看好一根枝条，叩门似的轻触几回方肯落下，再警惕着听一阵子，翅膀微垂时才是睡了。知了的狂叫连绵不断。我盼望我的恋人这时能来找我——如果她去家里找我不见，她会想到我在这儿。这盼望有时候实现，更多的时候落空，但实现与落空都在意料之内，都在意料之内并不是说都在盼望之中。

若是大雨过后，河水涨大几倍，浪也活了，浪涌浪落，那才更像一条地地道道的河了。

这样的时候，更要到河边去，任心情一如既往有盼望也有意料，但无论盼望还是意料，便都浪一样是活的。

长久地看那一浪推一浪的河水，你会觉得那就是神秘，其中必定有什么启示。“逝者如斯夫”？是，但不全是。“你不能两次踏进同一条河”？也不全是。似乎是这样一个问题：浪与水，它们的区别是什么呢？浪是水，浪消失了水却还在，浪是什么呢？浪是水的形式，是水的信息，是水的欲望和表达。浪活着，是水，浪死了，还是水。水是什么？水是浪的根据，是浪的归宿，是浪的无穷与永恒吧。

那两间老屋便是一个浪，是我的七年之浪。我也是一个浪，谁知道会是光阴之水的几十年之浪？这人间，是多少盼望之浪与意料之浪呢？

就在这样的时候，这样的河边，K 跑来告诉我：三子死了。

“怎么回事？”

“就在这河里。”

雨最大的时候，三子走进了这条河里，——在河的下游。

“不能救了？”

我和 K 默坐河边。

河上正是浪涌浪落，但水是不死的。水知道每一个死去的浪的愿望——因为那是水要它们去做的表达。可惜浪并不知道水的意图，浪不知道水的无穷无尽的梦想与安排。

“你说三子，他要是傻他怎么会去死呢？”

没人知道他怎么想。甚至没有人想到过：一个傻子也会想，也是生命之水的盼望与意料之浪。

也许只有B大爷知道：三子，人可不比谁傻，不过是脑子跟众人的不一样。

河上飘缭的暮霭，丝丝缕缕融进晚风，扯断，飞散，那也是水呀。只有知道了水的梦想，浪和云和雾，才可能互相知道吧？

老屋里的歌。应该是这样一句简单的歌词，不紧不慢反反复复地唱：不管浪活着，还是浪死了，都是水的梦想……

1996年

两个故事

有一年秋天，我在地坛公园遇见一个老人。

柏籽随风摇落，银杏的叶子开始泛黄。我在那园子东南角的树林里无聊地坐着，翻开书，其实也不看，只是想季节真是神秘，万物都在它的掌握之中。

这时候我看见夕阳里走来一个老人。我想等他走过去，然后点支烟继续享受这秋日黄昏的宁静；有些老人总对抽烟的年轻人抱有偏见。我把烟捏在手里，等着，看一条长长的影子向我游近。那影子在草地上起伏、变形，快要爬上对面的一棵树干时停下来。“借个火，小老弟。”一顶旧草帽和草帽下一张堆笑的脸已经凑到我跟前。我给他把烟点上，自己也点上。他没有要离开的意思，挎包扔在地上，蹲下来看我的轮椅，对轮椅的结构提出很内行的批评。见我并不热情，他站起来，绕着我走圈儿，没话找话跟我搭讪：今年的气候不正常呀，你有多大年纪呀，尝尝我这烟吧这烟如何如何的好，以及这么年轻你怎么就把腿弄成这样，用没用过云南白药和看没看过藏医，等等。我想不宜再对他冷淡，也该对他有所关心才好。

“您呢，”我说，“这是上哪儿去？”

他脸上的皱纹于是松开，笑容淡下去，不断地眺望树梢和树梢以上的天空。“天上浮云似白衣，斯须改变如苍狗”，从来如此，并无异常。惟夕阳灿烂，久视令人目眩。

“依你说呢小老弟，最后我们都是上哪儿去？”

我疑惑地看他，表情中必已流露了对他的重视。

“别这样小老弟，所有的话都不过是说着玩儿玩儿。”

他坐下，掀去草帽，掸他满头的白发，不停地掸，于是乎很久他不再言语。我敢说那是一种空前的景象：头皮屑飘落如雪，纷纷扬扬总有一刻钟之久才见稀疏。

“小老弟，要不要我讲个故事给你听？”

仿佛雪住了，云开天青他再次露出笑脸。我心里挺不高兴，这老半天莫非倒是我在等你讲什么故事？我心说，你要是不走我可要走了，但我却随口应道：“什么故事？”人有时候就这么言不由衷。

“关于我的。不过到最后，还有一个比我更不走运的人。”

以下是他讲的故事。

我是个叛徒。不，我是说真的。铁案如山。是呀，现在真正是铁案如山了。现在，这件事，只有我自己可以不信了。再过几年，等我一死，就没人不信了。

其实一样，单我自己不信管什么？什么事都一样，要是没人做证，多大的事也等于零。这些日子我老想：要是你压根儿就是一个人活在孤岛上没人知道，你跟死了有什么不一样？

我的故事差不多就是这么回事。我知道我是怎么一个人，可是我没有证据。我没有证据倒不是说这事本来就没有证据，是说我拿不到证据。拿不到，也不是说还没拿到，对，曾经是还没拿到，现在不是了，现在是肯定拿不到了。肯定拿不到跟从来没有其实一样。

你是不是看我有点儿精神不大正常？好，你觉得没有就好，听我说。

刚才你问我上哪儿去，我现在是哪儿也不用去了，只剩下最后一个大家谁也跑不了都要去的地方了。“条条大路通罗马”，我看压根儿就是指的那地方。可这之前我一直在东奔西走，差不多半辈子，我都在找一个人。几十年里只要有一点儿他的线索我也不放过，哪怕是地角天边我也要去查看个究竟。因为……因为这个世界上总共就两个人知道我不是叛徒，除了我就只有他。

他叫刘国华。

也许你在电影里见过，过去，敌后工作，经常是单线联系。就是说，一个人只与一个人联系，一个人只受一个人领导，张三领导李四，李四领导王五，但是张三并不领导王五，张三也不知道王五在干吗，甚至压根儿不知道有王五这么个人。要不就是张三领导李四，也领导王五，但李四和王五互相谁也不知道谁。为什么？啊，你真是年轻。这么说吧，除了张三，不管是谁叛变了，都只可能再出卖一个，不至于破坏整个组织。张三也是只与他的一个上级联系，要是他叛变了，他能出卖的人也就不会太多。什么，你说这是对朋友的不信任？嘿呀小老弟，你真是太天真了。刚才我远远地瞧见你，我就想，这个年轻人，以后的日子有他受的。现实！懂吗，小老弟？它跟希望不一样，它要不是跟希望越差越远就很不错了。好了，我不跟你争，这事你不懂也许倒好。

你还想不想听我的故事？好，慢慢儿听，没准儿不白听。

总之我是单线联系的最后一环，我只听从我惟一的上级的指示，至于他听从谁的指示我管不着，至于他还领导谁我也不问，也没想过要问，问也白问，再问就是犯纪律。

我的上级就是刘国华，老刘。最后一次，他指示我打入敌人内部，以叛变的方式打进到敌人内部去。当然是为了搞情报。简单说吧，我干成了，并且取得了敌人的信任。实际当然不会像我说的这么简单，实际是经历了很多很多危险的，比如说……唉，不说了吧，那些事更是只有我自己知道。

电影？电影毕竟是电影，不过我不反对你按照电影里那样去想象。

可是，就在我好不容易打入敌人内部之后不久，我们胜利了。就是说我打入了敌人内部可是我还没来得及干什么我们就全面胜利了，就是说我什么都没干就不需要我再干什么了。这真让人窝火，让人觉着委屈，一切一切不都白费了吗？不不，麻烦并不在这儿，胜利了怎么说都是好的，这我想得通，一切还不都是为了胜利吗？麻烦的是，胜利之后我却再也找不到刘国华了。

老刘，对，找不到了。问谁谁也不知道。不知道，多简单，可我呢，怎么办？只有老刘知道我是谁，是怎么回事，只有他能证明我其实并不是叛徒，只有他知道我的叛变其实是为了什么。可是找不到刘国华你说什么也没用，没人知道你。可老刘他无影无踪，就是找不到。

就这么，我找了他几十年。

全中国有多少刘国华呀！几十年里我见的刘国华有一百多个，男的女的，东北的，西南的，活着的和死了的，可都不是我要找的那个刘国华。

我没有放弃希望。几十年我一直坚定着一个信心：除非我死了我不信我就找不到他，不信这笔糊涂账就说不清楚。我是叛徒？笑话！那是因为我还没找到老刘，等我找着老刘你们再后悔吧，再看看你们是不是把一个英雄给冤枉了吧！

我也想过，莫非老刘他已经死了？我宁可不这么想，在没找到老刘的尸首或者他确实已经死了的证据之前，我必须得找他，这是我惟一的希望啊。这几十年我能活过来，还不就因为这个？

老刘他真要是死了那也就什么都甭说了。

老刘他要是个没良心的人，那，我也就认命了。

我四十岁上才成家。有个女人跟了我，她说她信我不是瞎说，她说不是瞎说一瞧就知道，用不着什么证据。也有些人对我的话将信将疑，可是你说了半天一点儿证据也拿不出来这算怎么回事？有谁会说自己是坏蛋吗？平心而论是这么个理儿。说到底我得找到老刘。我老婆心甘情愿跟了我，打一过门儿就跟我一起找这个刘国华。什么英雄不英雄的，老也老了我早不在乎那玩意儿了，我只是想不能让我老婆白信任我一回，不能让她总这么跟我受这份儿糊涂罪。依着她早就不找了，她说不如赶紧生个孩子过咱们的日子吧。她是真喜欢孩子，可我总想把事情弄清楚了再要也不晚。就这么弄来弄去有一天我看见她悄悄掉眼泪，我问她怎么了，她说完了，甭生了，已经绝经了。现在想想，我倒真也算得上是英明，要了又怎么着？叛徒的儿子，长大了也得埋怨我。

总之，那时候我一门心思非找到刘国华不可。

除了台湾，我一点儿不夸张，全国二十多个省我都走到了，所有的市、县我都托人或者写信去打听过了。直到不久前，又听人说起有个叫刘国华的，在南方，一个小镇子上，有个曾经化名刘国华在敌后工作过的老同志。哎哟我想这回有门儿，连我老婆都说这回八成儿错不了啦。我立刻就去了。在那个小镇子上，一个青砖红瓦的小院儿里，果然，是他，是老刘，是我要找的那个刘国华。当然他是老多了，不过错不了，这么多年他的模样儿总在我眼前晃，再怎么老我还能认不出他？

可他已经不能算是活人了。

他活倒是还活着，可对我来说，他其实已经是死了。

他的家人把我迎进门，把我领到老刘的床前。我说：“哎哟老刘喂我可算找着你喽！你还认得我不？”我泣不成声，哭得站也站不稳，一下子跪倒在他床前。可他瞪着俩大眼珠子什么表情也没有。你猜怎么着？他是植物人了。

他家里人说，刚刚胜利没两天他就躺下了，中风不语。开始还明白点儿事，整天“啊……啊……啊”地躺在床上干着急，话也不会说字也不会写，过了几天干脆人事不知了。领导把他送回家，组织关系转到县上，生活、医疗倒都不用愁，家里人照顾他还有一份护理费。“是呀，能吃能喝就是不省人事，”他家里人说，“连我们是谁他也不认得，整天就这么一个人盯着天花板。”“可不是嘛二十多年啦，”他老伴儿说，“倒也没什么麻烦的，给他翻翻身，伺候他吃喝屙撒呗。”

我还能说什么呢？

我从他家里出来，心想这回行了，不用再找他了，不用再绕世界跑了，也不用逢人就问您认识的人里有没有个叫刘国华的了。一切都结束了。你别说，这么一想倒觉着从头到脚都轻松了。可是我一下子就走不动了，扶着墙左右瞧瞧，那墙头上垂挂下来一串花，红的白的开得正旺，艳得让人害怕，让人不敢看。前面有家小饭馆，我就进去，要了碗面，其实不想吃，就为歇歇，喘口气。老刘的家里人后来还说了好些老刘的事，可说的都是什么我一点儿没听清，心里光记着那句话——“开始他还明白点儿事，整天啊……啊……啊地躺在床上干着急。”我想老刘这一定是放心不下我，没问题他是想着我呢，想把我的事给领导上托付托付。老刘毕竟还是老刘哇，我心里挺感动，他没把我忘了，没扔下我不管，行啊我这心里头挺知足。不单知足，倒觉着对不住老刘了。我怨过他，骂过他，恨过他，我怎么也没想到是这么回事哟。中风不语！老刘啊老刘，得什么病不行啊你！

我坐在那个小饭馆里愣了老半天，最后想：唉，得了，反正该受的我也都受了，什么都甭说了，不如赶紧回家陪陪老婆去吧。毕竟我那老伴儿是相信我的。我想起她的眼神，那里面纯净得让人想哭，让人想走进去再也不出来，那里面好像通着另外的什么地方，看不见的地方，也许是另一个世界，在那儿，什么事都是清楚的，就像我老婆说的：用不着证据。

老人收住话头，又那么一心一意地眺望树梢，眺望天空。太阳掉到了远处的楼群后面，在那儿闪烁着最后的光芒。

“还有一个人呢？您不是说，还有一个比您更不走运的人吗？”

老人侧目望望我，再把目光放回到天上。

以下是他讲的第二个故事。

我是在那个小饭馆里碰上这个人的。到现在我也不知道他是谁，叫什么，打哪儿来，不知道他到底有什么冤仇。

我在那小饭馆里坐着一直坐到差不多这个时候，这个人来了。他要了酒，站在柜台前一口连一口地喝，两眼直勾勾的。喝了一阵子，他端着酒坐到我对面来。“谁让我最后碰上您了呢，”他说，“您不能不答应陪我一块儿喝几杯。”我没有太推辞。看他一副神不守舍的样子，我猜他是做买卖做赔了，要不就是赌钱赌输了。他说不是，都不是，他说这地方他是头一次来，是来找老三的。

他管他那个仇人叫老三，也不知道他们是什么关系。

总之，他到处找要报仇。他找了好几十年，找了大半辈子。这倒是有点儿像我，不过我可不是找什么仇人，我没有仇人。

他不一样，他是要报仇。他说非得亲手杀了老三不可，不然他这一辈子就活得太窝囊了。他说，几十年了，他没有一天不想着杀了那老东西，大不了一命顶一命呗，那也得杀了他。他说死也得出出这口气，几十年了他说就为这个他才活下来。他要面对面，一对一地把老三杀了，让那老东西明白明白他就是跑到天边去事情也不能算完。他说他做梦都梦见老三死在他面前的样子，梦见那个不可一世的老东西跪地求饶。那也不行，跪地求饶也不行，“我非杀了他不可！”

他说他什么都想好了，这些年他没有一天不在盘算这件事，所有的可能他都想到了，所有的细节都想好了。当然，老三也绝不是个容易摆弄的，“这小子老奸巨猾心毒手狠，不是我杀了他就是他杀了我”，他说那也行，怎么都行，谁杀了谁都行反正一回事。

他不停地喝酒，一口气地说着，差不多是喊，听得我心里发毛。

慢慢儿地他口齿不大利索了，喝高了，把这些话来来回回地说。小老板站在柜台里动也不敢动。

终于，他的声音低下来。“可到底还是有件事，我怎么也没想到。”他说。

简单说吧，几天前他找到了老三。找了几十年终于让他打探到了，老三就在这个镇子上，他立刻就来了。他悄悄跟踪了老三好几天，打听老三的情况，老三竟然一点儿没发现。听起来老三并不像他说得那么老谋深算。老三现在是孤身一人，老了，这些年哪儿也不去，也不跟任何人交往，一日三餐之外就是去河边钓钓鱼。

他心说行啊老东西，你他妈的倒自在，你这一辈子造的孽你以为就算没事儿了？

那天他跟着老三到了河边，太阳还没出来，四周没人，他从草丛里跳出来，跳到老三跟前问老三还认不认得他。这一刻他盼了多少年呀，梦也不知梦见多少回了，他有点儿兴奋过度。老三看看他，冲他点点头，仿佛还笑了笑，老三正要说什么还没说出来他已经扑上去一刀把老三给杀了。

老三一声没吭就倒在河滩上，血咕嘟咕嘟地流出来，流进河里，把河水染红了一大片。他有点儿后悔事情办得未免太简单了，不像梦里那么有声有色。

这个人没有立刻就走，他说总觉得事情不大对劲儿，不是那么个意思。哪儿出了什么毛病吗？他在尸首旁边坐了一会儿，心想，其实也就只能这么简单吧，还能怎样呢？河上的雾气慢慢地薄了，阳光在河滩上铺开，爬上老三的脸，他看见那张脸上的笑还没有消失干净。他又在心窝那儿补了一刀。可他心里还是嘀咕，还是觉着不对劲儿。这么着，他去翻老三身上，从老三贴身的衣兜里翻出一样东西。

“知道这是什么吗？”他拿出一个小玻璃瓶给我看。

小玻璃瓶里有些褐色的粉末。

“河豚的血！没错儿我问过人了，是河豚的血焙干了碾成的粉。”

我听说过这东西，毒得厉害，一丁点儿就能要了人的命。

“什么意思？”我听见我的声音在颤抖。

“什么意思，你还问什么意思？老三！原来老三他早就想着去死了！”

他举着那个小瓶，眯缝着眼睛翻来覆去地看：“这老东西，他天天到那河里去钓鱼，其实是为了这玩意儿！这玩意儿河里已经不多了，一年两年也未准钓得着一条。这老东西可真他妈的有耐性啊，这点儿玩意儿够他钓多少年的你说？你说，老三他是不是早就不想着活了？”

我能说什么呢？吓也吓坏了。

“喂，小老板你过来！你是这地方人，你看看。”

小老板也是早吓坏了，面色如土。

“你看看，是不是河豚的血？”

小老板从柜台里走出来，躲在我身后哆嗦。

“老哥你说说，老三他攒这东西干吗？他要不是打算去死他攒这玩意儿有什么用？老哥你说说，可他攒了这么多为什么还不去死呢？这么多，死三遍都够了，我猜，他是自个儿下不了自个儿的手……”

我和小老板互相靠着，也弄不清是谁在抖。直到警车来了。

警灯在外面闪，随后进来几个警察。

这个人忽然笑起来，说：“幸亏我来得早，要不让老三就这么自个儿死了，我还报的什么仇？”

警察站在门口，几支枪对着这个人。

他冲警察喊：“我不跑！要跑我早跑了。我在这儿等着，告诉你们老三是我杀的，没错儿他是我杀的，我一个人杀的！”

警察看着他，也不催他。

这个人又哭起来，问我，问小老板，甚至问警察：“可你们倒是说说呀，老三他攒这些毒药到底是要干吗呀？是不是他早就想死了只不过自个儿下不了自个儿的手哇？是不是？是——不——是！”

警察说：“你，跟我们走。”

2000 年 2 月 18 日

小小说十篇

猎 人

早年，地坛里有个遛弯儿的老太太，手里一根拐杖常引得路人驻步。拐杖是一整条鹿腿做的：鹿蹄黑亮，腕部弯曲成手柄，筋骨分明，皮毛犹在。众人把玩一回，而后感叹："真东西，漂亮！"老太太落座石阶，面目冷峻。

有人问："这东西您哪儿来的？"

"抢来的！"老太太没好气儿。

"不不，咱是问您哪儿买的？"

"哪儿也不卖！"

"那，您这东西是？——"

"你才东西哪！"

"哎哟喂老太太，您别生气呀，咱是说……"

"猎人留下的。我那相好的，留下的。"

众人窃笑，不敢再问。老太太倒说开了——

猎人年轻时不打猎。猎人好跑，也能跑，跑一万米能把别人落下两三圈。猎人心憨，打小儿就实在；跑到一万米，他心想这也算跑？就又跑，一圈一圈总也不像要停下的样子。众人就喊："行嘞，行嘞！""够啦，傻小子！"可猎人压根儿没明白他们为啥要这么喊。

猎人跑得高兴，出了体育场，跑上大马路。不知啥时候喊声却变成了：“加油，加油！”“嘿，这哥们儿行啊！”路人以为他是在跑马拉松。

跑马拉松他也不含糊，跑过终点也不见有人追上来。可喊声就又变回来：“行嘞，行嘞！”“哪儿这么个傻小子，还不快停下！”猎人心说我有的是劲儿哪，干吗停下？你们也不瞧瞧这四周的景色够多美！

那时候不是唱吗：我们的田野，美丽的田野……在群山那面，有野鹿和山羊……雄鹰在飞翔，一会儿在草原，一会儿又向森林飞去……

他就这么跑哇，跑哇，跑过田野，跑向群山，天也黑了，月亮也上来了，周围也没人喊了。行吧，今天就到这儿，回去领奖去，奖还能是别人的？

奖还真就是别人的了。万米奖，给了那个让他落下两圈的人。马拉松奖，给了一个他见也没见过的家伙。猎人问：我的呢？人家说：你是谁？

就这样，他干脆跑到山里打猎去了。那时候还允许打猎呢。

2008 年末

2009 年 5 月 2 日改定

算　命

早年，地坛里有两个会算命的人。一位半宿半宿地在林子里吹箫，大家叫他“箫兄”；一位整天在园子里边走边饮，人称“饮者”。

有一天大雾弥漫，我独自守着棵老树发呆，忽一阵酒气袭来，饮者已现近旁，醉眼迷离地正瞅着我笑呢。我说您好。他说，有啥不好？我说您总这么高兴。他说，不高兴咋办？那时我二十几岁，已经盼着死了——两条腿算是废了，工作又找不到，日子嘛倒还剩着一大半，以后的路可怎么走呢？

饮者正一口一口地往嘴里灌黄汤。我说：要不您给我算上一卦？

他拉着我的手看了看，又问过八字，说我命属木，生于冬，必多病，二十岁上少不了要住医院，而后厄运频仍，步履维艰，直到……

直到啥时候？我忙问。

另一个声音却在身后响起：单说以往，也算本事？

回头看时，雾气缭绕中箫兄一身黑衣，抱箫而立。

饮者缓缓起身，与箫兄久久对视。同行相轻，据说二人久存芥蒂。

那就算算未来？饮者说，语气中有明显的挑战味道。

箫兄摸出两张纸条说：您写一句，我写一句。

片刻写罢，二人换看，拊掌大笑，似芥蒂已去。

饮者问：如何给他看呢？

箫兄答：只末尾一字吧。

饮者又问：剩下的加封？

箫兄点头：待未来拆启。

末尾一字，饮者的是“之”，箫兄的是“也”。我说，这不跟没看一样吗？饮者说：提前拆看也行，就怕不准了。箫兄道：不准了，而且不好了。我说你们把我当傻瓜吗？他们说：您请便。

那么，未来是什么时候？

不得不拆时。

如何才算不得不拆时？

笑声朗朗，二人已隐形大雾之中。

而后多年，园中时有酒气飘绕，林间常闻箫声彻夜，却很少再见到他们；偶尔见了，也绝口不提此事——行内的规矩：命，是说一不二的。

转眼几十年，不知多少回我想拆开那两封纸条看看，总又怕时机不对。直到不久前躺进急救室，这才想，拆吧，免得死也不知他们都写些什么。

两句话，竟似一联：虽万难君未死也；惟一路尔可行之。

2008 年末

2009 年 5 月 2 日改定

为无名者传

爷爷的爷爷的爷爷……重复五十遍，那个人，该叫他什么？就叫“百太祖”吧。按十七八年一辈算，他应该是活在三国时期。甫家的家谱上说他，“于长坂坡前，被一赵姓将军一枪毙命”。查遍史书，惟《三国演义》第四十一回疑似相关：“赵云怀抱后主，直透重围，砍倒大旗两面，夺槊三条；前后枪刺剑砍，杀死曹营名将五十余员。”但愿百太祖正在其中，否则正史、野史均无他丝毫痕迹。

传说，百太祖与百太奶尚在胎中，即经两家父母指腹为婚。二人青梅竹马，情投意合，孰料婚龄将至，甫家败落，亲家寻因种种，欲毁婚约。直至百太祖戎装待发，欲见娇娘一面，百太奶家仍闭门不允。幸有“红娘”内应，正所谓“月上柳梢头，人约黄昏后”，“月移花影动，疑是玉人来”，“菩提树滴菩提水，滴入红莲两瓣中”，或如后世民歌所唱“抱住哥哥亲了个嘴，肚里的疙瘩化成水”，总之百太祖夜闯闺房，给百太奶留了个种。

否则一千七百年后，甫家最终也难有一位妇孺皆知的名人了。

送郎从军一幕自古雷同，譬如“车辚辚，马萧萧，行人弓箭各在腰。爷娘妻子走相送，尘埃不见咸阳桥”，譬如“紧紧握住红军的手，亲人何日返故乡？”男儿重功名，百太祖一骑绝尘。女子为情生，百太奶以泪洗面，忍辱负重，为甫家养育着九十九太祖，终日所盼惟夫君早日归来。譬如“将军百战死，将士十年归”，譬如“鸡娃子叫来狗娃子吵，当红军的哥哥回来了”，人分古今，相思无异。然“烽火连三月，家书抵万金”，其时通讯靠喊。百太奶岂知，爱子呱呱落地日，正是夫君尸横疆场时。家谱记载，百太祖首战刀未血刃，已成他人枪下鬼。又如民歌所唱“人人说咱们二人天配就，你把妹妹闪在那半路口”，百太奶闻讯昏厥三刻，自此终身独守，再不曾嫁。

千年悠悠，亦如白驹过隙。却说这百太祖的直系一百代孙，自幼乖巧伶俐，取名志高，孰料长大成人却不忠不孝。不忠者，他不仅与风靡一时的小说《红岩》中那个叛徒同名同姓，且行径与下场亦无二致；否则，必也会像其百代先人们一样，无论正史、野史，均无痕迹。而“不孝有三，无后为大”，甫家到志高一辈已是数代单传，偏这厮被人一枪毙命时，尚未有后。

2008 年末

2009 年 5 月 2 日改定

听妈妈讲那过去的事情

2017年，你外公尚未成婚，在E州做刑警。他师傅，刑警队长老路，正要退休。那年E州出了件大案，简单说吧，恐怖分子要在机场、车站搞一次连环爆炸。警方所知仅止于此，所幸抓获了一名嫌犯——据线人的情报，此人还是主谋之一。欲救万千无辜于危难，务必得从他嘴中掏出更多线索，这任务就交给了路队和你外公。

嫌犯果然顽固，任你千条妙计，他自一言不发。审问多日，师徒俩气得肝疼牙痒，仍无所获。嫌犯倒嚣张起来："杀了我吧，这是你们惟一能做的。"老路拍案道："我们能做的还很多！"嫌犯冷笑，继而闭目养神。

师徒俩出了审问室，在天井里抽烟。老路说："这样下去咱非输不可。"二人抬头仰望，空中仿佛滚过隆隆巨响。老路说："碰上这号不要命的谁也没辙。"二人低头默想，似已见那血肉横飞的惨景。

突然，老路把烟头一甩，盯住你外公说："就不敢给他动动刑？"

"虐囚可是犯法的呀，师傅！"

天井里半晌无言。谁都明白：审问失败最多算你无能，若动刑，麻烦可就大了，就算上级睁只眼闭只眼，新闻媒体也饶不了你！

外公蹲在角落里，很久，冒出句话："师傅，您说，这小子肯定知情吗？"

师傅就笑："你是想，这两难局面会不会还给咱留着个缺口？"

天井里一无声息。谁都明白：真正的麻烦并不在媒体，而在良心——一边是法纪严明而致百姓的安危于不顾，一边是知法犯法却有望拯救万千无辜于危难。

半天，外公又说："师傅，您说上面这情报……准吗？"

师傅又笑："你不过是把缺口换了个部位。"

外公还要说什么，老路打断他："甭说啦，老弟，有缺口还怕没部位吗？比如，动刑就一定能奏效？违法，就不能不走漏风声？唉！早年我有个老同事，也碰上这么个局面，左右无路，便一枪把缺口开在了自己的脑袋上……"

天上云飞风走，7 月天，天井里竟冷得人发抖。可是那老同事的灵魂留连未去？老路的神情渐趋坚忍，焦灼的目光却平缓了许多。

他站起身，拍拍你外公的肩膀："老弟，找个好人结婚吧。别的事交给我。"

"师傅，您想干吗？！"

"不干吗，今晚先去睡个好觉。"

第二天外公一上班就听说，昨夜，那个顽固的家伙终于开口了。外公顿觉不妙，忙去找他师傅。老路已被停职。上级的好意，让你外公去拘捕路队。师傅仍然坐在那个天井里，据说自审问结束后他就没动过地方。见你外公来了，他伸出双手。外公不忍，流泪道："师傅，您的良心是完整的，可我算什么？"师傅说："老弟，甭瞎想。要是不给我判了，咱这事就还算不上完整……"

2008 年末

2009 年 5 月 2 日改定

何　宅

何先生勤劳致富，不惑之年买下一所宅园，地处城边湖畔，闹中取静。夫妻俩难得为自己放了一回长假，装修好房子，配全了家具，园子里种满花草树木，便又去远方忙生意了。宅园交给一位远房阿叔和爱犬黑妞看管。

阿叔年近花甲，每日打扫房间，维护庭院，忙得不可开交。黑妞风华正茂，整日闲逛，常引来些异性在篱笆墙外乱喊乱叫。何先生按时给阿叔邮来工资，以及黑妞和宅园的各类养护费。

日复一日，并不见先生回来，打扫卫生便改为每周一次。后来先生的生意越做越远，渐渐做出了国，卫生又改为每月打扫一回。如是三年，仍不见先生的影子，阿叔渐觉寂寞，又看这十几间房空得可惜，便从乡下把儿子一家接来同住。黑妞也是孤单，隔着篱笆不知让谁给弄大了肚子。

黑妞生下两双儿女，众人说定能卖个好价钱。阿叔不肯，留下酷似黑妞的一只，其余都送给了爱狗的人。

黑妞十几岁去世，阿叔在园中给她立了块碑。

年复一年，黑妞的重外孙也已成年，何先生这才回来。其时阿叔也已过世，临终把工作交给了儿子阿仔。黑妞的重外孙也是通体透黑，取名黑娃。

先生明显消瘦，每日惟出门看病，回家服药、散步、睡觉，一切都由阿仔照料。先生看来病得不轻，总把阿仔认成阿叔，把黑娃喊成黑妞，阿仔百般解释，先生终不理会。

阿仔问："先生的家人啥时回来？"

先生只说儿女都在海外成了家，便转开话题："阿婶和儿子都还好吗？"

阿仔想，反正是解释不清，就说："都好，老婆在家种田，儿子读书。"

"怎么不让他们来城里玩儿呢？"

"不瞒先生，他们都来住过一阵子，听说您回来，就让他们走了。"

"走什么嘛，这儿有的是地方住啊！"

"乡下人不懂事，整天乱吵，影响先生。"

"唉，还有什么可影响的！都让他们来吧，也帮帮你我。"说罢大把大把的钞票掏给阿仔，"田，雇人种；孩子，来城里上学。娘儿俩一起坐飞机来！"

阿仔的家眷来后不久，先生即告病危。阿仔一家急得团团转，让先生去医院先生也不去，只说不如死在家里。

弥留之际，先生示意阿仔一家挨近他坐，然后又喊那条狗："黑妞，黑妞……"黑娃竟懂得是喊它，跑过来，舔舔先生的手。

阿仔觉得应该让先生走得明白，就又解释："这狗不是黑妞，是她的重外孙了。我也不是阿叔，我爹他也早就……"

先生闭目叹道："你真以为我不知道吗？也看不见黑妞的坟？"

料理完先生的后事，阿仔携妻带子回了老家；担心何家的人来继承遗产找不到家门，临行时在篱笆墙上挂了块牌子：何宅。

2008 年末

2009 年 5 月 2 日改定

历　史

有一年夏天，表妹阿含去V州开会，亲历了一桩奇事。

V州是我们老家，但早已故人全无。周日休会，阿含想去看看祖上的老宅，可走了大半个V州城也没找到。实际上她对祖居所知甚少，惟行前听她母亲描述了个大致的方位，说那是城中不多的几家大宅门之一。阿含只好见了古旧的大宅门就去问：知不知道这宅子最早的主人姓什么？被问者无不摇头瞠目，报以满脸的警惕。

市中心商家云集，客流如潮。在一家餐馆吃过午饭，阿含想找个清静的地方歇歇，便走出餐馆后门。谁料眼前一池莲花，半坡绿草，曲径亭台，林木掩映。这是啥地方？阿含正自窃喜，却见几位古装男子正于池畔饮酒谈笑。是拍电影吧？阿含心想不如去看看有没有熟人。可当阿含渐走渐近时，却见那几个男子陡然惊慌，竟至呆若木鸡。阿含并不在意。阿含在影视界人气正旺，初来界内的年轻人见了她难免举止无措，只是这几位稍嫌过分。阿含问他们拍的什么片子，谁的导演，谁的摄像，那几位却是张口结舌，面面相觑。也不知谁找来的这几块料！阿含卧身草丛，以鞋为枕，心想不如睡他一觉。似睡非睡间，听有仆人来添酒加菜，眯眼看时，却见那厮紧盯着阿含一双赤裸的秀足，顾自筛糠。阿含气了，腾地坐起来，正待发作，却见那厮撇下箪壶已然抱头鼠窜。再看几位男子，也只剩一个。阿含方觉事有蹊跷，问道：“出了什么事？”所剩的一位颤巍巍地说：“敢问仙人自何方来？”阿含顿感周身发冷，细看，那人脑后的一条长辫明明是长在头皮上的！阿含再不敢多言，匆忙抓起鞋子，一溜烟跑回宾馆。众人见她面无人色，便问何致如此。阿含愣怔半晌，才说：“刚才我，可能是走……走进了过去。”

没人信她的话。但不久前我查家谱，见有记载：我爷爷的四次方——即我二百年前的那位老祖宗，二十岁行冠礼后，与三五好友聚于后花园内饮酒庆贺，见一神秘女子飘然而至，衣着奇诡，举止粗陋，目光放浪，言语怪诞，来去倏忽。众好友皆失魂落魄，即刻四散而逃。惟我那老祖宗如罹花痴，对神秘女子念念不忘，食不甘味，夜不安寝，行若走木，坐比雕石，自此再不言娶，终身鳏居。

看来阿含所言不虚。她确曾掉入时间隧道，或曰“时空蠕洞”，走进了二百年前我那老祖宗的二十岁生日。惟一事难解：我那老祖宗果真终生未娶的话，我可算怎么回事？茫茫历史，想必另有蹊跷。

2008 年末

2009 年 5 月 2 日改定

不治之症

G 大夫医道精湛，中西博采，内外兼修。有一回我问他什么病最难治，他不假思索地说：疼。哪儿疼？哪儿疼都不好办。

曾经有个病人，十几年中不知跑了多少家医院，也治不好他的头疼病。G 大夫问他："怎么个疼法呢？"他一会儿说跳疼，一会儿说刺疼，一会儿又说满脑袋串着疼，疼得什么事也干不成。G 大夫给他做了全面的神经科检查，包括眼、耳、鼻、牙，又给他拍了全方位的头部 X 光片，结果一切正常。

"扎扎针灸吧，好不好？"

"好吧，麻烦您给我开几周病假。"

过了些日子，G 大夫问他："怎么样，有点儿变化没有？"

那人双眉紧锁："唉，还是疼，疼得我什么事也不能干。"

G 大夫又给他做了 B 超和脑血流图，还是看不出毛病。

"再吃点儿中药看看吧。"

"行呀，麻烦您还得给我续几周病假。"

又过了些日子，G 大夫问他："怎么样，疼得轻点儿没有？"

那人依旧一脸苦闷："不疼则已，一疼起来，还是没法儿工作。"

"不会吧？"G 大夫面有疑色。

那人立刻恼了:“您这叫什么话，莫非是我骗人？”

G 大夫又让他去做了 CT。不出所料，什么问题也没有。

“这样吧，再做做理疗，同时拔拔火罐儿。”

“行吧，您干脆给我开上一个月的假。”

“假就甭开了。总闲着也不好，说不定干点儿活儿，这头疼慢慢就好了。”

那人气哼哼地走了，再也没来。

听者无不大笑:咳，是个骗假条的。

G 大夫却顾自叹息说:还是得怨医学无能;一个人来了，说他这儿疼，那儿疼，可你有什么办法判断他是不是在说谎呢?

甭给他开假条，看他还来不来!

G 大夫苦笑道:就怕不都这么简单，前不久又有个病人，也是头疼，看遍了各大医院，能做的检查都做了，偏方、验方也不知吃了多少，结果呢，连病因都找不到;可他就说疼，疼得厉害。

这家伙也要假条吗?

当然，假条还是得开。

骗子，甭给他开!

是呀，有了前面的经验，我也想试试他，后来就不给他开了。

不来了吧?

不来了，可他死了。

死了?!

没过多久就听说他死了。

什么毛病?

至死不知。

2008 年末

2009 年 5 月 2 日改定

恋 人

八十岁，老吴住进了医院的病危室。一步登天的那间小屋里，一道屏风隔开两张病床，谁料那边床上躺的老太太竟是他的小学同桌。怎么知道的？护士叫到老吴时，就听那边有人一字一喘地问道：“这老爷子，小时候可是上的幸福里三小吗？”老吴说：“您哪位？”“我是布欢儿呀，不记得了？”若非这名字特别，谁还会记得。

“五年级时就听说你搬家到外地去了，到底是哪儿呀？”

“没有的事，”老吴说，“我们家一直都在北京。”

屏风那边沉寂半晌，而后一声长叹。

布欢儿只来得及跟老吴说了三件事。一是她从九岁就爱上老吴了。二是她命不好，一辈子连累得好多人都跟着她倒霉。布欢儿感叹说，没想到临了临了，还能亲自把这些事告诉老吴。

哪些事呢？小学毕业，再没见到老吴，布欢儿相信来日方长。中学毕业了，还是没有老吴的消息，不然的话，布欢儿是想跟老吴报考同一所大学的。直到大学毕业，到了谈婚论嫁的年纪，老吴仍如泥牛入海，布欢儿却是痴心未改，对老吴一往情深。一年年过去，一次次地错过姻缘，布欢儿到了三十岁。偏有个小伙子跟她一样痴情，布欢儿等老吴一年，他就等布欢儿一年。谁料，三十七岁时布欢儿却嫁给了另一个人，只因那人长相酷似老吴——从他少年时的照片上看。

“这人，还好吧？”“

他就不算个人！”

为啥不算个人布欢儿也没说，只是说，否则母亲也不会被气死。

那人之后布欢儿心灰意冷，很快就跟第一时间向她求婚的人登了记。婚后才发现，这人还是长得像老吴——从少年老吴的发展趋势看。

“怎么样，你们过得？”

“过是过了几年。可后来才知道，咱是二奶！”

“这怎么说的！”

怎么说？布欢儿一跺脚，离婚，出国，嫁个洋人，再把女儿接出去上学……一晃就是二十年。有一天接到个电话，是当年那个一直等她的小伙子打来的。

“过得还好吗，你？”

“还是一个人，我。”

“咋还不结婚呢，你？”

“第一回我被淘汰。第二回我晚了一步。第三回嘛，这不，刚打听到你住哪儿。”

“唉，你这个人哪！”

“我这个人性子慢。你呢，又太急。”

约好了来家见面，布欢儿自信已有充分的心理准备，可门一开她还是惊倒在沙发里：进来一个完全不认识的小老头儿……

老吴回普通病房之前，拄着拐棍儿到屏风那边去看了看他的同桌。

四目相对，布欢儿惊叫道：“老天，他才真是像你呀！”

“你是说哪一个？”

“等了我一辈子的那个呀……”

这是布欢儿告诉老吴的第三件事。

2010 年 11 月 12 日

猴群逸事

群山幽谷之间，地势陡然舒缓，密林流溪，野兽出没。父辈们于此掘沟竖网，铺路架桥，建起一座野生动物园。若干年后，阿迪承其父业，在这里照看猴群。

某年围网失修，走漏了猴王麦。群猴不可一日无主，阿迪忧心忡忡。麦未走时，年轻的闪与雷即已各怀雄心，如今天赐良机，岂可坐视？于是“烽烟”顿起。优胜劣汰，天经地义，阿迪暗喜。

谁料二猴势均力敌，久战难分胜负。猴群遂分两派，各拥其主，相互厮杀，恰所谓“战斗正未有穷期”。阿迪转喜为忧，深知一山难容二虎，否则两败俱伤事小，猴群的长治久安才是重中之重。

久观战事，见闪每占上风却不足胜雷，阿迪心生一计：移雷别养。

闪称王，猴群治。

雷呢？虽是阶下囚，却如座上宾——住单间，吃小灶，可谓万事无忧。怎奈猴群的吵闹声不时隔山入耳，又不免心烦气躁。阿迪深感对它不住，常来探望。雷或怒目圆睁，或调头面壁。阿迪走后，雷绝一回食，发一顿狠，听听猴群那边依旧歌舞升平，也只好睡吧——“梦里不知身是客”。

雷的精神日渐委顿，胃口亦趋低迷。阿迪不忍，偶尔放它出来过过风。一日放风归来，阿迪有意无意地忘记锁门，回身再看时，雷已风行于崇山峻岭之间。阿迪唏嘘半晌，喜忧参半。喜的是，雷已重获自由；忧的是，它会不会养精蓄锐再来争王？

所幸雷一去不归，反惹得阿迪时有牵挂。

数年后阿迪进山采药，途遇一孤身老猴，或前或后地总是跟着他。疑为雷。投食引之，不理不睬。挥拳驱之，不惊不媚。开怀迎之，似笑非笑，作揖顿首，而后款款离去，隐于深山。

2010 年 11 月 17 日

借你一次午睡

苏苏午睡醒来，发现邻居邝婶坐在窗前看报纸。苏苏说，邝婶您怎么在这儿？邝婶说蒙蒙你做啥梦啦，一个劲儿笑？苏苏一愣，再看四周，怎么不是自己家呢？邝婶也忽有所悟似的说，好好好，苏苏你醒过来就好，我叫你妈去。

这是哪儿呢？我怎么跑这儿来了？墙上的照片都是谁？噢，有邝婶。苏苏明白了，这是邝婶家。

这时候嘁嘁嚓嚓地来了不少人，围定苏苏，大气不出地看着她。

“苏苏，是你吗？”阿婆带着哭腔扑过来。

这下众人才都敢问了：苏苏是你吗？苏苏你到底怎么回事呀？苏苏你啥感觉？……甚至还有人说：这些日子上哪儿啦你，苏苏？

苏苏有点儿蒙：窗外怎么下着雪呢？人们怎么都穿了棉衣呢？莫非到冬天了？可午睡前还是夏天呀？

“怎么回事呀，妈妈？”苏苏有些怕了。

妈妈搂紧她说：“苏苏你别怕。你还记得吗，去年暑假的一天中午，一觉醒来，你忽然说起蒙蒙的话来？”

“蒙蒙？谁是蒙蒙？”

“蒙蒙是你邝婶的大女儿。”

“邝婶还有个大女儿？”

“唉！”邝婶叹道，“她走的时候还没有你呢。”

妈妈说：“那个中午以后，你除了长得还是自己，可说话、做事、一颦一笑全都像蒙蒙了，而且非要住到邝婶家来不可，管邝婶叫妈，管我倒叫开阿姨了……”

邻居们说是呀是呀，苏苏你简直就变成蒙蒙了，没人不相信你就是邝婶的亲闺女的，对邝婶那叫一个好……

苏苏心里有些头绪了。那个中午很热，游泳回来倒在床上正要睡，进来个姑娘把她摇醒，说苏苏帮我个忙吧，说着拉起她就走，直走进一个大花园。姑娘说苏苏你就在这儿看花吧，我就回来。苏苏先是觉得好无道理，后便让那铺天盖地的牡丹花给迷住了，孩子脸似的花朵，五颜六色，争奇斗艳……不一会儿那姑娘回来了，说行了，苏苏你回吧。苏苏正要走，姑娘又拉住她说，我可怎么谢你呢？苏苏说不用。姑娘想了一会儿，说我有件真丝手绣的旗袍你穿上肯定合适，这样吧，回去你朝我妈要……

苏苏把这梦说给众人。邝婶翻箱倒柜，果然找出了一件蒙蒙生前的旗袍。苏苏穿上，无比合身。

2010 年 12 月 3 日

图书在版编目（CIP）数据

一种谜语的几种简单的猜法 / 史铁生著 .—北京：作家出版社，2021.6

ISBN 978-7-5212-1083-5

Ⅰ. ①一… Ⅱ. ①史… Ⅲ. ①小说集－中国－当代 Ⅳ. ① I247

中国版本图书馆 CIP 数据核字（2020）第 145968 号

一种谜语的几种简单的猜法

作　　者：史铁生
责任编辑：李宏伟　秦　悦
装帧设计：薛　怡
出版发行：作家出版社有限公司
社　　址：北京农展馆南里 10 号　　**邮　　编**：100125
电话传真：86-10-65067186（发行中心及邮购部）
86-10-65004079（总编室）
E-mail:zuojia @ zuojia.net.cn
http://www.zuojiachubanshe.com
印　　刷：唐山嘉德印刷有限公司
成品尺寸：142 × 210
字　　数：272 千
印　　张：11
版　　次：2021 年 6 月第 1 版
印　　次：2021 年 6 月第 1 次印刷
ISBN 978-7-5212-1083-5
定　　价：48.00 元